F 6

D0724108

La révélation

Le Royaume de Tobin

****

Lynn Flewelling

La révélation

Le Royaume de Tobin

****

ÉDITIONS FRANCE LOISIRS

Titre original : *Hidden Warrior* (seconde partie).
Publié par Bantam.

Traduit de l'américain par Jean Sola.

Édition du Club France Loisirs,
avec l'autorisation des Éditions Pygmalion.

Éditions France Loisirs,
123, boulevard de Grenelle, Paris.
www.franceloisirs.com

© Lynn Flewelling, 2003.
© Éditions Flammarion, département Pygmalion, 2005, pour l'édition en
    langue française.
ISBN 2-7441-8920-0

Pour mon père

L'ANNÉE SKALIENNE

I. SOLSTICE D'HIVER – Nuit du Deuil et Fête de Sakor ; observance de la nuit la plus longue et célébration du rallongement des jours ultérieurs.

1. Sarisin : mise bas.
2. Dostin : entretien des haies et des fossés. Semailles des fèves et des pois destinés à nourrir le bétail.
3. Klesin : semailles de l'avoine, du froment, de l'orge (destinée au maltage), du seigle. Début de la saison de pêche. Reprise de la navigation en pleine mer.

II. ÉQUINOXE DE PRINTEMPS – Fête des Fleurs à Mycena. Préparatifs en vue des plantations, célébration de la fertilité.

4. Lithion : fabrication du beurre et du fromage (de préférence au lait de brebis). Semailles du chanvre et du lin.
5. Nythin : labourage des terres en jachère.
6. Gorathin : désherbage du maïs. Toilettage et tonte des moutons.

III. SOLSTICE D'ÉTÉ

7. **Shemin** : au début du mois, fauchage des foins ; à la fin, puis le mois suivant, pleine période des moissons.

8. **Lenthin** : moissons.

9. **Rhythin** : engrangement des récoltes. Labourage des champs et semailles du blé d'hiver ou du seigle.

IV. PLEINS GRENIERS – Fin des récoltes, temps des gratitudes.

10. **Erasin** : on expédie les cochons dans les bois se gorger de glands et de faines.

11. **Kemmin** : nouveaux labourages en vue du printemps. Abattage des bœufs et autres bêtes de boucherie, préparation des viandes. Fin de la saison de pêche. Les tempêtes rendent dangereuse la navigation hauturière.

12. **Cinrin** : travaux d'intérieur, battage inclus.

Carte par James Sinclair

PREMIÈRE PARTIE

Si nous avions su dès le début jusqu'où nous mènerait cette vision, je ne garantis pas que nous aurions eu le courage de lui emboîter le pas. L'Oracle fut bien aimable, à sa façon...

Fragment de document découvert dans la tour est de la Maison de l'Orëska

1

Ce premier hiver passé en compagnie de Kaulin et du petit Wythnir s'écoula paisiblement. Bierfût recevait à intervalles réguliers des courriers de Tobin et de Ki, ainsi que d'Iya, qui partageait désormais son temps entre ses voyages et des incursions plus fréquentes à Ero. Quelques remarques d'aspect anodin suggéraient à bon entendeur qu'elle avait découvert des alliés dans la capitale, tous magiciens qui se montreraient plus utiles en demeurant où ils se trouvaient qu'en venant rejoindre Arkoniel au fort.

L'existence à la Cour faisait le fond des lettres des garçons, mais dans celles qu'écrivait Tobin se lisaient en sombre filigrane inquiétude et mécontentement. Korin faisait de plus en plus la bringue, les humeurs du roi étaient des plus imprévisibles, et les aînés des Compagnons traitaient leurs cadets comme des moutards.

En revanche, Ki racontait gaiement leurs sorties ou évoquait l'intérêt que leur manifestaient diverses donzelles. Arkoniel soupçonna que ce dernier point devait être beaucoup moins au goût du petit prince ; les filles, il n'en soufflait mot, sauf pour signaler que l'une

17

d'entre elles, avec qui ils s'étaient liés d'amitié, avait disparu dans des circonstances demeurées mystérieuses. Il ne fournissait que de vagues détails, mais le magicien eut l'impression désagréable qu'il subodorait qu'elle avait été assassinée.

Tandis que ce nouvel hiver s'achevait à son tour, l'attention d'Arkoniel se concentra tout autant sur ses hôtes que sur ses travaux. Ces derniers ne suscitaient guère qu'indifférence de la part de Kaulin qui, les qualifiant de « magie d'intérieur », préférait, quelque temps qu'il fasse, aller courir les bois. À peine installé à demeure, il s'était d'ailleurs si fort révélé du genre grognon qu'Arkoniel était tout sauf fâché de l'abandonner à lui-même.

Ce qui n'allait pas sans l'abasourdir, en revanche, c'était la négligence dont son collègue faisait preuve à l'endroit de Wythnir. Sans lui marquer véritablement d'aversion, il décampait souvent sans l'emmener, laissant à Nari le soin de s'occuper de lui comme s'il s'agissait d'un mioche ordinaire en manque de nourrice.

Arkoniel en fit l'observation à cette dernière un matin où elle s'activait dans le cabinet de travail avec son chiffon à poussière.

« Ce n'est pas un problème, répliqua-t-elle. Moi, je suis bien contente d'avoir de nouveau un gosse sous mon toit. Et Créateur sait que ce pauvre petit, ça ne lui fait pas de mal d'être un peu dorloté. Il est à peine sorti des langes et, magicien-né ou non, n'a jamais eu une seule âme qui se soucie de lui. »

Arkoniel perçut un rien d'âpreté dans l'intonation.

Il repoussa son journal de bord à demi rédigé sur un côté du bureau, pivota sur son siège et, relevant un de ses genoux, l'enlaça de ses doigts. « Il me semble bien que Kaulin le néglige un peu, mais, à leur arrivée, je ne lui ai pas trouvé si mauvaise mine que ça.

— Il ne crevait pas de faim, ça, je te l'accorde, mais tu as pu constater de tes propres yeux comment son maître se comporte avec lui. C'est tout juste s'il lui accorde un mot gentil de-ci de-là, quand il se donne seulement la peine de lui adresser la parole. Mais aussi, qu'en attendre d'autre ? Il ne l'a pris en charge que pour acquitter une dette.

— Comment le sais-tu ?

— Hé ! mais parce que Wythnir me l'a raconté », répondit-elle avec un petit sourire suffisant qu'Arkoniel surprit tandis qu'elle s'attaquait au nettoyage des fenêtres. « Et que j'ai soutiré quelques détails de plus à Kaulin l'autre jour. Le pauvre gosse avait été salement maltraité par son premier maître, un pochard, voire pis, d'après les recoupements que j'ai faits. Même avec Kaulin, qui s'en fiche manifestement comme d'une guigne, son sort ne pouvait que s'améliorer. Mais rien d'étonnant s'il a toujours des allures de petit fantôme. » Elle épousseta un bougeoir en un tournemain. « Moi, ça m'est bien égal de l'avoir dans mes jambes, évidemment. Il ne me dérange aucunement. N'empêche qu'il est un magicien-né, et que vu la façon dont il s'est attaché à toi, tu pourrais peut-être t'intéresser un peu plus à lui, non ?

— Attaché à moi ? Il ne m'a même pas dit un mot depuis qu'il est ici ! »

19

Elle secoua la tête. « Tu veux dire que tu ne t'es pas aperçu qu'il traîne toujours après toi et qu'il passe son temps à guigner la porte de ton cabinet de travail ?

— J'avoue que non. En fait, je croyais qu'il ne m'aimait pas. »

Ses expériences antérieures avec Tobin n'avaient guère contribué à le guérir de sa timidité avec les mioches silencieux. « Chaque fois que je lui parle, il se fourre un doigt dans la bouche et se met à contempler ses pieds. »

Nari fit claquer son chiffon vers lui puis gloussa. « Pouh, ça, tu n'as qu'à t'y faire ! Et puis tu as pris de ces petits airs tellement bizarres et grincheux depuis le départ des garçons...

— Pas du tout !

— Oh que si ! Nous, Cuistote et moi, ça nous est égal, mais lui n'est qu'un mouflet, et les mouflets, m'est avis que j'en sais plus long sur eux que toi. Fais-lui la grâce d'un sourire. Montre-lui un truc ou deux, et je te parie un sester que ça le réchauffera tout de suite. »

À la surprise d'Arkoniel, Nari remporta la mise. Tout en demeurant timide et muet, l'enfant s'éclaira de façon notable quand le magicien prit le temps de l'amuser avec l'un de ses tours ou le pria de le seconder pour accomplir de menues tâches. Il était toujours maigrichon, mais la bonne chère de Cuistote avait déjà coloré ses joues pâlichonnes et rendu quelque lustre à sa tignasse brune hirsute. La conversation restait malaisée ; il ouvrait rarement la bouche, à moins de question directe, et encore ne répondait-il que par de vagues marmonnements.

Dans le cabinet de travail, toutefois, il suivait d'un œil vif, attentif et solennel chacun des gestes que faisait Arkoniel. Un jour, pour des raisons connues de lui seul, il offrit à celui-ci de lui montrer comment s'y prendre pour faire un charme porte-bonheur avec un bouquet de crins de cheval et de thym séché. Ce n'était pas là le genre de choses qu'étaient capables, à huit ans, de réaliser la plupart des gosses, même magiciens-nés. Et il eut beau le tramer avec une certaine gaucherie, le résultat ne s'en montra pas moins d'une solidité à toute épreuve. Les sincères éloges qu'en fit Arkoniel lui valurent le premier sourire qu'il eût jamais vu sur les lèvres du garçonnet.

Après ce menu succès, Wythnir commença véritablement à s'épanouir. Il semblait tout naturel de lui apprendre, et quelques leçons suffirent à révéler que Kaulin avait bien mieux rempli son rôle que ne le présumait Arkoniel jusque-là. En moins d'un an passé en sa compagnie, le petit s'était déjà initié à la plupart des sortilèges usuels et des charmes à feu, et il savait une étonnante quantité de choses sur les propriétés des plantes. Du coup, Arkoniel en vint à soupçonner que ce n'était ni l'ennui ni le désappointement qui dictaient la singulière désaffection de Kaulin pour l'enfant, mais bien au contraire le ressentiment causé par des dons trop flagrants.

La découverte de la vivacité de Wythnir le rendit lui-même plus circonspect quant à ce qu'il pouvait se permettre de lui laisser voir de ses propres études. Les éléments de sorcellerie que lui avait enseignés Lhel étaient encore frappés d'interdit chez les magiciens indépendants. Aussi, tout en associant l'enfant chaque matin à ses travaux, réserva-t-il strictement les après-midi pour ses recherches solitaires.

Depuis que Ranaï lui avait fait don de son esprit, il s'était aperçu que certains types d'opérations – celles destinées notamment aux conjurations et transmutations – présentaient plus de facilité que par le passé. Son esprit voyait plus nettement les motifs magiques, et il se rendit compte qu'il était présentement capable de maintenir son œil en état visionnaire pendant près d'une heure sans se fatiguer. Peut-être fut-ce grâce à la vieille magicienne tout autant qu'à Lhel, mais toujours est-il qu'il réussit enfin à obtenir son premier succès dans ce qu'il appelait désormais par-devers lui son « charme d'embrasure ».

Il y avait pour le moins renoncé dix fois depuis qu'il avait entrepris de le concevoir, mais il avait tôt ou tard fini par se retrouver face à la vieille boîte à sel, s'efforçant désespérément de contraindre une pierre ou un haricot à entrer s'y matérialiser.

Wythnir était en train de balayer le cabinet de travail, un matin pluvieux de la fin Klesin, quand sa curiosité fut attirée par les grommellements d'Arkoniel, qui tentait à nouveau l'épreuve, et il s'approcha pour voir.

« Qu'est-ce que vous êtes en train d'essayer de faire ? » Encore à présent, il ne parlait qu'à voix très feutrée, comme le novice d'un temple. Arkoniel se demandait souvent si quelques jours en la compagnie de Ki ne suffiraient pas à y remédier.

Il brandit le haricot récalcitrant. « Je veux le faire pénétrer dans la boîte, mais sans ouvrir le couvercle. »

Le petit réfléchit un moment. « Pourquoi ne pratiquez-vous pas un trou dans la boîte ?

— Eh bien, c'est que cela irait à l'encontre du but poursuivi, vois-tu. Je veux dire que je pourrais tout aussi bien soulever le... » Il s'arrêta pile, fixa l'enfant puis la boîte. « Je te remercie, Wythnir. Tu veux bien me laisser seul quelque temps ? »

Arkoniel s'abîma en méditations le restant de l'après-midi et la nuit suivante, assis en tailleur à même le sol. Au point du jour, il rouvrit les yeux et se mit à rire. Le motif magique lui était finalement venu, si simple à mettre en œuvre et si évident qu'il semblait inimaginable d'avoir pu passer si longtemps à côté. En fait si *enfantin* qu'il n'avait fallu rien moins qu'un enfant, comment s'en étonner ? pour signaler la solution.

Retournant à sa table, il y préleva sa baguette de cristal et un haricot puis se mit à fredonner les incantations de pouvoir qui l'avaient visité au cours de la nuit, tout en tramant successivement dans l'air, du bout de sa baguette, les paraboles lumineuses destinées à évoquer *tourbillon, embrasure, voyageur, repos.* Or, alors qu'il n'osait trop y croire, le motif complexe ainsi réalisé ne se dissocia pas, et il sentit le chatouillement froid d'énergie familier ruisseler de son front vers ses mains. Le motif étincela puis se résolut en une espèce de petite tache ténébreuse qui, aussi luisante et dense d'aspect que du jais poli, se tenait en suspens devant lui. La touchant en esprit, Arkoniel découvrit qu'elle tournoyait. Le phénomène le stupéfia au point de lui faire perdre sa concentration, et la tache s'évanouit en produisant un bruit semblable à celui d'un bouchon de pichet qui saute.

« Lumière divine ! » Après s'être ressaisi, il retraça les divers éléments du motif. Une fois celui-ci fixé en l'air, il le soumit à une épreuve plus poussée qui le révéla aussi malléable que de l'argile sur un tour de potier. Il suffisait en tout et pour tout d'une pensée pour l'agrandir aux dimensions d'un dessus de futaille ou le rétrécir à celles d'un œil d'oiseau-mouche.

Il était au surplus instable mais facile à manipuler et se prêta tour à tour à toutes sortes de variantes. Une simple pensée permettait d'en modifier la position, de le faire se mouvoir tout autour de la pièce et de l'axer à volonté de la verticale à l'horizontale.

Finalement, démangé par le plaisir qu'il s'en promettait, le jeune magicien se représenta mentalement la boîte sans seulement la regarder et laissa tomber un haricot dans le petit maelström. Le haricot s'y engloutit comme une pierre dans une mare mais sans retomber de l'autre côté, et puis le trou se résorba sur lui-même et disparut avec son *plop* accoutumé de vulgaire bouchon.

Arkoniel considéra l'air désormais vide puis, rejetant sa tête en arrière, lâcha un cri d'allégresse qui fusa témoigner de sa jubilation jusqu'au camp de Lhel.

Wythnir, qui n'était à l'évidence pas allé plus loin

que le seuil de la porte, entra en trombe. « Qu'y a-t-il, Maître ? Vous vous êtes fait mal ? »

À sa stupéfaction, le magicien l'enleva dans ses bras et l'entraîna dans une danse échevelée tout autour du cabinet de travail. « Tu es un porteur de chance, mon petit, tu sais ça ? Illior te bénisse de m'avoir mis la clef dans la main ! »

Et son hilarité de redoubler devant le sourire abasourdi du mioche.

Durant les quelques semaines suivantes, Arkoniel s'arma d'une poignée de haricots pour soumettre son invention magique à diverses épreuves. Il réussit à faire pénétrer des haricots dans la boîte à sel à partir de l'autre bout de la pièce, puis du corridor et, finalement, non sans émoi, par-delà la porte close du cabinet de travail.

Il fit aussi par inadvertance une découverte cruciale. S'il relâchait son attention ou précipitait les choses, s'il ne visualisait pas soigneusement le but ou ne se concentrait pas exclusivement sur son dessein, le malheureux haricot se volatilisait purement et simplement. Il renouvela maintes fois le test et fut aussi incapable de récupérer aucun de ceux qui s'étaient perdus que de découvrir où ils avaient bien pu passer.

Sans doute se retrouvent-ils pris au piège dans quelque espace intermédiaire entre le motif magique et leur destination première, nota-t-il le soir même dans son journal de bord. Il était près de minuit, mais il était beaucoup trop exalté pour aller s'inquiéter de fantômes. Cela faisait des heures qu'on avait fourré

Wythnir au lit, mais Arkoniel continuait à laisser brûler les lampes, tout sauf désireux de s'interrompre quand les choses avançaient si bien. Il était néanmoins plus éreinté qu'il ne consentait à l'admettre.

Il se résolut à essayer d'expédier dans la boîte quelque chose de moins léger que les haricots habituels. Un plomb de pêche laissé par Tobin ou par Ki lui parut faire exactement l'affaire. Mais sa fébrilité lui fit effleurer par mégarde le disque noir, et sa main perçut distinctement comme une saccade lorsque le trou se referma. Pendant un moment, il ne put rien faire d'autre que contempler d'un air ahuri le seul vestige subsistant de son petit doigt, un moignon d'où giclait le sang. Le reste avait disparu, tranché net comme d'un coup d'épée juste au-dessous de la deuxième phalange. Malgré les élancements douloureux qui commençaient à le tourmenter, il demeurait là, pétrifié par l'incrédulité, les yeux attachés sur l'hémorragie.

La douleur ne tarda cependant guère à lui rendre sa présence d'esprit. Entortillant la plaie dans un pan de sa tunique, il fonça vers la table et ouvrit la boîte à sel. Le plomb s'y trouvait, intact comme escompté, mais une invraisemblable bouillie souillait les parois du récipient. La chair broyée des phalanges éclaboussait tout d'une purée sanglante. Les os n'avaient pas en revanche subi le moindre dommage, l'ongle non plus, qui gisait à côté du plomb comme un coquillage délicat.

C'est alors seulement que le frappa l'énormité de la sottise qu'il venait de commettre. S'effondrant sur le tabouret, il appuya son front sur sa main gauche. Il avait beau savoir qu'il lui fallait appeler à l'aide avant de s'évanouir et de se vider par terre de tout son sang, il mit un bon moment avant de pouvoir se contraindre à esquisser un mouvement.

Lhel m'avait bien dit de ne jamais toucher aux charmes de fenêtre, songea-t-il, pendant que le submergeait une vague de nausée. Ce n'était pas pour rien qu'elle avait montré tant de répugnance à l'initier à ce genre d'opérations magiques.

Vu la netteté de la blessure, il fut assez facile d'arrêter l'hémorragie. En quelques points, Cuistote sutura le bout du moignon, l'enduisit de miel puis l'enveloppa dans une poupée de tissu bien propre.

Arkoniel se chargea personnellement du nettoyage de la boîte à sel et, tout en se gardant de rien révéler à Kaulin ou à Wythnir quant aux circonstances de sa mésaventure, redoubla de prudence pour tenir tout le monde à l'écart de ses tentatives ultérieures.

Loin de refroidir son zèle, cependant, l'accident l'aiguillonna. Il consacra les quelques jours suivants à expérimenter le charme avec toutes sortes d'objets : une chute de parchemin, une pomme, une agrafe de manteau, une souris morte attrapée dans une tapette des cuisines. Seule s'en tira intacte l'épingle de métal. Du parchemin ne demeuraient que des miettes, mais non brûlées. Le cadavre de la bestiole et le fruit connurent exactement le même sort que le petit doigt sectionné ; la pulpe et les pépins, la chair et les os les plus délicats n'étaient plus que chair à pâté mais le crâne décharné de la souris se présentait entier.

Ayant de la sorte établi que seuls les objets très solides supportaient le transfert sans dommage, il se lança dès lors dans des expériences relatives au poids et découvrit que l'expédition à travers le cabinet de travail d'un serre-livres en pierre sculptée ne réclamait pas plus d'efforts que celle des haricots. Satisfait par ce résultat, il retourna à ces derniers pour entreprendre des essais sur la distance.

Nari et les autres le regardèrent d'un drôle d'air quand il se mit à parcourir comme un fou tous les recoins du fort. À Wythnir, posté près de la boîte, incombait la tâche d'annoncer à pleins poumons du haut de l'escalier la survenue des petits voyageurs.

Si loin qu'il se trouvât du but, si nombreux que fussent les portes et les murs qui l'en séparaient, le résultat était immuable, Arkoniel n'avait qu'à imaginer un trou dans le flanc de la boîte elle-même et à se concentrer soigneusement, les haricots se débrouillaient pour gagner leur domicile.

Il essaya dès lors de leur assigner d'autres destinations. Le premier réussit à se rendre du cabinet de travail sur l'étagère aux offrandes de l'autel domestique. De là, le magicien le dépêcha dans le baril à farine de Cuistote – succès en l'occurrence assez salissant... – puis commença à l'envoyer se balader dehors.

Kaulin ne s'en montra pas le moins du monde impressionné. « Vois pas à quoi ça pourrait bien servir », renifla-t-il, pendant que son collègue récupérait l'un de ses haricots sur le tronc d'un saule, au bord de la rivière.

Arkoniel méprisa la remarque. Il dressait déjà mentalement une liste des endroits qu'il était capable de se figurer avec suffisamment de netteté dans telle ou telle ville pour focaliser sa magie sur eux.

« Le hic, bien sûr, est que l'on ne puisse envoyer des lettres sur parchemin, grommela-t-il tout haut. Mais il doit exister un truc pour tourner la difficulté.

— Il vous serait possible de les écrire sur des bouts de bois, suggéra Wythnir.

— Pourquoi pas, en effet ? fit Arkoniel d'un ton rêveur. Voilà une excellente idée, petit. »

Non sans les avoir toisés d'un regard dédaigneux, Kaulin s'en fut flâner à ses propres affaires.

2

Même dans les montagnes, ce printemps-là et le début de l'été furent plus torrides que les précédents. Les négociants augmentèrent leurs prix en invoquant d'un ton lamentable la mort du bétail et les cultures ravagées par la sécheresse et la rouille. Sur le versant des reliefs, les bouleaux se mirent à jaunir au plus fort de l'été. Même Lhel en semblait affectée, elle qu'Arkoniel n'avait jamais entendue se plaindre ni de la chaleur ni du froid.

« La malédiction qui pèse sur ce pays est en train de faire tache d'huile, prévint-elle tout en gribouillant des symboles dans la terre autour de son camp.

— Tobin est encore si jeune...

— Oui, trop jeune. Skala va devoir souffrir encore un certain temps. »

La canicule cessa finalement de sévir vers la fin Gorathin avec une série d'orages virulents.

Arkoniel s'était mis à dormir pendant les heures les plus suffocantes de la journée. Le premier coup de tonnerre l'abasourdit en ébranlant le fort comme une avalanche, et il se dressa en sursaut sur son lit trempé. Tout en bondissant sur ses pieds, sa première pensée fut qu'il avait dû dormir tout le jour d'un trait, car la pièce était presque noire. Dehors, des nuages couleur d'ecchymose fraîche filaient au ras de la cime des bois. Juste au même instant, le ciel fut déchiré par un éclair d'un blanc-bleu aveuglant, et un nouveau fracas secoua formidablement la maison. Une rafale de vent mouillé souffleta la joue d'Arkoniel, et la pluie survint, se déployant en rideaux d'argent si drus qu'elle boucha instantanément tout aperçu sur le paysage. D'énormes gouttes crépitaient sur le rebord de la fenêtre avec tant de violence qu'il en était éclaboussé à trois pieds de là. Il s'approcha de l'embrasure, trop heureux d'un rien de répit, mais l'averse elle-même était chaude.

Les éclairs s'acharnaient à darder des tridents vers le sol, et dans le sillage de chaque zébrure retentissait une assourdissante détonation. L'orage faisait un tel vacarme que le magicien ne s'aperçut que Wythnir s'était faufilé dans sa chambre qu'en sentant se poser la main de l'enfant sur son bras.

Il crevait manifestement de peur. « Ça va frapper le manoir ? » demanda-t-il d'une voix tremblotante mais qu'il haussait de son mieux pour se faire entendre.

Arkoniel l'enlaça d'un bras. « Ne t'inquiète pas. Cette vieille baraque ne date pas d'hier, elle en a vu d'autres. »

Comme pour le contredire, la foudre s'abattit sur un vieux chêne mort qui bordait la prairie, le fendit en deux depuis la cime jusqu'aux racines et l'embrasa d'un coup.

« Du feu de Sakor ! » s'écria Arkoniel en se ruant vers son cabinet de travail. « Où as-tu mis ces pots à feu que tu astiquais l'autre jour ?

— Sur l'étagère près de la porte. Mais vous... – vous ne comptez pas *sortir* ?

— Rien qu'un moment. » Le loisir manquait pour expliquer quoi que ce soit. Arkoniel connaissait au moins une demi-douzaine d'élixirs qui ne pouvaient se concocter qu'avec cette sorte de feu, s'il arrivait à temps pour s'en procurer avant que la pluie ne l'éteigne.

Les pots se trouvaient effectivement sur l'étagère, prêts à servir, avec leurs couvercles étincelants de cuivre criblé de trous. Wythnir avait fait merveille, comme toujours. Leurs panses de fer bien rondes étaient bourrées d'écorce de cèdre sèche et de laine en suint. Le magicien rafla le plus gros et se précipita dans l'escalier. Il s'entendit bien interpeller par Kaulin lorsqu'il enfila la grande salle, mais il ne s'arrêta pas pour autant.

La pluie battante lui aplatit les cheveux et colla le pagne contre ses cuisses tandis qu'il galopait pieds nus sur le pont puis se lançait à corps perdu dans la houle rêche des phléoles et des chardons morts qui lui montait jusqu'à la ceinture, tout en maintenant le pot serré contre sa poitrine pour empêcher le contenu de se mouiller.

En atteignant le chêne foudroyé, il fut heureux de constater qu'il n'était pas trop tard. Des flammes persistaient à pétiller en crachotant dans les fissures du tronc calciné, ce qui lui permit de projeter quelques tisons dans le pot à l'aide de son couteau avant que les derniers n'aient été mouchés. Cela se révéla suffisant, le combustible prit, son feu, il le tenait. Il était juste en train d'arrimer le couvercle dessus quand Kaulin et le gosse arrivèrent hors d'haleine à ses côtés. Encore effrayé, Wythnir se recroquevilla quand la foudre frappa de nouveau la berge vers l'aval.

« Je n'ai apporté qu'un seul pot », dit Arkoniel à Kaulin. Il n'avait nulle envie de partager sa proie. Diviser le feu de Sakor en diminuait la puissance.

« Pas ça que je cherche », maugréa l'autre. Le ruissellement de la pluie se mit à former des rigoles sur son large dos quand il s'accroupit au pied de l'arbre dans l'herbe noircie pour entreprendre de fouiller çà et là avec un canif d'argent. Wythnir, qui faisait de même de l'autre côté, se redressa bientôt en poussant un cri de triomphe. « Regardez, maître Kaulin, en voilà un gros ! » piailla-t-il sans cesser de faire aller et venir d'une de ses paumes à l'autre quelque chose qui ressemblait à une galette de cendres bouillante. C'était un nodule noir encroûté de terre et d'aspect rugueux, à peu près de la taille d'un doigt d'homme. Kaulin ne fut pas long à en trouver un lui aussi.

« Superbe, celui-là ! » s'exclama-t-il en se dépêchant de le présenter à la pluie pour le refroidir.

« Qu'est-ce que c'est ? » s'enquit Arkoniel en le voyant aussi enchanté d'avoir cueilli ce fruit de l'orage que lui-même l'était du sien.

« Pierre céleste », répondit Kaulin en la lui lançant. « Imbibée par la puissance de la foudre. »

Elle était encore presque brûlante, mais Arkoniel y perçut également quelque chose d'autre, une espèce de vibration subtile qui lui fit éprouver un chatouillement tout le long du bras. « Oui, je sens ça. Qu'est-ce que vous comptez en faire ? »

Kaulin tendit la main pour la récupérer, et Arkoniel ne s'en dessaisit qu'à contrecœur. « Des tas de trucs », répliqua-t-il en la faisant rouler dans le creux de sa paume pour qu'elle se refroidisse davantage. « Y a là de quoi bouffer deux bons mois, si je me dégotte pour la vendre le bon micheton. Ça te refoutra raide comme un fer rouge la queue raplapla d'un vioquard.

— Vous voulez dire que c'est souverain contre l'impuissance ? Jamais entendu parler d'un traitement pareil... Ça marche comment ? »

Kaulin glissa les pierres dans une bourse de cuir. « Le gus s'en attache une à la biroute avec un cordon de soie rouge, et puis il attend qu'un orage arrive. Dès qu'il a vu trois éclairs dans le ciel, il recouvre sa vitalité. Pour quelque temps du moins. »

Arkoniel refoula un grognement d'incrédulité. À de

rares exceptions près, ces « cures » populaires-là n'étaient rien de plus que des lubies plantées dans la cervelle du client grâce à une magie de pseudo-sympathie qui exploitait plutôt le désespoir des dupes qu'un quelconque pouvoir inhérent au prétendu remède. C'était à ce genre d'escroqueries que la corporation devait sa fâcheuse réputation. Restait qu'il n'en avait pas moins ressenti quelque chose au contact de la pierre. Satisfaits de leurs trouvailles, les autres reprirent le chemin du fort. La pluie qui crépitait sur le couvercle du pot à feu l'incita à leur emboîter pesamment le pas.

Wythnir ralentit le sien jusqu'à ce qu'Arkoniel se soit porté à sa hauteur et, sans piper mot, lui fourra tout en marchant quelque chose dans la main puis se hâta de rattraper Kaulin. Le jeune magicien baissa les yeux et s'aperçut qu'il tenait l'une des pierres brûlantes et rugueuses. Avec un large sourire, il l'empocha pour l'examiner plus tard.

La pluie s'était légèrement calmée. Arkoniel se trouvait à mi-pente de la prairie lorsqu'il distingua un lointain cliquetis de bricoles dans la direction de Bierfût. Kaulin l'avait entendu, lui aussi.

Arkoniel lui passa le pot à feu. « Emportez ça dans mon atelier et n'en bougez ni l'un ni l'autre. Ne faites aucun bruit jusqu'à ce que je vous aie mandé de quoi il retourne. »

Ils se mirent à courir vers le pont puis, tandis que Kaulin et l'enfant s'engouffraient par la grande poterne, Arkoniel fonça vers les baraquements vides et, s'approchant d'une fenêtre qui donnait sur la route en contrebas, se mit à épier par une fissure entre les volets. La pluie qui s'était de nouveau intensifiée ne lui permettait pas de discerner quoi que ce soit au-delà du pont, mais il n'osa pas se montrer.

À présent s'entendaient des ébrouements poussifs et des grincements de harnais. Un bœuf brun et blanc émergea de la tempête, attelé à une charrette à hautes ridelles. Emmitouflées dans des manteaux pour se protéger du déluge, deux personnes en occupaient le banc. Celle qui se trouvait à côté du conducteur releva là-dessus sa capuche, et le cœur d'Arkoniel tressaillit ; c'était Iya, découvrant son visage afin que quiconque serait à l'affût dans le fort puisse l'identifier. Son voisin procéda de même et se révéla être un jeune homme blond aux traits vaguement 'faïes. Il s'agissait d'Eyoli de Kès, l'embrumeur mental issu de la nichée d'orphelins recueillis jadis par Virishan. C'en faisait au moins un qu'Iya était parvenue à conduire en lieu sûr. Le fait qu'ils eussent voyagé en pareil équipage éveilla l'espoir d'Arkoniel qu'elle en amenait aussi d'autres.

Sans être elle-même une magicienne de premier ordre, Virishan s'était acquis le respect d'Iya en ramassant de-ci de-là les petits magiciens-nés abandonnés à eux-mêmes dans les milieux pauvres et en les sauvant des ports de mer immondes et des villes frontalières arriérées où leurs semblables étaient trop souvent exploités, maltraités, voire massacrés par les ignorants. Pour avoir subi personnellement le même

35

rejet, Iya s'était fait une joie d'apporter tout le soutien possible à l'œuvre de Virishan.

« Ah ! te voilà donc, et par ce temps ! » l'apostropha-t-elle, lorsque Arkoniel s'aventura dehors pour les accueillir. Après avoir tiré sur les rênes pour immobiliser le bœuf, Eyoli tendit la main au magicien qui, se perchant alors sur les rayons boueux d'une roue, jeta un coup d'œil à l'intérieur de la charrette. Pelotonnés parmi les bagages ne s'y trouvaient que cinq enfants. Leur protectrice n'était pas avec eux.

« Où est votre maître ? demanda Arkoniel pendant que le véhicule se remettait en branle en ferraillant cahin-caha.

— Morte d'une fièvre l'hiver dernier, l'avisa Eyoli. Douze des gosses y ont également succombé. C'est moi qui ai dû me charger des rescapés depuis, mais il est dur de s'en tirer pour vivre avec le peu de magie qui est notre lot à tous. Votre propre maître nous a vus en train de mendier à Port-Royal et nous a proposé de nous réfugier ici. »

Arkoniel examina les petits passagers grelottants. Les trois plus âgés étaient des filles. Quant aux deux derniers, c'étaient des garçonnets, pas plus vieux que Wythnir.

« Bienvenue à tous. Vivement qu'on vous réchauffe et qu'on vous sèche et, après, vous aurez plein de choses à manger.

— Merci, maître Arkoniel. Je suis bien contente de vous revoir », déclara l'une des gamines en repoussant son capuchon trempé. Elle était presque adulte, s'avisa-t-il, et très avenante, avec ses grands yeux

36

bleus et sa natte couleur de lin. Il devait l'avoir dévisagée trop fixement, car son sourire vacilla. « C'est moi, vous ne vous rappelez pas, Ethni ?

— La petite charmeuse d'oiseaux ? » Elle était si jeunette, la dernière fois qu'il l'avait vue, qu'il l'avait juchée sur ses genoux.

Elle s'épanouit et brandit une cage d'osier pour lui faire voir deux colombes marron. « Vous m'avez aidée de vos conseils, et j'ai maintenant quelques nouveaux tours à vous montrer », fit-elle avec fierté.

J'aimerais bien les voir ! songea-t-il, non sans se demander si elle s'assiérait encore dans son giron. Le temps de se ressaisir, et il repoussa, horrifié, cette pensée coupable. Il n'en restait pas moins qu'elle était la première jolie fille qu'il eût rencontrée depuis qu'il avait rompu son célibat avec Lhel. La conscience qu'il en prit le troubla passablement, tout comme la réaction fiévreuse de sa chair.

« Et nous ! Vous ne vous souvenez pas de nous ? » le tancèrent les deux cadettes en levant vers lui deux museaux identiques. Même leurs voix sonnaient pareil.

« Ylina et Rala ! lui remémora l'une d'elles.

— Vous avez fait pour nous des nœuds portebonheur et chanté des ballades », ajouta sa sœur.

Arkoniel leur sourit, tout en sentant que le regard d'Ethni ne le lâchait pas. « Et ces deux gaillards, c'est qui ?

— Ça, c'est Danil, répondit l'une des jumelles en serrant contre elle un mioche aux yeux noirs.

— Et lui, Totmus, reprit la seconde en désignant un pâlot timide.

— Qui d'autre est arrivé ? questionna Iya.

— Kaulin et un petit garçon. »

Elle resserra son manteau mouillé autour d'elle en fronçant les sourcils. « C'est tout ? Après tout ce temps ?

— Vous en aviez convoqué combien ?

— Rien qu'une douzaine, ou dans ces eaux-là, depuis notre dernière rencontre. La ficherait mal, que trop de monde dégouline sur la route de Bierfût. Mais je m'étais attendue à en trouver davantage ici, maintenant. » L'un des mioches se mit à pleurnicher. « Ne t'en fais pas, Totmus, nous sommes presque arrivés. »

Dans la cour des cuisines, Cuistote et Nari s'empressèrent de pousser au coin du feu le troupeau des gosses gelés puis de les envelopper dans des couvertures sèches.

Plus tard, une fois ceux-ci installés sur des paillasses dans la grande salle, Arkoniel entraîna Iya, coupe en main, dans sa chambre à coucher. Il ne tonnait plus, mais la tempête faisait toujours rage. Avec la tombée de la nuit, le vent se changea en une bise glaciale et bombarda le fort de grêlons gros comme des noisettes. Les magiciens sirotèrent en silence leur vin pendant quelque temps, l'oreille tendue au boucan que faisait la mitraille contre les volets.

« Nos magiciens ne forment pas encore une collection de tout premier choix, n'est-ce pas ? dit finalement Arkoniel. Un vieil imposteur, un embrumeur mental à demi adulte et une poignée de marmots...

— Il y en aura d'autres, affirma Iya. Et ne sous-estime pas Eyoli. Quelque limité qu'il puisse être, il excelle à ce qu'il fait. Je pense qu'il nous serait précieux pour veiller sur Tobin à Ero. Cette tâche ne va pas sans risques, mais il y attirera beaucoup moins l'attention que nous ne le ferions. »

Arkoniel étaya son menton dans le creux d'une paume et soupira. « Ero me manque. Comme il me manque de voyager en votre compagnie.

— Je le sais, mais ce que tu fais ici est important. Et Lhel ne te laisse sûrement pas trop souffrir de la solitude ? » ajouta-t-elle avec un clin d'œil.

Il se contenta de rougir, faute de pouvoir répondre.

Elle gloussa puis, s'apercevant du petit doigt perdu, désigna sa main droite. « Que t'est-il arrivé ?

— Un accident heureux, somme toute. » Il la brandit avec orgueil ; grâce à Cuistote, le moignon s'était proprement cicatrisé par-dessus le bout d'os restant. La peau toute neuve y était encore un brin sensible et d'un rose luisant, mais à peine s'en apercevait-il désormais. « J'ai des nouvelles étonnantes à vous annoncer, mais vous en faire la démonstration est plus facile que vous expliquer. »

Fourrageant dans sa poche, il en retira sa baguette et une pièce de monnaie. Il trama le charme et réalisa un disque noir gros comme son poing qu'il disposa à plat, parallèlement au sol. Iya s'était penchée sur son siège et le regarda passionnément lever la pièce avec autant de fioritures et d'emphase qu'un conjurateur puis la laisser tomber dans le disque, où elle disparut pendant que la noire ouverture retournait à l'inexistence avec une espèce de pétarade. Arkoniel fit un grand sourire. « Regardez dans votre poche. »

Iya se fouilla et exhiba la pièce. Un air stupéfait envahit peu à peu sa figure. « Lumière divine ! murmura-t-elle. Lumière divine ! Arkoniel, je n'ai jamais rien vu de pareil ! C'est Lhel qui t'a appris ça ?

— Non, c'est le fameux charme auquel je m'étais mis à travailler, vous vous souvenez ? Mais c'est sur l'un des siens que je me suis fondé pour démarrer. » Il trama dans l'air le signe cabalistique destiné au charme de fenêtre et convia son maître à contempler au travers Cuistote et Nari qui tricotaient dans les cuisines au coin de la cheminée. « Tel était le point de départ, mais j'y ai ajouté de mon cru, et je le représente d'une autre façon.

— Mais ton doigt ? »

Arkoniel gagna son pupitre et préleva dans leur boîte une des bougies. Après avoir tramé son charme derechef, il y plongea celle-ci partiellement puis montra le moignon qui résultait de l'opération. Iya fouilla dans sa poche et la découvrit pleine des débris de la moitié manquante.

Il dressa de nouveau ce qui subsistait de son petit doigt. « La seule et unique fois où j'aie commis une étourderie. Jusqu'à présent, toujours.

— Par les Quatre ! tu te rends compte à quel point c'est dangereux, ce truc ? Jusqu'à quelles dimensions peux-tu pousser ces... ces... Comment les appelles-tu ?

— Embrasures. J'en ai réalisé d'assez grandes pour permettre à un chien de s'y balader, si c'est bien là que vous voulez en venir, mais ça ne marchera pas. J'ai tenté de le faire avec des rats, mais c'est en bouillie qu'ils parviennent à destination. Il n'y a que les petits objets solides qui passent au travers tout à fait indemnes. Mais figurez-vous simplement capable d'expédier d'ici quelque chose aussi loin qu'Ero, par exemple, en l'espace d'un seul clin d'œil ! Je n'ai rien essayé jusqu'ici d'aussi ambitieux, mais ça devrait marcher. »

Iya se mit à contempler la pièce et le moignon de la bougie. « Tu n'as enseigné cela ni à Kaulin ni au gamin, si ?

— Non. Ils l'ont vu fonctionner mais sans savoir comment il faut s'y prendre.

— Tant mieux. Arrives-tu à concevoir quels risques formidables il ferait courir s'il échouait en de mauvaises mains ?

— J'en suis bien conscient. Comme du fait qu'il n'est pas encore tout à fait au point non plus. »

Elle saisit entre les siennes sa main mutilée. « Ç'a peut-être été une bénédiction. Tu l'auras en permanence sous les yeux comme pense-bête jusqu'à ton dernier jour. Mais ce que je suis fière de toi, tout de même ! Nous passons pour la plupart notre existence entière à nous contenter d'apprendre en fait de magie ce que d'autres ont inventé, sans jamais l'enrichir d'aucune espèce de nouveauté. »

Il se rassit et se remit à siroter son vin. « C'est grâce à Lhel, en vérité. Je n'aurais jamais réussi à le concevoir sans les éléments qu'elle m'a enseignés. Elle m'a également montré des tas de choses relatives à la sang-magie. Des choses époustouflantes, Iya, et qui n'ont rien à voir avec la nécromancie. Peut-être serait-il temps de renoncer à nos préventions contre les gens des montagnes et de nous mettre à leur école avant leur extinction totale et définitive.

— Peut-être, mais irais-tu tout bonnement confier à n'importe qui le genre de pouvoir qu'elle exerce vis-à-vis des morts ?

— Sa science est loin de se réduire à ce seul aspect.

— Je sais, mais toi, tu sais aussi bien que moi que ce n'est pas sans motifs sérieux qu'on a refoulé son peuple. Tu ne saurais laisser ton affection pour une sorcière t'aveugler sur toutes les autres. Lhel a eu ses raisons pour ne pas te révéler le ténébreux revers de sa puissance, mais il existe bel et bien, crois-moi. Je l'ai ressenti.

« Il n'empêche que ce que tu as accompli sous mes yeux est une merveille. » Elle lui toucha la joue, et sa voix se voila d'une ombre de tristesse. « Et tu iras plus loin. Tellement plus loin... Maintenant, parle-moi de ce Wythnir. Tu m'as l'air d'avoir un gros faible pour lui.

— Il n'y a pas grand-chose à en raconter. D'après le peu de détails que nous sommes arrivés à rassembler, Nari et moi, ses débuts dans la vie ont été peu ou prou semblables à ceux de vos gosses d'en bas. Mais vous ne sauriez croire à quelle vitesse il saisit tout ce que je lui montre. »

Elle sourit. « Et alors, quel effet ça te fait d'avoir un apprenti à toi ?

— Apprenti ? Mais pas du tout, il est venu avec Kaulin, et c'est à lui qu'il appartient.

— Nenni, il est tien. Je l'ai vu dès l'instant où son regard s'est posé sur toi, dans la grande salle.

— Mais je ne l'ai pas choisi, j'ai simplement... »

Elle se mit à rire et lui tapota le genou. « Dans ce cas, c'est la première fois que j'aurai entendu parler d'un apprenti qui choisit son maître, mais il est bien tien, que ce qui vous lie résulte ou non de ton propre ouvrage ou de celui de Kaulin. Ne te sépare pas de lui, très cher. Il sera grand. »

Arkoniel opina lentement du chef. Il n'avait jamais pensé à Wythnir en ces termes, mais maintenant qu'Iya les avait prononcés, il comprenait qu'elle avait raison. « J'en parlerai avec Kaulin. S'il est d'accord, vous voudrez bien nous servir de témoin ?

— Bien sûr, très cher. Mais il te faudra régler cette affaire dès demain matin. »

Le cœur d'Arkoniel chavira. « Vous nous quittez si tôt que ça ? »

Elle hocha la tête. « Il y a encore tant à faire... »

Ce genre d'argument ne se discutait pas. Ils finirent leur vin en silence.

Contrairement aux appréhensions d'Arkoniel, Kaulin ne vit aucune objection à rompre ses engagements vis-à-vis de Wythnir, et ce d'autant moins que devait l'en dédommager une indemnité rondelette. Le petit garçon s'abstint de tout commentaire, mais il rayonnait de joie lorsque Iya lui lia la main à celle du jeune homme avec une cordelette de soie puis prononça la formule de bénédiction.

« Consens-tu à prêter le serment des magiciens à ton nouveau maître, enfant ? demanda-t-elle.

— J'y consens, si vous voulez bien me dire en quoi

il consiste, répondit-il en ouvrant des yeux grands comme des soucoupes.

— Vous allez pas vous figurer que je me suis jamais soucié de lui apprendre un truc pareil, hein ? » ronchonna Kaulin.

Iya le foudroya d'un regard dédaigneux puis reprit avec gentillesse : « Il te faut d'abord jurer par Illior Illuminateur. Ensuite, tu dois jurer par tes mains, ton cœur et tes yeux que tu obéiras toujours à ton maître et que tu t'efforceras de le servir de ton mieux.

— Je le jure », reprit Wythnir d'un ton allègre en touchant son front et sa poitrine comme elle le lui montrait. « Par... par Illior et par mes mains et mon cœur et...

— Mes yeux, lui souffla doucement Arkoniel.

— Mes yeux, termina l'enfant d'un air fier. Merci, maître Arkoniel. »

Une vague imprévue d'émotion submergea celui-ci. C'était la première fois que Wythnir l'appelait par son nom. « Et je jure donc à mon tour, par Illior, par mes mains, mon cœur et mes yeux, de t'enseigner tout ce que je sais et de te protéger jusqu'à ce que tu sois entré en possession de tes propres pouvoirs. » Tout en lui offrant un sourire, le souvenir l'assaillit du jour où lui-même avait entendu Iya prononcer les mêmes mots en sa faveur. Elle avait bien tenu parole, et il entendait tenir la sienne aussi scrupuleusement.

Il eut le cœur navré comme toujours lorsqu'elle reprit la route quelques heures plus tard, mais le fort semblait une tout autre maison, maintenant qu'il

44

hébergeait tant de monde. Tout magiciens-nés qu'ils pouvaient être, les nouveaux venus n'en étaient pas moins des gosses, et ils traînaient sur tous les seuils et dans la prairie comme une portée de petits paysans. Leur tapage faisait grommeler Kaulin, mais Arkoniel et les femmes se réjouissaient du regain de vie qu'ils apportaient dans le vieux manoir.

Leur présence n'allait pas sans créer aussi de nouveaux problèmes, s'aperçut-il bientôt. Tout d'abord parce qu'ils se montraient beaucoup plus difficiles à cacher que le discret petit Wythnir. Les jours de livraison, il lui fallait les expédier se planquer tous dans la forêt sous la garde de Kaulin et d'Eyoli.

Comme ils assistaient aux leçons qu'il donnait à son jeune disciple, il se retrouva également à la tête de toute une classe. Par bonheur, leur compagnie délivra Wythnir de ses dernières timidités, et le magicien fut ravi de le voir se mettre à jouer comme il était normal de le faire à son âge.

Pour bienvenue que fût son adjonction à la maisonnée, la ravissante Ethni jouait aussi les trublions. À chacune de leurs rencontres, elle poursuivait Arkoniel de ses agaceries. Ce qui le flattait tout en l'affligeant, car elle avait beau être deux fois plus âgée que Wythnir, elle ne révélait en aucune manière des dons aussi prometteurs. Il faisait néanmoins de son mieux pour l'encourager en louant le moindre de ses progrès. Et la manière dont elle lui souriait alors avait bien du charme...

Lhel se rendit compte avant lui de ce qu'il éprouvait pour l'adolescente, et elle l'en avertit dès la première visite qu'il lui rendit après l'arrivée de cette dernière.

Pendant qu'ils se déshabillaient mutuellement dans son chêne repaire, elle se mit à glousser. « Je vois dans ton cœur deux jolis yeux bleus.

— Ce n'est qu'une gamine ! riposta-t-il, non sans se demander quel genre de forme pouvait bien prendre une jalousie de sorcière.

— Tu sais aussi bien que moi que ce n'est pas vrai.

— Tu as encore espionné ! »

Elle éclata de rire. « Ai-je un autre moyen de te protéger ? »

Leur étreinte fut ce jour-là aussi passionnée qu'à l'accoutumée, mais il se surprit par la suite à comparer la gorge brune de sa maîtresse à la blancheur lisse de celle de la jeune fille et remarqua le réseau de rides qui cernaient ses yeux. Quand s'étaient-elles donc à ce point multipliées, creusées ? Plein de tristesse et de vergogne, il la serra bien fort et enfouit son visage dans ses cheveux, tout en s'efforçant de ne pas voir combien ceux-ci grisonnaient, maintenant.

« Tu n'es pas mon mari, murmura Lhel en lui caressant le dos. Je ne suis pas ta femme. Nous sommes libres tous les deux. »

Il essaya de déchiffrer sa physionomie, mais elle lui repoussa la tête pour la plaquer contre son sein et l'endormit à force de caresses. Tout en partant à la dérive, l'idée le traversa soudain qu'en dépit de leurs relations fougueuses ici même, à l'intérieur de l'arbre, jamais ils n'avaient ni l'un ni l'autre parlé d'amour. Et elle s'était gardée de lui enseigner le terme qui désignait celui-ci dans sa langue à elle.

3

Tobin célébra son quatorzième anniversaire à Atyion, et le duc Solari veilla personnellement à en faire une grande solennité. Bien plus grande, en fait, que le destinataire ne l'aurait souhaité ; il aurait cent fois mieux aimé une petite partie de chasse à Bierfût, sans autre société que les Compagnons et quelques amis, mais Iya l'avait averti que mieux valait s'abstenir de s'y rendre en ce moment. Elle s'était refusée à lui en fournir la raison, ce qui n'avait fait qu'exaspérer les vieilles rancunes qu'il gardait à la magicienne. Mais Tharin lui-même ayant fini par se prononcer en faveur de cette dernière, le petit prince avait dû s'incliner, quoique à contrecœur.

Cela ne l'empêcha pas d'être bien heureux de revoir Atyion. Outre en effet que la population de la ville lui réserva un accueil plus chaleureux que jamais, ce fut une vraie joie pour lui que de reconnaître dans la foule tant de figures familières.

Son retour parut enchanter jusqu'aux chats du château. Il s'en agglutinait des tas partout où il prenait place, et qui rivalisaient à qui mieux mieux pour s'enrouler contre ses chevilles et se lover dans son giron. Quant au matou orange de Lytia, Queue-tigrée, non content de venir chaque nuit s'étendre entre Ki et lui, il le talonnait tout le long du jour dans l'immense demeure. Il ne pouvait supporter Frère, en revanche. Aussi filait-il se planquer sous les meubles à chaque fois que Tobin convoquait en catimini le fantôme et ne cessait-il de gronder et cracher tant que ce dernier ne s'était pas évanoui.

À l'immense soulagement de Tobin, le roi ne vint pas prendre part aux festivités de l'anniversaire. Quitte à en être fort désappointé pour sa part, Solari ne s'en ingénia pas moins à bouder la grande salle de convives. Aux tables hautes s'empilaient des lords que Tobin connaissait à peine – des capitaines et des vassaux du duc pour la plupart –, mais, installés plus loin, des soldats vêtus aux couleurs d'Atyion chantaient et beuglaient des toasts à sa santé. En parcourant du regard cette mer de visages, il n'avait que trop conscience de ceux qui ne s'y trouvaient pas. On n'avait plus entendu parler d'Una depuis sa disparition, et Arengil était parti, lui aussi, renvoyé dans ses foyers d'Aurënen quelques jours après la fâcheuse scène des terrasses du Palais Vieux. D'après les commérages qui étaient revenus aux oreilles de Tobin au bout de deux ou trois semaines, le jeune aristocrate étranger s'était en fait vu accuser d'exercer une influence indésirable sur son entourage.

Il croula littéralement sous les cadeaux, cette année, les citadins s'étant notamment distingués par une singulière prodigalité. Provenant de marchands pour la plupart, ces dons représentaient leurs expéditeurs respectifs : le gantier s'était fendu d'une magnifique paire de gants, le brasseur de barils de bière, et ainsi de suite. Tobin ne leur avait guère concédé qu'un coup d'œil assez désinvolte quand Ki finit par extraire de la pile un grand rouleau qu'il lui tendit avec un large sourire. Une fois déployée, la chose se révéla être une ballade consacrée à Père et superbement enluminée tout en haut et le long des marges de scènes de batailles foisonnantes aux vives couleurs. Un petit bout de parchemin s'en était échappé, qui comportait à peine quelques lignes, mais très chaleureuses, de Bisir, on ne peut plus comblé par sa nouvelle profession.

Le séjour de Tobin et des Compagnons dura une quinzaine de jours. Chaque fois qu'il leur était possible de s'esquiver, Ki et lui allaient rendre visite à la tante de Tharin et à Hakoné. La santé du vieil intendant avait décliné au cours de l'été, et son esprit battait de plus en plus la campagne. Si bien que, chose assez pénible, on ne réussit pas à lui faire lâcher cette fois l'idée que les deux garçons n'étaient autres que ses galopins de Rhius et Tharin.

Les plus gros bonnets de la guilde locale donnèrent également des réceptions somptueuses en l'honneur de Tobin. Presque tous ces banquets le barbèrent à mourir. Ses hôtes avaient beau se montrer invariablement affables et généreux, tout ce qu'il voyait dans leurs ronds de jambe n'était guère que le désir de s'attirer ses bonnes grâces.

Il préférait cent fois aller voir les hommes dans leurs

baraquements. Sans avoir jamais vu de quelle manière Père se comportait vis-à-vis de troupes au sens strict du terme, il conservait un souvenir beaucoup trop vif des relations cordiales que celui-ci entretenait toujours avec sa garde pour se laisser seulement effleurer par l'idée d'agir différemment. Il connut bientôt par leur nom la plupart des officiers et des sergents et organisa des duels fictifs entre les gens de son escorte et tous les champions que la garnison d'Atyion se plut à leur opposer, non sans donner de sa propre personne de-ci de-là. Il éprouva quelque dépit de constater que ses adversaires le laissaient gagner, mais Tharin lui garantit par la suite que leur attitude était plutôt dictée par la déférence et l'affection que par une quelconque crainte.

« Tu es leur seigneur et maître, et tu prends néanmoins le temps d'apprendre comment ils s'appellent, insista-t-il. Tu ne saurais imaginer combien cela compte, pour un simple soldat du rang. »

Il revint aussi à maintes reprises dans la chambre de ses parents pour tenter à nouveau d'y saisir un lointain écho de leur personnalité de l'époque, mais il ne s'approcha plus de l'armoire où se trouvaient les effets de Mère. Il s'empourprait de honte au seul souvenir du reflet que lui avait renvoyé le miroir.

Aussi se contenta-t-il d'y emmener Ki tard dans la nuit, quand tout dormait dans le château, puis, attablé devant le dressoir, de se livrer à des parties de bakshi. Il y conviait également Frère, et le laissait déambuler d'un air lugubre parmi les ombres pendant qu'eux jouaient. Le fantôme n'ayant plus manifesté la moindre

50

intention d'agresser Ki derechef, Tobin se sentait presque disposé à lui pardonner.

La quinzaine achevée, Tobin ne partit qu'à regret ; Atyion lui donnait désormais presque autant que Bierfût l'impression d'être sa maison. Peut-être à cause de la façon dont tout le monde le saluait dans les rues de la ville en souriant toujours, et toujours avec sympathie. À Ero, il était le neveu du roi, le cousin de Korin, l'étrange petit héritier en second. Rien de plus, en réalité, que le titulaire d'un poste. À Atyion, il était le fils de quelqu'un, il incarnait l'espoir de la population.

Queue-tigrée l'escorta jusqu'à la cour d'entrée quand sonna l'heure du départ et, assis sur le perron, le regarda s'éloigner en miaulant. Du coup, tandis qu'il chevauchait parmi les ovations de la foule amassée le long des rues et qui agitait des bannières, il en vint presque à déplorer de faire partie des Compagnons.

4

Ils n'étaient de retour à Ero que depuis quelques jours quand Korin les surprit tous avec une nouvelle qui allait bouleverser le train-train de leur existence.

Il faisait un petit froid piquant, en ce matin d'automne au parfum de fumée, et Ki n'aspirait qu'à commencer la course après l'engueulade probable qu'allaient essuyer Korin et la bande d'aînés. Ceux-ci étaient encore plus en retard que d'habitude, et Porion fulminait déjà. Ils s'étaient échappés vers les bas quartiers de la ville au cours de la nuit précédente et empestaient à leur retour. Leurs chansons d'ivrognes l'ayant réveillé, Ki ne se sentait pas en veine de sympathie pour eux quand ils finirent par apparaître en ordre dispersé.

Alben, Quirion et leurs écuyers furent les premiers à montrer le nez. Ils étaient encore ivres, mais un seul coup d'œil de Porion suffit pour les dessaouler en un rien de temps. Leurs compères ne tardèrent pas à les suivre par un ou par deux, la mine tout aussi défaite, Lynx excepté, comme toujours.

« Où diable est Korin ? » lui demanda Ki lorsque celui-ci fut venu s'aligner à côté de lui.

L'autre roula les yeux. « Je ne sais pas. Orneüs n'a pas dépassé la deuxième taverne. Il m'a fallu louer un cheval pour le ramener jusqu'ici. »

Tanil sortit alors en trombe, ajustant encore son ceinturon. « Le prince sera là dans une seconde, et il vous prie d'accepter ses excuses, maître Porion.

— Ah bon, vraiment ? » Le ton du maître d'armes présageait la foudre, et il cingla tout son auditoire d'un regard noir. « Serait-ce un jour férié, les gars ? J'aurais oublié la date ? Un jour idéal pour faire la grasse matinée, peut-être ? Rien que pour ça, vous allez me... Ah ! Votre Altesse ! Quel bonheur que vous ayez réussi à vous joindre à nous, mon prince ! Et vous aussi, milord Caliel. J'espère que vous avez pris du bon temps, la nuit dernière, tous les deux ?

52

— Excellent, maître Porion, je vous remercie », rétorqua Korin en s'épanouissant.

Les tripes de Ki se nouèrent. Même un Korin ne se permettait pas de répondre à Porion. Il s'arc-boutait déjà contre l'inévitable quand, contre toute attente, Porion se contenta de leur infliger le doublement de la course habituelle.

Comme on démarrait, Ki s'aperçut que Korin conservait son air épanoui.

« J'aimerais bien savoir ce qu'il a », marmonna Tobin.

Zusthra les dépassa pour se porter à la hauteur du prince. « Un secret à révéler », murmura-t-il d'un air bouffi de suffisance.

Korin les laissa toutefois languir jusqu'à l'heure du petit déjeuner. « J'ai une bonne nouvelle à vous apprendre ! s'écria-t-il en enlaçant les épaules de Tobin. Je veux que vous soyez les premiers au courant. » Il marqua une pause, afin de mieux savourer l'instant, puis annonça : « Lady Aliya est grosse de mes œuvres. Je vais avoir un héritier, les gars ! »

Après s'être un moment regardés bouche bée, Tobin et Ki se mêlèrent au concert tapageur de félicitations.

« Je te l'avais bien dit, qu'il y arriverait ! jacassa Zusthra tout en assenant des bourrades dans le dos de Caliel. Nous voilà libres ! On ne pourra plus nous écarter de la bataille, à présent qu'il tient son héritier ! »

Il avait de bonnes raisons d'exulter, lui concéda Ki. Il était le plus âgé d'entre eux, et une épaisse barbe rouge ornait son menton. N'eût été sa place au sein des Compagnons, cela faisait des années qu'il aurait guerroyé aux côtés de son père.

Après les avoir tous laissés s'égosiller quelques minutes en cris belliqueux, Porion sortit de sa réserve et martela la table avec sa cuillère pour réclamer leur attention.

« Votre père sait ça, prince Korin ?

— Non. Mais comme j'entends lui en parler moi-même ce soir, pas un mot là-dessus, je vous prie. »

Aucun d'entre eux ne s'avisa que Moriel se trouvait à l'affût, au coin de la porte, et nul ne le vit s'esbigner précipitamment.

« Comme il vous plaira, mon prince. » Porion promena un regard renfrogné sur le reste de l'assistance qui continuait à s'esbaudir et à se congratuler. « Si j'étais que de vous, je ne me dépêcherais pas d'aller de sitôt endosser mon armure. La trêve est encore en vigueur, vous savez. »

Aussitôt qu'il les eut libérés sur le coup de midi, Tobin et Ki coururent d'une traite avertir Tharin. Il se trouvait avec Koni dans la cour de derrière à examiner un cheval.

« Vous vous êtes dérobés à vos devoirs, ou bien je m'abuse ? fit-il en fronçant les sourcils.

— Juste une minute », promit Tobin avant de lui déballer la nouvelle en quelques mots.

Le capitaine émit un léger sifflement puis branla du chef. « Ainsi, Korin est finalement parvenu à ses fins, c'est ça ?

— La trêve ne peut pas durer éternellement ! jubila

Ki. Aucune ne l'a jamais fait. Sommes-nous désormais assez vieux, Tobin et moi, pour partir ? »

Tharin se gratta le dessous de la barbe. « Si Korin part, alors vous partirez tous.

— Je présume que nous arriverons quand même à supporter Aliya comme épouse, le cas échéant, dit Ki en riant. En fait, ça pourrait bien être la meilleure des solutions. Je suis prêt à vous parier qu'au bout de quelques mois sous le même baldaquin qu'elle, il sera sacrément content de partir se battre, rien que pour se soustraire à cette langue de vipère qu'elle vous a. »

Les appartements de Nyrin étaient situés à proximité de ceux du roi dans l'aile du Palais Neuf. Personne ne trouvait bizarres les fréquentes visites qu'y faisait Moriel.

Le magicien était en train de prendre un petit déjeuner solitaire dans sa cour lorsqu'on introduisit auprès de lui l'écuyer royal.

« Le hasard a voulu, messire, que je sois passé voilà un instant devant le mess des Compagnons et que j'y aie surpris quelque chose qui pourrait bien vous intéresser.

— Tiens tiens. Et alors ?

— Le prince Korin vient d'annoncer que lady Aliya portait un enfant de lui ! Personne d'autre ne doit être au courant jusqu'à ce que le prince en informe son père.

— Et il compte le faire quand ?

— Il a dit ce soir.

— Je suppose que lui et ses amis en sont enchantés ? »

Un mélange de dépit et d'envie tordit les coins de la bouche de l'adolescent. « Oh ! ça oui ! Ils s'en félicitaient d'autant plus qu'ils se figurent que cela leur permettra maintenant de partir se battre.

— Vous êtes bien bon de m'avoir averti, sieur Moriel. Soyez assuré que je persiste à vous apprécier... à votre juste valeur. » Un sourire entendu régala le mouchard pendant qu'il s'inclinait, trop malin pour escompter tout de suite une récompense aussi grossière que de l'or offert de la main à la main. Elle ne manquerait pas d'arriver plus tard. Un bienfaiteur anonyme lui réglerait ses ardoises chez les tailleurs ou les marchands de vin. Sans compter, naturellement, qu'on le maintiendrait dans les bonnes grâces de Sa Majesté. Il avait pigé la combine dès le début et n'avait cessé depuis de passer toutes les attentes du magicien. La jalousie et la méchanceté s'alliaient de manière idéale dans les garçons de son acabit ; elles le rendaient utilisable en trempant son naturel flasque et couard comme le font le cuivre et l'étain dans le bronze.

« Comment croyez-vous que le roi va prendre la nouvelle ? demanda-t-il.

— Nous verrons bien. Retournez le prévenir que je souhaiterais l'entretenir d'un sujet capital. Je me présenterai chez lui dans l'heure qui vient. À propos..., Moriel ? Pas un mot de toute cette histoire. »

L'écuyer prit un air offensé. « Je n'avais garde d'y songer, messire. »

Jalousie, méchanceté et vanité, rectifia Nyrin en retournant à son repas. *Plus un cœur de traître.*

Combien de temps cet ambitieux resterait-il docile, avant de se surestimer ?

N'importe, se dit-il en suçotant la crème d'une corne en pâtisserie. *On n'a jamais que l'embarras du choix, avec cette engeance-là.*

En fait, Nyrin était déjà au courant de cette fameuse grossesse depuis quelques jours, comme il l'avait été des précédentes. Cela faisait plus ou moins un an que le prince Korin donnait pas mal de besogne à ses espions en éparpillant des bâtards dans toute la ville comme un paysan sème l'orge à la volée. Seulement, il ne s'agissait pas, pour le coup, d'une fille de cuisine supplémentaire ou d'une putain de port, toutes gueuses que l'on pouvait se contenter de liquider comme de la vermine importune. Non, celle-ci avait bien failli le blouser. Le mouchard – entre-temps défunt – qu'il possédait parmi les prêtres de Dalna l'avait tuyauté trop tard sur certaines divinations pratiquées pour elle, divinations qui frappaient du poinçon royal la paternité de l'enfant. La mère d'Aliya, femme dont l'ambition n'avait d'égale que l'influence, savait déjà la chose et anticipait passionnément l'annonce officielle qui ne manquerait pas de greffer sa lignée sur le trône.

Une fois en tête-à-tête avec Erius dans le cabinet privé du roi, Nyrin mesura ses mots sans jamais lâcher des yeux son interlocuteur. Lequel prit la nouvelle avec un calme désarmant.

« Lady Aliya, dites-vous ? De qui s'agit-il donc ?

— De la fille aînée de la duchesse Virysia. »

D'ordinaire si facile à déchiffrer, la physionomie du

roi demeura presque impénétrable. « Ah oui, la belle aux cheveux auburn qu'il a toujours sur les genoux.

— C'est cela, mon roi. Elle est l'une des multiples maîtresses que votre fils s'est offertes ces derniers mois. Comme vous le savez, il n'a..., euh, point ménagé sa peine, pour parler comme les poètes, afin d'engendrer un héritier qui lui garantisse votre permission de partir se battre. »

Erius s'esclaffa carrément, pour le coup. « Lumière divine ! il est aussi têtu que moi ! Vous êtes certain que l'enfant soit bel et bien de lui ?

— C'est une question que j'ai étudiée avec le plus grand soin, Sire. L'enfant est de lui, encore que bâtard. Mais, dussiez-vous vous opposer à cette alliance-là, les endossements qu'a déjà consentis le prince Korin sont irrémédiables. L'enfant n'aurait qu'à s'appuyer sur eux pour faire valoir ses droits au trône. »

Nyrin aurait trop volontiers vu luire un éclair de fureur dans les yeux de son vis-à-vis, mais, à son grand dépit, celui-ci se claqua les cuisses et se mit à rire. « Ils vont faire à eux deux de beaux marmots, et la famille est de haute naissance. Où en est la grossesse ?

— Je crois pouvoir avancer que l'accouchement aura lieu au mois de Shemin, mon roi.

— Si... commença Erius, avant de plaquer un doigt sur ses lèvres pour conjurer le mauvais sort. Enfin, la petite est vigoureuse et jolie à croquer... Tout ira pour le mieux, espérons. Shemin, vous dites ? » Il compta sur ses doigts et gloussa. « S'ils se marient tout de suite, nous pourrons toujours invoquer une naissance

58

prématurée. Ce qui équivaut, somme toute, à de la main droite.

— Il y a encore autre chose, mon roi.

— Oui ?

— Eh bien, la mère de la petite pose un problème. C'est une sympathisante notoire des Illiorains. »

Erius balaya l'objection d'un geste nonchalant. « À mon avis, elle adressera ses prières à un autre autel, maintenant que le sort l'appelle à être la grand-mère d'une reine ou d'un roi futur. Pas le vôtre aussi ?

— Sans doute avez-vous raison, mon roi, répondit Nyrin avec un sourire d'autant plus forcé que c'était la pure vérité. Il ne reste donc plus qu'un seul point épineux, Sire, c'est que votre fils n'a pas encore reçu le baptême du sang. Or, pour autant que je sache, aucun des souverains de Skala ne s'est marié avant d'avoir prouvé sa valeur sur le champ de bataille.

— Par les Quatre, là, c'est vous qui me damez le pion ! Mais, crénom de nom, il a plutôt mal choisi son moment... Il lui faut faire vite, et je ne compte quand même pas attaquer Benshâl rien que pour l'arranger.

— Il me semble me souvenir qu'autrefois des reines se sont trouvées dans le même embarras. Mais il y a toujours des malandrins ou des pirates à qui faire leur affaire. Je suis convaincu que les Compagnons ne se plaindraient point d'affronter ce genre d'adversaires. Jeunes comme ils sont, c'est là débuter de manière fort honorable.

— Effectivement, ma grand-mère en est passée par là pour se marier. » Avec un soupir, Erius caressa sa barbe filetée d'argent. « Toutefois, le poussin n'est pas encore éclos. Si Korin se faisait tuer maintenant, puis que l'enfant... » À nouveau, il laissa la phrase en suspens pour faire un signe de conjuration.

« Bon gré, mal gré, force est à Votre Majesté de laisser le prince assumer son rôle de guerrier, sans quoi les armées ne voudront pas de lui le jour... – Sakor nous l'épargne ! – où il lui faudra revendiquer le trône. Vous n'avez d'ailleurs qu'à le demander, Sire, et je ferai tout ce qui est en mon pouvoir pour assurer la protection de votre fils... »

Contre son attente, la suggestion ne fit pas du tout bondir Erius. « Votre fameux sortilège, hein ? En quoi consisterait-il au juste ?

— Je vous assure qu'il ne comporte strictement rien de déshonorant. Comment le pourrait-il, au demeurant, alors qu'il équivaut au port de l'armure, et ni plus ni moins ? Une simple amulette, similaire à celle que portait la reine Klie, d'après les ballades, suffirait.

— Parfait. Je vais charger le général Rheynaris de lever un gibier digne d'être traqué par Korin. » Son sourire était celui d'un homme que l'on vient de décharger d'un sacré fardeau. « Merci, mon ami, pour vos précieux conseils. Mais pas un mot là-dessus à qui que ce soit. Je veux en parler moi-même à mon fils. Vous imaginez, vous, la tête qu'il va faire ? » Le plaisir qu'il s'en promettait lui donnait un air de gamin. Il se leva et administra une tape sur l'épaule du magicien. « S'il m'était possible de n'avoir qu'un seul ministre à la Cour, c'est vous qu'il me faudrait garder. Vous venez de vous montrer plus inestimable que jamais. »

Nyrin se plaqua la main sur le cœur. « Puisse Votre

Majesté me trouver toujours aussi digne de Sa confiance, Sire. »

En regagnant ses appartements personnels, il fit monter vers Illior des actions de grâces, mais par pure routine. À la vérité, cela faisait belle lurette que l'opinion des dieux avait cessé de le préoccuper.

5

Korin n'eut pas le loisir de découvrir le pot aux roses à son père qu'un message laconique le convoquait au Palais Neuf avec maître Porion. Après son départ, les autres Compagnons se révélèrent impraticables. Malgré tous ses efforts pour les captiver en leur décrivant la vingt-troisième bataille de Kouros, le Corbeau perdit sa peine, ils pivotaient comme autant de girouettes au moindre bruit qui parvenait du corridor. Aussi finit-il par lâcher prise, écœuré, et par leur donner congé.

La peur de rater un quelconque mandement leur fit consacrer le restant de l'après-midi à traînasser dans les parages du mess. Ils avaient les nerfs à vif. Si le roi s'était réjoui de la nouvelle, alors à quoi rimait cette attente interminable ?

Ki tenta bien de tuer le temps, sans grand enthousiasme, en jouant aux osselets avec Lynx et Barieüs, mais sans qu'aucun d'entre eux parvienne à se concentrer.

« À cette heure, il a déjà dû cracher le morceau,

s'inquiéta Tanil qui, à force de l'arpenter près de la porte, avait aplati la jonchée. J'avais bien *essayé* de lui dire d'être plus prudent, mais il n'a rien voulu entendre.

— Il n'avait aucune envie de l'être, et elle non plus, grommela Caliel qui, étalé de tout son long sur un banc devant la cheminée, contemplait d'un air morose le plafond.

— C'est à Porion que le roi va le reprocher ? demanda Lutha.

— Ou à nous ? reprit Quirion. Il se dit peut-être que les Compagnons auraient dû tenir Korin plus à l'œil. Qu'en penses-tu, Tobin ?

— Comment le saurais-je ? » Il haussa les épaules et, poignard en main, continua de débiter en fines lamelles un bout de bois.

Ki lui décocha un coup d'œil inquiet. Depuis l'incident survenu le soir des exécutions, l'attitude d'Erius envers son neveu n'était plus tout à fait la même.

« Je persiste à affirmer que, quoi qu'il advienne, c'est une bonne nouvelle pour nous, déclara Zusthra. Son héritier, Korin va l'avoir, et...

— Ça, c'est à son père qu'il appartient d'en décider, le coupa Nikidès. Le gosse est un bâtard, tu l'oublies ?

— Je puis citer au moins deux reines de la main gauche, objecta Caliel.

— En effet, sauf que ces deux-là étaient filles de reines, lui remémora Nikidès.

— Et après ? jappa Urmanis. Par les couilles à

Bilairy ! faut toujours que tu sois tellement monsieur-je-sais-tout ? »

Nikidès rougit et se tut.

« Désolé, mais Nik a raison, repartit Caliel. Allez, mon vieux, explique-lui les choses, il est beaucoup trop bouché pour les voir tout seul.

— Comme une femme sait toujours que l'enfant est d'elle, il est impossible de cocufier une reine, dit Nikidès à Urmanis. Même si elle ignore auquel de ses amants attribuer la paternité, comme ce fut le cas de Klie. Tandis que Korin en est réduit à ne croire l'enfant de lui que sur la parole d'Aliya et sur celle des drysiennes. En tout état de cause, mieux vaudrait qu'il ne le revendique pas pour sien et qu'on le marie bel et bien dare-dare.

— Mais il pourrait encore être cocufié, même par une épouse légitime », fit observer Ki.

Ils n'eurent pas le temps d'en discuter que des bruits de pas qui se rapprochaient les rendirent tous attentifs.

Or, ce ne fut pas Korin qui parut, ni Porion, mais Moriel. On ne l'avait guère aperçu depuis le vilain tour qu'il avait joué à Tobin et aux filles sur les toits. Peut-être avait-il eu vent de la façon dont les amis du petit prince entendaient le récompenser de sa trahison.

Il n'avait d'ailleurs pas l'air enchanté de se trouver là, maintenant. « Le roi veut vous avoir tous pour convives à dîner. Vous devez me suivre au palais tout de suite.

— Et pour Korin, où en sont les choses ? » questionna Caliel.

Moriel lui adressa un simulacre de révérence. « Je ne suis que le messager, messire. »

Le Crapaud devait en savoir plus qu'il ne voulait bien dire, devina Ki, frappé par son air d'aigreur. « Doit être de bonnes nouvelles pour nous ! chuchotat-il à Tobin en lui poussant le coude pendant qu'on sortait du mess. Si le roi était en rogne et nous en voulait d'avoir laissé Korin prendre le mors aux dents, cette petite ordure-là ne te tirerait pas une gueule pareille... Jurerais qu'il a des coliques ! »

Les centaines de corridors et de passages qui s'enchevêtraient pour relier les innombrables cours du Palais Neuf formaient un véritable labyrinthe pour quiconque n'habitait pas là. Encore la plupart des Compagnons n'en avaient-ils jamais dépassé l'aile accessible à tout le monde, un casse-tête à elle seule, avec son dédale de salles d'audience grandioses et de cabinets ministériels, d'armureries, de chambres fortes pour le trésor et de vestibules à fontaines, de temples, de jardins publics.

À l'aise là-dedans comme un poisson dans l'eau, Moriel les conduisit tout droit vers une petite salle à manger de l'aile réservée au roi. De vastes baies bordées de rinceaux de verre multicolores surplombaient des parterres ornés de fontaines d'or et qu'enfermaient de hauts murs tapissés de treilles. Des braseros brûlaient près de la longue table où se trouvait déjà servi un repas froid. Après s'être incliné, Moriel se retira.

Fallait-il se mettre à table et commencer à manger ?

fallait-il attendre l'autorisation du roi ? Non sans balancer, ils demeurèrent plantés debout jusqu'à ce qu'Erius fasse enfin son entrée, suivi de Korin, de Porion, du Corbeau. Tous quatre affichaient des airs on ne peut plus solennels.

« Je suppose que vous connaissez déjà la nouvelle concernant mon fils et lady Aliya ? grommela le roi tout en promenant à la ronde un regard aigu.

— Oui, Sire », répondit tour à tour chacun des garçons en se figeant au garde-à-vous.

Il les laissa mijoter un moment de plus avant de les régaler d'un large sourire. « Eh bien, dans ce cas, faites une libation puis portez un toast à Korin, à sa dame... et à mon futur petit-fils ! »

Après avoir consciencieusement embrassé son oncle sur les deux joues, Tobin s'assit à sa gauche. En l'absence de tout domestique, les écuyers s'empressèrent d'assurer le service.

Une fois que Lynx eut achevé de verser le vin, chacun des convives en répandit quelques gouttes sur le dallage avant de boire la kyrielle de santés et de bénédictions.

« Cela fait trop longtemps que nous n'avions pas pris de simple repas ensemble », dit Erius, pendant que circulait le premier plat. Et de maintenir, tout au long du dîner, la conversation sur des sujets ordinaires, tels que la chasse ou leurs progrès à l'entraînement. Contrairement à leur habitude, Porion et le Corbeau ne tarirent pas d'éloges sur leurs élèves.

Barieüs et Ki étaient en train de passer les derniers plateaux de friandises quand le roi se leva et sourit à toute la tablée. « Eh bien, les gars, seriez-vous de jeunes guerriers prêts à tâter à la bagarre pour de bon ? »

N'osant en croire leurs oreilles, ils restèrent tous un moment bouche bée, avant d'éclater en nouvelles acclamations et d'entrechoquer leurs coupes avec pas mal d'éclaboussures afin de saluer leur hôte. Non content de crier : « Hourra ! », Ki lança son plateau en l'air et faillit étrangler Tobin en l'accolant tandis que des tartes au coing pleuvaient tout autour d'eux.

« Il y a toutefois un couac, reprit Erius avec un clin d'œil à son fils. S'il serait malséant que Korin se marie avant d'avoir dûment reçu le baptême du sang, sa dame ne nous laisse pas le loisir de reprendre la guerre. Aussi nous verrons-nous contraints de faire avec ce que Skala peut nous offrir de produits locaux. »

Tout le monde se mit à rire. Persuadé que le vieux guerrier devait s'être finalement débrouillé pour appuyer leur cause, Tobin adressa un regard plein de gratitude à Porion.

Aussitôt la table débarrassée, Korin y déroula une carte sur laquelle il suffit à son cousin de se pencher près de lui pour identifier une portion de la côte septentrionale.

« Voici où nous allons, annonça Korin en plantant l'index sur un point de l'intérieur en pleine montagne. Une grosse bande de brigands nous est signalée dans les contreforts de la chaîne au nord de Colath. Père veut voir le nettoyage terminé avant l'hiver.

— Ils sont combien ? demanda Lutha avec ardeur.

— Une cinquantaine, d'après les rapports dont nous

66

disposons, croassa le Corbeau. Au dire de tous, de la racaille en pleine pagaille. Ils n'ont pas cessé de bouger, jusqu'ici, attaquant de nuit sans préavis, s'en prenant de préférence à de menues bourgades. Ils sont en train d'établir leurs quartiers d'hiver dans les collines, de sorte qu'il ne sera pas bien difficile de les trouver.

— Nous allons partir pour une forteresse sise pas trop loin de là, ici, tenez, Rilmar.

— Rilmar ? » s'exclama Ki.

Erius se mit à glousser. « Je me suis dit qu'il était temps que ton père remercie comme il sied son jeune bienfaiteur. Et j'imagine que tu ne seras pas fâché non plus de revoir ta famille, toi ? À ce qu'il paraîtrait, ça fait sacrément longtemps que tu n'en as pas eu l'occasion, hein ?

— En effet, Sire. Je vous remercie. » Le ton ne manifestait pas un enthousiasme délirant. Les autres étaient trop excités pour s'en apercevoir, mais Tobin s'en alarma et lorgna son ami. Celui-ci adorait autrefois raconter des anecdotes sur les siens. À l'entendre, ils étaient une telle tripotée de loufoques au sang chaud que le petit prince avait toujours eu envie de les rencontrer. Mais il n'en parlait plus guère, à présent, Ahra exceptée.

« Et alors, ça va être nous contre cinquante ? demanda Lutha, emballé.

— En fait, Tobin et moi, nous emmènerons notre garde, ce qui fait déjà quarante, et vous tous en plus, expliqua Korin. Lord Larenth est en mesure de fournir une autre vingtaine d'hommes, grosso modo, mais ce n'en sera pas moins notre bataille à nous.

— Et n'allez pas vous tracasser, vous, reprit-il en ébouriffant les cheveux de Tobin et en arrêtant son regard sur chacun des plus jeunes, on part *tous*.

— Nous pouvons être prêts dès le point du jour ! » s'enflamma Caliel.

Erius se mit à pouffer de rire. « Il va falloir un peu plus de temps que ça. On doit préparer les bateaux, rassembler les fournitures. Vous autres, les gars, vous aiderez à superviser les préparatifs, tâche qui fait partie de votre éducation. Deux jours seront bien assez tôt passés. » Il empoigna Korin par l'épaule et le secoua de manière affectueuse. « Dès que tu seras de retour les joues barbouillées de sang, nous l'annoncerons, ton fichu mariage ! »

6

Leurs trois journées de navigation furent une première pour Tobin qui n'avait jamais mis les pieds à bord d'un bateau. Les cales des deux caraques à panses rebondies qui les transportaient s'étaient révélées assez vastes pour embarquer aussi les chevaux.

Une vague appréhension s'empara de lui lorsqu'il sentit le pont vaciller sur les flots, mais à peine eut-on franchi le goulet du port qu'il se découvrit le pied marin. Derrière la poupe, la ville qui scintillait au soleil levant lui rappela une fois de plus la cité miniature sur sa rade peinte. C'est seulement alors, quand il était trop tard, qu'il se rendit compte que, dans la fièvre des préparatifs, il avait complètement oublié Frère. La vieille poupée de chiffon était restée dans sa cachette du cagibi.

« Sois sans crainte, le rassura Ki quand il lui eut confié cette omission. Personne n'enlève jamais la poussière là-haut, de toute façon. Et il est peu probable que Frère te serait d'une quelconque utilité pendant les combats. »

Porion leur tenait désormais lieu de sergent, Tharin et Melnoth étant leurs capitaines. Korin passait des heures avec les hommes, posant des centaines de questions et se faisant raconter les batailles passées. Le reste des Compagnons formait le cercle pour bénéficier aussi de ces leçons-là, et lorsqu'on contourna les promontoires de Capgris, ils s'étaient déjà colletés dans leur tête une bonne douzaine de fois avec l'ennemi.

« Ce n'est pas à des soldats réguliers que vous allez avoir à faire, n'arrêtait pas de les prévenir Porion. Gardez-vous de croire qu'ils appliqueront les lois en vigueur de la stratégie et de la tactique.

— Il y a des chances pour que vous ne voyiez jamais simultanément ne serait-ce que la moitié d'entre eux, ajouta Tharin. Ils seront perchés dans les arbres ou tireront sur vous du fond des fourrés. Notre meilleur atout serait de leur tomber dessus à l'improviste, si possible, avant qu'ils n'aient eu le temps de s'éparpiller. »

Le pâle soleil faisait chaque jour étinceler une mer d'émeraude. Le temps se maintenait dégagé, et l'on bénéficiait d'un bon vent arrière. Au matin du troisième jour, on jeta l'ancre en face d'un village de pêcheurs, et l'on passa toute la journée à débarquer les montures et le matériel. La ligne des côtes était plus déchiquetée qu'à Ero, et la forêt serrait partout la mer de très près.

Le village n'était qu'un pauvre hameau isolé, dépourvu de palissade, d'auberge et de place de marché. Les Compagnons couchèrent cette nuit-là sur des paillasses étendues sous le toit de chaume du temple d'Astellus qui faisait également office d'hospice pour les voyageurs. Leurs hommes campèrent sur la plage sous des appentis de toile. Le lendemain, on partit dès l'aube en suivant un chemin qui grimpait en lacet à l'assaut des collines.

Les montagnes non plus ne ressemblaient à rien de connu. Elles étaient plus basses et plus rondes, elles avaient l'air de chicots usés, et elles étaient boisées très dru presque jusqu'au sommet. Leurs cimes rocheuses se discernaient au travers de la végétation comme des crânes menacés par la calvitie. L'eau abondait dans les larges combes qui les séparaient les unes des autres et où se voyaient de loin en loin des corps de fermes et des bourgades entourées de murs.

À Rilmar, le fort était planté au débouché d'une des plus vastes vallées et y contrôlait une route importante. Tobin s'était attendu à trouver là peu ou prou l'équivalent de son ancienne demeure de Bierfût, mais ce n'était qu'une simple tour de pierre ronde encerclée par un remblai de terre et un rempart de bois déglingué. La tour était faîtée d'un toit de bois conique autour duquel circulait un chemin de ronde crénelé. La bannière qui y flottait portait deux serpents verts entrelacés sur champ rouge et jaune.

« Ce doivent être les nouvelles armoiries de ton père », dit-il en la désignant à Ki.

Celui-ci ne répondit rien et se contenta de considérer sans sourire l'aspect des lieux. Tobin discerna une demi-douzaine de têtes qui épiaient d'en haut leur approche. Sa bannière et celle de Korin auraient dû suffire à les identifier, mais aucun des gardes ne les acclama ni ne sortit au-devant d'eux.

Ki mit sa main en visière et leva des yeux scrutateurs.

« Tu vois quelqu'un de ta famille ? interrogea Tobin, qui brûlait de faire la connaissance de ceux dont il l'avait si souvent entendu parler.

— Personne que je reconnaisse. »

Des aboiements furieux leur parvinrent de l'intérieur de l'enceinte quand ils se dirigèrent vers les portes.

Un concierge borgne et crasseux les laissa entrer. Il salua Korin et Tobin puis loucha vers le reste du cortège d'un œil revêche. Ki ne lui disait manifestement rien.

Par-delà la poterne se découvrit un courtil stérile. Des hommes et des femmes qui avaient eux-mêmes plutôt l'air d'être un ramassis de bandits qu'une garnison seigneuriale s'y affairaient, qui ferrant des chevaux, qui débitant du bois. Un charron s'activait à sa forge près du mur intérieur. D'autres individus traînaient leurs chausses en toute vacance. Deux molosses tachetés gros comme des veaux se ruèrent vers les nouveaux venus en beuglant comme des forcenés jusqu'à ce que certains des fainéants leur décochent des pierres bien ajustées et les fassent détaler en piaillant. Tobin surprit les moues dégoûtées qu'inspirait à Tharin et Porion le spectacle d'un débraillement si complet. Il entendit ricaner l'un des Compagnons, mais un coup d'œil fulgurant de Korin suffit à imposer silence dans les rangs.

Deux garçons un peu plus âgés que Ki et correctement vêtus de cuirasses dévalèrent en bondissant le sentier cahoteux de la braie. « C'est toi, Ki ? » demanda le plus grand. Il avait les yeux et les cheveux sombres de celui-ci, mais il était plus trapu et pouvait passer plus facilement pour un paysan que pour un guerrier.

« C'est bien moi, Amin ! » répondit Ki, dont la physionomie s'éclaira un brin, tout en se laissant glisser à bas de sa selle pour se porter à la rencontre de son frère.

Lequel lui flanqua sur le gras du bras un coup de poing d'une élégance assez relative. « Fait trop longtemps que t'es parti, frérot. Moi, c'est Dimias. Amin, c'est lui. »

Ce dernier ressemblait encore davantage à Ki. « Vise-le-moi-le, c'tit bout d' lord ! » se récria-t-il en l'étreignant sauvagement.

72

Ils avaient tous les deux le copieux accent provincial dont était affligé leur cadet quand Tobin l'avait vu survenir à Bierfût.

Le charron, un type à cheveux blonds en tablier de cuir roussi, sortit de sa forge en boquillonnant pour se présenter à son tour. Il avait des bras et des mains énormes mais était pied-bot. Il s'inclina gauchement devant Korin, la tête penchée de côté, puis plaqua son poing contre son cœur. « Bienv'nue à Rilmar, Vot' Altesse. » Ce disant, ses petits yeux étroits restaient dardés sur Ki, et Tobin y lut l'aigreur et l'envie.

« Salut, Innis », fit Ki, sans dissimuler lui non plus le maigre plaisir qu'il éprouvait à le revoir ; dans ses histoires, Innis avait toujours le rôle antipathique. « Mon demi-frère, prince Korin, si vous permettez ? »

Innis se torcha les pattes sur son tablier puis pencha de nouveau la tête. « Père est dedans, 'vec sa goutte au pied. 'l a dit que c'est moi que j'dois vous y am'ner d'dans quand vous arrivez. Pouvez laisser ici vos ch'vaux et v's hommes. Amin, toi et Dimias, tu t'occupes d'eux. Allons, main'nant, v'nez, Vot' Altesse. »

Porion et les capitaines demeurèrent avec les Compagnons pendant qu'on traversait le mur de pierre croulant qui renfermait les cours du fort. Innis se porta aux côtés de Ki, et Tobin l'entendit ronchonner : « T'en a pris, du temps, pour rev'nir à la maison, hein ? T'es trop huppé, main'nant, pour tes prop' parents, faut croire. »

Quitte à serrer les poings, Ki tint la tête haute et ne souffla mot.

En passant sous la barbacane, Tobin retint sa respiration et s'efforça de ne pas plisser le nez, malgré les relents qui les accueillaient.

Au-delà de la porte, une poignée de femmes à mines de souillons trimaient autour d'un chaudron de savon ; les exhalaisons piquantes qu'il répandait dans la cour humide ajoutaient une pointe d'âcreté à la puanteur renversante de fumier, de pierre mouillée, d'ordures en putréfaction qui semblait imprégner toutes choses. La fumée du bois flottait en couches épaisses dans l'atmosphère moisie. Un monceau de futailles défoncées encombrait l'un des coins proches des écuries, et des porcs farfouillaient un peu plus loin dans des tas d'immondices.

Le vieux fort avait salement besoin de réparations. Ses murailles étaient rongées de mousse et de lichens, leur mortier s'éboulait, et des fleurs sauvages avaient pris racine entre les moellons disjoints par la vétusté. Aux étages supérieurs de la tour, les volets – quand il en restait – pendouillaient sur un gond, ce qui achevait de donner aux lieux une allure d'abandon total.

La cour était pavée de dalles en pierre, mais le gel les avait crevassées, disloquées, il en manquait des pans entiers, qu'avaient supplantés des flaques de boue brunâtre où s'abreuvaient des canards et quelques poulets dépenaillés. De l'herbe aux sorciers, des chardons hérissaient les moindres lézardes. Des mauves et des belladones avaient grainé jusqu'aux abords de la porte d'entrée bardée de fer, et les aîtres n'avaient un petit air hospitalier que grâce aux rares fleurs blanches d'un églantier malingre qui se cramponnait par-dessus le linteau.

C'est aussi minable que les venelles avoisinant le pont Mendigot, songea Tobin. Même aux jours les plus sombres de son enfance, il n'avait jamais connu la cour de Bierfût qu'impeccablement propre et les étages inférieurs du manoir dans un état décent.

À l'autre extrémité de la cour, une bande de mioches crasseux jouait dans la caisse d'une charrette démantibulée. Assis sur le siège du conducteur, un jeune homme pas rasé et qui ne portait en tout et pour tout qu'une longue tunique sale dévisageait les cavaliers. Ses cheveux plats dégoulinaient en mèches graisseuses autour de ses épaules nues, et, comme on s'en rapprochait, Tobin s'aperçut qu'il avait le regard vide et écarquillé d'un simple d'esprit.

Il entendit alors retentir de nouveaux hennissements dans son dos. Ki s'était empourpré jusqu'aux oreilles. Comme cela faisait une éternité qu'il s'était appliqué à perdre ses manières et son parler frustes, qu'il avait d'ailleurs toujours été aussi soigneux de sa personne que méticuleux pour sa tenue, comment s'étonner dès lors que l'idée de revoir ses proches l'ait tellement angoissé ?

Les gosses de la charrette accoururent saluer les Compagnons. Les autres membres de cette tribu hétéroclite eurent tôt fait de leur emboîter le pas.

Les plus jeunes les assaillirent comme une volée d'hirondelles avec des rires et des cris. Une petite fille dont la tresse blonde battait les reins se pétrifia, manifestement fascinée par le heaume à rinceaux d'or de

Korin. « T'es-z-un roi ? zézaya-t-elle, l'œil d'un bleu solennel.

— Non, je suis le fils du roi, le prince Korin. » Il lui saisit la main et la baisa galamment, ce qui la fit hurler de rire.

Après avoir poussé un beuglement d'enthousiasme, le simple d'esprit se mit à sauter sur place en proférant un son gluant qui pouvait passer pour le nom de Ki.

« Salut, Kick, lança celui-ci en lui retournant un geste de la main plutôt rétif.

— Un autre frère ? s'enquit Mago, qui jubilait presque ouvertement.

— Un bâtard », grommela Innis.

Une fois dans la tour, on traversa une vaste pièce ronde qui servait tout à la fois de cuisine et de resserre, puis on gravit un escalier grinçant qui débouchait sur la grande salle.

Cette dernière était éclairée par quelques ouvertures en forme de meurtrières et par le feu qui brûlait dans une cheminée tout en longueur, mais, d'après ce que Tobin parvint à discerner quand ses yeux se furent accoutumés à la pénombre enfumée, elle ne valait guère mieux que la pièce d'en bas. Les poutres du plafond et les longues tables y étaient noircies par les siècles, et le crépi maculé qui s'était détaché par plaques révélait à maints endroits la pierre sous-jacente. On avait suspendu quelques tapisseries neuves et bon marché à des emplacements bizarres, et la vaisselle plate alignée sur des étagères auprès de l'âtre brillait d'un éclat pour le moins douteux. Une chienne mouchetée allaitait sa portée au beau milieu de la pièce, et de grands chats maigres aux oreilles déchiquetées arpentaient les tables en toute impunité. Installées auprès d'un feu de cuisine plus modeste, les femmes de la maisonnée décochèrent aux hôtes des coups d'œil aigus tout en continuant de faire tourner leur quenouille. À leurs pieds se roulaient dans la jonchée malpropre deux bébés à demi nus. Tout empestait la pisse et la graisse rance.

« Ce n'est pas dans cette maison que j'ai grandi, souffla Ki à Tobin, avant de soupirer : Elle est mieux que l'autre, en fait. »

Tobin avait l'impression de l'avoir trahi ; jamais il ne s'était imaginé un endroit pareil, lorsque le roi l'avait accordé pour fief à Larenth.

Une frêle femme usée, qui ne devait pourtant pas être beaucoup plus âgée qu'Innis, s'avança pour les accueillir. Vêtue d'une belle robe neuve dont la jupe était maculée d'éclaboussures de suif, elle s'employa à s'agenouiller pour baiser la main de Korin avec une insigne gaucherie. À en juger d'après son allure et tout ce que Ki lui avait conté depuis des années, Tobin devina que Larenth renouvelait ses épouses dans le cheptel des servantes chaque fois qu'il avait épuisé la dernière à force de grossesses et d'accouchements.

« Bienv'nue dans not' maison, Vot' Altesse, dit-elle. Chuis lady Sekora. Entrez et soyez le bienv'nu. Nous vous r'mercions... » Elle s'arrêta pile pour chercher ses mots. « Nous vous r'mercions pour l' nouveau rang que vous n's avez honorés, en p'us. Mon mari..., mon s'gneur et maît' est là-bas derrière, à vous attend' un pied en l'air. »

Tout en réprimant de son mieux un fou rire, Korin lui prit la main pour la relever. « Merci, Dame. Permettez-moi de vous présenter mon cousin, le prince Tobin d'Ero. »

Elle dévisagea carrément Tobin avec une évidente curiosité. « Alors, c'est vous, le maît' à Ki que la magicienne nous a parlé ? » Elle avait l'haleine fétide et des dents en piteux état.

« Ki est mon écuyer et mon ami », répondit-il en saisissant sa main rugueuse et décharnée pendant qu'elle s'apprêtait à faire un nouveau plongeon.

Elle se détourna de lui pour regarder Ki et branla du chef. « Chuppos', Ki, qu' ton papa va vouloir t' voir. V'nez manger quéqu' chose, et puis j' vous emmèn'rai tous par là. »

Elle frappa dans ses mains, et les femmes allèrent prendre dans un buffet des en-cas froids et du vin qu'elles étalèrent pour les invités. L'éventail d'âge allait d'une vieille mémère voûtée à un couple de jouvencelles qui rougissaient tout en lorgnant hardiment Tobin et les autres.

Les mets étaient simples mais étonnamment savoureux, eu égard à la maisonnée – mouton à la menthe sur des tranchoirs de pain frais persillé, oignons bouillis nappés d'une crème épaisse épicée de vin de girofle, et la meilleure tourte de venaison qu'eût dégustée Tobin depuis les lointains fourneaux de Cuistote. Quant à l'hospitalité, c'était une autre affaire. Plantée debout parmi les femmes, lady Sekora se tordait nerveusement les mains dans le devant de sa jupe à chacune des bouchées qu'elle voyait Korin ingurgiter. Innis mangeait avec eux, la tête au ras de son tranchoir, enfournant la nourriture comme un vrai rustre.

« Comment se fait-il que le maître de maison ne soit pas à table avec nous ? demanda Korin tout en refoulant un impudent matou blanc qui en voulait à son tranchoir.

— Mal en point qu'il est, s'pas ? » grogna Innis en se bourrant de tourte, et à cela se réduisirent ses frais de jolie conversation durant le repas.

Quand on eut terminé, Innis retourna au boulot, et lady Sekora mena Korin, Tobin et Ki dans une pièce plus intime qui s'ouvrait à l'arrière de la grande salle.

L'atmosphère y était nettement plus douillette, grâce à des lambris de pin qu'avait assombris et mordorés le temps, et à la bonne chaleur d'un feu pétillant qui masquait tant bien que mal l'odeur d'un pot de chambre à l'abandon. Pour un peu, Tobin se serait cru chez Hakoné.

Lord Larenth était assoupi dans un fauteuil au coin de la cheminée. Enveloppé dans un emplâtre, son pied malade reposait sur un tabouret placé devant lui. Même endormi, c'était un vieillard d'aspect formidable. Il avait un nez en bec de faucon, et des balafres décolorées zébraient ses joues hérissées de picots. Des cheveux gris clairsemés balayaient ses épaules, et des bacchantes tombantes encadraient sa bouche aux lèvres filiformes. À l'instar de Sekora, il portait des vêtements neufs de coupe élégante, mais chiffonnés comme si on avait dormi dedans plutôt deux fois qu'une et qu'on les utilisait aussi pour se torcher les doigts. Sa femme le secoua doucement par l'épaule, et il s'éveilla en sursaut, tout en tâtonnant pour saisir une épée qui ne se trouvait du reste pas là. Son œil gauche était d'un blanc laiteux et n'y voyait pas. Tobin fut incapable de découvrir dans sa physionomie le moindre trait qui rappelle Ki, exception faite de son œil valide, qui avait le même ton brun chaud.

Somme toute, Lord Larenth était bel et bien ce que son fils qualifiait de « foutu client », mais il se révéla moins ignare de l'étiquette de Cour que sa moitié, car il s'arracha aux bras de son fauteuil pour s'incliner bien bas devant Korin et devant Tobin. « Daignez accepter mes esscuses, Vot' Altesse. Je vas guère au-delà de ce siège, ces jours-ci, cause de mon pied. Mes fils aînés sont partis avec l'armée royale, et l'aînée de mes filles est pas 'core rentrée. Ahra est pas 'core de retour, hein, Sekora ? Non ? Eh ben, comme elle a dit qu'elle viendra, bon ben, je pense qu'elle... » Il n'acheva pas. « Innis aurait dû vous accueillir.

— Il l'a fait, et votre bonne dame nous a magnifiquement traités, lui assura Korin. Asseyez-vous, je vous en prie, messire. Votre pied vous fait mal, à n'en point douter.

— Amène des fauteuils, femme ! jappa Larenth, qui attendit que Korin se soit assis pour se rasseoir à son tour. Au fait, prince Tobin, ma famille vous doit une sacrée reconnaissance pour nous avoir élevés à ce poste-ci. Je ferai de mon mieux pour être digne de votre confiance et de celle de Sa Majesté.

— J'en suis convaincu, messire.

— Et j'ai été bien triste d'apprendre la disparition

80

de votre père. Une rareté, çui-là, un guerrier de première bourre. Une rareté de première bourre !

— Je vous remercie, messire. » Il appuya le dire d'un hochement de tête, en attendant que le vieillard se tourne vers son fils, qu'il faisait mine de ne pas voir.

Korin tira une lettre de sa tunique et la tendit à leur hôte. « Le roi vous envoie ses salutations, messire, avec ses ordres à propos de l'expédition de demain. »

Larenth fixa un moment le message avant de le prendre d'un air circonspect. Il le tourna, le retourna, examina les sceaux, finit par hausser les épaules. « Vot' Altesse a quelqu'un pour lire ça à haute voix ? On tient pas ce genre de choses, ici.

— Écuyer Kirothius, lisez donc la lettre du roi pour votre honorable père », dit Korin, et Tobin devina qu'il avait été aussi frappé que lui par l'attitude du vieillard.

Celui-ci haussa brusquement ses sourcils broussailleux et darda son bon œil d'un air louche. « C'est Ki, ça ? J' t'avais pas r'mis, mon gars.

— Salut, P'pa. »

Là-dessus, Tobin s'attendait à les voir éclater de rire et tomber dans les bras l'un de l'autre comme l'avaient fait Tharin et ses proches en se retrouvant. Or, Larenth se contenta de considérer son fils avec autant d'aménité que s'il s'était agi d'un étranger importun. « T'as pas mal réussi ta petite affaire, c' qui paraît. C'est c' qu'avait dit Ahra. »

La lettre tremblota dans les mains de Ki pendant qu'il la déployait.

« Même lire, hein ? maugréa le vieux. Ben tant mieux, vas-y. »

81

Le message, fort bref, débutait par les salutations d'usage et se poursuivait par l'ordre de confier à Korin le commandement de l'expédition. Ki ne trébucha pas une seule fois, mais quand il en eut terminé, il avait de nouveau les joues toutes rouges.

Après avoir écouté sans mot dire en suçotant ses dents, Larenth s'adressa directement à Korin. « Ces salopards d' voleurs, y-z-ont déménagé leur camp plus haut dans les collines y a quèqu' s'maines de ça, quand on les a eu attaqués, nous. Innis pourra toujours vous prend' là-bas, au cas qu'Ahra finirait par pas arriver. Y a un sentier qui vous permettra de les avoir de flanc. Si vous grimpez pendant la nuit, 't-êt' qu'y s'ront trop saouls pour vous entend'. Vous pourrez yeur tomber su' l' râb' au point du jour. » Il s'interrompit, l'œil en coin sur Korin. « Z'en avez combien, de bonhommes aguerris ?

— Quarante.

— Eh ben, gardez-les sous la main, Vot' Altesse. C'est des durs à cuire, ces bandits-là. Z'ont razzié la moitié des villages de la vallée, c't hiver, puis déguerpi en emmenant tout un troupeau de femmes. J'ai pas 'rrêté d'yeur êt' au train depuis qu'on est arrivés ici, et j' vous jure qu' ç'a pas été d' la tarte. Moi-même en personne que je les conduisais, l's opérations, jusqu'à temps qu' mon panard, y s' mette à déconner. » Il toisa de nouveau Korin puis secoua la tête. « 'fin bref, les gardez bien sous la main, v' bonhommes, z'entendez ? 'cune envie, moi, d'y répond', à c'te lett', en esspédiant vos cendres.

82

— Nous avons subi le meilleur entraînement de Skala, messire, répliqua Korin d'un ton pète-sec.

— C'est pas ça que j' doute, Vot' Altesse, fit le vieux d'un air lugubre. Mais y a pas d'entraînement qu'est assorti à c' que la fine pointe d'une épée s'esspose à trouver en face. »

En s'installant pour la nuit dans cette demeure inhospitalière, Ki aurait volontiers tout donné pour que Tobin ne se soit mêlé de rien. Si son père n'avait pas été fait lord, jamais le roi ne se serait avisé de lui dépêcher les Compagnons. Il avait l'impression que toute une vie d'homme s'était écoulée depuis qu'il n'avait pas mis les pieds parmi les siens. Il lui avait fallu les revoir et voir de quelle manière ils le regardaient pour se rendre enfin compte à quel point il avait lui-même changé. L'envie perçait dans les coups d'œil furtifs que même Amin et Dimias lui avaient décochés au coin du feu, en bas. Les plus jeunes des enfants, ceux du moins qui se souvenaient de lui, se montraient heureux de sa présence et le harcelaient pour qu'il leur raconte des histoires sur la grand-ville. Ses petits demi-frères et sœurs, légitimes ou non, s'agrippaient comme une portée d'écureuils à n'importe lequel des autres qui l'écoutait paisiblement, Korin inclus, qui avait grâce aux dieux dépensé tout du long des trésors de gentillesse et de patience. Quelque opinion que Ki pût avoir par ailleurs de lui, le prince avait de bons contacts avec les gens, quand il voulait bien s'en donner la peine. Et Ki avait eu un moment de réel plaisir lorsqu'un mioche qui marchait à peine et au cul brenneux s'était juché dans le giron d'Alben.

Mais c'était loin de compenser le reste... À présent, tous les Compagnons savaient pertinemment quel chevalier de merde il était au juste. Il avait failli crever de honte devant la dégaine que se payaient son père et la pauvre Sekora dans leurs atours crasseux. « Tu peux bien foutre à un cochon des chaussons de soie, c'en fera jamais un danseur », se plaisait à dire Larenth de quiconque osait selon lui se hausser au-dessus d'eux-mêmes. Jamais Ki n'avait jusque-là compris le proverbe avec une si cruelle acuité.

La plupart des gens de la maison allèrent se coucher en même temps que le soleil. Les benjamins roupillaient déjà par terre, entassés au petit bonheur avec les chiens et les chats. Comme par dérision de l'hospitalité, Innis tâcha de tenir compagnie à leurs hôtes avec ses cadets grâce à de nouvelles tournées de vinasse exécrable. Quatrième des rejetons légitimes après Ahra, c'était une espèce de taureau à cervelle poussive, et taciturne jusqu'à la goujaterie. Il avait toujours révélé plus d'aptitudes pour la forge que pour le combat. Par là s'expliquait, en plus de son infirmité, qu'il était resté pour régir la maisonnée tandis que ses frères partaient guerroyer. Amin et Dimias avaient quant à eux servi d'estafettes durant les derniers conflits, bonne fortune qu'à l'évidence Innis ne leur pardonnait pas plus qu'il ne pardonnait la sienne à Ki.

Korin prit généreusement son parti de tout. Il s'envoya coupe sur coupe d'affreux pinard et le vanta comme s'il s'agissait de Kallia rouge. Il plaisanta avec Amin et finit même, à force de charme, par arracher un petit sourire goguenard à Innis en le défiant à une partie de bras de fer et en la perdant. Caliel paya son écot personnel en prenant l'initiative d'entonner quelques chansons qui égayèrent l'atmosphère pendant un moment. Mais Ki était trop conscient des regards que n'arrêtaient pas de lui jeter à la dérobée Alben, Mago et leur clique, ainsi que de leurs airs narquois devant les efforts patauds que faisait Sekora pour jouer les maîtresses de maison. Elle avait toujours été très gentille pour lui, et il faillit bondir sur Arius quand celui-ci se permit de la traiter comme un malotru. Ses frères en avaient eux aussi pris ombrage, et ils affichaient des mines meurtrières.

Lynx lui empoigna le genou sous la table et le dissuada d'un signe de tête. Même ici, dans ces maudits lieux, un écuyer royal devait s'interdire d'humilier le fils du roi et son propre maître en se bagarrant. Ruan et Barieüs lui adressèrent des regards de sympathie par-dessus la table, mais cela ne fit qu'aggraver son abattement.

Tobin comprenait tous ses sentiments ; il les comprenait toujours. Affectant d'ignorer les grossiers personnages, il causa de chasse avec Amin et fit un rien d'escrime avec Dimias, tout en faufilant à son ami, de-ci de-là, un bref sourire dont la vivacité n'avait rien de feint.

Ce ne fut pas sans soulagement qu'ils gagnèrent finalement leur chambre. Légèrement titubant, Korin enlaça Innis et le qualifia haut et clair de fameux

85

gaillard. Tobin et Caliel le prirent en charge et le pilotèrent sur les talons de Sekora. Ki préféra demeurer à la traîne, par défiance de ce que pourrait encore lui inspirer la proximité de Mago et des autres.

Sa belle-mère les fit grimper au deuxième étage et les introduisit dans une chambre d'hôtes passablement propre et meublée de deux grands lits. Larenth devait considérer cela comme un luxe scandaleux, mais Ki se serait volontiers englouti dans le plancher quand Sekora s'avisa de dire à Korin que les écuyers seraient les bienvenus dans le fenil des écuries, comme s'ils n'étaient rien de plus que des domestiques. Sans manquer à la plus exquise politesse, le prince fit monter des paillasses à leur intention.

Le reste de cet étage, qui aurait dû servir d'appartements privés à la famille, était on ne peut plus délabré, et rien n'indiquait que le maître des lieux envisageât le moins du monde la nécessité d'y remédier. Les autres pièces étaient vides et sentaient le renfermé, leurs planchers étaient nus et souillés par des déjections d'oiseaux et de souris. Ce dont la famille se fichait éperdument, puisqu'elle persistait à vivre et à coucher dans la grande salle, ainsi qu'elle l'avait toujours fait.

« Ça t'ennuierait, si je redescendais un moment, Tob ? » demanda Ki tout bas.

Tobin lui serra le poignet. « Évidemment pas. Va. »

« Alors, comme ça, t'es revenu pour te battre, hein ? dit Amin en lui faisant de la place sur la banquette. C'est-y vrai qu'aucun de vous y a été, aux guerres ?

— Oui, répondit-il.

— C'est marrant, se taper tout ce chemin jusqu'ici pour ça, après que t'as été si longtemps si près des royautés, fit Dimias. Par les couilles à Bilairy, Ki, même *moi* l'a fait. Pourquoi que ce bougre de duc, y vous a jamais pris, dis ?

— Les nobles ne partent pas si jeunes. » C'était la stricte vérité, mais il n'en était pas moins dans ses petits souliers. Amin avait la joue balafrée d'un coup d'épée, et il s'était débrouillé pour s'asseoir de manière à bien la lui exhiber sous le nez.

« Écoutez-moi-*le* ! lança sa demi-sœur Lyla du fond d'un tas de dormeurs. S'y fait sa qualité, main'nant !

— M'ont appris à causer kif qu'eux, riposta-t-il aussi sec, en retombant dans ses vieux travers de langage. Croyez qu'y-z-ont envie que j'yeur braille autour, comme vous, les beaux m'sieurs-dames ? »

Dimias se mit à rire et lui passa un bras autour du cou. « Ça, c'est not' Ki ! Et j' dis tant mieux pour toi. Peut-êt' tu peux n's affranchir, n's aussi, et nous dégotter des planques à Ero, hein ? M' plairait ben, moi, viv' à la ville. Laisser derrière toute c'te merde sans me r'tourner, comme t'as fait toi.

— Père m'a soldé », lui rappela Ki, mais, à parler franc, ça ne lui avait pas beaucoup coûté, de partir.

Amin baissa la voix pour marmonner : « Ben vu, moi, comment qu'y en a qui te r'gardaient comme un minab', et qu' tu t' la laissais mett', en p'us. Yeur donne pas c' plaisir, t'entends ? Moi, j'ai vu la bataille et tout. La moitié d' ces gars d' la haut' qui t' piss'ront dans leurs frocs, d'main, juré craché, verras.

87

— Mais pas toi, hein ? » Amin lui claqua l'épaule. « Ahra n's a dit que v's êtes des guerriers-nés, vous deux, quand al t'a eu revu. Des Sakor-touchés, 'Il' a dit. Et ton maigrichon de Tobin, c'est l' brav' mec, malgré qu'il a un côté gonzesse.

— V's allez t'nir l' coup, toi et lui, déclara Dimias.

— 'videmment qu'on va ! rigola Ki. Et pour l' côté gonzesse, alors, là, pouvez r'passer ! »

Ils se chamaillèrent un brin sur ce point, mais, pour la première fois de la journée, Ki se réjouit d'être à la maison, et ce qui le réjouit encore davantage, c'est la bonne opinion que ses frères avaient de Tobin.

Coincé dans le lit entre Urmanis et Nikidès, Tobin écouta leurs fanfarons d'aînés disputer du nombre de bandits que chacun comptait tuer le lendemain, Korin étant, comme à l'ordinaire, celui qui hurlait le plus fort. Il gardait cependant un œil sur la porte, guettant le retour de Ki. Lassé finalement d'attendre, il partit à sa recherche.

Il faisait noir dans la grande salle, où l'âtre seul rougeoyait vaguement. Tobin était sur le point de remonter quand une voix chuchota : « Ki est dehors, Vot' Altesse, si qu' c'est ben lui que v's êtes après.

— Merci. » Contournant à pas comptés les tas de dormeurs, il descendit à tâtons jusqu'à la cuisine et s'aventura dans la puanteur de la cour. Il n'y avait pas un seul nuage dans le ciel, et les étoiles semblaient aussi grosses que des œufs d'alouette. Des torches brûlaient sur le parapet, et les gardes arpentaient le chemin de ronde. Il se dirigeait vers la poterne du courtil lorsqu'il discerna deux silhouettes assises à l'avant de la charrette hors d'usage.

« Ki ? souffla-t-il.

— Retourne au pieu, Tob. Fait froid, dehors. »

Tobin grimpa néanmoins s'installer sur le siège auprès d'eux. L'autre se révélant être Tharin, coudes aux genoux, il se fit brusquement l'effet d'un intrus, mais il n'avait pas envie de rentrer. « Qu'est-ce qui ne va pas ? »

Ki renifla hargneusement. « Tu as vu. » D'un geste circulaire, il désigna la tour, la cour... et probablement tout. « Voilà de quoi je viens. Te figures qu'on va me permettre de l'oublier ?

— Je suis désolé. Je n'aurais jamais cru que c'était comme ça. Je croyais...

— Ah ouais ? Eh bien, l'as fait sans compter sur les miens.

— Il y a un bon bout de temps qu'il était parti, dit paisiblement Tharin.

— Ils ne sont pas si mal que ça..., certains. J'aime bien tes frères, et ton père est un vieux guerrier du genre coriace, ça crève les yeux.

— Il est devenu vieux pendant mon absence. Jamais je ne l'avais vu contraint à garder la chambre, et il est à demi aveugle. Cinq ans, ça fait du temps, Tob. À les regarder, j'en viens à me demander qui je suis.

— Tu es ce que tu as fait de toi, riposta Tharin d'un ton ferme. C'est ce que je venais juste de lui dire, Tobin. Il y a des gens qui naissent nobles et qui n'ont pourtant pas le cœur d'être quelque espèce d'homme que ce soit. Et d'autres qui, comme ce bougre-là, se révèlent nobles jusqu'à la moelle contre vents et marées. Vous avez vu tous les deux ma famille. Elle ne différait pas beaucoup de la tienne, Ki, mais Rhius m'a élevé au-dessus de ma condition première, et je porte la tête haute à côté de n'importe quel homme bien né. Tu es taillé dans la même étoffe. Il n'y a pas un seul des gars du Palatin auprès duquel je préférerais me tenir demain. »

Il leur pressa vivement l'épaule à tous deux puis descendit de la charrette. « Tarde pas à le rentrer, Tobin. Il faut absolument vous reposer. »

Demeuré seul avec son ami, Tobin se mit à penser à son propre retour chez lui, à Atyion. Il s'était sincèrement attendu à voir Ki recevoir un accueil du même genre, ici. Mais aussi, ce fort de Rilmar était une horreur, comment le nier ? Le roi le savait-il, quand Nyrin lui en avait soufflé le nom ?

Faute de trouver les mots, il chercha la main de Ki et la lui serra. Ki laissa échapper un grognement tandis que son épaule emboutissait celle de Tobin. « Je sais que ça ne me rabaisse pas à tes yeux, Tob. Si je croyais le contraire, j'enfilerais cette poterne-là dès ce soir, et sans un regard en arrière.

— Non, tu n'en ferais rien. Tu raterais le combat de demain. Et puis Ahra va être là aussi. D'après toi, qu'est-ce qu'elle te ferait si tu t'enfuyais ?

— Touché. À m' fout les j'tons ben p'us pir' qu' pas aucun des Compagnons, crédieu ! » Il se mit debout, parcourut à nouveau la cour du regard et se

90

mit à glousser. « Enfin, ce pourrait être beaucoup plus tragique.

— Comment cela ? »

Le sourire de Ki étincela dans les ténèbres. « L'héritier de tout ce merdier, ce pourrait être moi. »

7

Il faisait encore noir quand Tharin et Porion les réveillèrent, mais Tobin sentit se faufiler par la fenêtre ouverte les premiers frissons de la brise d'aube. Plus personne ne plastronna pendant que l'on s'équipait. Les yeux de Tobin rencontrèrent ceux de Ki tandis que celui-ci l'aidait à enfiler son haubert, et il y lut reflétées ses propres ardeurs mêlées d'appréhension. Une fois revêtu son surcot, il était en nage.

Comme ils s'apprêtaient à partir, il s'aperçut qu'avec l'amulette cheval qu'il avait faite exprès pour lui, Korin en portait une seconde qu'il n'avait jamais vue jusque-là.

« Qu'est-ce que c'est ? » demanda-t-il en se penchant pour l'examiner de plus près. Il s'agissait d'un joli pendentif en losange de corne polie sertie d'or.

« Un porte-bonheur que Père m'a donné », répondit le prince en le portant à ses lèvres.

Pour la première fois depuis longtemps, Tobin ressentit une pointe d'envie et de mélancolie. Que lui aurait offert ou dit Père, avant sa première bataille ?

Il n'y avait pas la moindre apparence de petit déjeuner dans la grande salle. Les mioches et les bêtes enchevêtrés dans l'ombre les regardèrent descendre à grand tapage dans la cour. Trois des frères aînés de Ki les attendaient dehors dans l'enceinte, et Ahra s'était jointe à eux avec ses cavaliers. L'aspect de leur tenue trahissait qu'ils avaient chevauché toute la nuit pour se trouver là et qu'ils venaient tout juste d'arriver. Une fillette d'une douzaine d'années, nu-pieds et vêtue d'une tunique en loques et maculée de boue, montait un cheval non moins crotté qu'elle aux côtés d'Ahra. Toutes deux s'empressèrent de démonter, et Ahra s'inclina bien bas devant Korin et Tobin. « Veuillez pardonner mon retard, mes princes. Père avait expédié Korli à ma recherche, mais elle a été retardée en route.

— 'sscuses, V's Altesses, bredouilla la petite, intimidée, en leur faisant un plongeon pataud. Salut, Ki ! »

Il lui concéda un petit baiser rapide.

Tobin s'intéressa d'autant plus à elle qu'aucun des membres de la famille qu'il avait pu voir ne ressemblait si fort à Ki. Elle en avait le plaisant aspect noiraud, et lorsqu'elle s'avisa qu'il la reluquait, elle s'éclaira du même sourire à dents de lapin.

« Vous êtes du même lit ? » demanda-t-il, comme Ki s'apprêtait à partir seller leurs montures. Il trouvait plutôt curieux de ne l'avoir jamais entendu faire mention d'elle.

« Korli et moi ? Non, elle fait partie des bâtards. » Il s'interrompit pour la guigner plus attentivement. « Pouh. Sûr qu'elle a grandi.

« — Elle te ressemble.

— Tu crois ? » Il s'éloigna à grandes enjambées vers les écuries.

Assez ahuri par la désinvolture du débouté, Tobin jeta un nouveau coup d'œil furtif sur la fillette. Elle était plus svelte que Ki, mais elle avait les mêmes yeux bruns veloutés, les mêmes cheveux raides, la même carnation satinée, dorée. Ses traits étaient un peu plus pleins, un peu adoucis...

Comme le reflet de mon autre visage dans le bassin.

Un frisson glacé lui parcourut l'échine, et il se détourna vivement, troublé comme s'il venait de voir un fantôme.

Ahra avait avec elle vingt cavaliers, tous aussi endurcis d'allure que les plus fiers soudards qu'il eût jamais vus, et un bon tiers d'entre eux étaient des femmes. La plupart des hommes qui les accompagnaient étaient soit vieillissants, soit d'une extrême jeunesse, les meilleurs combattants étant partis rejoindre des unités régulières. Comme il pivotait pour s'inquiéter de Ki, l'un des gamins lui adressa un petit signe de main énigmatique. Il hésita, croyant s'être mépris, mais l'autre récidiva. Intrigué, il se rapprocha.

Pas plus vieux que lui, l'inconnu n'avait pas un poil de barbe, et les traits que coiffait le casque et qu'encadraient les tresses de guerrier étaient barbouillés de boue. Ses yeux avaient cependant quelque chose de familier, et, à en juger d'après le sourire qu'il lui dédiait à présent, il devait sûrement le connaître, lui.

« Vous m' r'mettez pas, Vot' Altesse ? »

Ce n'était pas un garçon, loin de là.

93

Le cœur de Tobin se mit à bondir tandis qu'il suivait la fille derrière une meule de foin. « C'est donc toi, Una ! »

Elle retira son casque et repoussa les cheveux de son visage. « Oui ! Je n'ai pas voulu courir le risque de me laisser voir par Korin et les autres, mais toi, je savais que tu me garderais le secret. »

Il reconnaissait à peine la jeune fille de haute naissance qu'il avait connue. Elle portait l'armure tailladée d'un simple soldat, mais le profil ancien de l'épée qui lui battait la hanche était de toute beauté.

« Celle de ta grand-mère ? hasarda-t-il.

— T'avais bien dit que je la porterais un jour. Simplement, je ne me doutais pas que ce serait si tôt. Et je parie que tu n'avais jamais envisagé non plus que je te précéderais sur le champ de bataille.

— Oh, ça, non ! Qu'est-ce que tu fabriques ici ?

— Où te figurais-tu que j'irais, après toutes les histoires de Ki ?

— Pas la moindre idée. Nous – Ki et moi –, nous redoutions que tu... » Il ravala les mots, peu tenté d'admettre tout haut qu'ils s'étaient imaginé, sur la foi des rumeurs, que le roi l'avait fait assassiner. « Enfin, le diable m'emporte, je suis drôlement content de te savoir ici ! Tu as déjà tué ton premier homme ?

— Oui. Tu étais un bon professeur. » Elle hésita, plongea son regard dans le sien. « Tu ne me détestes pas, alors ?

— Pourquoi te détesterais-je ?

— C'était uniquement une idée à moi, d'entraîner les filles. Père a dit qu'en faisant ça tu t'étais mis dans un fameux pétrin, et j'ai entendu dire que c'était aussi à cause de cela qu'on avait réexpédié Arengil à Aurënen.

— Il va de soi que je ne te déteste pas. Tout ça, tu n'y étais pour rien.

— En selle ! » ordonna Korin.

Tobin prit la main d'Una et la serra *à la guerrier*. « Par la Flamme de Sakor, Una. Je vais avertir Ki ! »

Avec un grand sourire, elle le salua. « Je serai derrière vous, mon prince. »

Ce fut un fier spectacle que de les voir franchir la ligne des torches, bannières au vent. Eux ne portaient pas de lumières. Innis et Ahra prirent la tête pour les guider vers le haut de la vallée, tandis que les étoiles s'estompaient peu à peu. Amin et Dimias chevauchaient à leurs côtés, et Tobin ne put s'empêcher d'admirer leur aisance en selle. Tharin et le capitaine Melnoth conduisaient l'arrière-garde.

Au bout de quelques milles, on abandonna la route pour couper à travers des champs barbelés de chaume et des bois-taillis enveloppés dans un brouillard frisquet. Il faisait encore trop noir quand on atteignit le premier hameau pour en discerner beaucoup plus que quelques toits de chaume par-dessus la palissade de rondins. Au fur et à mesure qu'on s'en rapprochait, toutefois, se perçurent des bouffées d'une odeur familière – celle de cendres et de couenne de porc calcinée que déga- geaient les bûchers funéraires des environs d'Ero.

« Les bandits ? demanda Korin.

— Non, répondit Ahra. La peste, qui a sévi ici. »

Quelques milles plus loin, cependant, celui dont ils découvrirent les vestiges avait bien été incendié par des brigands. Le ciel étant passé de l'indigo au gris, l'éclairage était suffisant pour que Tobin distingue le moignon noirci d'une cheminée de pierre et, flottant dans un fossé, une poupée de bois.

« S'est passé y a que quèqu' s'maines, leur dit Innis. Les hommes ont été tués et laissés sur place, mais y avait pas dans les cadav' aucune femme et aucune fille.

— S'ils les ont emmenées, c'est qu'ils s'installent ferme et pour de bon, commenta Tharin en secouant la tête. À quelle distance d'ici ? »

Innis pointa l'index droit devant vers des collines boisées d'où l'on voyait s'élever au-dessus des arbres de fines colonnes de fumée.

En se représentant les captives en train de préparer là-bas le petit déjeuner, Tobin fut tout secoué de frissons.

« Vous en faites pas, on ramènera les femmes saines et sauves », déclarait Korin au même instant.

Innis haussa les épaules. « Sert à p'us beaucoup grand-chose, main'nant, s'pas ?

— Des denrées pourries, pour toi ? Te content'rais de les laisser là, c'est ça, hein ? » gronda Ahra.

Innis branla son pouce en arrière vers les maisons ruinées. « Que dalle où rev'nir. »

D'un air renfrogné, Ahra prit les devants, et l'on tourna vers l'ouest pour emprunter une sente à gibier qui s'enfonçait dans la forêt.

« Plus un mot. Personne. Faites suivre », chuchota-t-elle. Puis, à Korin et à ceux qui se trouvaient juste derrière elle : « Empêchez vos armes d' ferrailler, si possib'. 'n a encore quelques milles à faire, mais s'rait idiot d' les alerter si peu qu' ce soit, s'y-z-ont posté des sentinelles. »

Chacun contrôla son arc et son fourreau. Tobin se pencha pour attraper l'extrémité flottante de la sous-ventrière de Gosi puis l'emprisonna sous sa cuisse. Près de lui, Ki fit pareil pour celle de Dragon.

Le soleil était juste en train d'émerger par-dessus la vallée, mais il faisait encore presque nuit noire dans le sous-bois. De vieux sapins vous y dominaient de toutes parts, et le sol rocheux était jonché d'arbres morts.

« Pas fameux, ce terrain, pour une charge montée, hein ? chuchota Korin à l'adresse d'Ahra.

— Non, mais idéal pour des embuscades. Est-ce que j'envoie des éclaireurs ?

— On y va ! » s'enflamma Dimias.

Mais elle secoua la tête et détacha deux de ses cavaliers personnels.

Tobin s'était redressé en selle et scrutait les ténèbres environnantes en quête d'indices de sentinelles. Il n'avait pas peur, non, pas au sens strict, mais plutôt l'impression d'avoir comme un espace vide au-dessous du cœur.

Un regard circulaire lui révéla que chacun de ses compagnons devait aussi ressentir quelque chose du même genre. Les traits de Korin étaient figés sous le

97

heaume en un masque sévère, et Tanil dénombrait les flèches de son carquois. Un coup d'œil en arrière lui permit de voir tous les autres qui s'affairaient en derniers contrôles ou qui sondaient le couvert avec nervosité. Ki surprit son manège et lui sourit à belles dents. Et Una, se demanda Tobin, est-ce qu'elle avait peur ? Ou bien la peur, la première bataille suffisait-elle à vous en guérir ? Il regretta de n'avoir pas eu le temps de la questionner là-dessus.

Ils avaient fait moins d'un mille dans la forêt, sans cesse à contre-pente, quand Ki perçut l'odeur des feux de cuisine. L'air chargé d'humidité rabattait la fumée sous les arbres. Bientôt s'en distinguèrent des flocons qui s'effilochaient en tournoyant au ras de la voûte formée par les branches qui leur dégouttaient dessus. Il se mit à examiner les arbres avec une attention redoublée, tant l'obsédait malgré lui l'image d'yeux perçants à l'affût derrière une hampe de flèche prête à s'envoler.

Mais il ne se passa rien. Les seuls bruits perceptibles étaient le martèlement feutré des sabots sur la mousse et des rappels d'oiseaux en train de s'éveiller.

Ils parvinrent dans une clairière et mirent pied à terre. Les officiers et les Compagnons se regroupèrent autour d'Ahra, pendant que les écuyers s'emparaient des chevaux.

« Plus très loin, chuchota-t-elle en indiquant d'un geste l'endroit où la sente se poursuivait en direction de l'est. Le camp se trouve à moins d'un demi-mille par là, au creux d'un petit vallon boisé. »

Tous les yeux se tournèrent vers Korin. Il échangea quelques mots avec Ahra et les capitaines. « Eh bien, Tobin, à toi la charge de ce coin avec ta garde personnelle. Nik, Lutha, Quirion, vous êtes des leurs. » Quirion commença à protester, mais le prince l'ignora. « Vous tiendrez notre flanc. Je t'enverrai une estafette si nous avons besoin de vous.

— Vous restez avec eux, vous deux, dit Ahra à ses frères. Vous connaissez la disposition du terrain par ici, au cas que leur faudrait des guides. »

Korin tirailla sur sa nouvelle amulette puis décocha un coup d'œil à Porion, qui lui répondit d'un simple hochement. « Alors, ça y est. L'épée au clair, et suivez-moi.

— Les éclaireurs, mon prince ? intervint Ahra. On f'rait pas mieux d'attendre avoir de leurs nouvelles ?

— Nous arrivons déjà plus tard que je n'escomptais faire. » Il scruta le ciel qui s'éclaircissait. « S'ils se sont égarés, nous perdrons toute chance de tomber à l'improviste sur cette bande de coquins. En route. »

Il brandit son épée, lui fit décrire un grand cercle pompeux, et sa troupe lui emboîta le pas.

« Eh bien, exécution de ses ordres », chuchota Tobin tandis que le bruit de la cavalcade s'estompait dans les profondeurs des bois.

Les écuyers et les hommes de Tharin tendaient déjà des cordes entre plusieurs arbres et entreprenaient d'y attacher les chevaux.

« Des nœuds coulants, les gars, commanda tout bas le capitaine en défaisant celui que Ruan venait de serrer à mort. Faut qu'on puisse être disponibles au plus vite en cas de nécessité. »

Ensuite, on n'eut plus rien d'autre à faire que d'attendre. Et d'écouter. Aucune raison valable n'exigeait qu'on demeure planté comme au garde-à-vous, mais personne n'eut l'idée de s'asseoir. La main posée sur la poignée de leur épée ou enfilée dans leur ceinturon, les Compagnons formaient un cercle assez ouvert, les yeux tendus vers le sentier. Quelques-uns des hommes de Tharin s'éparpillèrent pour patrouiller aux abords de la clairière.

« C'est attendre qui vous fout les nerfs à fleur de peau, maugréa Amin.

— À combien d'expéditions tu as participé ? » demanda Lutha.

Un sourire penaud supplanta les airs avantageux d'Amin. « Ben, ren qu' deux 'vec du vrai barouf, mais c' qu'on a pu s' taper comme attente ! »

Le soleil commençait juste à dépasser la cime des arbres quand retentirent au loin les premiers gueulements.

Tharin escalada un gros rocher qui se dressait à l'entrée du chemin, prêta l'oreille un moment puis se mit à sourire. « Au ton que ç'a, je parierais que l'effet de surprise a joué, en définitive.

— S'ra tout fini, 'vant qu'on est nulle part à portée, grommela Amin. Pourquoi qu'elle arrive pas, l'estafette ? »

On continuait de gueuler dans le lointain, mais il se leva une brise dont le bruissement dans les branches suffit à rendre vaine toute écoute. Toujours juché sur son perchoir, Tharin scrutait le sentier comme un chien qui attend le retour de son maître.

Il fut le premier à tomber.

8

Un calme étrange s'était mis à régner juste au moment de l'embuscade. Depuis une minute, Tobin et les autres étaient plantés là, attentifs à la rumeur du vent dans les frondaisons, quand, sans préavis, Tharin poussa un cri étranglé et bascula du haut de son rocher, la cuisse gauche transpercée d'une flèche, juste à l'endroit où s'entrebâillait imperceptiblement la fente de son haubert.

Un joli coup, ou un coup de pot, songea Tobin en se dirigeant vers lui. Et puis voilà qu'il s'affalait, frappé de côté.

« Reste couché, Tob ! » Ki semblait bien décidé à lui demeurer dessus.

« Tharin est blessé !

— Je sais. Reste couché ! »

Aplati comme il l'était dans les hautes herbes, Tobin ne pouvait rien voir au-delà d'Amin, étalé à un pas de là.

Au-dessus de leurs têtes, les flèches, à présent, bourdonnaient sans arrêt comme un essaim de libellules. Il s'en fichait sourdement dans la terre de part et d'autre des deux amis. Ça gueulait, dans les arbres. Quelque part dans les parages, un type hurlait de douleur – Sefus ? Un cheval poussa un cri strident, et tous commencèrent à ruer et à se cabrer. Les cordes se rompirent, et ils se dispersèrent au petit bonheur.

L'averse de traits cessa aussi subitement qu'elle avait débuté. D'un coup de reins, Tobin se débarrassa de Ki, et il fut le premier à se retrouver sur ses pieds. Tout le monde s'était égaillé. Certains étaient encore couchés dans l'herbe. D'autres avaient réussi à gagner la lisière. Koni et quelques-uns de ses compères s'efforçaient de calmer les chevaux restants.

« Ralliez-vous à moi ! À moi ! cria Tobin en dégainant pour indiquer le couvert à sa droite. Allez, vite ! »

À peine eut-il parlé que les flèches se remirent à pleuvoir, mais les autres avaient entendu. Certains prirent leurs jambes à leur cou, tout en brandissant leur bouclier, d'autres se fièrent à leur seule vélocité.

Ki l'abrita du mieux qu'il put sans le gêner aux entournures. Nikidès et Ruan se débrouillèrent pour les rejoindre, et les frères de Ki étaient aussi là, boucliers levés pour encaisser les volées de flèches.

Il n'empêchait que beaucoup trop de monde s'était fait épingler à découvert. Il y en avait qui ne bougeaient pas ; l'immobilité d'au moins trois des gardes de Tobin était excessive. Le seul qu'il réussit à identifier était Sefus, qui contemplait le ciel, une flèche fichée dans l'œil. Au-delà gisait un corps que son surcot rutilant trahissait être celui d'un noble ; d'après les couleurs, ce devait être Lutha ou Barieüs.

« Viens, Tob ! » le pressa Ki, tout en essayant de

l'entraîner plus avant dans le sous-bois. Tobin jeta un coup d'œil en arrière vers le rocher d'où Tharin avait fait la culbute, mais il n'y repéra pas trace du blessé. Tout en priant qu'il ait réussi à se mettre à l'abri, il courut rejoindre son monde accroupi derrière des troncs et des éboulis. Chose curieuse, le sentiment d'avoir un vide au-dessous du cœur s'était évanoui ; il n'éprouvait plus grand-chose de particulier. Un coup d'œil au travers des arbres lui révéla de nouveaux corps étendus dans la prairie et autour desquels foisonnaient des flèches plantées comme des chardons.

Ki lui agrippa de nouveau le bras et pointa le doigt vers la droite. « Tu entends ça ? »

Des branches craquaient sous les bottes de quelqu'un, pas bien loin. Qui que ce fût, les pas se dirigeaient de leur côté. Tobin fit rapidement le point. Des Compagnons, seuls se trouvaient avec lui Nikidès et Ruan. Quirion ne se voyait nulle part. En plus d'Amin et de Dimias, il avait à sa disposition Koni et cinq autres gardes. Et maintenant se discernaient des bruits ennemis sur leur gauche également.

Le diable soit d'eux, ils nous ont eus et salement disloqués ! songea-t-il sombrement. C'était le pire des débuts possibles, surtout qu'on n'avait pas la moindre idée du nombre d'adversaires auquel on était confronté. Tous les yeux étaient attachés sur lui.

« Nik, tu prends Koni, Amin et ces quatre-là et tu pars à gauche », dit-il. Présenté de cette manière, ça faisait l'effet qu'on était encore moins nombreux. « Vous autres, avec moi. »

D'un haussement d'épaules, Koni se défit de son bouclier. « Prends ça, Tobin. »

Tobin l'accepta avec gratitude. « Sakor vous porte chance à tous. » Glissant son bras gauche dans les courroies, il s'éloigna vers la droite et, suivi de sa maigre troupe, pénétra plus profondément dans les bois.

Ils n'avaient pas fait trente pas qu'une meute de puissants gaillards équipés de gourdins, de haches et de rapières surgit des fourrés et se rua sur eux. Cela ne laissait plus le temps de réfléchir. Tobin se précipita à leur rencontre, flanqué de Ki et vaguement conscient que leurs compagnons fonçaient de même contre l'attaque.

Les deux bandits de tête fondirent sur lui comme des molosses sur un lapereau ; un noble, ça se rançonnait, et ils se figuraient sans doute avoir à faire à une proie facile. Ki leur barra le passage et leva son épée à temps pour empêcher le plus grand de lui fendre le crâne. L'autre le contourna comme une fusée et prétendit attraper Tobin. Il portait un casque et une chemise de mailles courte mais il était évident, rien qu'à sa façon de se jeter tête baissée, qu'il n'était pas un guerrier chevronné. Tobin fit un saut en arrière et lui abattit son épée en travers de la cuisse. Le type laissa choir sa hache et s'effondra en beuglant, cramponné des deux mains à sa blessure qui giclait dru.

Avant que Tobin ne puisse l'achever, un mouvement flou sur sa gauche le fit pivoter, et il s'en fallut de rien qu'il ne trébuche sur le cadavre d'un bretteur quasiment couché sur ses talons, toujours assez près pour le tuer, de toute façon. Rendant grâces en silence à quiconque avait stoppé le type en plein élan, il se tourna vers un autre homme qui le chargeait, gourdin levé. C'était là se flanquer dans une posture idiote, et il n'eut pas grand mal à faire un pas de côté et à tailler au ventre. Le téméraire tituba, et Ki ne fit qu'un saut pour le terminer d'un coup foudroyant à la nuque.

De nouveaux bandits se présentèrent pour les assaillir en véritables forcenés. Ça gueulait, ça piaulait, ça jurait de tous les côtés, ça faisait un boucan d'enfer ponctué par le choc retentissant de l'acier rencontrant l'acier. Tobin vit Dimias aux prises avec un adversaire qui faisait le double de son poids, et il se précipita à sa rescousse, mais Amin bondit de derrière un arbre et frappa le colosse en travers du gosier.

Ki s'étant fait projeter à terre, Tobin voulut aller le seconder, mais il n'arriva qu'à se trouver de nouveau face à une hache. Des années d'entraînement semblaient lui dicter spontanément la conduite à tenir. Presque avant de se rendre compte de ce qu'il faisait, il avait déjà tailladé l'épaule droite de l'ennemi puis ajusta comme en se jouant un revers meurtrier au cou. Cette botte-là, il s'était exercé à la pousser mille fois, mais jamais avec autant de facilité. Le bandit ne portant pas de coiffe, la lame lui cisailla la peau et les muscles avant de buter sur l'os. Il s'écroula de côté, pissant tout son sang par cette blessure béante au cours de sa chute. Une des giclées atteignit Tobin en pleine figure ; la saveur de sel et de cuivre chaud sur sa langue embrasa son propre sang d'une soif nouvelle.

Sa distraction faillit lui coûter la vie. Un cri de Ki

lui fit tourner la tête. Pendant une seconde, il ne vit rien d'autre que la lame fusant vers son crâne. Puis il bascula en arrière, littéralement soufflé par une tornade d'air glacé, se cogna contre un arbre et s'effondra pesamment sur le flanc, pendant que son assaillant le plaquait au sol. Il se débattit dans l'espoir de se dégager, puis finit par s'apercevoir que l'autre était inerte. Mort. Sa tête en effet ballotta mollement lorsque Amin et Ki s'attelèrent à le tirer par les pieds pour libérer Tobin. Mort, bel et bien mort.

Il aperçut Frère qui le lorgnait par-dessus l'épaule de Ki, ses traits blêmes tordus par le même rictus animal que le jour où il avait tué Orun.

« Merci, chuchota-t-il, mais déjà le fantôme s'était éclipsé.

— Par les couilles à Bilairy ! s'exclama Amin, qui contemplait le cadavre d'un air ahuri. Z'y avez fait quoi ? 'l est crevé d' la trouille qu' z'y avez foutue ?

— Je... je ne sais pas », bafouilla Tobin pendant que Ki l'aidait à se relever. Comment Frère s'y était-il pris pour le retrouver ? Un bref coup d'œil de son ami l'informa qu'il avait deviné la vérité – ou bien peut-être même vu Frère.

Il fallut que Dimias jette un regard circulaire et s'écrie : « Flamme divine ! On s'est bien démerdés, s'pas ? » pour qu'il s'aperçoive que la lutte était terminée.

Une demi-douzaine d'hommes accoururent les rejoindre à travers bois. Tharin était à leur tête. La flèche avait disparu, mais autour de la déchirure de ses chausses s'était élargie une tache sombre. Il ne faisait

106

pas cas de sa blessure. Il boitait à peine, et son épée dégouttait de sang.

« Enfin, vous voilà ! haleta-t-il. Et sains et saufs, louée soit la Lumière ! Je n'ai pas vu de quel côté vous déguerpissiez... » Devant les cadavres qui les entouraient, ses yeux s'arrondirent. « Flamme divine !

— Et vous, comment ça va ? demanda Ki.

— C'était un coup de biais. Ça s'est retiré propre et net, répondit Tharin en continuant de scruter les alentours afin de dénombrer les morts.

— Vous auriez dû voir notre prince ! s'enflamma Koni. Au moins trois de ceux-là sont à lui. Combien, Tobin ?

— Je ne sais pas trop », convint-il. Tout se brouillait déjà dans son esprit.

« Pour une première sortie, tout c' gibier-là... ! fit Amin en tapant fièrement sur l'épaule de Ki. T'es rien refusé, p'tit frère. Vous pareil, Vot' Altesse. Lequel qu' c'était, vot' tout premier ? »

Tobin jeta un regard en arrière et fut consterné de découvrir que son tout premier adversaire, celui qu'il avait blessé à la cuisse, était toujours vivant et s'efforçait de s'enfuir en rampant à travers les taillis.

« Ferait mieux d'achever c'te ordure, déclara Koni.

— Oui. Règle-lui son compte, Tobin », fit Tharin d'une voix placide.

Tobin savait ce qu'il avait à faire, mais le maudit creux sous le cœur se reforma tandis qu'il marchait lentement vers l'homme. Tuer durant la bataille avait été chose aisée, un réflexe, ni plus ni moins. Mais l'idée d'achever un blessé à terre, même s'il s'agissait d'un ennemi, lui soulevait l'estomac. Il n'était néanmoins pas question de marquer la moindre hésitation, quand tout le monde avait les yeux fixés sur lui. Il n'allait certainement pas aller se couvrir d'opprobre en faisant maintenant preuve de faiblesse.

Il rengaina l'épée puis extirpa de sa ceinture son long poignard. La cuisse béante du type saignait encore à flots ; elle avait tracé tout un sillage pourpre parmi le roux des aiguilles de pin.

Il en crèvera probablement, que je l'achève ou non, se dit le gosse en pressant le pas. L'autre était nu-tête, et sa tignasse crasseuse était assez longue pour offrir une bonne prise. L'une des leçons de Porion revint à la surface : *Tirer la tête en arrière. Trancher à fond, ferme et vite fait.*

Or, comme il se penchait pour opérer, le blessé se retourna brusquement sur le dos pour se protéger la face en levant les bras. « Grâce, seigneur ! je demande grâce ! piailla-t-il.

— Té ! quel seigneur qu'il t'a pour réclamer ça ? s'esclaffa Dimias. Allez, finissez-nous-le. »

La supplique avait toutefois pétrifié Tobin. Il voyait exactement où placer le coup – à la grosse veine qui palpitait le long de la gorge. Mais ce qui retenait sa main, ce n'était pas la peur, et ce n'était pas non plus la pusillanimité, c'était..., c'était un souvenir, c'était celui du roi plongeant son épée dans le ventre du magicien ligoté.

« Il a demandé grâce », dit-il en abaissant son arme.

Le brigand le fixa par-dessus ses mains brandies. « Merci, m'sire. Soyez béni, m'sire. » Il gigota pour tâcher d'atteindre la botte de Tobin afin de la baiser, mais le petit prince le repoussa avec dégoût.

« Hors d'ici, va-t'en. Que je te revoie, et je te tuerai. »

Dimias émit un grognement pendant que le blessé disparaissait à travers les bois. « 'core un qu'on faudra d' nouveau s' batt' avec. 'l est tout "soyez béni, m'sire", main'nant, mais vous fichera son couteau dedans sitôt qu'y trouv'ra l'occase.

— Se peut que tu aies raison, mon gars, mais c'était en agir noblement, n'empêche, déclara Tharin, avant de baisser la voix pour la gouverne du seul Tobin. Frappe bien vite, la prochaine fois, qu'ils n'aient pas le temps de te supplier. »

Tobin déglutit non sans peine et acquiesça d'un simple signe. Sa main d'épée était toute gluante. Le sang qui la recouvrait lui faisait l'effet d'une mélasse froide et lui donnait des haut-le-cœur.

Certains de leurs compagnons survinrent petit à petit grossir leur nombre pendant que les gamins retrouvaient chacun son tableau de chasse respectif. Tharin leur traça sur les joues des traînées de sang verticales et leur en mit une goutte aussi sur le bout de la langue.

« Afin d'éviter que les fantômes de tous ceux que vous tuez au combat ne reviennent vous hanter, expliqua-t-il en voyant Tobin faire la grimace.

— Où sont passés les autres ? » demanda ce dernier en examinant les parages. Pas mal de soldats étaient désormais groupés autour d'eux, mais Nik n'avait toujours pas reparu. « Vous avez vu Lutha ou Quirion ? »

109

Il compta qu'une bonne douzaine de ses gardes manquaient à l'appel, tandis qu'on percevait encore çà et là des bruits d'affrontements.

« Arius a été frappé, répondit Tharin. Lord Nikidès était en train de se battre de l'autre côté quand j'ai fini par tomber sur vous. Quelques archers sont encore à l'œuvre, et j'ai dénombré dix bandits qui tâchaient de s'enfuir à cheval. »

Amin cracha par terre. « Y savaient qu'on v'nait, ces charognes-là !

— Possible. À moins qu'ils n'aient remonté la piste laissée par Korin, fit le capitaine.

— Mais alors, faut aller le rejoindre ! s'exclama Ki. S'ils sont assez nombreux pour nous courir après...

— Non, notre poste est ici, objecta Tobin. Korin a dit qu'il nous enverrait chercher s'il avait besoin de nous. »

Tharin le salua. « Avec ta permission, j'enverrai des hommes patrouiller dans les environs. »

À leur retour dans la clairière, ils trouvèrent Barieüs encore aux prises avec deux archers ennemis. Le Compagnon tombé dans la prairie était finalement Lutha. Il gisait à plat ventre dans l'herbe, une flèche fichée dans son dos. Il était en vie, néanmoins, et s'efforçait en rampant de se mettre à l'abri. Sous les yeux de Tobin, un nouveau trait vint se planter en vibrant dans la terre non loin de la main tendue du blessé.

Barieüs poussa un grand cri et se rua à découvert pour mieux assurer son tir. Ses flèches filaient juste, mais, en dépit de la distance, Tobin s'aperçut qu'il était en larmes.

Lui-même repéra la position des adversaires et partit les assaillir de flanc.

« Suivez le prince ! » gueula Tharin.

Lui et Ki le rattrapèrent juste au moment où il se retrouvait presque nez à nez avec quatre nouveaux sabreurs en train de contourner l'orée. Il en descendit un, et les trois autres déguerpirent. L'un des archers était déjà mort lorsqu'ils l'atteignirent, le second s'était envolé de derrière l'arbre qui lui servait à se planquer.

En dépit des protestations de Tharin, Tobin se précipita auprès de Lutha. Barieüs l'y avait déjà devancé.

« Malheur à moi ! sanglota-t-il. J'ai bien essayé de parvenir à lui, mais je n'ai jamais pu sortir du bois ! »

Lutha se souleva pour tenter de se redresser, mais un accès de toux le secoua. Une écume sanglante lui monta aux lèvres, et il retomba, les ongles plantés dans l'herbe.

« Quand tout a débuté, nous nous sommes retrouvés pris là-dehors, leur expliqua Barieüs. Il m'a dit de courir, et j'ai cru qu'il était avec moi, mais...

— Chut, mon vieux, dit Tobin qui, tout en étreignant la main froide du blessé, murmura : Ne bouge pas, Lutha. »

Tharin s'agenouilla pour inspecter la plaie.

« Touché un poumon, m'a l'air... », fit Dimias.

Le capitaine opina du chef. « Fera succion lorsqu'on retirera la flèche. Mieux vaudrait la laisser pour l'instant où elle est. »

Lutha serra la main de Tobin et voulut parler, mais il ne réussit pas à le faire. Chacun de ses efforts pour

111

respirer faisait éclore des bulles sanglantes à sa bouche.

Tobin baissait obstinément la tête pour cacher ses pleurs. Le premier des amis qu'il avait eus au sein des Compagnons était précisément Lutha.

« Laissez-moi jeter un coup d'œil, messires », intervint Maniès, qui servait de sangsue pour les hommes de Tharin quand il n'y avait pas de drysienne à portée de main. Il tâta doucement la chair qui cernait la hampe du trait. « Il nous faudrait le ramener à Rilmar, prince Tobin. Personne ici n'est en mesure de lui donner tous les soins que nécessite son état. » Il se tourna vers Dimias. « Des drysiens, là-bas ?

— Oui, au village, au sud du fort.

— Bon. Le mieux est qu'il y retourne.

— Mais comment ? » demanda Tobin. On l'avait préparé à se battre, mais pas à voir mourir un ami à ses pieds.

« Maniès saura se charger de lui, répondit Tharin. Amin, galope chercher une guérisseuse, toi. » Il se tut un moment, le regard tendu vers Tobin. « Avec ta permission.

— Oui, va, reprit ce dernier, comprenant tout à coup qu'on attendait ses ordres. Vas-y. Vite ! »

On avait retrouvé quelques-uns des chevaux. Amin bondit sur le plus proche et le lança à fond de train sur le chemin. Maniès en enfourcha un second, puis Tharin lui hissa le gosse en travers des bras, de manière à ce que la flèche ne risque pas de heurter la poitrine du cavalier. Lutha se laissa faire sans autre manifestation que sa laborieuse respiration.

« Permets-moi de l'accompagner, Tobin », supplia Barieüs avant de se précipiter vers une troisième monture.

Tobin eut l'impression que ses jambes allaient refuser de le porter quand il se releva pour convoyer les autres corps prostrés dans les hautes herbes – Arius, Sefus et trois autres gardes, Gyrin, Haïmus et leur vieux sergent, Laris. Des pleurs lui brouillaient à nouveau la vue. Ces hommes, il les connaissait depuis toujours. Alors qu'il était encore tout petit, Laris l'avait notamment cent fois trimballé sur ses épaules.

N'en pouvant supporter davantage, il se détourna pendant qu'on entreprenait d'emballer les cadavres en prévision du retour. Ki s'occupait d'Arius ; on n'avait toujours pas trouvé trace de Quirion.

Nikidès finit par reparaître avec son groupe dans la clairière. Il avait un teint passablement verdâtre, mais Ruan et lui portaient tous deux sur les joues les marques des guerriers.

Comme on n'avait toujours pas la moindre nouvelle de Korin, la seule chose à faire était d'attendre.

Le soleil était déjà haut, et il commençait à faire chaud dans la clairière. Les mouches n'avaient pas tardé à découvrir les morts. Plusieurs des gardes arboraient des blessures, mais sans gravité. Pendant que Koni les pansait, Tharin et les autres ratissaient les bois en sifflant et claquant de la langue pour récupérer les chevaux manquants. Les Compagnons et le frère de Ki montaient la garde, au cas où les brigands se seraient regroupés pour lancer une nouvelle attaque.

113

Tout en faisant le guet à ses côtés, Ki loucha furtivement vers la physionomie pâle et solennelle de Tobin avant de soupirer. Il ne l'aurait admis pour rien au monde, mais il était soulagé de se tenir là. Il avait eu son compte de tuerie pour toute la journée. Malgré sa fierté de s'être battu pour Tobin, le massacre ne lui avait pas procuré l'ombre d'un plaisir. Ça n'avait rien eu à voir avec ce qu'en promettaient les ballades, ç'avait juste été l'accomplissement d'une besogne indispensable, ni plus ni moins que d'extirper des charançons d'un baril de farine. Peut-être en irait-il autrement contre des soldats véritables, songea-t-il.

Quant à la vision des cadavres de gens qu'il avait connus, qu'en dire ? Ou de la toux sanglante du pauvre Lutha ? Cela non plus ne ressemblait pas aux ballades... Un vague sentiment de culpabilité le poussa à se demander s'il n'y aurait pas quelque chose qui clochait en lui.

Ça clocherait salement plus mal, n'eût été l'intervention de Frère. Il dut déglutir violemment pour s'empêcher de vomir. Il s'était interdit d'y penser jusque-là, mais à présent que tout était redevenu tellement paisible, il ne pouvait plus refouler cette idée. Le type à l'épée fondant sur Tobin par-derrière, il ne l'avait vu que trop nettement, mais ses tentatives pour s'interposer s'étaient heurtées au front formé par ses deux nouveaux assaillants. Et en essayant de les esquiver, il avait trébuché, s'était flanqué par terre. Et il ne se serait jamais relevé à temps, ça non, si Frère n'avait décidé de se manifester.

Tobin l'avait vu, lui aussi, et lui aussi savait que

114

c'était Frère et non pas lui-même qui l'avait sauvé au moment critique. Lui, il avait, et comment ! commis l'unique faute qu'aucun écuyer ne doit jamais commettre, il s'était laissé séparer de son seigneur et maître au cours de la bataille.

Était-ce à cause de cela que Tobin observait un mutisme aussi total ?

Quirion finit par reparaître et leur débita des bobards sur une prétendue traque de voleurs de chevaux. Mais tout le monde s'aperçut que sa lame était toute propre et qu'il n'osait regarder personne droit dans les yeux. Il s'assit près du corps d'Arius et, rabattant les pans de son manteau sur sa tête, se mit à chialer tout bas.

Au moins ne me suis-je pas enfui, moi, songea Ki.

Une heure plus tard à peu près, Dimias se mit à gueuler du haut du grand arbre où il se trouvait à l'affût du sentier.

« D'autres bandits lui lança Tobin en tirant l'épée.

— Que non pas, c'est les gens à nous. Et qui lambinent, en p'us. » Il dégringola le long du tronc d'un air dépité. « Semblerait qu'y-z-ont pas eu besoin de nozigues, en définitive. »

Bientôt parut Korin, escorté d'Ahra et de Porion. Des ovations commencèrent à le saluer, mais Ki n'eut qu'à jeter un coup d'œil sur sa sœur pour se douter que quelque chose n'allait pas. Korin n'avait pas l'air d'être dans son assiette, en dépit des marques de guerrier coagulées qui zébraient ses joues.

« Qu'est-ce qui s'est passé ? questionna Nikidès.

— On les a eus », répondit Korin, mais il eut beau

sourire, même alors ses yeux gardèrent une expression bizarre. Le reste des Compagnons avait lui aussi reçu le baptême du sang et le portait d'un air fanfaron mais, Ki l'aurait juré, certains d'entre eux décochaient de drôles de regards à la dérobée dans le dos du prince. Caliel avait le bras droit en écharpe, et Tanil chevauchait en croupe de Lynx, plutôt blême de mine.

Ki chercha le regard du maître d'armes sans y rencontrer qu'une mise en garde impérieuse avant de l'entendre proclamer : « Le prince Korin a subi en ce jour l'épreuve du sang. Il est un guerrier, désormais ! »

De nouvelles ovations accueillirent la déclaration. Chacun des Compagnons portait les marques convoitées, sauf Quirion qui s'esquiva en pleurnichant. L'écuyer de Caliel, Mylirin, avait écopé d'une flèche à l'épaule, mais sans que la pointe parvienne à percer son haubert, l'affligeant toutefois d'une sale ecchymose éraillée. Zusthra affichait fièrement une balafre à sa joue gauche, et Chylnir boitillait, mais les autres semblaient s'en être tirés plus ou moins intacts. Les gardes du prince et les cavaliers d'Ahra n'avaient pas eu autant de chance. Une bonne douzaine d'entre eux charriaient des corps empaquetés, et les blessés ne manquaient pas non plus.

Avec eux se trouvaient également les femmes enlevées, celles du moins qui avaient survécu. Elles formaient un groupe en piteux état, l'œil vide, et certaines n'avaient guère plus sur le corps que des hardes en loques ou des couvertures. Malgré les soins que leur prodiguaient les compagnes d'Ahra, Ki ne put

116

s'empêcher de se demander si les sinistres prévisions d'Innis n'étaient pas fondées, après tout.

Tobin lui ayant révélé le fin mot en ce qui concernait Una, il la chercha anxieusement des yeux parmi ces dernières, et il lui fallut un moment pour la reconnaître. Aussi sale et hirsute que n'importe quel soudard du plus bas étage, elle était en train de bander le bras de l'une des malheureuses du convoi.

« Salut, dit-elle en lui dédiant un demi-sourire lorsqu'il l'eut rejointe. J'ai déjà remercié Tobin, et c'est toi qu'il me faut remercier maintenant. Vous avez été de bons professeurs.

— Je suis trop heureux de l'apprendre. »

Elle hocha la tête et se remit simplement au travail.

« Pour être dur, ça l'a été, disait Korin au même instant, mais nous avons anéanti ce nid de vermine. » Il perdit un peu de ses airs bravaches quand Tobin lui montra Arius et lui conta ce qu'il était advenu de Lutha, mais la mention des amis qu'ils avaient perdus au sein des gardes lui fit seulement hausser les épaules. « Bah, c'est bien leur lot, non ? »

Korin avait ordonné de brûler les bandits et leur camp. En sortant de la forêt, Ki jeta un regard en arrière et aperçut une lointaine colonne de fumée qui s'élevait en tourbillonnant par-dessus les frondaisons. Cette vue le réconforta. Ils avaient réussi. Lui et Tobin avaient joué leur rôle et survécu pour se battre à nouveau. Il parvint même à s'arracher des remerciements silencieux à l'intention de Frère. Mais il ne lâcha pas Korin de l'œil pendant le retour. Il le trouvait trop taciturne ou bien riant d'un rire forcé.

À présent que l'on chevauchait sans encombre, il n'eut pas beaucoup de peine à se laisser distancer pour se retrouver parmi les cavaliers d'Ahra. Il finit par repérer Una, presque au bas bout de la colonne.

« Qu'est-ce qui s'est passé ? » souffla-t-il.

Elle se contenta de le mettre en garde par un coup d'œil muet qui ne lui apprit rien, sauf qu'il avait raison de se le demander.

9

Aussitôt que l'on fut en vue de Rilmar, Tobin, Nikidès et Ki prirent les devants au galop pour savoir si Lutha n'avait pas succombé durant le trajet. Sekora les accueillit d'un air grave dans la grande salle. Larenth était installé près de la cheminée en compagnie de Barieüs qui, la figure enfouie dans ses mains, secouait lentement la tête pendant que son hôte lui parlait à mi-voix d'un ton étonnamment compatissant.

« Comment va Lutha ? demanda Tobin.

— Y a le drysien 'vec lui, là. » Sekora désigna d'un geste la pièce de derrière où s'était déroulée l'entrevue de la veille avec le maître de maison. « 'l a cessé de brailler ça fait un moment. Les guérisseuses ont pas

laissé entrer personne d'aut' que ma bonne, Arla, qu'
yeur porte l'eau et tout, quoi. »

Ils entourèrent Barieüs, mais aucun d'entre eux ne
parvenait à tenir en place. Maintenant, Korin et les
autres pénétraient au rez-de-chaussée ; on en entendait
certains s'esclaffer. Le bon boulot qu'ils avaient fait
au cours de la journée mettait les blessés eux-mêmes
d'humeur joviale.

Les Compagnons rescapés de l'aventure montèrent
à leur tour, et Lynx s'assit sans mot dire auprès de
Barieüs afin de lui offrir le réconfort de sa seule présence.

« Vous voilà débarrassé de vos bandits, sieur
Larenth », déclara Korin.

Tobin ne réussit pas à déchiffrer l'expression du
vieillard quand celui-ci tourna son œil valide vers le
prince. « Perdu quéqu'-z-uns des vôt', à c' qu'on m'a
dit ?

— Oui, je suis fâché d'en convenir.

— La gnôle, Sekora ! jappa le mari. Buvons aux
morts et à ceux qui sont de retour. »

Une domestique leur distribua des coupes d'argent
grisâtres qu'emplit Sekora. Après avoir versé sur la
jonchée les quelques gouttes de la libation, Tobin se
mit à siroter le reste. Quitte à n'avoir jamais beaucoup
prisé ce genre de tord-boyaux, la brûlure de celui-ci
répandit en lui une chaleur bienvenue. Au bout de
quelques petites gorgées, il se sentit envahi par une
somnolence réconfortante ; le tapage en provenance
des cuisines et le caquet vulgaire des servantes lui
paraissaient très lointains. Korin et quelques-uns des

119

aînés se glissèrent au-dehors, mais lui demeura à attendre, en compagnie de Barieüs et de leurs amis.

« J'ai failli à mes devoirs envers lui, gémit l'écuyer. Jamais je n'aurais dû le devancer comme je l'ai fait !

— Je l'ai entendu te dire de filer », répliqua Lynx.

Mais rien ne pouvait consoler Barieüs. Se laissant glisser à bas du banc, il se recroquevilla à même la jonchée, la tête enfouie dans ses bras.

Le repas du soir était venu et reparti sans qu'on y eût touché quand survint un vieil homme en robe brune qui s'essuyait les mains sur un torchon sanglant.

« Comment se porte-t-il ? s'enquit Korin qui était remonté.

— Étonnamment bien, répondit le drysien. Il est coriace comme une belette, ce petit-là.

— Il vivra ? s'écria Barieüs en se levant d'un bond, ses yeux rougis illuminés d'espoir.

— Son sort est encore dans le giron de Créateur, mais la flèche n'a fait qu'entamer le bord du poumon. Elle aurait seulement pénétré deux doigts plus à gauche, et il serait couché près de vos morts. L'autre poumon fonctionne assez correctement pour lui permettre de passer la nuit. Si la blessure ne s'infecte pas, la guérison n'a rien d'impossible. » Puis, s'adressant à Sekora : « Vous avez suffisamment de miel, Dame ? Il n'est rien de plus efficace pour une prompte cicatrisation que les cataplasmes au miel. Si cela ne marchait pas, faites lécher la plaie par vos chiens pour en évacuer le pus. Que quelqu'un monte la garde en permanence à son chevet cette nuit pour s'assurer qu'il

120

respire. S'il tient jusqu'au matin, il a une chance de s'en sortir. »

Il n'avait pas achevé de parler que Barieüs s'était précipité.

Tobin le suivit. Lutha haletait sur un lit de camp roulé près du feu. Il avait les paupières closes, et sa figure était d'un gris de vieil os sur lequel tranchaient seulement le tracé bleu des lèvres et les cavités noires au fond desquelles avaient sombré les yeux. Barieüs s'agenouillait à son chevet et se torchait le museau quand le petit prince le rejoignit. « Tu saurais faire un charme de Dalna ? » questionna-t-il sans détacher son regard du blessé.

Celui de Tobin se porta sur l'amulette en forme de cheval maculée de sang que portait encore Lutha ; elle ne l'avait pas si bien préservé que ça... Mais il n'en opina pas moins du chef, par sympathie pour l'écuyer. « Je vais demander au drysien de quoi je dois me servir pour le réaliser. »

Après avoir tous brûlé leur poignée de terre, d'encens et de grain sur l'autel domestique, les Compagnons se rassemblèrent autour du foyer des cuisines en attendant de prendre leur tour de garde au chevet de Lutha. Quirion s'installa quelque peu à l'écart, trop mortifié pour oser regarder quiconque d'entre eux. Sans que Tobin en ait soufflé mot, plus personne n'ignorait sa lâche désertion.

Peu à peu vaincu par l'épuisement, le petit prince s'endormit malgré lui. Lorsqu'il se réveilla en sursaut quelque temps plus tard, le feu rougeoyait à peine, et la demeure était plongée dans le silence. Il était couché sur le flanc, la tête appuyée sur la jambe de Ki. Affaissé par-dessus lui contre le coffre à bois de chauffe, celui-ci ronflait tout bas. De l'autre côté des braises, c'était tout juste si se discernait Nikidès, assoupi sur l'épaule de Ruan. Korin, Caliel et Lynx s'étaient éclipsés.

Il dénicha une bougie sur le manteau de la cheminée, l'alluma avec un tison puis se faufila jusqu'à l'escalier parmi l'inénarrable capharnaüm de buffets, de coffres et de garde-manger. Il y était presque arrivé quand une silhouette noire se détacha de la pénombre et lui toucha le bras. C'était Ahra.

« Si c'est de votre cousin que vous êtes en peine, il se trouve au chevet de ce garçon qui a dérouillé, chuchota-t-elle. Autant lui ficher la paix, je serais d'avis.

— Que s'est-il passé, Ahra ? »

Elle se mit un doigt en travers des lèvres et, après avoir soufflé la chandelle, entraîna Tobin le long d'un couloir humide et frisquet qui déboucha finalement sur une cour latérale où la lune éclairait un puits de pierre moussue. Elle en repoussa le couvercle de bois, remonta le seau, y puisa avec une louche qui pendait à un clou, puis la lui tendit. L'eau était douce et glacée. Il en but une bonne lampée puis rendit l'ustensile.

« Que s'est-il passé ? redemanda-t-il.

— Rapprochez-vous », dit-elle en s'asseyant sur la margelle. Lorsqu'il eut pris place à ses côtés, elle s'arrangea pour que leurs têtes se touchent presque et, d'une voix confidentielle, reprit : « Nous ne sommes

122

pas censés en parler, mais comme les autres ont vu, tant vaut que vous soyez vous-même au courant. » À la façon dont ses poings se crispèrent sur ses genoux, Tobin s'avisa qu'elle était hors d'elle.

« Le camp se trouvait dans un vallon, à un quart de mille à peu près de l'endroit où nous vous avions laissés. On a fini par rencontrer les éclaireurs, et ils nous ont avertis que ç'avait l'air désert ; pas l'ombre du moindre homme en armes. Moi, j'ai compris tout de suite que quelque chose tournait pas rond, et j'ai essayé de le dire au prince. Son propre capitaine a fait pareil, le vieux Porion aussi, mais lui n'avait qu'une idée fixe, continuer.

» En arrivant sur la lisière de la forêt, on a pu se rendre compte clairement des choses. Y avait des tentes et des cabanes alignées au bord d'un ruisseau. Y avait quelques femmes à côté des feux, mais pas un seul homme en vue. Tout autour, y avait une prairie, rien que du terrain découvert et sans un abri. "Tard pour qu'y soyent encore au lit", j'ai dit au prince, mais lui me réplique : "Ils sont probablement saouls. C'est que de la racaille qu'y a là, pas une armée."

» Les bandits, y en a des tas qui ont été des soldats chevronnés avant de virer pillards. Ça aussi, j'ai bien essayé de lui dire, au prince, mais il a rien voulu entendre. Et puis voilà que Porion lui signale qu'y a deux grands enclos, mais presque pas de chevaux dedans. Ça crevait les yeux de n'importe qui, que les types, y s'étaient carapatés, mais y avait rien à faire avec le prince, y fallait qu'on charge et c'est tout. Il a même pas voulu attendre qu'on fasse une reconnaissance. Alors, on a foncé, mais à un train d'enfer, et en gueulant tout du long comme des possédés. Ça, pour en vouloir, les Compagnons, y-z-en voulaient, pas moi qui va yeur refuser ça. Leurs cris de bataille, y-z-auraient fait crever les ennemis de trouille dans leurs pieux, si c'est dans leurs pieux qu'y-z-avaient été.

» On est entrés droit dans le camp, là, 'vec pas une âme pour nous accueillir, rien d'autre que ces pauvres femmes. Où qu'y-z-étaient, les hommes, elles savaient pas, mais on n'a pas été longs à l'apprendre, nous. Ils attendaient qu'on démonte et qu'on rompe les rangs pour fouiller le camp, et puis les voilà qui vous nous déboulent dessus du fond de la forêt, à pas un quart de mille d'où qu'on avait été, cinquante gaillards à cheval et qui nous balayent comme une tornade. »

Elle s'interrompit pour pousser un soupir. « Et le prince qu'était planté là, rien que, l'air ébahi. Tout le monde attendait, puis Porion qui fait, le plus respectueusement du monde : "Quels ordres, messire ?" Ça, ça le réveille, mais c'était trop tard. C'était trop tard depuis la minute où qu'on s'était mis à charger comme des fous sur ce foutu camp.

» On n'a pas eu le temps de se remettre en selle ou de vous dépêcher quelqu'un. Les Compagnons et quelques-uns des nôtres, on s'est refermés tout autour du prince et on s'est mis tant bien que mal à couvert derrière une meule de foin proche des enclos. Tous les autres s'étaient éparpillés. Entre-temps, leurs archers étaient arrivés à portée de tir et nous décochaient des nuées de flèches. » Elle secoua la tête. « Une fois lancé, le prince s'est assez bien battu, mais s'y a des selles vides dans mon groupe, c'est rien que parce qu'il a eu envie d'une charge grandiose. Enfin bon, vous l'avez entendu, après coup, n'est-ce pas ? C'est leur *lot*. »

L'amertume qui faisait vibrer sa voix coupait court à tout commentaire. Elle reprit la louche pour avaler une gorgée d'eau. « À côté de ça, Tharin et les autres m'ont raconté comment vous aviez rallié vos gens et livré bataille. Sakor-touché que vous êtes, vous. Entendre ça m'a fait orgueil mais pas étonnée du tout. Mon père l'avait repéré d'emblée, mais il a pas si bonne opinion de votre cousin. Et c'est pas souvent qu'y se goure, ce vieux chenapan.

— Merci de m'avoir parlé, dit Tobin. Je... je pense que je vais me rendre au chevet de Lutha, maintenant. »

Elle lui saisit le bras. « Allez pas dire que je vous ai tout raconté, hein ? J'ai simplement cru qu'il fallait vous mettre au courant.

— Promis. Merci encore. »

Il se sentait salement barbouillé quand il rebroussa chemin vers les cuisines. La situation était pire qu'il ne l'avait imaginé. Il ralluma sa bougie puis grimpa furtivement au premier étage.

La porte de Lutha était entrebâillée de quelques pouces, et une maigre diagonale de lumière éclairait vaguement le sol de la grande salle où dormaient enchevêtrés mioches et chiens. Après les avoir précautionneusement contournés, Tobin risqua un œil dans la petite pièce.

125

Une chandelle brûlait sur un guéridon près du fauteuil de Larenth. Le dossier à demi détourné n'empêcha pas Tobin de discerner le profil de Korin qui, assis là, regardait d'un œil fixe la poitrine du blessé se soulever et s'abaisser laborieusement.

« Où sont passés les autres ? » chuchota Tobin en refermant la porte avant de se rapprocher. Il n'avait pas fait trois pas que le suffoquèrent des relents de vin. Et, de fait, une fois qu'il fut venu se placer face au siège, il s'aperçut que Korin berçait dans ses bras un pichet de grès et qu'il tenait une sacrée cuite.

« 'sspédié Lynx et Caliel foutre Barieüs au plumard. Dû s'y mett' à deux pour l'arracher d'ici. » Il avait la voix pâteuse et bouffait la moitié des mots. Il exhala un petit rire sardonique. « Mon meilleur ordre de la journée, s'pas ? »

Il hissa le pichet vers ses lèvres et s'envoya une lampée bruyante. Du vin lui dégoulina le long de la gorge et macula le plastron de sa chemise déjà crasseuse. Il ne s'était ni baigné ni changé depuis leur retour. Il avait les mains sales et du sang séché sous les ongles.

Il se torcha la bouche sur sa manche et gratifia Tobin d'un sourire amer. « T'as fait merveille, à c' qui paraît. Ki pareil. Vous tous, quoi, 'part Quirion. Te le fous dehors, moi, dès qu'on est rentrés !

— Plus bas, Kor. Tu vas réveiller Lutha. »

Mais Korin n'en poursuivit pas moins, la mine assombrie. « Rien m'appelait à être roi, tu sais. J'étais que le quatrième, Tob. Et y avait une sœur avant moi, en plus. Que ç'aurait fait l'affaire, pour les Illiorains.

126

'raient pu l'avoir, comme ça, leur reine. Gherian et Tadir, mon plus vieux frangin, dès le berceau qu'on te les avait peaufinés. Par les Quatre, t'aurais dû les voir ! Z'étaient nés pour ça, *eux*. Z'auraient jamais... » Il s'envoya une nouvelle lampée goulue, puis se leva en titubant. Tobin ébaucha un geste pour le soutenir, mais le prince le repoussa. « 'quiète, cousinet. C't égard au moins, me démerde plutôt bien, non ? Où qu'il est, Tanil ?

— Ici. » L'écuyer surgit d'un coin sombre et lui enlaça la taille. Dans ses yeux se lisait quelque chose qui pouvait être aussi bien de la compassion que de l'écœurement. Si ce n'étaient les deux à la fois.

« 'ne nuit, cousinet. » Il esquissa une manière de révérence pendant que Tanil l'entraînait dehors.

Tobin les entendit trébucher, perçut les protestations ensommeillées d'un gosse, puis le bruit de pas chancelants qui s'évanouit peu à peu dans l'escalier du deuxième étage.

Il s'installa dans le fauteuil et se mit à contempler Lutha dans l'espoir de refréner toutes ses pensées. Le défaut de jugeote – et c'était assurément par là que Korin avait aujourd'hui péché – se pardonnait difficilement de la part d'un chef, quel qu'il fût. Et, loin d'avoir quelque indulgence en l'occurrence, on en tenait d'autant plus rigueur au chef, semblait-il, que celui-ci était le fils du roi.

Alors que chacun me prend pour un héros, moi. Il n'avait certes pas l'impression d'en être un. Et ce d'autant moins que Lutha haletait sous ses yeux pour

127

tenter de survivre, et que tant de cadavres gisaient dans la cour de devant.

Sur les talons de cette réflexion en survint toutefois une autre. Cela faisait des années qu'il évitait de s'appesantir sur ce que signifiaient précisément les révélations de Lhel. Mais leur connaissance n'en avait pas moins contribué à les enraciner dans son être, et voilà qu'à la manière même de l'herbe aux sorciers qui poussait entre les pavés lézardés, dehors, elles s'étaient obstinées à germer et à croître pendant tout ce temps pour se frayer passage vers le grand jour.

Si je dois jamais être reine, alors Korin se verra contraint de s'écarter. Tout n'en irait-il pas pour le mieux, d'ailleurs ?

Seulement, ce qu'il éprouvait n'allait pas dans ce sens. Il avait passé les douze premières années de son existence à vivre un mensonge, puis les deux suivantes à s'efforcer d'ignorer la vérité vraie. Korin lui inspirait une affection réelle, et la plupart des autres aussi. Qu'adviendrait-il lorsqu'ils découvriraient le pot aux roses, et pas seulement qu'il était une fille, mais une fille appelée à supplanter le propre fils du roi ?

Du temps passa, ponctué par les seules élévations et retombées de la poitrine maigrichonne de Lutha. Le bruit de sa respiration s'améliorait-il ou empirait-il ? Bien fin qui aurait pu le dire. Il n'était plus tout à fait aussi spongieux qu'au début, et le souffle ne faisait plus crever de bulles sanglantes aux lèvres du gamin. Ce devait être une bonne chose, sûrement. Il n'en demeurait pas moins sonore et déchirant, quitte à paraître s'étrangler de-ci de-là dans la gorge avant de finir par reprendre enfin. Tobin s'aperçut qu'il haletait lui aussi de pair, comme si cela pouvait soutenir chacun des efforts de son vis-à-vis. Quand celui-ci cessait de respirer, lui faisait de même, en suspens jusqu'à la survenue d'une nouvelle aspiration d'air ravageuse. C'était exténuant, d'écouter ça.

Aussi fut-il bien aise de passer la main lorsque Nikidès et Ruan entrèrent assurer la relève. Il y avait d'ailleurs quelqu'un d'autre avec qui s'imposait une petite conversation.

Il n'eut pas besoin de bougie pour retrouver son chemin jusqu'à la cour au puits. Elle était déserte. Ravi de n'y voir personne, il murmura la formule de convocation. Aussitôt, Frère émergea des ténèbres et se planta devant lui, sombre et silencieux.

« Tu m'as sauvé la vie, tout à l'heure. Merci. »

Le fantôme se contenta de le dévisager fixement.

« Comment..., comment t'y es-tu pris pour me retrouver, sans la poupée ? »

Frère lui toucha la poitrine. « Grâce à la puissance de la liaison.

— Comme le fameux jour où Orun était en train de me maltraiter. Je ne t'avais pas appelé non plus, cette fois-là.

— Il allait te tuer. »

Malgré tout le temps écoulé depuis, cette affirmation lui fit froid dans le dos ; ils n'en avaient jamais parlé ni l'un ni l'autre. « Il n'en aurait rien fait. Cela lui aurait valu de périr sous la torture.

— J'ai vu ses pensées. Elles étaient meurtrières. C'était pareil, avec l'homme d'aujourd'hui.

— Mais pourquoi t'en soucier ? Tu n'as jamais eu la moindre affection pour moi. Toutes les occasions t'étaient bonnes, autrefois, pour me faire du mal. Si je mourais, tu serais libre. »

Frère répondit carrément à cette dernière assertion par une grimace coincée qui déforma sa physionomie d'une manière aussi peu naturelle que possible. « Si la liaison se trouve encore en toi lorsque tu mourras, *jamais* nous ne serons libres, ni toi ni moi. »

Il dégageait de telles vagues de froid que Tobin s'étreignit à pleins bras. « Que se passera-t-il quand je me débarrasserai de la liaison ?

— Je ne sais pas. La sorcière a promis que je serais libre. »

Tobin ne parvint pas à se rappeler dans quelles circonstances son jumeau lui avait répondu clair et net pour la dernière fois. « Mais alors..., chaque fois que j'aurai à me battre, toi, tu seras présent ?

— Jusqu'à ce que je sois libre. »

Tobin s'abîma sur cet aspect des choses, écartelé entre la stupeur et la consternation. Comment parviendrait-il jamais à faire vraiment ses preuves s'il bénéficiait en permanence d'une aide surnaturelle ?

Le spectre lut dans ses pensées et émit une espèce de gargouillis que Tobin présuma lui tenir lieu de rire ; ça sonnait plutôt comme un grouillement de rats dans des feuilles mortes. « Je suis ton premier écuyer.

— Premier ? » débuta Tobin, avant de se retrouver brusquement transporté, par quelque rouerie de sa mémoire ou quelque vacherie de Frère, dans la tour du fort, les tympans percés par le hurlement d'agonie de Mère. « C'est toi qui l'as poussée dehors ?

— C'est moi qui t'ai hissé dedans.

— Mais pourquoi ne l'as-tu pas sauvée, elle aussi ? se récria-t-il d'une voix beaucoup trop forte avant de se plaquer une main sur la bouche. Pourquoi ne l'as-tu pas fait ? chuchota-t-il.

— Elle n'avait que ta mort en tête, elle aussi. »

Un frôlement de pieds sur la pierre pétrifia Tobin. Ki surgit du noir dans le clair de lune puis écarquilla des yeux comme des soucoupes.

« Je vois aussi dans son esprit à lui », murmura Frère avec un regard sournois, cette fois, avant de s'évanouir.

« Qu'est-ce qu'il fiche ici ? » questionna Ki.

Tobin le lui expliqua dans la mesure où il pouvait se le permettre et fut ahuri par la mine gênée que prit son ami quand il lui rapporta la phrase de Frère le concernant. « Oh ! Tob, moi, te faire du mal, jamais de la vie !

— Je le sais. Je ne crois d'ailleurs pas que c'est ce qu'il voulait dire. Au surplus, si tu me faisais courir le moindre danger, il t'aurait déjà tué, je suppose. Ne t'occupe pas de lui. Il me débite des mensonges, presque chaque fois qu'il est question de toi, rien que pour me faire de la peine.

— S'il m'arrivait jamais de m'en prendre à toi, j'espère bien qu'il me tuerait ! s'exclama Ki, encore plus secoué que Tobin ne l'avait soupçonné. Mais je ne le voudrais pour rien au monde, Tob, je te le jure par la Flamme !

131

— Je le sais, dit Tobin en lui prenant la main. Rentrons, maintenant. Je suis frigorifié jusqu'à la moelle. Oublie Frère, va. »

Mais cela ne l'empêcha pas, tandis qu'ils se réinstallaient auprès de la cheminée des cuisines, de tripoter l'esquille sous sa peau, tout en se demandant s'il serait vraiment si content que ça d'être finalement délivré de Frère...

10

Tobin ne sut jamais rien des propos qu'Erius avait tenus à son fils après leur retour de Rilmar. À guichets fermés, Ki s'interrogeait sur ce que Melnoth et les autres avaient bien pu raconter. Mais la mission ayant été après tout couronnée de succès, c'est de cette joyeuse annonce qu'on avait régalé la Cour lorsque les Compagnons avaient reparu à Ero, le visage encore barbouillé de sang séché.

Au demeurant, leur existence se modifia. Aux yeux du monde, ils étaient pleinement des guerriers, désormais, et, deux jours après la célébration des fêtes de Sakor, ils revêtirent une fois de plus leurs plus beaux atours pour celles du mariage de Korin.

Comme la rareté des noces royales en faisait un événement d'autant plus retentissant, les motifs de l'union passablement précipitée du prince n'avaient pas manqué de susciter des quantités de spéculations. Vu le peu de temps dont on avait disposé pour en diffuser la proclamation jusqu'aux quatre coins du royaume, l'assistance se trouva quelque peu réduite. Le grand jour venu, néanmoins, la ville entière croula sous les guirlandes et les décorations, tandis que de chacun des temples s'élevaient dans l'air froid de l'hiver des nuées d'encens au parfum de rose et des prières en faveur du bonheur du couple.

La cérémonie se déroula sur le parvis du grand sanctuaire inclus dans l'enceinte du Palais Neuf, et elle eut pour témoins des foultitudes de parents et de nobles. L'air souverain sous sa couronne, le roi Erius affirmait son état par une robe rouge brodée d'or et rutilante de pierres précieuses. Korin portait une longue tunique à motifs similaires et un diadème. Tobin se tenait à leurs côtés, paré de son plus beau surcot, et ce qui subsistait des Compagnons les flanquait à gauche. Les places vacantes dans les rangs de ces derniers le touchaient vivement. Arius était mort, Quirion banni pour sa couardise, et Barieüs se trouvait auprès de Lutha, qui poursuivait sa convalescence dans les domaines de son père, non loin de Volchi.

Toute lente qu'avait été la guérison de la plaie, ce qui avait bien failli l'emporter, c'était moins sa blessure que la pneumonie qui s'était brusquement déclarée. Par bonheur, le drysien de Rilmar avait vu juste ; Lutha s'était cramponné à la vie, et il était désormais assez vigoureux pour écrire à ses amis des lettres où il se plaignait amèrement d'un incurable ennui. Nul n'en parlait ouvertement, mais restait à voir s'il se rétablirait de manière assez satisfaisante pour reprendre jamais sa place auprès d'eux.

Dans la cour extérieure du sanctuaire, un chœur de jeunes filles fit pleuvoir des perles et des pièces d'argent puis entonna un hymne annonçant l'arrivée du cortège de la future. La foule s'écarta quand il fit son entrée.

Aliya avait déjà l'allure d'une reine. Elle avait la tête ceinte d'un diadème ciselé en couronne de fleurs, et des fils de perles fines et de perles d'or s'entrelaçaient aux reflets auburn de sa chevelure. Le brocart bronze et moiré de sa robe était rehaussé d'autres perles fines, de citrines et de perles d'ambre. Une couturière des plus habiles avait réalisé une tournure qui préservait des ragots l'indiscret embonpoint du ventre de la fiancée.

Une fois que Korin, debout avec Erius et les grands prêtres des Quatre, l'eut cueillie au bras de son père, tous deux s'agenouillèrent devant le roi.

« Permettez-moi, Père, de vous présenter dame Aliya, fille du duc Cygna et de son épouse, la duchesse Virysia, déclara le prince d'un ton solennel, mais d'une voix assez forte pour que nul n'en ignore. Au regard des dieux et de ces témoins, je vous prie humblement d'accorder votre bénédiction à notre union.

— Donnez-vous librement votre fille à mon fils ? » demanda le roi aux parents, plantés juste derrière le couple.

Le duc vint respectueusement déposer son épée à ses pieds. « Oui, Sire.

— Puisse le sang de nos deux maisons se mêler à

jamais », reprit la duchesse en faisant au roi l'offrande qui symbolisait la dot, une tourterelle en cage.

Erius sourit à Korin et Aliya. « Dans ce cas, vous avez ma bénédiction. Levez-vous, mon fils, et présentez-moi ma nouvelle fille. »

Aliya se redressa, rouge de bonheur. Erius lui saisit les mains et la baisa sur les deux joues puis lui murmura quelque chose à l'oreille qui la fit rougir davantage encore. Les yeux tout brillants, elle lui embrassa les mains.

Leur faisant faire demi-tour pour les placer face à l'assistance, Erius joignit leurs mains puis les couvrit avec les siennes. « Voici vos futurs roi et reine, gens d'Ero. Envoyez vos coursiers le publier par tout le royaume ! »

Des ovations éclatèrent de toutes parts, et chacun se mit à lancer des poignées de millet en l'air afin que soit exaucé le vœu d'une union féconde. Ayant surpris Ki à se tordre les côtes tout en s'évertuant à cette pieuse tâche, Tobin ne put pas s'empêcher de pouffer à son tour.

La proclamation fut rééditée devant le peuple de la ville au cours de la matinée. Conformément aux coutumes de Skala, le roi donna ensuite un banquet public fastueux qui se prolongea jusqu'au lever du jour suivant. On avait allumé des feux de joie dans tous les quartiers et dressé d'immenses tables sur les lieux mêmes où s'était naguère élevé l'échafaud des exécutions. D'aucuns en profitèrent pour chuchoter que c'était dans le bois de l'un qu'avaient été taillées les autres.

La fine fleur des guildes et du négoce jouissait de sièges ; le commun s'écrasait sur les bords de la vaste place, et fenêtres et toits grouillaient de spectateurs. C'était par charretées entières qu'arrivaient les mets, comme autant de rivières que coulait le vin, et, la nuit tombée, le firmament fut illuminé des heures durant par des feux d'artifice zengatis.

Les Compagnons contemplèrent ces derniers du haut des jardins enneigés que portaient les toits en terrasses du Palais Neuf. Quelque part là-dessous, Korin et sa princesse étaient allés prendre possession de leurs nouveaux appartements. Alben et Zusthra se répandaient en supputations rigolardes sur ce que le couple pouvait bien y faire au même moment.

Tobin et les autres faisaient fi de telles gaudrioles pour discuter passionnément de leur programme du lendemain. Ils devaient appareiller sur le coup de midi pour escorter la tournée des cités côtières que l'héritier du trône et son épouse allaient entreprendre. Cela faisait des semaines que l'armement des navires les fascinait. Car la barque royale serait suivie d'une véritable flottille de bâtiments destinés au transport des gardes de Korin, des montures, de bateleurs et de baladins, d'une petite armée de domestiques et d'artisans, l'un d'eux ayant pour seul et unique rôle d'assurer la restauration de l'ensemble du corps expéditionnaire. Le périple durerait à peu près un an.

« Bon, ce n'est toujours pas le départ pour la guerre,

fit observer Ki, mais voilà qui nous tire au moins de cette foutue ville. »

Des fusées éclataient encore dans le ciel quand ils entendirent quelqu'un grimper quatre à quatre l'escalier conduisant à leur belvédère.

« Prince Tobin ! Vous êtes là, maître ? cria une petite voix affolée.

— Par ici, Baldus ! Qu'y a-t-il donc ? »

Une éblouissante chandelle blanche illumina le visage blême du page au moment où il les rejoignait. « Oh ! venez, par pitié, venez tout de suite ! c'est affreux ! »

Tobin le prit par les épaules. « Quoi ? Quelqu'un s'est blessé ?

— Aliya ! haleta Baldus, le souffle aussi manifestement coupé par l'émotion que par la course. Elle est au plus mal, d'après sa cámeriste. Le prince Korin en perd la tête ! »

Tobin se rua vers les escaliers, mais ce n'est qu'à la faveur des éclairages du corridor inférieur qu'il se rendit compte que Caliel se trouvait sur ses talons. Sans dire un mot ni l'un ni l'autre, ils continuèrent à enfiler côte à côte au galop les interminables successions de cours et de vestibules qui les séparaient des appartements de Korin. Ils tournaient un dernier coin quand ils faillirent donner tête baissée dans un serviteur qui portait la livrée du duc Cygna. Derrière lui s'apercevait, bourdonnant tout autour de la porte du prince, un essaim de gentilshommes.

« Que s'est-il passé, Talmus ? » questionna Caliel.

L'homme était livide. « Ma dame..., la princesse, messire. Elle est malade. Des hémorragies. »

Caliel s'agrippa au bras de Tobin. « Des hémorragies ? »

Tobin se glaça. « Ce n'est pas la peste ? »

Talmus secoua la tête. « Non, Votre Altesse, pas la peste. À ce que disent les drysiennes, elle est en train de perdre son enfant. »

Trop abasourdi et peiné pour émettre un son, Tobin s'affaissa dans l'un des sièges alignés le long du corridor.

Après que Caliel se fut laissé choir à ses côtés, tous deux tendirent l'oreille. Par-dessus les papotages éplorés des femmes qui se pressaient là-bas au fond montait de la chambre elle-même, par intermittence, un cri étouffé.

Le roi survint peu après. Il avait le teint cramoisi d'un homme qui a trop bu mais le regard clair. Il passa en trombe devant les garçons, puis la cohue qui assiégeait les abords du seuil s'effaça pour lui laisser le champ libre, et lorsque la porte s'ouvrit, Tobin eut l'impression d'entendre aussi sangloter Korin.

Il faisait déjà presque jour quand tout s'acheva. Aliya avait survécu, l'enfant non. En quoi il fallait voir une bénédiction de Créateur, murmurèrent ultérieurement les drysiennes. Pas plus gros qu'un triton, l'avorton ne possédait ni visage ni bras.

DEUXIÈME PARTIE

*Tout entourées de mystère que demeurent ses ori-
gines, il n'est guère douteux que ce qu'il est convenu
d'appeler la Troisième Orëska de Skala s'enracina
dans le terreau d'une vague confédération formée
jadis durant le règne d'Erius le Cléricide, fils
d'Agnalain la Folle.*

*Déjà courantes chez les Skaliens, les pratiques
magiques étaient le fruit imprévu et, aux yeux de bien
des gens, déplorable du métissage de nos deux races.
Mais les pouvoirs des magiciens skaliens étaient dans
la plupart des domaines inférieurs aux nôtres, et l'hé-
catombe des mieux doués d'entre eux durant la Guerre
des Nécromanciens avait achevé de dégrader leur art.*

*Certains érudits posent en postulat qu'Aura mit la
main à la pâte chez les Skaliens. Comment expliquer,
sinon, l'ascension d'une génération de magiciens et
de conjurateurs de pacotille non seulement jusqu'à
l'unité mais jusqu'à des pouvoirs on ne peut plus
réels ? Mais alors, j'aimerais bien qu'on me dise
pourquoi ces pouvoirs tout neufs auraient adopté une
forme aussi radicalement différente au cours des
siècles ultérieurs. La Troisième Orëska dénonce avec*

141

véhémence toute espèce de nécromancie, et les préceptes officiels de sa prestigieuse école en proscrivent l'étude, et pourtant je l'ai vue de mes propres yeux recourir à la sang-magie, les cas de communion avec les morts n'y étant pas inconnus non plus. Ainsi que l'a fait observer dans ses Chroniques *Adin i Solun de Lhapnos, « les liens que le commerce et l'histoire ont tissés entre nos deux pays ne doivent jamais le faire oublier, ce n'est pas à Aurënen mais à Plenimar que la Skala moderne s'est vue constamment confrontée ».*

Depuis le séjour que j'ai fait dans cette capitale, je puis m'en porter garant, l'hospitalité de la maison d'Orëska mérite sa réputation, mais le voile du secret persiste ; on n'y enseigne toujours pas les noms des Fondateurs, on n'y parle toujours pas d'eux, et les rares récits que nous ont légués quelques érudits plus anciens se contredisent tous au point de rendre impossible toute tentative d'y discerner le vrai du faux.

... extrait du
Traité sur la magie dans les autres pays,
d'Oriena ä Danus de Khatmé

142

1

C'est par Tharin qu'Arkoniel apprit la nouvelle de la fausse couche de la princesse. Quoiqu'ils eussent été associés d'infiniment plus près à l'événement, Tobin et Ki ne s'étaient pas senti le courage d'y consacrer une lettre.

« *Mieux valait, d'ailleurs* », écrivait le capitaine, en insistant sur la monstruosité de l'enfant.

« Telle est la volonté d'Illior », maugréa Nari. En cette âpre soirée du milieu de l'hiver, tous deux étaient blottis au coin du feu des cuisines, emmitouflés dans leurs manteaux et les pieds posés sur les briques de l'âtre. « Le roi n'a jamais engendré d'enfant sain depuis que ses petits sont morts. Maintenant, c'est sur son fils que retombe la malédiction. Avant qu'Iya ne m'amène dans la demeure de Rhius, je n'avais jamais songé que l'Illuminateur pouvait être cruel. »

Le regard d'Arkoniel s'abîma dans les flammes. Malgré toutes les années écoulées depuis cette triste époque, ses souvenirs conservaient toute leur netteté. « Science et démence.

— Comment ça ?

— Iya m'a dit un jour que les magiciens étaient

143

seuls à voir le véritable visage d'Illior, que nous étions les seuls à être pleinement touchés par le pouvoir du dieu. Un dessein préside à tout ce qui est advenu comme à tout ce qui adviendra, mais il paraît parfois d'une effroyable cruauté. »

Avec un soupir, Nari resserra frileusement son manteau. « Pas pire, toujours, que celle du roi et de ses Busards assassinant toutes ces gamines, hein ? Mes rêves n'arrêtent pas de me représenter la tête que faisait le duc et l'expression de son regard pendant que les deux autres se penchaient sur la pauvre Ariani, et qu'il y avait tous ces soldats au rez-de-chaussée. La maudite sorcière a fait du bon boulot, cette nuit-là. Tu as une idée de ce qu'elle a pu devenir depuis ? »

Arkoniel branla légèrement du chef sans cesser de fixer les flammes.

« Rien qu'entre toi et moi, je me suis toujours demandé si Iya ne s'était pas tout bonnement débarrassée d'elle. Nous sommes parentes, et je ne voudrais pour rien au monde lui manquer de respect, mais je crois bien qu'elle n'aurait eu aucun scrupule d'aucune sorte, cette nuit-là.

— Elle ne l'a pas tuée. En aurait-elle eu envie qu'elle n'aurait probablement pas pu le faire, selon moi.

— Sans blague ! Eh bien, je suis drôlement contente d'apprendre ça. Une mort de moins sur sa conscience, de toute façon.

— Et sur la mienne, ajouta-t-il tout bas.

— Tu n'es pas de la même espèce qu'elle.

— Ah bon ?

144

— Sûr. J'ai vu ça au premier coup d'œil. Il ne t'est pas arrivé de t'aviser, des fois, que le démon ne t'a plus jamais touché, depuis le jour où il t'avait cassé le poignet ?

— C'est mon cheval qui, pris de peur à sa vue, m'a flanqué par terre. Lui ne m'a pas touché une seule fois.

— Quand je te disais ! Alors qu'il agresse Iya chaque fois qu'il la voit montrer le bout de son nez...

— Il m'a parlé, un jour. Il a prétendu connaître le goût de mes larmes. » Devant le regard interrogateur de Nari, il haussa les épaules. « J'ai pleuré pendant que je l'enterrais. Mes larmes tombaient sur son corps. Il semblerait que ça signifie quelque chose pour lui. »

Nari demeura un moment muette. « Je crains bien qu'en dehors de sa malheureuse mère tu aies été le seul à le pleurer. Rhius n'a eu de larmes que pour sa femme. Tu es également le seul à être revenu pour veiller sur Tobin. Et maintenant, voilà que tous les autres, c'est encore toi qui te tapes de les protéger. Tu ne la vois pas faire ça, si ?

— Sans elle, ils ne se trouveraient pas là, lui rappela-t-il. La vision qu'ils ont eue, elle et eux tous, tu sais ? moi, je n'en ai jamais bénéficié. Jamais jusqu'ici. »

De nouveaux magiciens se débrouillèrent pour gagner le fort, soit seuls, soit deux par deux. Il s'y trouvait six réfugiés supplémentaires avec une poignée de serviteurs quand arriva la nouvelle du mariage de Korin et de la fausse couche d'Aliya. Un maigre troupeau d'ânes et de chevaux pâturait en outre dans une clairière de la forêt, à l'abri des regards indiscrets des marchands ambulants.

La première à survenir, cet automne-là, fut une vieille amie d'Iya, Cerana. La suivirent de près Lyan et Vornus, un vieux couple gris dans son quatrième âge, en compagnie d'un seul domestique, un colosse nommé Cymeüs. Les deux magiciens se parlaient avec autant de tendresse que s'ils étaient mari et femme ; Arkoniel soupçonna que dans leur jeunesse ils ne s'étaient pas beaucoup tracassés non plus de célibat.

Presque sur leurs talons surgit de la nuit, tel un oiseau malmené par l'orage, une sorcière méridionale, la taciturne Melissandra. La peur qui se lisait dans ses prunelles noires la faisait paraître plus jeune que ses quelque cent ans. Elle avait vécu dans l'opulence jusqu'à l'irruption des Busards ; sa servante, Dara, ployait sous un coffre plein d'argent.

L'arrivée d'Haïn coïncida avec les premières chutes de neige. Jeune et trapu, d'aspect ordinaire avec sa barbe en touffes clairsemées, il n'était qu'apprenti lors de sa dernière rencontre avec Arkoniel. L'inexpérience et la pauvreté ne l'empêchaient cependant pas de dégager, comme ses grands aînés, une indiscutable aura de puissance.

Lord Malkanus et son petit groupe atteignirent Bierfût juste avant que la neige n'ait bloqué les routes. De quelques décennies seulement plus vieux que son hôte, il avait des talents médiocres, mais il avait joui du patronage et des faveurs d'une riche veuve d'Ylani, et il se présentait escorté de trois valets, d'un coffre plein d'or et d'une très haute opinion de lui-même.

Arkoniel se serait volontiers passé de ce bouffi-là qui l'avait toujours traité avec dédain, les tenant, lui et probablement Iya elle-même, pour à peine plus que des vagabonds dépenaillés. Il constata que ni le temps ni les circonstances n'avaient profondément amendé ses manières. Encore désolé d'avoir vu Iya lui remettre l'un de ses gages, il ne parvenait toujours pas à concevoir pourquoi diable l'Illuminateur adressait la parole à un pareil individu.

Une fois qu'on eut nettoyé les pièces et déniché des lits, tout ce petit monde n'avait pas tardé à s'installer plus ou moins confortablement. Le Malkanus ayant fait tout un foin pour s'épargner la moindre cohabitation, Arkoniel avait fini par lui donner son ancienne chambre à coucher du second étage, non sans omettre de mentionner l'autre occupante de cette partie du manoir... mais, à son violent désappointement, Ariani ne prêta aucune attention au nouveau pensionnaire.

Cuistote et Nari furent quant à elles d'autant plus enchantées de voir la maison se remplir encore davantage que les serviteurs des uns et des autres prenaient allègrement leur part des tâches ménagères. Bierfût recouvra l'ambiance d'un logis digne de ce nom, malgré la nature pour le moins singulière de ses habitants.

Arkoniel n'avait jamais vu jusque-là tant de magiciens réunis en un seul endroit, et il eut quelque peine à s'y habituer. Il ne savait jamais à quel moment il emboutirait quelqu'un s'exerçant à se rendre invisible ou à léviter dans la grande salle, et pourtant leur compagnie le remplissait d'aise. Lyan et Vornus possédaient de sérieux pouvoirs, Haïn de potentiels. Quoique plus limitée, Melissandra se révéla un maître en matière de protection, et elle eut tôt fait de cerner les routes et la prairie de signaux d'alarme grâce auxquels Arkoniel put un peu respirer. Elle était gentille avec les gosses, en plus, et, conjointement avec Lyan et Vornus, le seconda pour leurs leçons. Le petit Wythnir s'amouracha d'elle immédiatement, si bien qu'Arkoniel se mit à redouter de perdre ainsi son premier apprenti.

Sur ses instances, chacun des magiciens finit par s'atteler à la pédagogie et à tester les capacités des gosses en les initiant à sa propre spécialité. Kaulin et Cerana étaient experts en charmes domestiques rudimentaires. Lyan savait pour sa part expédier des messages chiffrés en points lumineux de couleur, ce qui témoignait vraiment d'une rare habileté. Vornus et Melissandra s'intéressaient tous deux aux formules de métamorphose et ne manquaient pas de compétence en matière de verrouillage protecteur. La virtuosité d'Eyoli comme embrumeur mental pouvait rendre d'inestimables services, en dépit de sa nature un rien primaire, mais la pratique s'en révéla presque impossible à enseigner. Elle exigeait une aptitude aussi innée que celles d'enrouler sa langue en tube ou de faire des vocalises mélodieuses. Arkoniel et Wythnir réussirent des illusions de quelques secondes, mais aucun des autres n'eut cette chance.

Tous ces talents étaient utiles, mais ce fut ce fat glorieux de Malkanus qui époustoufla tout le monde avec son don périlleux à manipuler la foudre et le feu. Tout en excluant les benjamins de ce genre d'apprentissage, Arkoniel obtint de lui qu'il s'attache à faire travailler Ethni comme les adultes, non sans préciser : « S'il prenait un jour fantaisie aux Busards de nous rendre visite, je ne serais pas fâché de leur réserver un accueil à la hauteur de la situation. »

Au fur et à mesure que l'hiver s'écoulait, cependant, l'évidence creva les yeux que nombre de sortilèges, et a fortiori les plus sophistiqués, ne pouvaient pas être enseignés à tous ni appris par tous.

Comme prévu d'ailleurs, les orphelins de Virishan furent incapables de dépasser le stade des charmes les plus simplets. En revanche, les potentialités de Wythnir devinrent éclatantes. Sous l'égide d'autant de professeurs divers, le bourgeon se développait si vigoureusement que vers le milieu de l'hiver il fut en mesure de transformer une châtaigne en un dé d'argent, non sans avoir entre-temps réussi l'exploit d'incendier les écuries en s'efforçant de reproduire un des maléfices de Malkanus dérobé durant une inadvertance d'Arkoniel. Lequel le chapitra sévèrement, ravi d'ailleurs par-devers lui.

Les serviteurs se révélèrent aussi précieux que leurs maîtres. Noril et Semion, deux de ceux qu'avait amenés Malkanus, savaient s'y prendre avec les chevaux, et le troisième, Kiran, bricoler des jouets pour les enfants avec des bouts de bois et de vagues chiffons. Celui de Vornus, Cymeüs, était un charpentier de première bourre, et il se chargea de tenir la demeure en parfait état. Loin de se contenter de la

149

réparer, il apportait des améliorations partout où faire se pouvait ; il surmonta le puits d'un bras de bois lesté grâce auquel le petit Totmus lui-même pouvait facilement tirer de l'eau, rien qu'en appuyant sur l'extrémité de la perche. Il initia Cuistote à l'irrigation de son potager en constante extension par le biais d'une citerne logée sur les toits et de canalisations en terre cuite, et il lui installa un système similaire dans le lavoir en bois des cuisines, de sorte qu'au lieu de détremper la cour avec les eaux usées, elle n'eut plus qu'à retirer une bonde pour que celles-ci s'évacuent d'elles-mêmes jusqu'au jardin par la conduite qu'il avait posée.

« C'est-y pas fichtrement malin ! » s'exclama-t-elle parmi les curieux amassés pour regarder l'eau s'enfuir en tourbillonnant dans la tuyauterie.

À quoi ce grand ours tout en barbe de Cymeüs répondit d'un ton bourru tout en rougissant comme une pucelle : « Juste un truc que j'ai repéré pendant nos voyages, et ren p'us.

— T'es trop modeste, comme toujours, mon bon, fit Vornus en gloussant. Un magicien que c'est, ce lascar-là, même sans magie. »

Arkoniel ne révélait sa propre magie qu'avec la plus extrême circonspection, car elle était inextricablement associée à Lhel. Les sortilèges qu'il en était venu à considérer comme allant d'eux-mêmes n'auraient pas manqué de trahir son professeur occulte. Elle se montrait d'ailleurs plus intransigeante que lui sur la nécessité d'en faire mystère.

« Comment t'y prendrais-tu pour expliquer ma présence ici, hein ? lui demanda-t-elle, une nuit de ce même hiver où il reposait auprès d'elle.

— Je n'en sais rien. Est-ce qu'il ne serait pas possible de dire tout bonnement que tu es descendue de tes monts t'installer dans le coin ? »

Elle lui caressa tendrement la joue. « Voilà où ça t'a mené, de me pratiquer depuis si longtemps..., tu as fini par oublier les manières de ton propre peuple. À propos de ton peuple, au fait, la jolie charmeuse d'oiseaux, tu as couché avec elle ?

— Une fois, confessa-t-il, devinant qu'elle le savait déjà.

— Rien qu'une ? Et ça t'a appris quoi ?

— La raison pour laquelle les magiciens font vœu de chasteté. »

Lhel pouvait bien n'être ni une beauté ni une jeunesse, c'était grâce à sa puissance, une puissance absolument sans équivalent, qu'elle l'avait attiré à son foyer comme dans son lit. Copuler avec elle lui faisait l'effet d'être comme saturé d'éclairs. Avec Ethni, c'était en lui le noir total. Sa propre puissance, il la déversait en elle à foison, mais sans autre retour qu'une once d'affection. Le spasme physique n'était rien, comparé à l'invraisemblable jonction d'énergies. Malgré tous les efforts qu'il avait prodigués pour lui cacher ce qu'il éprouvait, Ethni s'en était rendu compte et n'était plus revenue partager sa couche.

« Votre Illuminateur vous fait emprunter une voie étroite, déclara Lhel quand il eut essayé de s'en expliquer.

— En va-t-il autrement pour ton peuple ? Tu pourrais porter des enfants, même en pratiquant ta magie ?

— Nous sommes très différents de vous. Tu l'as oublié, me connaissant comme tu me connais. Aux yeux de tes nouveaux amis, je ne passerais pour rien de mieux que pour une nécromancienne. Ton rogue freluquet lanceur de feu me réduirait en cendres aussitôt qu'il m'apercevrait.

— Il faudrait d'abord qu'il me passe au travers du corps, protesta-t-il, tout en sachant qu'elle avait raison. Les choses ne seront pas toujours ainsi, promit-il. Grâce à toi, Skala aura de nouveau sa reine. »

Le regard de Lhel se perdit dans les ténèbres qui les surplombaient. « Oui, elle l'aura bientôt. Il est temps que je tienne ma parole.

— Ta parole à quel sujet, Lhel ? demanda-t-il.

— Il me faut te montrer comment procéder pour séparer Tobin de Frère. »

Arkoniel se mit sur son séant. Cela faisait une éternité qu'il attendait ce moment-là. « C'est difficile ? Je mettrai beaucoup de temps à l'apprendre ? »

Lhel se pencha pour lui chuchoter quelque chose à l'oreille.

Il la dévisagea, l'œil rond. « Ah bon ? C'est tout ? Mais alors..., pourquoi toutes ces cachotteries ? Tu aurais pu nous le dire voilà des années et t'épargner, toi, cet interminable exil !

— Ce n'est pas uniquement pour cela que la Mère m'a ordonné de rester. Dénouer le lien peut n'avoir

152

rien de bien sorcier, qui donc aurait tramé le nouveau quand l'urgence s'en est imposée ? Et puis peut-être que tu aurais encore ton doigt intact, faute d'avoir inventé le processus magique qui t'en a privé. La Mère l'a prévu, et j'ai été où je devais être.

— Pardonne-moi. J'ai parlé sans réfléchir.

— Quant à la simplicité du *dénouement*, raison de plus pour la tenir secrète. Tu te fierais en cette malheureuse enfant, si la solution lui était connue ?

— Non.

— Et toi, ne t'abuse pas, dit-elle en se pelotonnant dans les couvertures. Tout simple que peut être l'acte, son exécution réclamera tout le courage qu'elle possède. »

Les propos de Lhel hantaient Arkoniel, mais le fort lui fournit des motifs d'inquiétude beaucoup plus directs.

« Y a pas deux jours que le garçon boucher m'a fait la remarque que je commandais beaucoup plus de viande, l'avertit Cuistote à la faveur du tapage, un soir où ils se trouvaient attablés pour dîner dans la grande salle. Et vu cette épaisseur de neige qu'y a dans la prairie, va falloir dans pas bien longtemps qu'on achète du fourrage pour les chevaux. J'ai pas l'impression que ton maître avait prévu ça ; et ça fera que devenir pire si elle nous envoie 'core plus de monde. Et ça, même sans parler d'espions, des fois qu'y en aurait. »

Arkoniel soupira. « Qu'est-ce qu'on peut faire ?

— De la veine pour vous que j'aie été soldat 'vant

de faire la cuisinière, rétorqua-t-elle en branlant du chef. D'abord, faut qu'on arrête d'acheter tellement de choses à Bierfût. Les hommes peuvent toujours chasser, mais ça réglera pas la question des légumes. Mon potager y a pas suffi, cette année, ça fait qu'on devra s'approvisionner plus loin. Y a qu'une journée de carriole d'ici à Gué-des-deux-Corbeaux, et y a aucun de nous qu'est connu là-bas. Esspédie deux hommes, ce coup-ci, qui se feront passer pour des colporteurs ou des commerçants, puis d'autres le coup d'après. Le grand-père à Tobin s'est servi de cette tactique, une année qu'on a dû aller hiverner dans un camp près de Plenimar.

— Voilà bien ce qui différencie les magiciens des soldats. Je n'aurais jamais pensé à m'y prendre de cette manière. Tiens-toi dorénavant pour notre quartier-maître. » Elle tournait déjà les talons pour regagner les cuisines quand, frappé par une idée soudaine, il la retint en posant la main sur son avant-bras rouge et gercé. « Depuis tant d'années que je te connais, jamais je n'ai songé à te demander ton véritable nom. »

Elle se mit à rire. « Tu veux dire que tu ne sais pas ce que sait le dernier de nos fournisseurs de Bierfût ? » Elle haussa un sourcil réprobateur, mais son visage était souriant. « C'est Catilan, mon nom. Le sergent Cat, j'étais, dans mon temps à moi, des Archers de la Reine. Ça remonte un rien loin pour le maniement de l'épée, mais je peux encore bander un arc. Je continue de m'entraîner quand ça m'est possible de trouver le temps.

154

— Comment se fait-il que tu aies jamais pu échouer aux cuisines ? » questionna-t-il étourdiment.

Elle renifla. « T'aurais pas ta petite idée de comment qu' ça s'est fait, des fois ? »

2

La fausse couche d'Aliya retarda près d'un mois le périple princier, et la rumeur courut le Palatin que certains des conseillers du roi souhaitaient voir Korin répudier sa femme ; on n'avait pu empêcher de se répandre tous les détails de l'accident. Un divorce aurait cependant incité beaucoup trop de monde à s'interroger sur ses motifs et, de plus, le prince avait l'air sincèrement épris d'elle, ce qui ne manquait pas de laisser pantois Tobin et l'ensemble des Compagnons, car le mariage ne l'avait nullement rendue plus gracieuse à leur endroit.

« Faut croire qu'elle se montre plus câline en privé, râla Ki, un jour où elle l'avait publiquement accablé de ses insolences.

— Elle y aurait tout intérêt, vu ce qu'elle a à perdre, abonda Nikidès. Et elle est assez maligne pour s'en douter. Pas pour rien qu'elle s'est si bien glissée dans les petits papiers du roi. Elle sait qui tranche la miche. »

Erius s'était en effet prodigieusement entiché d'elle et l'avait comblée de visites quotidiennes et de cadeaux pendant les semaines où elle avait dû garder la chambre.

Les soins de sa mère et de la moitié des drysiennes du bois sacré la remirent vite sur pied. Lorsqu'elle fut assez bien rétablie pour affronter les flots, le chagrin n'était plus de mise, et les gens, pleins d'espoir, parlaient sous main des effets bienfaisants que la fraîcheur marine pouvait avoir sur une jeune mariée.

Après avoir dû si longtemps faire le pied de grue, les Compagnons sautèrent de joie en s'entendant finalement annoncer le départ. Ils en avaient plus que par-dessus la tête de leur existence en ville, et la perspective d'un voyage, même en plein hiver, leur donnait des ailes d'évadés.

Tobin avait en outre des raisons personnelles pour le désirer ardemment. Une semaine avant la date prévue pour lever l'ancre, Iya fit une autre de ses apparitions inattendues.

« Tu vas bénéficier là d'une occasion hors pair », lui dit-elle au cours de leur tête-à-tête dans la maison de Mère. « N'oublie jamais que tu es appelé à gouverner ce pays. Apprends à le connaître autant que tu le pourras. Regarde avec les yeux que t'a donnés ton Corbeau de maître.

— Parce qu'il me faudra protéger Skala contre Plenimar ?

— Non. Parce qu'il te faudra peut-être la conquérir sur ton oncle ou sur ton cousin.

— Une guerre, vous voulez dire ? Mais je croyais que l'Illuminateur allait... allait, je ne sais...

156

— T'aplanir la route ? » Elle lui adressa un sourire attristé. « Si j'en crois ma propre expérience, les dieux suscitent des occasions ; il n'appartient qu'à nous de les saisir. Rien n'est assuré. »

Le même soir, elle lui parla de la vision qu'elle avait eue à Afra quand il n'était pas encore né. « Je suis retournée consulter l'Oracle depuis, mais Illior ne m'a rien montré d'autre. L'avenir est une corde effilochée dont nous devons torsader les brins du mieux que nous pouvons.

— Je pourrais donc faillir ? » L'idée lui donna des sueurs froides.

Les mains d'Iya étreignirent les siennes. « Oui, tu pourrais. Mais tu ne dois pas. »

Ils mirent à la voile le douzième jour de Dostin, leurs mâts égayés de bannières et de guirlandes. Korin prit à son bord les Compagnons et sa garde, ainsi qu'une petite équipe de serviteurs. Aliya était accompagnée de sa mère et d'une flopée de tantes, de servantes, de deux drysiennes, de ses chefs de meute et de ses fauconniers, sans compter un autel portatif de Dalna propice à la fécondité.

Il faisait un froid de loup mais un temps suffisamment calme pour le cabotage, et la petite flotte fit sa première escale à Cirna cinq jours plus tard. Tobin était enchanté de voir enfin ce domaine, aussi important dans son genre qu'Atyion, mais cette visite signifiait aussi qu'il lui faudrait essuyer la présence du protecteur actuel des lieux. Surtout que non content de jouer les hôtes lorsqu'on atteignit la forteresse, lord Nyrin avait décidé de se joindre à l'expédition.

En se présentant à leur bord le matin du départ, il avait moins l'allure d'un magicien que d'un grand de ce monde. Son manteau bordé de renard blanc s'entre-bâillait sur des robes d'épais brocart lamé d'argent et rehaussé de perles.

« Soyez les bienvenus, mes princes ! » lança-t-il à la cantonade avec autant de culot que s'il était le chef des opérations.

Tobin s'attacha minutieusement à l'étude du piqué savant qui lisérait la manche du Busard, afin de n'avoir que cette pensée en tête.

Le village de Cirna n'était rien de plus qu'un conglomérat de vulgaires chaumières au-dessus de la crique abritée qui s'ouvrait dans la partie orientale de l'isthme. Ils y reçurent néanmoins un accueil enthou-siaste donnant une parfaite idée de celui qu'allait réserver chacune de leurs étapes. C'était un bonheur pour les habitants que de voir un héritier du trône aussi jeune et d'aussi belle mine avec une ravissante épouse à son bras ; en dehors du Palatin, personne n'était au courant de la manière dont il avait fait ses débuts de guerrier.

Après que Korin eut prononcé une brève allocution, Nyrin fit emprunter au cortège un chemin en zigzag durci par le gel jusqu'à la forteresse qui commandait l'accès à la presqu'île. En découvrant sa masse impres-sionnante, Tobin ne put s'empêcher de rougir en se remémorant avec quelle désinvolture il avait eu la fantaisie de s'en dessaisir. Sieur Larenth aurait certes risqué de faire un piètre gouverneur pour un château de cette importance, et pourtant il l'aurait tout de même préféré à son titulaire présent.

Le manoir que contenait l'enceinte ne pouvait à aucun égard se comparer à Atyion. Antique, humide et lugubre, il faisait moins figure de noble résidence que de caserne. Aussi peu charmé de lui que de son hôte, Tobin consacra le plus de temps possible à explorer les fortifications proprement dites et leurs parages avec ses amis.

Les remparts étaient entièrement tournés vers le nord. L'imposante courtine se composait de trois niveaux percés de meurtrières et munis de chemins de ronde en bois. Le faîte comportait une large esplanade en plein air ponctuée de merlons à archères. Les garçons se campèrent aux créneaux pour contempler des troupes imaginaires en train de remonter la route de l'isthme afin de les assaillir. La citadelle avait été bâtie sur le point le plus étroit de la langue de terre, et les falaises abruptes qui la bordaient de part et d'autre offraient peu de prise, exception faite du sentier de chèvre qui dégringolait jusqu'au port.

Du haut des murailles, le regard balayait vers l'est la mer Intérieure et, à moins d'un mille à vol d'oiseau, discernait de l'autre côté les immenses confins d'Osiat.

« Regardez-moi ça ! s'écria Ki. La mer Intérieure est aujourd'hui turquoise, tandis qu'Osiat est d'un noir d'encre.

— C'est par là-bas que se trouve Aurënen ?

159

demanda Ruan en désignant une chaîne de pics qui se dessinait à l'occident tout au fond de l'horizon.

— Non, beaucoup plus au sud, fit Tobin, qui gardait un souvenir précis des cartes qu'il avait compulsées naguère avec Ki dans la bibliothèque du palais. Si tu continuais toujours tout droit à partir d'ici dans la direction que tu indiquais, tu finirais pas tomber sur Zengat, je crois. »

En longeant à cheval le promontoire, ils risquèrent un œil par-dessus les vertigineuses falaises à pic du bord ouest. Plus bas s'apercevait le dos des mouettes qui croisaient en cercles et, bien au-dessous, les vagues écumantes qui ourlaient de blanc le pied de la face rocheuse.

« L'isthme lui-même a l'aspect d'une forteresse, déclara Tobin. Pour gagner ce minuscule bout de grève en bas, là, notre bateau se verrait forcé de rebrousser chemin pour contourner Skala tout entière.

— C'est pour cette raison qu'il n'y a pour ainsi dire pas de défenses sur la façade ouest, reprit Nikidès. Elle est beaucoup plus abrupte sur ce versant-ci des montagnes et n'offre que peu de bons ports. Et puis, pour citer Grand-Père, "si les Trois Terres sont toutes tournées vers Kouros, c'est que là se trouve le centre du monde".

— Grand bien nous fasse, conclut Ruan, qui était enclin au mal de mer. Cela revient à dire au moins que nous aurons à nous farcir le tour complet. »

Tobin demeurait pour sa part fasciné par la formidable saillie qui barrait les lointains. Elle jaillissait comme d'un seul jet du bleu surprenant de la mer

160

d'Osiat et se montrait couverte de forêts – des chênes, apparemment. Quelle impression cela faisait-il d'y marcher ? Il ne le saurait probablement jamais, et cette idée l'affligea d'une singulière tristesse. Quant à ce ruban de terre battu par la bise et aux montagnes déchiquetées qui couraient comme une épine dorsale au beau milieu de la péninsule skalienne, ils coupaient effectivement le pays en deux.

Après leur départ de Cirna débuta pour eux une navigation plutôt décousue le long des côtes septentrionales tout en dents de scie. Ils logeaient tantôt dans des villes et tantôt dans des châteaux, accueillis à chacune de leurs escales par les mêmes ovations, les mêmes discours, les mêmes toasts et le même concert de bénédictions. Au printemps, ils n'avaient pas encore dépassé Volchi, mais Tobin avait déjà rempli deux journaux d'observations militaires. Quant à ses pensées d'un autre ordre, il n'avait garde de les consigner par écrit.

3

Iya arriva au fort vers le milieu de l'été, suivie de trois magiciens supplémentaires destinés à étoffer la petite bande d'Arkoniel. Les progrès de ce dernier l'emballèrent, et notamment le fait que lui comme

Eyoli étaient parvenus à maîtriser le charme expéditeur de messages de Lyan.

Les nuits étaient chaudes, et ils passèrent la seconde soirée à se promener le long des berges fraîches de la rivière. Derrière eux, les fenêtres du manoir étaient égayées par la lueur des chandelles. Les crues printanières avaient abandonné sur la rive un grand tronc qui leur tint lieu de siège, les pieds pendants dans le courant. Iya le regarda dépêcher à Lyan dans un petit globe de lumière bleuâtre une demande insignifiante. La réponse, rieuse, ne mit que quelques secondes à leur parvenir dans une étincelle d'un vert de luciole.

« Stupéfiant ! s'exclama Iya.

— Pas du tout difficile, en fait, à condition de réussir à démêler le motif du charme.

— Ce n'est pas ce que je voulais dire. Tu es jeune, Arkoniel, et tu as passé le plus clair de ton existence empêtré dans mon système à moi. Te rappelles-tu comment les choses étaient avant ? Les magiciens ne vivent pas en communautés, et ils font rarement part de leur savoir personnel. Tu ne te souviens pas comme tu te sentais frustré et blessé quand quelqu'un te montrait un joli tour puis refusait de te révéler comment le réaliser ?

— Si. Et aussi que vous me disiez : "C'est malpoli de le demander."

— Et ça l'était, à l'époque, mais ces temps-là sont révolus. L'adversité est en train de resserrer nos liens – tant à l'intérieur de ton groupe que dans celui d'Ero dont je t'ai déjà parlé.

162

— Les magiciens de votre *Trou de Ver* ? gloussa-t-il.

— Oui. Combien d'autres petites cabales existe-t-il en dehors de là, d'après toi ?

— Il y a les Busards. Ils ont été les premiers. »

Une grimace de dégoût crispa les lèvres d'Iya. « Tu as sans doute raison. La première fois où j'ai entendu parler d'eux, je me suis dit que notre situation ne tarderait pas à devenir intenable. Et pourtant, nous sommes ici. » Elle secoua la tête. « Oui, vraiment, c'est une tout autre époque. »

Arkoniel jeta un coup d'œil vers les fenêtres qui luisaient doucement dans leur dos. « Ce n'est pas moi qui vais m'en plaindre, Iya. Je me réjouis de voir tant de gosses ensemble et de leur donner des leçons. Et le partage de nos magies respectives avec nos collègues me plaît bien, aussi. »

Elle lui tapota la main puis se leva pour rentrer. « Telle est ta vocation, mon cher.

— Qu'entendez-vous par là ? À peine aurons-nous accompli la tâche que vous nous avez assignée, tout reprendra le même cours qu'avant.

— Je n'en suis pas si sûre. Tu te rappelles ce que je t'ai confié de ma vision d'Afra ?

— Naturellement.

— Je ne t'en ai révélé qu'une partie. Tu y figurais.

— Moi ?

— Toi. Tu te tenais dans un immense palais d'une blancheur éblouissante où foisonnaient les magiciens. À tes côtés se trouvait un apprenti.

— Wythnir ?

163

— Non. Tu étais un très grand vieillard, dans ma vision. Il avait dû s'écouler des siècles depuis ce jour, et ton compagnon n'était encore qu'un enfant tout jeune. Sur le moment, je n'ai pas compris, mais je crois qu'à présent je commence à discerner ce que cela signifiait. »

Arkoniel releva les yeux vers le fort et branla du bonnet. « Comme palais éblouissant...

— Ah, mais tu n'es pas encore assez âgé, non plus. À mon avis, nous sommes simplement en train de découvrir le tout début d'une voie qui va façonner ton existence.

— Nos deux existences.

— Je soupçonne que non. »

Ce pressentiment le frappa d'épouvante. « Je ne sais pas ce que vous voulez dire, Iya, mais, croyez-en ma foi, vous serez la bienvenue partout où j'irai. C'est probablement vous qui édifierez ce fameux palais blanc. Vous aurez seulement vu trop loin, voilà tout. »

La main d'Iya se glissa sous son bras pendant qu'ils remontaient le versant de la colline. « Il se peut que tu aies raison. Quelle qu'en soit la signification, je sais ce qu'il m'a été donné de contempler, et cela me rend pleinement contente. »

Pendant un bon moment, ils ne parlèrent ni l'un ni l'autre. Ils abordaient déjà le pont quand elle interrogea : « Où en es-tu de ce charme d'embrasure que tu as inventé ? À ce que je vois, tu as encore la plupart de tes doigts.

— Et des nouvelles passionnantes, sans exagérer.

164

Vornus, à qui j'en ai fait la démonstration, a vu pratiquer quelque chose de similaire dans les montagnes de Nimra par un mage centaure. Il parle à cet égard de translation, terme qui me paraît plus exactement descriptif que celui d'embrasure, beaucoup trop simpliste, puisqu'il s'agit plutôt d'un tourbillon qui engloutit les objets et les emporte comme le ferait un cyclone. L'ennui est que ce tourbillon tourne beaucoup trop vite. Si j'arrivais à le ralentir d'une manière ou d'une autre, je serais alors en mesure de transporter même des êtres humains.

— Prudence, mon cher garçon ! Tu t'es engagé là sur des voies dangereuses. Je n'ai cessé de le penser depuis que tu m'en as réservé la primeur.

— Soyez tranquille, nous n'utilisons pour l'instant que des rats et des souris. » Il eut un sourire goguenard. « Compte tenu de nos dernières tentatives, tout me fait présager que le fort sera délivré de toute leur engeance avant que nous n'ayons atteint le but. Mais je garde espoir malgré tout.

— Ce n'est pas le seul et unique danger auquel je faisais allusion. Ne manque surtout pas d'envisager en permanence les conséquences éventuelles d'un tel pouvoir. Promets-moi de le garder secret pour l'instant.

— Je le ferai. J'ai pleine confiance en Vornus et en Lyan, mais je n'en dirais pas autant de Malkanus. En l'état, sa puissance est bien suffisante, et il semble se complaire à en jouir seul.

— Tu possèdes un cœur perspicace, Arkoniel. J'en

ai toujours été convaincue. Si tu ne te laisses pas aveugler par la compassion, il te servira à merveille. »

L'once de reproche que recelaient ces derniers mots fit tressaillir le jeune magicien. Sans qu'elle en eût jamais rien dit, il savait qu'elle ne lui avait jamais tout à fait pardonné d'avoir finalement épargné Ki.

4

Korin et les Compagnons regagnèrent Ero quand débutaient les pluies d'automne, et, en entrant au port, leur joie ne connut plus de bornes lorsqu'ils découvrirent, plantés sur le quai pour les accueillir, Lutha et Barieüs.

« Manquer mourir m'a réussi, dit-il en riant pendant qu'on se récriait à l'envi sur sa bonne mine. Mais m'a tout l'air que je ne suis toujours pas près de te rattraper, Tobin. »

Celui-ci répondit par un sourire effarouché. Il s'était mis à pousser si vite depuis un an qu'il avait fallu renouveler toute sa garde-robe. Il était aussi grand que Korin, à présent, mais, en dépit de ses presque quinze ans, il restait toujours aussi grêle et glabre, phénomène dont ses camarades profitaient pour le taquiner impitoyablement.

Il faisait de son mieux pour en rire, mais il était en son for intérieur de plus en plus consterné. En s'étoffant, tous ses amis prenaient peu à peu des allures d'hommes. La carrure de Ki s'était élargie, et il arborait désormais trois brins de moustache et l'une de ces barbichettes dont Korin avait lancé la mode au printemps précédent. Nik et Lutha s'enorgueillissaient tous deux de l'air respectable que leur conférait la pointe soyeuse des « doubles flèches » qui ombrageaient la commissure de leurs lèvres.

Son jumeau lui-même avait changé. Alors qu'ils avaient toujours été presque identiques, Frère avait pris au cours de l'année une tournure plus mûre et virile, avec des épaules aussi larges que celles de Ki. Des poils noirs ourlaient sa lèvre supérieure et bouclaient au milieu de sa poitrine, tandis que celles de Tobin restaient aussi lisses et nues que celles d'une fille.

Le petit prince s'en était trouvé amené, durant tout l'été, à inventer mille prétextes pour ne pas aller se baigner avec les autres ; la taille qu'il venait d'atteindre ne l'empêchait pas d'avoir l'air d'un gosse, à côté de la plupart d'entre eux.

Pire encore, il avait le plus grand mal à ne pas lorgner leurs corps puissamment musclés et leurs attributs intimes. Quant aux parties de lutte à mains nues, l'un de ses sports favoris depuis qu'il était venu prendre place au sein des Compagnons, elles aussi suscitaient sa gêne, et tout particulièrement lorsqu'il se trouvait aux prises avec Ki.

Tharin avait partiellement deviné ses affres en le voyant rôder d'un air boudeur sur le pont du navire, par une journée torride de Lenthin. Alors que tout le monde était descendu à terre nager dans une crique, lui s'était excusé sur des migraines lancinantes pour rester là. Même Ki l'avait délaissé.

« Moi aussi, j'avais l'air d'un gringalet, à ton âge, dit gentiment le capitaine en s'installant avec lui dans l'ombre de la voile. Il va maintenant te venir un de ces jours des muscles de lutteur et du poil au menton.

— C'est comme ça que ça s'est passé pour Père ? demanda Tobin.

— À parler franc, Rhius avait été plus précoce, mais tu tiens peut-être du côté de ta mère. Son père était un homme mince, et pourtant aussi vigoureux que toi. » Il lui pinça les biceps pour apprécier. « Tu es tout mèches de fouet tout câbles de fer, juste comme lui. Et preste comme un chat, en plus. Je l'ai bien vu lorsque tu t'es fendu sous la garde de Zusthra, hier. La vitesse peut à n'importe quel moment triompher de la masse, à condition que l'on soit futé. Et tu l'es. »

Tout cela ne contribua guère à réconforter Tobin. Il lui était impossible de parler à Tharin des douleurs empoisonnantes que les marées lunaires lui infligeaient désormais de plus en plus souvent. Il avait beau savoir la vérité, il se sentait complètement largué. Quoi de surprenant si les filles avaient toutes arrêté de lui faire des avances ?

Ce n'est pas pour cela, murmura tout au fond de son cœur une petite voix secrète. *Elles savent. Elles sont prêtes à le parier.*

Il n'ignorait pas ce qui se chuchotait sur Ki et lui, chuchotements qu'ils faisaient semblant d'ignorer tous deux, chacun pour ses propres raisons. Mais à un moment où il ne regardait même pas, quelque chose, au cours de l'été, quelque chose avait changé ; quelque chose à quoi il n'osait pas se permettre de penser, de peur que cela ne se voie sur sa physionomie, lorsque Ki se trouvait par là.

Ki l'aimait aussi fort que jamais, certes, mais ce vers quoi l'emportaient ses désirs ne se prêtait à aucune équivoque. À Ero, quelques-unes des jeunes servantes s'étaient déjà laissé culbuter de bon cœur, mais les occasions s'étaient multipliées pendant le voyage. La beauté physique de Ki, son humeur facile attiraient les filles comme la crème attire les chats. Il ne répugnait pas non plus, d'ailleurs, à se gargariser de ses bonnes fortunes auprès des autres garçons.

La langue collée au palais, Tobin ne prenait jamais part à ce genre de conversations. *Sa fichue timidité qui le retient, comme accoutumé*, pensait tout un chacun, et Ki ne voyait pas plus loin que ça. Dans son esprit, ils étaient frères, ainsi qu'ils l'avaient été de tout temps. Il ne lui avait jamais touché mot des rumeurs qui les concernaient ni modifié le moins du monde son attitude envers lui. En retour, Tobin agissait de même et ravalait les ardeurs confuses qui l'assaillaient aux moments les plus incongrus.

Les pires accès coïncidaient invariablement avec la pleine lune, époque où ses entrailles à la torture lui rappelaient sa véritable personnalité. Alors, il lui arrivait même de se surprendre à regarder les jeunes femmes avec envie, non sans se demander quel effet cela pouvait bien faire que d'aller et venir, accoutré de robes flottantes, des rangs de perles dans les cheveux, les poignets parfumés... et de se laisser reluquer de cet air-là par les jouvenceaux.

Un jour, songeait-il en enfouissant sa face brûlante dans les oreillers, les nuits où le tenaillait la souffrance, et en s'efforçant d'ignorer que Ki reposait à ses côtés, tout près, tellement près, tellement à portée de main..., *un jour, il saura, et alors, alors, nous verrons bien.*

D'autres fois, il mettait à profit sa solitude pour examiner, tout nu, ses hanches étroites, sa poitrine plate et osseuse, pour scruter le visage ingrat que lui reflétait son miroir, et il s'interrogeait : serait-il jamais une vraie femme, en plus ? Il cueillait son sexe enfantin dans le creux de sa main, puis essayait d'en imaginer la perte et se mettait à frissonner, plus troublé que jamais.

Lorsque la flotte eut enfin pris le chemin du retour, il se jura d'imaginer un moyen pour aller consulter Lhel.

Une fois rentrés à Ero, lui et Ki se virent attribuer une nouvelle suite de pièces dans l'aile du Palais Neuf réservée à Korin. Les autres Compagnons logeaient eux-mêmes à proximité.

Le tourbillon de bals et de réceptions les emporta comme d'habitude, et ils retrouvèrent avec plaisir dans la capitale leurs lieux de prédilection. Au bout de quelques semaines à peine, toutefois, le roi annonça une nouvelle exécution sur la place. Tobin, qui avait presque oublié l'incident provoqué par le jeune prêtre et la façon dont la population avait ce jour-là dévisagé

170

Korin, ne put s'empêcher de noter qu'on avait cette fois doublé la garde qui les escortait.

En l'occurrence, on devait brûler trois magiciens. De peur de se laisser de nouveau percer à jour, il se tint aussi loin que possible de l'estrade mais, contrairement à leurs prédécesseurs, les condamnés se montrèrent passifs et, derrière leurs hideux masques de fer, d'un mutisme absolu.

Quelque envie qu'il eût de se détourner durant le supplice, il savait que les autres avaient leurs regards attachés sur lui, dans l'expectative..., un petit nombre d'entre eux allant sans nul doute jusqu'à espérer qu'il se donne encore en spectacle. Aussi s'obligea-t-il à garder les yeux grands ouverts et à faire bravement face à l'aveuglante blancheur des flammes, tout en s'efforçant de ne pas voir les silhouettes noires qui s'y recroquevillaient.

Il ne se produisit aucune dissonance, cette fois. La populace rugissait son approbation, les Compagnons s'égosillaient avec enthousiasme. Les prunelles ulcérées par l'éclat du brasier, Tobin loucha vers Korin en papillotant. Ainsi qu'il le soupçonnait, son cousin était en train de l'observer et le gratifia d'un sourire faraud. Il en eut l'estomac retourné et dut violemment déglutir pour refouler la bile qui lui assiégeait le gosier.

Il parvint tout juste à faire mine de manger durant le banquet qui s'ensuivit. Les nausées avaient disparu, mais elles se rappelaient à son bon souvenir par de douloureux tiraillements d'entrailles qui redoublèrent de violence au cours de la soirée, le martyrisant autant que le fameux jour où il s'était mis à saigner. Lhel

avait eu beau garantir que les saignements ne se repro-
duiraient plus, chaque nouveau spasme lui faisait
galoper le cœur. Que faire, s'il en advenait quand
même d'autres ? Que faire, si quelqu'un s'en apercevait ?

Nyrin se trouvait comme toujours aux côtés du roi,
et Tobin eut à plusieurs reprises la certitude de sentir
s'appesantir sur lui le regard glacé du Busard. Devant
le coup d'œil interrogatif que lui adressa Ki, tout en
assurant son service avec les écuyers, il se dépêcha de
triturer le pavé d'agneau qui se figeait dans son tranchoir et se contraignit à en ingurgiter vaille que vaille
deux ou trois lichettes.

Aussitôt que leur eut été accordée la permission de
prendre congé, il fila se réfugier dans le premier
cabinet d'aisances venu pour contrôler l'état de ses
culottes. Il n'y découvrit aucune trace de sang, naturellement, mais il lui fallut encore essuyer, lorsqu'il ressortit, la mine alarmée de Ki.

« Mal fichu, Tobin ? »

Il haussa les épaules. « Les exécutions qui ne me
réussissent toujours pas, je présume. »

Ki l'enlaça par la taille pendant qu'ils retournaient
vers leurs appartements. « À moi non plus. Et j'espère
bien qu'elles ne le feront jamais. »

« Votre neveu ne digère toujours pas la juste appli-
cation de vos décrets, mon roi », remarqua Nyrin cette
nuit-là, tandis qu'ils fumaient, calés au fond de leurs
fauteuils, dans les jardins privés d'Erius.

Celui-ci haussa les épaules. « Il était un peu verdâtre, mais il a bien tenu le coup.

— Certes. Mais il n'en est pas moins bizarre qu'un garçon qui s'est si vaillamment battu lors de ses débuts se montre si bouleversé par la mort de quelques criminels, vous ne trouvez pas ? » *Pas seulement bouleversé, d'ailleurs.* Le mioche était en rogne. Ce qui avait plutôt amusé le magicien, mais il s'était empressé de mettre ce détail au placard. Le petit prince ne comptait nullement, d'abord, et puis l'événement pourrait toujours lui régler son compte s'il représentait jamais un quelconque obstacle. Une autre bataille, par exemple, ou un brin de peste.

« Oh ! ça, je n'en sais rien ! » Erius regarda la brise nocturne emporter le rond de fumée qu'il venait de souffler. « J'ai connu un général de première bourre, et un véritable lion sur le champ de bataille, que la trouille faisait blêmir s'il entrait un chat dans la pièce où il se trouvait. Et je ne devrais pas vous le dire, mais j'ai vu le général Rheynaris lui-même s'évanouir à la vue de son propre sang. Nous avons tous nos péchés mignons. Il n'y a rien de bien étonnant à ce qu'un gamin devienne blanc comme un linge en voyant brûler vif un homme. M'a pris quelque temps pour m'y habituer moi-même.

— Je veux bien en croire Votre Majesté.

— Qu'est-ce que ça peut faire, de toute façon ? » Il se mit à glousser. « Je n'ai plus que faire de lui comme héritier. Aliya est de nouveau enceinte, vous savez, et son fruit mûrit à merveille.

— Vous avez beaucoup d'affection pour elle, Sire.

— Elle est ravissante, elle est forte, elle a de l'esprit – plus d'esprit qu'il n'en faut pour tenir tête à ce fils

173

que j'ai –, et elle m'adore comme une vraie fille. Et quelle reine elle fera, si seulement elle réussit cette fois à mettre au monde un héritier. »

Avec un sourire en coin, Nyrin exhala un rond de fumée de son propre cru.

5

Arkoniel ne prit pleinement conscience de l'ampleur qu'avait atteinte son contentement que le jour où la quiétude fallacieuse dont jouissait la communauté vola brusquement en éclats.

Il se trouvait au travail avec les enfants dans le jardin des simples, à récolter les dernières herbes de la saison. La lune serait pleine la nuit suivante, et il s'attendait à un coup de gel. Soudain, un petit point lumineux surgit à quelques pieds de son nez. Wythnir et les autres le regardèrent anxieusement toucher du doigt la sphère messagère. Il se sentit chatouillé par la fébrilité de Lyan et, tandis que la bulle disparaissait, entendit sa collègue dire d'une voix haletante : « Cachez-vous ! Tout de suite ! Il arrive un héraut ! »

Il ordonna : « Allez, les gosses, dans les bois ! Prenez vos corbeilles et vos outils..., plus vite que ça ! »

Dès qu'ils furent en sécurité, dissimulés par les taillis, il formula lui-même un message magique et l'expédia à destination d'Eyoli, dans le cabinet de travail.

« C'est les Busards qui viennent nous attraper ? » pleurnicha Totmus, accroupi tout près de lui. Le reste de la bande s'était cramponné à Ethni, qui les serrait bien fort contre elle, bien qu'elle fût aussi affolée qu'eux.

« Non, rien qu'un émissaire. Mais n'empêche, il ne faut pas faire le moindre bruit. Eyoli viendra nous chercher quand nous ne risquerons plus rien. »

Un cavalier remonta la colline au galop, puis ils entendirent résonner en creux le fracas des sabots sur le pont. Arkoniel se demanda si Nari allait offrir à l'intrus l'hospitalité coutumière – le gîte et le couvert jusqu'au lendemain. L'idée de coucher cette nuit à la belle étoile ne lui souriait pas spécialement. Comme pour souligner son appréhension, Totmus se bâillonna la bouche à deux mains pour étouffer une quinte de toux. En dépit des repas solides et de tous les bons soins de Nari, le petit demeurait pâlichon, maladif, et tous les symptômes qu'il présentait laissaient augurer d'un automne froid.

Le soleil déclinait peu à peu dans le ciel, et les ombres fraîchissaient autour d'eux. Les étoiles commençaient à piqueter l'azur empourpré quand ils perçurent à nouveau le tapage du cavalier. Arkoniel poussa un soupir de soulagement quand le silence fut retombé sur la route de Bierfût, mais il préféra patienter là jusqu'à ce qu'Eyoli leur ait fait parvenir un point lumineux pour les avertir qu'ils pouvaient rentrer sans danger.

175

Il ne trouva que Catilan et Nari dans la grande salle. Ses collègues étaient encore tapis à l'étage.

« Ça vient de Tobin », dit Nari en lui tendant un rouleau de parchemin scellé aux armes d'Atyion.

Arkoniel eut le cœur chaviré par ce qu'il lisait, malgré le ton jubilant de la lettre : les Compagnons étaient rentrés chez eux, le périple princier s'était passé on ne peut mieux, et le roi avait accordé à Tobin la permission d'aller chasser quelques semaines à son ancienne demeure pour y célébrer son anniversaire. Des charretées de serviteurs et de provisions allaient sous peu se mettre en branle et bringuebaler vers le fort pour tout préparer sur place en vue du séjour.

« J'imagine que cela devait arriver, tôt ou tard, soupira Nari. C'est toujours son chez lui, ici, après tout. Mais comment diable est-ce que nous ferons pour planquer tout notre petit monde avec des meutes de chasseurs en train de fureter aux quatre coins de la maison ?

— Vaudrait rien de les envoyer dans la forêt, décréta Catilan. Y aurait toujours quelqu'un pour tomber sur n'importe quel camp qu'on y dresserait.

— Et toi, Arkoniel ? ajouta Nari. Qu'est-ce qu'on va faire de toi ? Pour ne pas parler de tous ces lits supplémentaires qu'on a montés. Et des potagers ! »

Arkoniel rejeta la lettre. « Eh bien, quartier-maître, que suggères-tu ?

— C'est pas bien compliqué, remettre un peu d'ordre dans la baraque. Les lits, va les falloir, et les potagers, ça peut s'expliquer. Mais vous tous, va bien vous falloir partir quelque part, répondit Catilan. La

176

question est : où ? L'hiver approche à grands pas. »
Elle attira Totmus contre elle et darda sur Arkoniel un
regard entendu. « Y aura bientôt plein de neige par
terre. »

Eyoli, qui avait suivi leur conversation du haut de
l'escalier, descendit les rejoindre. « Il nous est impossible de voyager en groupe, tels des comédiens ambulants. D'autres ont déjà essayé de le faire. Les Busards
tâchent d'arrêter tous ceux qu'ils croisent sur la route
et qui jurent leurs grands dieux être des acteurs et ce
genre-là. Nous devons nous disperser.

— Pas question ! s'insurgea Arkoniel. Nari, tu
t'occupes des enfants. Eyoli, suis-moi. »

Les autres magiciens l'attendaient, angoissés, dans
son cabinet de travail. À peine eut-il fini de leur
expliquer la situation qu'ils furent pris de panique et
se mirent à parler tous à la fois. Melissandra se rua
vers la porte et, à tue-tête, appela Dara pour faire ses
paquets. Haïn se leva, prêt à la suivre. Malkanus pro-
jetait déjà de défendre l'accès de la route. Même les
plus vieux s'apprêtaient manifestement à prendre la
fuite.

« Mais écoutez-moi, bons dieux ! s'époumona
Arkoniel. Melissandra, Haïn, revenez donc ! »

Voyant que rien n'y faisait, il marmotta un charme
que Lhel lui avait appris et claqua dans ses mains. Un
grondement de tonnerre ébranla la pièce et réduisit tout
le monde à un silence stupéfié.

« Auriez-vous déjà oublié pourquoi vous vous
trouvez ici ? lança-t-il. Regardez autour de vous. »
Chacun des mots qu'il lâchait accélérait la chamade

177

de son cœur. « La Troisième Orëska dont parle Iya n'a rien à voir avec une chimère lointaine. Elle se tient en ces lieux mêmes. En ce moment même. Dans cette pièce même. Nous *sommes* la Troisième Orëska, les premiers fruits de la vision qu'a eue mon maître, c'est *nous*. L'Illuminateur nous a réunis. Quelque dessein qu'il y ait là-dessous, nous ne pouvons plus nous disperser, dorénavant.

— Il a raison, l'appuya Eyoli. Maîtresse Virishan l'a toujours dit et répété, notre sécurité repose sur le front commun. Les gosses d'en bas ? Ils seraient tous déjà morts, sans elle. Si nous faisons face de conserve, il se peut que nous arrivions à tenir tête aux Busards. Je sais pour ma part que je ne puis pas le faire par mes seuls moyens.

— Et nous en sommes tous au même point, convint le vieux Vornus d'un air sombre.

— Je m'en suis assez bien tiré, moi, riposta Kaulin, plus rechigné que jamais.

— En déguerpissant. Et en venant vous réfugier ici, lui remémora sèchement Arkoniel.

— Je ne l'ai fait que pour assurer ma sécurité, pas pour perdre mon indépendance.

— Vous préféreriez sans doute porter l'un de leurs matricules d'argent ? l'apostropha Cerana. De quelle indépendance jouiriez-vous, une fois qu'ils vous auraient numéroté et qu'ils auraient inscrit votre nom dans leur maudit registre ? Je combattrai pour votre reine, Arkoniel, mais ce que je veux par-dessus tout, c'est flanquer dehors ces monstres en robes blanches. Pourquoi Illior tolère-t-il une pareille farce ?

— Peut-être sommes-nous justement la preuve qu'il ne la tolère pas », suggéra Malkanus en s'adossant au mur près de la fenêtre.

Arkoniel le regarda d'un air ahuri. L'autre haussa les épaules et tripota la somptueuse broderie de soie qui ornait la manche de sa robe. « J'ai vu la vision, et j'ai cru. Je me battrai, s'il le faut. Je suis d'avis que nous restions ensemble.

— Affaire entendue, nous restons ensemble, intervint Lyan. Mais nous ne pouvons pas demeurer ici.

— Pourquoi ne pas dès lors nous retirer plus loin dans la montagne ? proposa Kaulin. J'y suis monté rôder pas mal. Le gibier n'y manque pas, pour qui sait gagner sa nourriture quotidienne.

— Mais pendant combien de temps ? demanda Melissandra. Et qu'adviendra-t-il des gosses ? Plus haut nous irons, plus vite l'hiver nous y surprendra.

— Lyan, est-ce qu'il vous est possible d'envoyer à Iya l'un de vos messages lumineux ?

— Pas si je n'ai aucune idée de l'endroit où elle se trouve. Il faut savoir de quel côté les adresser.

— Alors, tant pis. Nous nous débrouillerons sans elle. Il ne nous reste qu'à empiler dans la charrette et sur vos chevaux toutes les fournitures qu'il est possible d'emporter, et nous verrons bien où nous mènera la route. Soyez prêts dès le point du jour. »

Comme plan, c'était plutôt vague, mais toujours tenait-on le bon bout.

179

Nari et les servantes se chargèrent de l'approvision-
nement. Arkoniel se fit aider des hommes pour redé-
ménager le peu d'affaires personnelles qu'il possédait
dans son ancienne chambre à coucher du second. Cela
terminé, il réexpédia sa main-d'œuvre se rendre utile
dans la cour des cuisines et se retrouva seul au dernier
étage pour la première fois depuis des mois. La chair
de poule lui cloqua les bras. Il faisait déjà noir.

Il empaqueta précipitamment des vêtements pour
quelques jours en les fourrant dans un sac. Son
absence ne durerait pas longtemps ; sitôt ses protégés
établis quelque part, il reviendrait pour tenter d'avoir
un entretien avec les garçons. Il s'efforça de ne pas
penser à la porte verrouillée du fond du corridor, mais
il eut tout du long l'impression, de plus en plus nette,
qu'Ariani était en train de l'observer.

« C'est pour ton enfant. Rien que pour elle »,
chuchota-t-il. Les bras chargés de son ballot difforme,
il se trouvait déjà à mi-chemin de l'escalier quand il
s'avisa qu'il avait oublié d'emporter le sac qui
contenait le bol. Cela non plus, il n'y avait pas pensé
depuis des mois.

Se tournant lentement, il fouilla des yeux les
ténèbres béantes au-delà du cercle de sa lampe. Y
avait-il réellement une silhouette blanche qui remuait
près de la maudite porte, ou n'était-ce là qu'un
mauvais tour joué par la lumière ? À force de volonté,
il rebroussa chemin vers le cabinet de travail. À
chacun des pas qu'il faisait, l'air qui frôlait son visage
devenait plus froid, mais il n'avait pas le droit de
prendre la fuite. Pas sans le bol.

Il se rua vers la table et, dessous, rafla dans sa planque le sac de cuir poussiéreux. Tout en l'engloutissant tant bien que mal dans son paquetage, il jetait en tous sens des regards éperdus, s'attendant à voir à tout moment surgir de l'ombre le visage sanglant d'Ariani. Mais aucun indice ne trahissait la présence de la princesse, hormis l'atmosphère glaciale, qu'il fallait d'ailleurs simplement imputer, peut-être, à la bise nocturne qui se faufilait à travers les volets. D'une main tremblante, il ajouta dans son bagage une sélection de simples supplémentaires et un pot de copeaux à feu.

Il se trouvait derechef vers le milieu du corridor quand une nouvelle illumination le cloua sur place.

Dans peu de jours, le manoir serait bourré de nobles jouvenceaux, de veneurs et de domestiques. Chacune des chambres en aurait forcément son lot.

« Par les couilles à Bilairy ! » Laissant choir son fardeau sur le palier de l'escalier, il s'empara de sa baguette magique et se dépêcha de retourner vers ses appartements.

Sans être bien difficile, l'occultation réclamait du temps et de la concentration. Lorsqu'il eut achevé de camoufler les portes d'accès aux deux pièces en conférant au mur l'apparence de la continuité, il était trempé de sueur et grelottait de tous ses membres. L'opération laissait encore disponibles deux chambres d'hôtes de l'autre côté du couloir.

C'est seulement alors qu'il s'en avisa, il avait négligé les fenêtres, et elles se voyaient de la route. Avec un grondement de dépit, il réduisit à néant les charmes si patiemment tramés puis reprit sa tâche en suscitant cette fois l'illusion qu'avait eu lieu un incendie ; de l'extérieur, les gens verraient des chambranles noircis, des volets calcinés. Il était en train d'occulter à nouveau la seconde porte quand la flamme de sa lampe vacilla, s'éteignit, cependant que s'exhalait un soupir reconnaissable entre tous.

Ariani se tenait près de la porte de la tour, aussi nette et claire qu'une bougie dans le noir. L'eau et le sang qui ruisselaient de sa chevelure noire détrempaient le devant de sa robe et formaient une flaque autour de ses pieds. Silencieuse comme une fumée, elle glissa jusqu'à l'entrée du cabinet de travail, une main plaquée sur sa bouche, l'autre appuyée contre son flanc selon un angle si singulier qu'on aurait dit qu'elle charriait quelque chose. Elle contempla l'illusion pendant un bon moment d'un air abasourdi, perdu.

« Je protège ton enfant », lui dit Arkoniel.

Elle le maintint un moment captif dans ses prunelles fixes puis s'évapora sans mot dire.

Alors qu'il s'était attendu à ne pas fermer l'œil de la nuit, il sombra dans un demi-sommeil agité dès la seconde où il se fut allongé sur le lit pas encore fait de la chambre de Tobin et rêva de cavaliers qui, sous la conduite du fantôme d'Ariani, le pourchassaient à travers la forêt.

Le contact d'une main froide sur son front le fit brutalement remonter à la surface avec un cri étranglé. Non, il ne rêvait plus, une main le touchait bel et bien. En se débattant farouchement, il culbuta par erreur dans la ruelle et se retrouva désespérément coincé entre le mur et le sommier.

Une femme se tenait sur le bord opposé, sombre silhouette découpée sur la vague luminosité qui affluait dans la pièce par la fenêtre ouverte. Ariani l'avait poursuivi jusqu'ici. Il se recroquevilla de toute sa chair à la seule pensée qu'elle ait pu le toucher pendant son sommeil.

« Arkoniel ? »

Ce n'était pas la voix d'Ariani.

« Lhel ? » Un léger gloussement répondit, puis il sentit s'affaisser le matelas lorsqu'elle s'assit. « Bénis soient les Quatre ! » Il regrimpa sur le lit, la serra dans ses bras et finit par poser la tête au creux de son giron. Les pampilles en dents de daim s'imprimaient dans sa joue. Ténèbre au sein des ténèbres, Lhel se mit à lui caresser les cheveux.

« Je t'ai manqué, petit homme ? »

Au comble de l'embarras, il se redressa, l'attira contre lui, tout en enfouissant ses doigts dans le fourré de boucles noires. Des brindilles et des feuilles mortes s'y enchevêtraient, et ses lèvres avaient une saveur salée. « Je ne t'ai pas vue depuis des semaines. Où étais-tu donc ?

— La Mère m'a envoyée dans les montagnes rechercher des lieux que mon peuple habitait autrefois. Ils ne se trouvent qu'à quelques journées de marche d'ici. Demain, je servirai de guide à tes magiciens. Cela dit, vous allez devoir vous dépêcher de construire autant de maisons que cela vous sera possible avant la survenue des neiges. »

Arkoniel s'écarta un peu pour tâcher de discerner ses traits. « Et c'est ta déesse qui t'a fait revenir aujourd'hui, juste au moment où j'avais le plus grand besoin de toi ? »

Comme elle demeurait obstinément muette, il devina qu'elle était de retour depuis un certain temps. Il n'eut toutefois pas le loisir de la presser davantage sur ce sujet, car elle lui coupa le souffle en le renversant subitement sur le dos pour le dévorer de baisers affamés. Il sentit son ventre s'embraser quand elle lui sauta dessus, relevant sa robe tout en fourrageant dans le devant de la tunique qu'il portait, puis à la rugosité de la bure succéda la douceur de la peau. C'était la première fois qu'elle s'offrait à lui dans le fort, et elle en éprouvait autant de désespoir que lui. Lui maintenant les mains contre ses seins, elle se lança dans une chevauchée sauvage et finit par s'abattre brusquement sur lui pour étouffer leurs cris lorsqu'ils jouirent simultanément. Un éclair fulgura derrière les paupières d'Arkoniel tandis qu'il se débattait sous elle en gémissant, et puis l'univers explosa dans une éruption de lumière pourpre.

Quand il eut retrouvé ses esprits, elle était allongée près de lui, et sa paume brûlante et moite lui emprisonnait les bourses.

« Ton paquet n'est pas assez gros pour le voyage, murmura-t-elle.

— Il était bien assez bourré avant que tu me le vides », gloussa-t-il, croyant à quelque quolibet flétrissant par jeu sa virilité.

Elle se redressa sur un coude et, du bout du doigt,

184

effleura les lèvres de son amant. « Pas ça, les affaires que tu emportes. Une fois mort, tu ne seras d'aucune utilité pour Tobin. Il te faut partir avec les autres et rester loin d'ici.

— Mais tu y vis bien, toi ! Tu pourrais les emmener jusqu'à ton chêne et les y cacher.

— Trop nombreux, et trop nombreux les étrangers qui viennent, peut-être accompagnés de magiciens suffisamment doués de double vue pour percer le voile de ma magie.

— Mais je veux revoir les garçons, moi. Apprends-moi comment tu as fait pour rester cachée si longtemps ! » Il lui saisit la main et en embrassa la paume calleuse. « Je t'en prie, Lhel. Je te le demande au nom de la Mère... »

Elle retira vivement sa main et se laissa glisser à bas du lit. Il ne pouvait voir son visage pendant qu'elle rajustait ses vêtements, mais il la sentait furieuse.

« Qu'y a-t-il ? J'ai dit quelque chose... ?

— Tu n'as pas le droit ! » cracha-t-elle. Elle traversa la chambre pour aller récupérer son châle qui traînait par terre, et le clair de lune tomba de biais sur son visage et le transforma en un masque hideux. La lumière laiteuse creusait de noir chacune de ses rides et chacun de ses plis tout en décolorant complètement sa chevelure. Les motifs symboliques de ses pouvoirs lui calcinaient la figure et les seins, telles des coulées d'encre sur de l'albâtre. L'amoureuse de l'instant d'avant se dressait à présent devant lui sous un aspect qu'il ne lui avait jamais vu..., celui d'une antique mégère altérée de vengeance.

185

Arkoniel eut un mouvement de recul ; elle venait de révéler le côté de sa personnalité contre lequel Iya s'était si souvent efforcée de le mettre en garde. Avant qu'il pût reprendre assez d'empire sur lui-même pour s'en abstenir, sa main s'était levée pour esquisser contre elle un signe de préservation.

Elle se pétrifia, l'œil naufragé dans le bitume des orbites, mais son masque hargneux s'adoucit d'une véritable affliction. « C'est contre moi que tu fais ce signe ? » Elle revint s'asseoir sur le bord du lit. « N'invoque jamais ma déesse, il ne le faut pas. Elle ne saurait pardonner tout le mal que ton peuple et votre Orëska nous ont fait.

— Mais alors, pourquoi t'a-t-elle ordonné de nous seconder si peu que ce soit ? »

Elle se passa les mains sur le visage pour en effacer les motifs symboliques. « C'est pour obéir à la volonté de la Mère que je vous ai aidés, c'est Sa volonté qui m'a imposé de rester prendre soin de l'esprit tourmenté que nous avions suscité cette nuit-là. Tout au long de ces innombrables journées solitaires, j'ai médité sur ce mystère. Et puis, lorsque tu es venu à moi pour devenir mon disciple de ton plein gré... » Elle lui saisit la main, et ses doigts s'attardèrent sur le moignon luisant de celui qu'il avait perdu. « Il n'est pas en ton pouvoir de me faire un enfant avec ta semence, mais ta magie, jointe à la mienne, a réussi à procréer quelque chose de neuf. Il se peut qu'un jour nos deux peuples associés fassent encore davantage, mais nous continuerons à suivre des dieux différents. Ton Illior n'est pas ma Mère, quelle que soit la façon dont tu t'y prennes pour essayer de te persuader du contraire. Sois fidèle à tes propres dieux, mon ami, et garde-toi d'offenser ceux des autres.

— Je n'avais pas l'intention de... »

Elle lui effleura la bouche de ses doigts glacés. « Non. En invoquant Son nom tu avais seulement celle de me faire céder. Ne t'y risque plus. Jamais. Quant aux autres magiciens qui se trouvent ici, ma seule vue les hérissera. Tu te rappelles notre première rencontre ? Ta peur et ta répulsion ? La façon dont tu m'as qualifiée de "petite arnaqueuse", par-devers toi ? »

Il opina du chef, on ne peut plus honteux. Iya et lui l'avaient traitée comme une marchande de bas étage, sans lui condescendre le moindre respect, même après avoir obtenu qu'elle satisfasse toutes leurs demandes.

« Je ne gagnerai pas leur bienveillance comme j'ai gagné la tienne. » Elle lui promena un doigt espiègle le long des abdominaux jusqu'aux pilosités de l'aine. « Veille simplement à ce que les plus forts d'entre eux ne m'agressent pas. » Elle se recula légèrement pour lui planter droit dans les yeux un regard acerbe. « Dans leur propre intérêt, compris ?

— Compris. » Il fronça les sourcils. « Que vont penser Tobin et Ki, en ne me trouvant pas ici ?

— Ce sont des petits malins. Ils devineront. » Elle demeura un moment songeuse. « Laisse au fort ton embrumeur mental.

— Eyoli ?

— Oui. Il est très astucieux, et parfaitement capable de jouer les inaperçus. Qui donc ira s'interroger à deux fois sur un vulgaire garçon d'écurie ? Si Tobin a besoin de nous, lui saura nous en avertir. » Elle se replanta debout. « Ouvre bien l'œil, une fois en route, demain, tu finiras par me trouver. Emporte autant de vivres qu'il te sera possible d'en trimballer. Et davantage de vêtements. Tu vas m'écouter, n'est-ce pas, tu ne bougeras pas de là-bas ? Ton retour ne serait d'absolument aucun profit. »

Il n'eut pas le temps de répondre qu'elle avait déjà disparu dans les ténèbres avec autant de promptitude qu'un fantôme. Peut-être un jour consentirait-elle à lui apprendre aussi ce tour-là.

Tout espoir de dormir était vain, désormais. Il descendit dans la cour des cuisines contrôler une fois de plus tout le fourniment empilé dans la charrette, compter les couvertures, les rouleaux de cordes, les sacs de farine, de sel et de pommes. Grâces en fussent rendues à l'Illuminateur, ici, le roi n'avait pas plus nommé de protecteur que d'intendant. Tout en parcourant les diverses cours de l'enceinte, il ramassa tout ce qu'il put trouver d'outils – scies, marteaux, deux haches rongées de rouille abandonnées dans les casernements, une petite enclume dénichée derrière l'atelier du maréchal-ferrant... Le seul fait d'accomplir une besogne utile lui procurait quelque réconfort, et il eut tout du long la conviction de plus en plus solide que venait de se prendre une espèce de virage décisif. Après des années de vagabondage avec Iya, voici qu'il se retrouvait avec une poignée de magiciens en fuite et une charrette..., sa nouvelle Orëska.

Pour humble qu'était ce début, songea-t-il, c'était un début tout de même. Un début.

Les étoiles étaient en train de s'estomper quand lui-même et tout son petit monde se mirent en route. Haïn conduisait la charrette où s'étaient entassés les enfants, les autres avaient des montures. En croupe, Arkoniel portait Wythnir qui, cramponné à la selle, coinçait entre eux son maigre baluchon.

« Où mène ce chemin, maître ? questionna-t-il.

— Aux villes minières qui se trouvent au nord d'ici, avant d'aboutir finalement sur la côte, à l'ouest de l'isthme », répondit Arkoniel. Des siècles auparavant, des colons skaliens étaient venus s'installer dans les montagnes, attirés par les filons d'argent, d'étain, de fer et de plomb. Le rendement de certaines mines restait encore suffisant pour y retenir cette population.

Il ne dit rien de l'histoire qu'il tenait de Lhel et selon laquelle des soldats de Skala – parmi lesquels se trouvaient des ancêtres de Tobin – avaient emprunté le même chemin pour aller guerroyer contre son peuple à elle. Pillards impénitents, les *Retha'noï* étaient à l'époque de vaillants guerriers, mais ce qui les rendait encore plus forts et plus redoutables, c'était leur magie. Seuls avaient survécu les nécromanciens les plus éminents, qui s'étaient vu refouler tout au fond des montagnes. On ne les pourchassait plus, mais ils demeuraient des exilés, loin des terres côtières fertiles qui leur avaient jadis appartenu. En s'aventurant dans leurs repaires à la recherche d'une sorcière, Iya et lui s'étaient heurtés à l'animosité tenace qui couvait toujours dans les cœurs de cette petite race noiraude.

Il avait respecté les instructions de Lhel en ne parlant d'elle à personne, sauf à prévenir ses compagnons qu'ils allaient rencontrer un guide qui se chargerait de les emmener en lieu sûr. On tomba sur elle juste après l'aube. Elle les attendait, plantée sur un gros rocher du bas-côté.

En l'apercevant, les autres tirèrent brutalement sur les rênes. Malkanus porta la main à son aumônière, et déjà il s'apprêtait à diriger contre elle quelque sortilège de sa façon quand Arkoniel s'interposa.

« Non ! Arrêtez ! Pas de ça ! commanda-t-il. C'est notre guide.

— Ça ? se récria Malkanus. Une puante sorcière des monts ? »

Lhel se croisa les bras et le toisa d'un air mauvais.

« Je vous présente Lhel, qui m'honore de son amitié. Iya et moi la connaissons bien. Je compte que ces titres lui vaudront vos égards à tous. Cela fait des années qu'Illior nous l'a envoyée. Elle a, elle aussi, bénéficié de la vision.

— Et Iya donne son approbation ? demanda Lyan, qui était assez âgée pour se souvenir des razzias.

— Bien entendu. De grâce, mes amis, Lhel nous offre son aide, et nous en avons le plus pressant besoin. Je puis me porter garant de son bon vouloir. »

En dépit des assurances d'Arkoniel, les tensions demeurèrent on ne peut plus vives de part et d'autre. Si Lhel ne manifestait qu'un enthousiasme plutôt

190

chiche à occuper le banc de la charrette aux côtés d'Haïn, lui se démanchait en revanche aussi consciencieusement pour éviter de la toucher que si elle était atteinte de la rouge-et-noir.

Après avoir, ce même jour, franchi la première passe, il fallut au-delà se hisser dans une vallée abrupte. L'air se fit plus piquant, les plaques de neige qui marbraient les versants descendaient insidieusement jusqu'au bord du chemin. Les arbres rabougris et clairsemés vous laissaient à la merci du vent. Pendant la nuit retentirent à proximité des hurlements de loups, et l'on entendit même à plusieurs reprises des feulements de cougouars répercutés par l'écho des pics.

Les gosses dormirent entassés sous des couvertures à l'arrière de la charrette pendant que les magiciens plus âgés se relayaient pour monter la garde et entretenir les feux. La toux de Totmus empira. Pelotonné parmi les autres, il toussait tout en somnolant sans parvenir à se reposer. Sous le regard soupçonneux des Orëskiens, Lhel prépara une tisane à son intention et la lui fit ingurgiter à force de câlineries. Il régurgita d'inquiétants paquets de mucosités vertes et ne parut que s'en porter mieux. Le troisième soir, il riait de nouveau avec ses compagnons.

Si la méfiance des magiciens ne se relâchait pas, les enfants se montrèrent, eux, d'une conquête plus facile. Afin de tuer les heures interminables et fatigantes qu'ils devaient passer dans la charrette, Lhel se mit à leur raconter des histoires, dans son charabia de skalien, et les régala de jolis petits sortilèges. Chaque fois que l'on faisait halte pour la nuit, elle s'enfonçait dans le noir et reparaissait avec des brassées d'herbes et de champignons qui amélioraient le fricot.

Le troisième jour, ils descendirent le long d'une gorge d'où la forêt remontait progressivement à leur rencontre. Des centaines de pieds en contrebas coulait un torrent bleu-vert dont les parois rocheuses amplifiaient les grondements. Juste au-delà des ruines d'un village abandonné, ils suivirent vers l'ouest un petit affluent qui les mena dans une modeste vallée ensevelie sous des bois très drus.

À défaut de chemin, Lhel leur fit emprunter le bord du cours d'eau, parmi de gigantesques pieds de ciguë. La densité croissante de la forêt s'opposa bientôt au passage de la charrette, et c'est à pied que la sorcière leur fit remonter un maigre ruisseau qui les conduisit à une clairière enfouie dans les arbres et submergée par la végétation.

Un village avait autrefois occupé les lieux, mais ce n'étaient pas des mains skaliennes qui l'avaient édifié. Aucune des modestes huttes de pierre circulaires et dépourvues de toits qui s'alignaient sur la berge n'excédait les dimensions d'un cellier à pommes. Nombre d'entre elles s'étaient effondrées à l'intérieur, et les plantes grimpantes et la mousse les avaient envahies, mais il en restait quelques-unes en assez bon état.

De-ci de-là, des pieux vermoulus penchés selon des angles disparates aux abords de la lisière commémoraient l'existence d'une palissade élevée jadis contre les cougouars et les loups, voire même contre l'envahisseur skalien.

« Ça bon endroit, déclara Lhel. Eau, nourriture et bois. Mais falloir vous bâtir bien vite. » Elle pointa l'index vers le ciel, où se concentraient lentement des nuages gris. Aujourd'hui, chacun pouvait voir son haleine fumer au contact de l'air. « Bientôt neige. Falloir petits coins chauds pour dormir, oui ? »

Elle se dirigea vers l'une des huttes et leur montra des trous percés dans certaines des pierres supérieures. « Ça pour piquets du toit.

— Vous allez rester avec nous, maîtresse ? » demanda Danil, agrippé à la main de la sorcière. La veille, elle lui avait enseigné à faire venir les musaraignes sur son genou, exploit dont Arkoniel lui-même n'aurait jamais cru le gamin capable, et il était constamment fourré dans ses jupes comme un chiot, depuis.

« Certain temps, répondit-elle en lui tapotant la main. Peut-être apprendre toi nouvelle magie ?

— Et moi, je pourrai aussi ? fit Totmus en torchant sur sa manche son nez morveux.

— Et moi ! » s'enflammèrent les jumelles d'une seule voix.

Lhel affecta d'ignorer les regards torves des magiciens. « Oui, les petits. Vous tous apprendre. » Elle sourit à Arkoniel, et il éprouva comme une nouvelle bouffée de la bizarre certitude que les choses étaient en train de se mettre en place exactement comme elles devaient le faire.

Sous la direction de Lhel, les serviteurs s'employèrent à rendre habitables pour la nuit plusieurs des logis vétustes en leur improvisant à la va-vite des toitures avec des branches et des arbrisseaux.

Pendant ce temps, Malkanus, Lyan et Vornus entraînèrent Arkoniel à l'écart.

« C'est ça, ta Troisième Orëska ? l'apostropha Malkanus d'un ton furibond en branlant son pouce par-dessus l'épaule du côté des gosses attachés aux talons de la sorcière. Nous allons tous dorénavant donner dans la nécromancie ?

— Tu sais que c'est interdit, avertit Vornus. Nous ne saurions tolérer qu'elle continue à les endoctriner.

— Je connais toutes les histoires qui courent là-dessus, mais, je vous l'affirme, elles ne sont pas entièrement fondées, riposta Arkoniel sans se démonter. Cela fait des années que j'étudie avec cette femme, et je me suis initié aux racines authentiques de sa magie. Laissez-moi seulement vous montrer, s'il vous plaît, vous verrez par vous-mêmes que je dis vrai. Illior ne nous aurait jamais dirigés vers elle si nous n'étions pas censés tirer profit de son enseignement. Comment cela ne serait-il pas un signe ?

— Mais la magie que nous pratiquons est pure ! protesta Lyan.

— Il nous plaît de le croire, et pourtant j'ai vu des Aurënfaïes secouer la tête devant certaines de nos opérations. Puis souvenez-vous, notre magie est tout aussi peu naturelle à notre propre espèce que celle de Lhel. Il nous a fallu mélanger notre sang à celui des 'faïes

194

avant que les Trois Terres n'aient des magiciens. Peut-être est-il temps de l'apparier à un nouveau sang, natif de Skala, lui. Les tribus des monts habitaient ce pays bien avant que nos ancêtres n'y arrivent.

— En effet, et elles ont tué des centaines des nôtres ! » jappa Malkanus.

Arkoniel haussa les épaules. « Ils combattaient les envahisseurs. Se trouve-t-il un seul d'entre nous qui n'aurait fait de même ? Je nous crois appelés à faire la paix avec eux, maintenant, d'une manière ou d'une autre. Mais, pour l'instant, fiez-vous à moi quand je dis que nous avons besoin de l'aide de Lhel et de sa magie spécifique. Parlez avec elle. Écoutez d'un cœur ouvert, comme je l'ai fait, ce qu'elle vous dit. Elle a des pouvoirs prodigieux.

— Pour ça, je ne les perçois que trop, marmonna Cerana qui s'était jointe à eux. Et c'est justement ce qui me tracasse. »

Loin de se laisser ébranler par les convictions d'Arkoniel, ses collègues l'avaient quitté en branlant du bonnet.

Lhel se porta vers lui et dit : « Viens. Je vais t'enseigner quelque chose de nouveau. » Rebroussant chemin jusqu'à la charrette, elle se mit à farfouiller dans les bagages, en extirpa une bassine de cuivre puis longea le ruisseau qui finit par s'enfoncer dans les profondeurs de la forêt. Désormais ponctuées de corniches et de gradins moussus, les berges abruptes étaient encombrées de fourrés broussailleux roussis par le gel, de fougères et de figues-aux-canes. Plus bas, le courant faisait osciller des bouquets touffus de queues-de-renard. Elle en arracha une dont elle pela le rhizome blanchâtre et charnu. Tout sec et fibreux qu'il était, si tard dans l'année, il restait encore comestible.

« Il y a des tas de choses à manger, par ici », dit-elle en reprenant sa marche. Une nouvelle halte lui permit de cueillir sur un tronc d'arbre en putréfaction un gros champignon jaune dans lequel elle l'invita à mordre. « Il vous faut aller à la chasse avant l'arrivée des neiges et fumer la viande. Et faire provision de bois. J'ignore si tous les enfants reverront le printemps. En tout cas pas Totmus, je pense.

— Mais tu l'as guéri ! » se récria-t-il douloureusement. Il s'était déjà beaucoup attaché au petit garçon.

Elle répliqua par un haussement d'épaules. « J'ai fait ce que j'ai pu pour lui, mais le mal est profondément ancré dans ses poumons. Il va revenir. » Elle s'arrêta de nouveau. « Je sais ce qu'ils t'ont dit de moi. Tu as pris ma défense, et je t'en remercie, mais les plus âgés ont raison. Tu es loin d'avoir sondé le fin fond de mes pouvoirs.

— Arriverai-je un jour à le sonder ?

— Prie que non, mon ami. Mais maintenant, la nouveauté promise. Elle est pour toi seul. Donne-moi ta parole de n'en faire part à personne.

— Par mes mains, mon cœur et mes yeux, tu l'as.

— Très bien, alors. Nous commençons. » Mettant ses mains en porte-voix, Lhel lança un appel rauque, chevrotant, puis prêta l'oreille. Arkoniel l'imita mais ne perçut rien d'autre que le vent dans les frondaisons et les gargouillis du ruisseau.

Lhel se tourna pour lancer l'appel par-dessus les eaux. Cette fois s'éleva une vague réponse, puis une seconde, déjà plus proche. Un cerf émergea des bois sur la rive opposée, humant l'air d'un naseau soupçonneux. Il était aussi grand qu'un palefroi, et ses andouillers recourbés portaient chacun dix cors aigus.

« C'est la saison du rut », crut devoir rappeler Arkoniel. Il était dangereux de croiser un cerf dans la fleur de l'âge à pareille époque.

Mais Lhel n'en eut cure. Une main levée en signe de bienvenue, elle commença à chanter de cette voix haute et monocorde qu'elle utilisait quelquefois. Le cerf s'ébroua bruyamment et secoua la tête. Des lambeaux veloutés flottaient à sa ramure. Arkoniel en vit un se détacher et nota l'endroit précis où il atterrissait ; s'il survivait à la rencontre, il connaissait une recette de breuvage qui en exigeait.

Par sa mélopée continue, Lhel attirait cependant le cerf de l'autre côté du ruisseau. Non sans bruyantes éclaboussures, il escalada la rive et s'y planta, dodelinant lentement du chef. Avec un sourire à l'adresse d'Arkoniel, Lhel entreprit de lui grattouiller le crâne entre les andouillers et parvint à le tranquilliser comme une vulgaire vache laitière. Sans arrêter de fredonner, elle utilisa sa main libre pour tirer son canif d'argent puis, d'un geste expert, entailla la grosse veine qui saillait juste au-dessous de la mâchoire de l'animal. De la plaie jaillit un flot de sang qu'elle recueillit dans sa bassine. Quitte à s'ébrouer doucement, le cerf ne bougeait pied ni patte. Après lui avoir tiré une bonne pinte, Lhel confia la bassine à son compagnon puis appliqua les mains sur la blessure qui cessa instantanément de saigner.

« Recule », murmura-t-elle. Une fois qu'ils furent hors d'atteinte, elle claqua dans ses mains et cria : « Va, je te relâche ! »

Le cerf baissa la tête en fouettant l'air puis d'un seul bond disparut dans les bois.

« Et puis après ? » demanda Arkoniel. De la bassine s'exhalaient de lourds effluves faisandés, et il percevait à travers le métal la chaleur persistante et la force du sang.

Elle lui adressa un grand sourire. « Et puis après, je vais t'enseigner ce que tu as si longtemps désiré savoir. Pose la bassine à terre. »

Elle s'accroupit à côté du récipient et invita d'un geste Arkoniel à faire de même, avant de lui tendre une bourse en cuir qu'elle venait d'extirper du col de sa robe déguenillée. Dedans se trouvaient de menues bottes d'herbes enveloppées de fil et plusieurs sachets plus petits. Conformément aux directives qu'elle lui donnait, il réduisit en miettes quelques aiguilles de mélèze avec une poignée de fleurs de liseron. Les sachets livrèrent des pincées de soufre, d'os et d'ocre en poudre qui tachaient les doigts comme de la rouille.

« Touille avec la première brindille qui te tombera sous la main », lui enjoignit-elle.

Arkoniel saisit un bout de bois blanchi qui lui servit à touiller le mélange. Le sang fumait encore, mais il dégageait à présent une odeur différente.

Lhel déballa l'un des copeaux à feu qu'il avait fabriqués pour elle et l'utilisa pour allumer un écheveau capiteux de foin. Pendant qu'elle en soufflait tout doucement l'âcre fumée vers le dessus de la bassine, le sang se mit à tournoyer tout en noircissant.

« Maintenant, chante comme moi. » Elle enfila tout un chapelet de syllabes, et il s'efforça de les copier. Elle refusa de traduire le sortilège mais, tout en corrigeant sa prononciation, le lui fit fredonner jusqu'à ce qu'il le possède comme il fallait.

« Bon. Maintenant, tramons la protection. Prends la bassine et viens.

— C'est de cette façon que tu cachais ton camp, n'est-ce pas ? »

Elle répondit par un clin d'œil.

L'emmenant vers un vieux bouleau tout tordu qui surplombait les eaux, elle lui montra comment s'enduire la paume de sang puis en marquer l'arbre, et fredonna le sortilège pendant qu'il s'y essayait.

Il fit un peu la grimace ; ses doigts renâclaient au contact épais et huileux du sang. Tout en chantonnant à son tour, il plaqua sa main sur l'écorce blanche qui s'écaillait. Le sang ressortit violemment sur elle un moment puis s'effaça totalement. Il ne subsistait même pas de trace d'humidité.

« Stupéfiant !

— Nous ne faisons que commencer. Rien qu'un, ça ne sert à rien. » Elle l'entraîna vers un gros rocher et lui fit répéter l'opération. Le sang disparut tout aussi promptement sur la pierre.

Tandis que le soleil sombrait derrière les cimes et

que le froid s'emparait des ombres, ils firent un large circuit tout autour du camp pour l'envelopper dans un anneau magique propre à brouiller la raison de n'importe quel étranger qui viendrait d'aventure traîner ses guêtres dans les environs. Ceux qui sauraient le mot de passe – *alaka*, « passage » – seraient les seuls en mesure d'y pénétrer.

« Vous ai-je regardés, toi et les gosses, chercher à me découvrir ! pouffa Lhel. Il vous est arrivé quelques fois d'avoir les yeux carrément posés sur moi, et vous ne vous en êtes pas seulement doutés.

— Ça marcherait, pour une ville ? Ou pour une armée sur le champ de bataille ? » la questionna-t-il, mais il n'obtint pour toute réponse qu'un de ses haussements d'épaules.

La pleine lune se levait quand ils achevèrent leur travail, et ils s'orientèrent sur la lueur vacillante des feux de camp pour rejoindre les autres, qui n'avaient pas chômé non plus durant leur absence. Deux des huttes circulaires en pierre étaient désormais parfaitement chapeautées, et l'on avait rapporté de la charrette une certaine quantité de fournitures. Du bois sec était empilé près d'une fosse à braises nouvellement creusée, et Eyoli continuait à en débiter, s'attaquant surtout à de grosses branches mortes auxquelles les enfants s'étaient attelés pour les extraire de la forêt. Sur le bord du ruisseau, Noril et Semion s'activaient à dépecer une jeune biche grasse.

« C'est de bon augure, dit Noril tout en s'acharnant à détacher la peau de la carcasse. Créateur l'a envoyée droit dans le camp pendant que nous étions en train de poser le second toit. »

Dara et Ethni eurent tôt fait d'embrocher de gros morceaux de venaison qu'elles mirent à rôtir, avec les ris, le cœur et le foie, sur le crépitement des flammes. En attendant la fin de la cuisson, Arkoniel fit part à tous du charme protecteur et leur livra le mot de passe. Malkanus et Cerana échangèrent des regards soupçonneux, mais Eyoli et les petits coururent le mettre à l'épreuve.

La chance semblait favoriser ce début. Il y eut de la viande à satiété pour tous, ce soir-là, et du pain pour l'accompagner. Le souper fini, Kaulin et Vornus exhibèrent des pipes qu'ils firent circuler autour du feu pendant qu'on prêtait l'oreille aux bruits de la nuit. L'arrière-saison réduisait au silence les grenouilles et les grillons, mais de petits trottinements de pattes se percevaient dans les sous-bois. Une grande chouette blanche traversa la clairière en piqué, saluant les nouveaux-venus d'un hululement désolé.

« Encore un bon présage, déclara Lyan. Illior nous dépêche son émissaire pour bénir notre nouveau logis.

— Logis ! grommela Malkanus tout en se drapant les épaules d'un second manteau. En plein désert sauvage, sans nourriture convenable et à l'hôtel des courants d'air. »

Melissandra tira longuement sur l'une des pipes avant d'expirer un cheval rougeoyant qui voleta deux fois autour du feu puis fit un *pan* ! sonore en explosant au-dessus de la tête d'Ethni. « Certains d'entre nous ont dû se contenter d'infiniment moins », dit-elle en soufflant deux oiseaux bleus destinés à Rala et à Ylina. Elle adressa un hochement de tête à Lhel. « Merci. C'est un bon endroit.

— Combien de temps resterons-nous ici ? s'enquit Vornus auprès d'Arkoniel.

— Je ne le sais pas encore. Nous aurions intérêt à construire des cabanes adéquates avant que la neige ne nous surprenne.

— Nous voilà charpentiers, maintenant ? grogna Malkanus d'un ton geignard. Est-ce que je sais, moi, bricoler des cabanes ?

— Nous sommes capables de nous en charger, maître, affirma Cymeüs.

— Certains magiciens savent comment s'y prendre pour accomplir un honnête labeur quotidien, lança Kaulin. Davantage de bras, d'autant moins de travail, comme on dit.

— Merci, Kaulin, et merci à vous autres. » Arkoniel se leva pour saluer Dara et le reste des serviteurs. « Vous avez suivi vos maîtresses et vos maîtres sans une plainte, et c'est à vous que nous devons notre confort en plein désert sauvage. Vous nous avez entendus parler de la Troisième Orëska. Il me vient à l'esprit maintenant que vous en faites autant partie que les magiciens eux-mêmes. Pour l'heure, c'est avec de la glaise et des rondins que nous édifierons nos abris d'exilés, mais je vous en fais la promesse, sous réserve que nous demeurions fidèles à Illior et ne manquions pas à la tâche qui nous est assignée, nous aurons un jour un palais à nous, aussi imposant qu'aucun de ceux que possède Ero. »

Kaulin donna un léger coup de pouce à Malkanus. « Tu entends ça ? Courage, mon gars. Tu vas reprendre ta vie douillette avant de connaître ce bonheur-là ! »

À demi assoupi dans les bras d'Ethni, Totmus fut pris d'un accès de toux pitoyable.

7

Tobin fit au triple galop le dernier mille qui le séparait du fort, tant le transportait la joie de revenir enfin chez lui. En émergeant des bois au bas de la prairie, il freina pile et promena des yeux ahuris sur l'aspect des lieux.

« Diable ! s'écria Ki en se portant à sa hauteur avec les autres. Semblerait que Sa Majesté nous ait fait devancer par la moitié d'Ero ! »

De l'autre côté de la rivière, les prés jaunis s'étaient transformés en un village de tentes et de baraques de fortune. Alors que Tobin aurait tout désiré sauf faire de l'esbroufe, ce qu'il découvrait avait l'air d'une foire de campagne. À mieux scruter les enseignes de camelots qui flottaient en haut de leurs hampes, il s'aperçut qu'il y avait là de tout, depuis des boulangers jusqu'à des faiseurs de vervelles. Les baladins fourmillaient, naturellement, et le théâtre du *Pied d'Or* avait même délégué sa troupe.

« Nous sommes à cent lieues de la capitale, ici, s'esclaffa Erius qui avait surpris leur échange. J'ai tenu à m'assurer que vous n'y manquiez pas de divertissements congrus, durant votre séjour.

— Soyez-en remercié, Oncle », répondit Tobin. Il avait déjà compté cinq oriflammes de ménestrels et six de pâtissiers. Il se demanda comment réagirait Cuistote s'il leur prenait fantaisie d'envahir ses cuisines. Mais elle avait fait la guerre, après tout, et l'on ne mettrait pas si facilement les pieds dans ses petits plats.

« Regarde-moi ça ! » s'exclama Ki, le doigt tendu vers le sommet de la colline. Nari avait eu beau leur annoncer la nouvelle de l'incendie, la vue des fenêtres noircies de ce qui avait été les appartements d'Arkoniel n'en fut pas moins un choc pour eux. Que diantre était-il en train de fabriquer pour avoir provoqué un pareil sinistre ? s'interrogea Tobin, heureusement trop avisé pour ne point taire sa réflexion. La présence du magicien devait encore demeurer secrète ; sans doute était-il d'ailleurs parti se tapir chez Lhel.

Cuistote et Nari sortirent les accueillir et accablèrent Korin sous des tonnes de cérémonies pour lui souhaiter la bienvenue dans le manoir.

« Et vous vous êtes vus, vous deux ? s'écria la nourrice en se juchant sur la pointe des pieds pour embrasser Tobin et Ki. Ce que vous avez pu pousser, depuis la dernière fois que nous nous sommes vus ! »

Le jeune prince fut suffoqué, lui, de la voir si petite. Enfant, il se l'était toujours figurée si grande...

Plus tard, comme il faisait visiter la place aux Compagnons, d'autres changements le frappèrent, mais il fallait avoir déjà vécu là pour les remarquer. Par exemple, au pied des baraquements, l'agrandissement du jardin de simples, et le fait que la superficie bêchée du potager des cuisines avait entre-temps pour le moins triplé. La domesticité était en revanche demeurée tout aussi réduite, hormis qu'elle comprenait un nouveau garçon d'écurie louchon.

Il trouva aussi la maison proprement dite plus rutilante, plus douillette que dans ses souvenirs, mais c'était l'œuvre de Nari, ça. Elle avait meublé chaque pièce, sorti son linge le plus fin, la vaisselle plate, les tapisseries. En plein jour, le second étage lui-même était avenant, les chambres ouvrant sur la gauche du corridor alignaient les lits de camp destinés à la petite armée de serviteurs qui avaient suivi le cortège royal. On avait soigneusement muré les accès à l'ancien domaine d'Arkoniel, en face, pour le condamner jusqu'à ce qu'il soit possible d'en effectuer la réparation.

Pendant que les autres s'apprêtaient pour le dîner, ce soir-là, lui s'esquiva pour remonter et se diriger pas à pas vers l'autre bout du corridor. La porte de la tour était verrouillée, sa poignée de cuivre ternie par défaut d'entretien. Il fit ferrailler le loquet, tout en se demandant si Nari avait toujours la clef. Se tenir là lui remémora la folle terreur qu'en ce même endroit lui inspirait autrefois la seule idée que le fantôme ulcéré de Mère le fixait au travers du vantail de bois. C'était simplement une porte, à présent.

Il se sentit brusquement submergé par une vague de nostalgie. Il appuya son front contre le panneau lisse et chuchota : « Vous êtes là, Mère ?

— Tobin ? »

Il bondit, mais c'était Ki, tout bonnement, qui l'appelait du haut de l'escalier.

« Ah, te voilà. Cuistote veut que tu goûtes la soupe, et tu es ici, pas même habillé encore... Qu'est-ce qui ne va pas, dis ?

— Rien. J'étais juste venu faire un tour. »

Ki ne fut pas dupe, évidemment. Il se rapprocha et, d'une main précautionneuse, effleura le bois. « J'avais oublié. Est-ce qu'elle y est ?

— Je ne pense pas. »

Ki s'adossa au mur près de lui. « Elle te manque ? »

Tobin haussa les épaules. « Je croyais que non, mais je viens à l'instant de me rappeler comment elle était dans ses bons jours, avant de... Bref, avant le dernier jour, quoi. Presque comme une véritable mère. » Il retira sa bague pour lui faire mieux voir le profil serein gravé sur le chaton. « C'est ainsi qu'elle était, avant ma naissance et celle de Frère. »

Pour tout commentaire, Ki poussa son épaule contre la sienne.

Tobin soupira. « J'ai beaucoup réfléchi. Je vais laisser la poupée là-haut.

— Mais *elle* t'a bien dit de la garder, non ?

— Je n'en ai plus besoin. Il sait me retrouver, de toute manière, qu'elle soit avec moi ou non. J'en ai assez, Ki. Assez de la cacher, assez de le cacher. » *Et de me cacher, moi aussi,* songea-t-il, mais il réussit à ravaler ces mots. Tout en promenant son regard à l'entour, il émit un rire d'une gaieté douteuse. « Ça fait un sacré bout de temps que nous n'étions pas venus ici, n'est-ce pas ? Les lieux ne coïncident plus

206

avec mes premiers souvenirs. Ils me semblaient si vastes et si sombres, à l'époque, et même après que tu fus venu y vivre...

— C'est que nous avons grandi. » Avec un large sourire, il le prit en remorque, bon gré mal gré. « Viens çà, je vais t'en fournir la preuve. »

Nari s'était appliquée à ne rien déplacer dans leur ancienne chambre à coucher depuis qu'ils l'avaient quittée, pas plus que dans la pièce contiguë où, comme figés à leur poste immuable, la cité joujou et une poignée de sculptures enfantines accumulaient la poussière. Dans l'angle de la première, la cotte de mailles offerte par Père pendait toujours à sa patère.

« Allez, le pressa Ki. Il y a une éternité que tu ne l'as pas essayée. »

Tobin enfila le haubert par-dessus sa tête puis loucha vers le miroir qui les reflétait côte à côte.

« Père affirmait que lorsqu'il m'irait, je serais assez grand pour l'accompagner à la guerre.

— Eh bien, te voilà suffisamment grand », dit Ki.

En effet, mais encore trop gracile. Les épaules de la chemise lui tombaient à mi-chemin des coudes, et les manches lui pendaient largement plus bas que le bout des doigts. La coiffe persistait à lui dégouliner jusque sous les yeux.

« Tu ne t'es pas encore étoffé, c'est tout. » Ki lui flanqua le vieux heaume sur le crâne et le fit sonner en le martelant avec ses phalanges. « Lui te va, au moins. Haut les cœurs, allons, pour l'amour du diable ! Le roi a promis de nous laisser aller patrouiller sur les

207

côtes, à notre retour. Mieux vaut liquider des pirates et des malandrins que ne pas se battre du tout, non ?

— Je suppose que oui. » Du coin de l'œil, Tobin surprit un vague mouvement et tourna la tête. Tapi dans l'ombre, Frère le considérait fixement. Il portait le même genre de haubert que lui, mais le sien lui allait. D'un geste exaspéré, Tobin se débarrassa de la maille et la raccrocha dans l'angle. Un second coup d'œil le réduisit à constater que le fantôme s'était déjà évaporé.

Pour la première fois de son existence, il voyait la grande salle emplie de camarades et de veneurs retentir de rires et de mélodies. La flambée qui crépitait allègrement dans la cheminée illuminait les tables dressées tout autour de la pièce en projetant des silhouettes mouvantes sur les fresques des murs. Des histrions se démenaient devant les convives, et la tribune des ménestrels, à l'extrémité opposée, fourmillait de musiciens. Le joyeux tumulte de la fête ébranlait de fond en comble le manoir.

De toute évidence, Cuistote avait fini par conclure un accord avec les intrus de la ville, et elle contribuait orgueilleusement au service du fastueux festin. Vêtue d'une robe neuve en lainage brun, Nari leur tenait lieu de majordome. Elles étaient les deux seules femmes présentes, exception faite des servantes et des comédiennes. Enceinte à nouveau, Aliya était restée dans la demeure de sa mère, sous l'œil vigilant des drysiennes.

Honoré d'une place aux côtés de Tobin, Tharin

balaya les lieux d'un regard lourd de mélancolie. « Le manoir n'avait plus présenté cet aspect depuis notre adolescence.

— Nous y avons pris plusieurs fois du bon temps ! confirma gaiement le roi en faisant sonner son hanap contre celui de son neveu. Ton grand-père nous régalait de fameuses parties de chasse..., au cerf, à l'ours, et même au cougouar ! Ce qu'il me tarde de prendre part à celle de demain !

— Nous avons également prévu de célébrer ton anniversaire en t'offrant quelque chose d'unique », intervint Korin en échangeant un clin d'œil avec son père.

La chaleur et la compagnie remontèrent si bien le moral de Tobin qu'il se joignit de fort bon cœur aux chansons et aux joutes de beuverie. Vers minuit, son ivresse égalait presque celle de Korin. La musique et son entourage d'amis lui permirent de s'accorder un rien de répit en oubliant momentanément tout autant ses chagrins passés que les prophéties ; il se retrouvait enfin le maître de cette maison.

« Nous serons toujours amis, n'est-ce pas ? dit-il en s'appuyant sur l'épaule de son cousin.

— Amis ? » Korin s'esclaffa. « Frères, plutôt. Un toast pour mon petit frère ! »

Dans un concert d'acclamations, tout le monde brandit son hanap. Tobin fit de même, mais son hilarité s'étrangla net quand il discerna, tapies dans un coin sombre de la tribune des ménestrels, deux silhouettes noires. Sans tenir aucun compte des violoneux qui raclaient leurs cordes auprès d'elles, elles s'avancèrent ; c'étaient Frère et leur mère. En voyant celle-ci, Tobin se glaça. Elle n'avait rien de commun avec la femme attentionnée qui lui avait appris à écrire et à dessiner. Le visage ensanglanté, les yeux flamboyant de haine, elle tendit un doigt accusateur. Puis les deux fantômes s'évanouirent, mais Tobin avait eu le temps de voir ce que Mère portait sous son bras.

Le banquet se déroula dès lors sans qu'il en conserve aucun souvenir précis. Une fois achevé le dernier dessert, il prétexta de sa fatigue pour remonter précipitamment. Son coffre de voyage était encore fermé à clef, mais il eut beau farfouiller parmi les tuniques et les chemises, la poupée s'était envolée, précisément comme il l'appréhendait.

« Parfait. Je suis bien content ! lança-t-il d'un ton rageur à la pièce vide. Restez ici tous deux, sans vous quitter jamais, ainsi que vous l'avez toujours fait ! » Comme il le pensait véritablement, il ne parvint pas à comprendre pourquoi ses yeux se remplissaient de larmes qui l'aveuglaient.

8

Le beau temps se maintint, et la chasse était bonne. Ils sortaient à cheval tous les jours à l'aube et, à force de ratisser collines et fourrés, rentraient chargés d'assez de cerfs, d'ours, de grouses et de lapins pour nourrir tout un régiment. Le roi se montrait d'excellente humeur, mais Tobin n'avait pas la naïveté de trouver cela comme allant de soi. Il était néanmoins plus facile de se détendre et de relâcher un peu sa défiance quand Nyrin ne vous rôdait pas autour à épier chacun de vos gestes et chacune de vos pensées.

Chaque nuit se passait à boire et à festoyer, diverti par une troupe de saltimbanques incessamment renouvelée. Tobin évitait le second étage, et il n'avait pas revu les fantômes.

« Il nous faudrait peut-être aller à la recherche de la poupée, suggéra Ki, lorsqu'il lui eut finalement raconté ce qui s'était passé.

— Où ça ? Dans la tour ? répliqua-t-il. La porte est verrouillée, et la clef s'est perdue. J'ai déjà questionné Nari. Et cela ne serait-il pas que je ne voudrais, pour rien au monde, remettre les pieds là-haut. »

Il avait bien envisagé de le faire, il en avait même rêvé, mais non, plus rien au monde ne le ferait jamais consentir à faire un seul pas vers cette pièce-là, cette fenêtre-là.

Il chassa la poupée de son esprit, et Ki se garda d'y refaire allusion. Ce qu'il était advenu de Lhel les préoccupait davantage, au demeurant. Ils avaient eu beau s'esbigner plusieurs fois pour courir remonter la route des montagnes, ils n'avaient découvert aucune trace ni d'elle ni d'Arkoniel.

« Mieux vaut probablement pour leur sécurité, avec ce monde fou qui vagabonde de tous les côtés », dit Ki, mais d'un ton qui trahissait un désappointement tout aussi vif que celui qu'éprouvait Tobin.

Le matin de son anniversaire, Tobin s'aperçut qu'on avait érigé un nouveau pavillon juste au-delà des baraquements. Presque aussi vaste que ces derniers, celui-ci était tendu de toile peinte en couleurs vives qu'achevaient d'égayer des rubans multicolores et des oriflammes de soie. En s'entendant demander ce que c'était là, Korin se contenta de répondre par un clin d'œil et par un petit sourire en coin.

Il devint évident, durant le festin du soir, qu'il y avait de la conspiration dans l'air. Korin et les autres n'arrêtèrent pas de tout le repas de chuchoter entre eux et de piquer des fous rires inextinguibles. Et à peine eut-on dévoré les derniers pains d'épice qu'ils se dressèrent comme un seul homme et vinrent cerner Tobin.

« Comme je te l'avais annoncé, cousinet, je t'ai réservé un cadeau d'anniversaire tout particulier, fit Korin. Vu que tu es assez vieux, maintenant.

— Assez vieux pour quoi ? demanda Tobin, non sans inquiétude.

— Plus facile à montrer qu'à dire ! » En un tournemain, Korin et Zusthra l'attrapèrent et le firent décoller du sol pour le hisser sur leurs épaules. Pendant qu'ils l'emportaient, il jeta un regard affolé vers l'arrière et vit que les écuyers bloquaient le passage à Ki pour l'empêcher de suivre. Sans qu'il en paraisse d'ailleurs affecté. Loin de là, en réalité.

« Bon anniversaire, Tob ! » lui lança-t-il même en riant avec ses pairs et en agitant la main comme eux.

Les pires craintes de Tobin se concrétisèrent lorsqu'il vit ses porteurs s'orienter vers le pavillon tape-à-l'œil. C'était un bordel, bien sûr, un bordel géré par l'une des favorites d'Erius à Ero. À l'intérieur, de lourdes tentures en tapisserie divisaient l'espace en de multiples chambres réparties autour d'un salon de réception central. Chauffé par des braseros et illuminé par des lampes de laiton poli, celui-ci était meublé comme une villa luxueuse, avec des tapis somptueux et de ravissants dressoirs. Des filles en chemises de soieries diaphanes accueillirent les visiteurs et les menèrent vers des sofas de velours.

« J'ai déjà choisi pour toi, fanfaronna Korin d'un air on ne peut plus faraud. Voici ton cadeau ! »

Une jolie femme blonde surgit de derrière l'une des cloisons de tissu et vint rejoindre Tobin sur le sofa qu'il occupait. Les autres Compagnons avaient chacun sa fille respective, et la tournure que prenaient les choses parut indiquer qu'elles leur étaient à tous beaucoup plus familières qu'à lui. Même Nikidès et Lutha se montraient charmés de cette équipée...

« Tu es un homme, à présent, doublé d'un guerrier, dit Korin en élevant un hanap d'or dans sa direction. Le temps est venu que tu goûtes aux plaisirs de la virilité ! »

Le sentiment d'être victime d'un cauchemar n'empêcha pas Tobin de se forcer à ne pas trop laisser transparaître son désarroi. Alben échangeait déjà des œillades sarcastiques avec Urmanis et Zusthra.

« C'est un honneur pour moi, mon prince », fit la donzelle en s'installant tout contre lui pour lui offrir des sucreries sur un plat doré. Elle pouvait avoir dans les dix-huit ans, mais les yeux qui le détaillaient étaient aussi vieux que ceux de Lhel. Malgré ses manières de sainte nitouche, il y avait juste derrière son doux sourire une âpreté qui faisait se cailler les tripes pleines de Tobin.

Il la laissa remplir à nouveau sa coupe et la vida d'un trait, sans autre envie que de pouvoir tout bonnement s'engloutir à cent pieds sous terre ou s'évaporer. Ces deux issues lui étaient malheureusement interdites, et les filles finirent par se lever pour entraîner par la main leurs amants d'un soir vers les chambres sises à l'arrière du pavillon.

Lui, c'est à peine si ses jambes le portaient encore quand sa partenaire écarta un rideau pour l'attirer dans l'une des chambres intérieures à cloisons de tapisserie. Une lampe d'argent pendait de la voûte au bout d'une chaîne, et de l'encens brûlait dans son récipient sur un guéridon sculpté. Des tapis à motifs chamarrés cédèrent moelleusement sous ses bottes pendant qu'il se laissait mener vers un lit à courtines. Sans cesser de sourire de son faux sourire, elle entreprit de lui délacer sa tunique.

Écartelé entre le désespoir et l'humiliation, Tobin gardait la tête obstinément baissée, priant de toute son âme que sa rougeur passe inaperçue. Détaler à toutes jambes le rendrait la risée des Compagnons, mais l'alternative était tout aussi impensable.

Les battements de son cœur lui martelaient si fort les tympans que c'est tout juste s'il entendit lorsque la femme interrompit sa besogne pour lui souffler : « Vous aimeriez mieux ne pas vous dévêtir, mon prince ? »

214

Elle se tenait dans l'expectative, mais il ne put proférer un seul mot. Les yeux misérablement attachés au sol, il secoua la tête.

« Rien que ça, alors », murmura-t-elle en portant la main vers les aiguillettes de ses culottes. Il eut un mouvement de recul, et elle n'insista pas. Ils demeurèrent plantés là, comme ça, pendant un moment, puis il sentit subitement des lèvres effleurer doucement sa joue.

« Vous ne voulez pas, n'est-ce pas ? lui chuchota-t-elle à l'oreille. Je m'en suis doutée dès la seconde où ils vous ont fait entrer de force. »

La seule idée de ce qu'elle dirait à Korin, ensuite, le fit frissonner. Quirion s'était vu carrément flanquer dehors pour sa couardise au combat ; est-ce qu'il aurait en l'occurrence le même prix à payer, lui ?

À son grand étonnement, elle l'enserra dans ses bras. « Aucun problème, alors. Vous n'êtes pas obligé.

— Je..., non ? » bredouilla-t-il d'une voix chevrotante, avant de relever les yeux et de s'apercevoir qu'elle souriait, mais cette fois d'un vrai sourire. Ses traits s'étaient dépouillés de toute âpreté ; ils n'exprimaient que gentillesse.

« Venez vous asseoir avec moi. »

On ne pouvait s'asseoir nulle autre part que sur le lit. Elle grimpa se pelotonner contre les oreillers puis tapota la place à côté d'elle. « Allons, venez là, fit-elle d'un ton câlin. Je ne ferai strictement rien. »

D'un pas hésitant, Tobin alla la rejoindre et remonta ses genoux sous son menton. Entre-temps s'étaient mis à lui parvenir des autres cabinets particuliers de vagues

215

piaillements ponctués de grognements beaucoup plus distincts. Il réprima son envie de se boucher les oreilles ; il reconnaissait certains de ces timbres, et il rendit grâces aux Quatre que les écuyers ne soient pas, pour comble, du concert. Il n'aurait pas supporté d'entendre Ki ahaner de la sorte. On aurait presque dit que les intéressés subissaient la torture, et pourtant, c'était aussi bizarrement excitant. Il sentit son corps s'en émouvoir et rougit de façon plus cuisante que jamais.

« Le prince n'y entendait pas malice, j'en suis convaincue, reprit-elle tout bas, d'un ton qui semblait suggérer le contraire. Il n'avait même pas votre âge qu'il était déjà le cerf tout craché, mais c'est son genre à lui, n'est-ce pas ? Certains garçons ne sont pas prêts si jeunes. »

Tobin opina du chef. Ce n'était pas tout à fait faux, dans un sens...

« Mais vous avez à soutenir votre réputation aux yeux de vos amis, j'imagine, hein ? » reprit-elle. Il acquiesça d'un bruit grognon qui la fit glousser. « Affaire facile à régler ! Déplacez-vous vers le bord, sauf votre respect. »

Malgré son anxiété persistante, il obtempéra et, abasourdi, la regarda s'agenouiller au milieu du lit et se mettre à haleter comme une diablesse, à gémir, à rire d'une voix de gorge enrouée, à lâcher de petits aboiements tout à fait semblables à ceux qui retentissaient maintenant autour d'eux. Puis elle acheva de le consterner en commençant à sauter sur le lit comme un gosse. Sans cesser de brailler, elle lui fit un grand sourire et lui tendit les mains.

Comprenant enfin, il la rejoignit et se mit avec elle à bondir et à rebondir sur ses deux genoux, faisant par là grincer les lanières et couiner, craquer le cadre du sommier. Subitement, elle haussa la voix en un vertigineux crescendo puis s'abattit sur le lit avec un soupir exténué. Enfouissant alors son visage dans le couvre-pieds, elle y étouffa un accès d'hilarité.

« Bravo, cousinet ! » lança Korin d'une voix avinée.

Tobin dut à son tour se plaquer les deux mains sur la bouche pour réprimer un brusque éclat de rire. Sa compagne releva vers lui des prunelles que faisait pétiller le plaisir de leur gaieté commune et chuchota joyeusement : « Je crois votre réputation saine et sauve, mon prince ! »

Tobin s'allongea tout près d'elle de manière à pouvoir continuer à parler tout bas. « Mais pourquoi ? »

Elle appuya son menton sur ses mains et lui décocha un regard entendu. « Ma tâche consiste à satisfaire mes clients. Vous ai-je satisfait, mon prince ? »

Il refréna un nouveau fou rire. « On ne peut mieux !

— Dans ce cas, c'est ce que je rapporterai à votre cousin et au roi lorsqu'ils m'interrogeront. Ce qu'ils ne manqueront pas de faire. » Elle lui déposa sur la joue un baiser fraternel. « Vous n'êtes pas le premier, mon cœur. Il y a certains de vos amis, là-dehors, qui bénéficient du même secret.

— Qui ça ? » demanda-t-il. Elle fit claquer sa langue en guise de réponse, et il s'empourpra de nouveau. « Comment vous remercier ? Je n'ai même pas ma bourse sur moi. »

217

Elle lui caressa tendrement la joue. « Vous êtes un innocent, n'est-ce pas ? Un prince ne paie jamais, mon cœur, du moins pas les femmes de mon espèce. Je vous prie seulement de garder un bon souvenir de moi et de traiter mes sœurs avec bienveillance quand vous serez plus âgé.

— Vos sœurs... ? Ah, je vois. Oui, je le ferai. Mais, au fait, je ne connais même pas votre nom. »

Elle prit un air pensif, comme si cela demandait plus ample réflexion. Finalement, le sourire lui revint, et elle dit : « Je m'appelle Yrena.

— Merci, Yrena. Je n'oublierai pas votre gentillesse, jamais. »

Autour, on entendait des gens bouger, des froufrous soyeux, des ferraillements de ceintures bouclées.

« Nous ferions mieux d'apposer les touches finales. » D'un air radieux, elle arrangea de travers le laçage de sa tunique, lui ébouriffa les cheveux, pinçota ses joues pour les colorer. Puis, tel un artiste, elle prit un peu de recul pour inspecter son œuvre. « Y est presque, je crois. » S'approchant d'une petite desserte, elle y saisit un pot d'albâtre à rouge, farda ses lèvres puis revint le bécoter à plusieurs reprises sur le visage et dans le cou. Cela fait, elle s'essuya la bouche avec le drap avant de déposer un dernier baiser sur son front. « Et voilà, n'avez-vous pas maintenant la mine du parfait vaurien ? Si vos copains réclament des détails, contentez-vous de sourire. Ce genre de réponse devrait être assez explicite pour eux. S'ils insistent pour vous ramener malgré vous, exigez de n'avoir à faire qu'à moi.

« — Vous pensez qu'ils pourraient le faire ? » chuchota-t-il avec effarement.

Tout égayée d'un rire silencieux, Yrena l'embrassa derechef en guise de congé.

Le stratagème d'Yrena remporta un franc succès. C'est en triomphe que les Compagnons remmenèrent Tobin au fort, et les vantardises des autres sur leurs conquêtes de la soirée firent crever les écuyers de jalousie. Cependant, chaque fois que lui-même esquiva les questions dont on le pressait, il sentit le regard de Ki s'appesantir sur lui.

Une fois seuls dans leur chambre, après, c'est à peine s'il osa le regarder en face.

Ki alla hisser ses fesses sur l'entablement de la fenêtre en souriant d'un sourire dévoré de curiosité. « Eh bien ? » finit-il par lâcher.

Après avoir balancé un moment, Tobin lui confessa la vérité. Ki risquait de se moquer de lui, mais il leur serait toujours possible de rire ensemble.

Or, la réaction de son ami ne fut pas du tout celle qu'il avait espérée. « Tu veux dire que tu... – que tu n'as pas pu ? demanda-t-il en fronçant les sourcils. Tu as pourtant affirmé qu'elle était jolie ! »

Dans toutes les occasions où Tobin lui avait menti, c'était par la faute du même secret, et chacune lui avait fait l'effet d'une trahison.

Il dut cette fois lutter plus longuement contre lui-même avant de hausser les épaules. « Je n'en ai simplement pas eu envie.

219

— Mais tu aurais dû dire quelque chose. Korin t'aurait permis d'en choisir une autre...

— C'est bien de cela qu'il s'agit ! Je n'avais envie d'aucune d'entre elles. »

Ki fixa ses pieds ballants pendant un bon moment puis soupira. « C'est donc vrai...

— Quoi donc ?

— Que tu... » Ce fut à son tour de rougir, pour le coup, tout en persistant à éviter de le regarder en face. « Que tu ne... – tu sais bien... – que tu ne désires pas les filles. Je veux dire, moi, je croyais que quand tu serais plus vieux et tout... »

La panique qu'avait ressentie Tobin dans la tente du bordel se remit à le ronger insidieusement. « Je ne désire personne au monde ! » riposta-t-il. La peur et la honte avaient chargé ces mots d'une intonation furibonde.

« Je suis désolé ! Je n'avais pas l'intention de... » Ki se laissa glisser à bas de la fenêtre et l'empoigna par les épaules. « C'est-à-dire, eh bien... Oh ! puis, n'en fais pas cas. Je ne sous-entendais strictement rien par là, d'accord ?

— Si, tu le faisais !

— Ça n'a pas d'importance, Tob. Ça n'en a aucune pour moi. »

Tobin savait que ce n'était pas vrai, mais que Ki souhaitait que ce le soit.

Si seulement je pouvais tout lui avouer, songea-t-il. *S'il connaissait la vérité... De quel œil me regarderait-il alors ?* Son envie de tout déballer d'un seul coup fut

220

si violente qu'il dut se contraindre à se détourner, les dents serrées pour n'y pas céder.

Il entendit quelque part, tout près, retentir le rire de Frère.

Ils n'abordèrent plus ni l'un ni l'autre ce sujet, mais Ki s'abstint de mêler ses taquineries joviales à celles de leurs copains quand Tobin s'arma de mille prétextes pour ne pas remettre les pieds sous la tente peinte.

Tobin multiplia néanmoins dès lors ses chevauchées solitaires en quête de Lhel et d'Arkoniel qui, peine perdue, demeurèrent introuvables.

9

Le roi tint parole, et, à la mi-Kemmin, les Compagnons partirent pourchasser des bandits dans les collines au nord d'Ero. Korin avait beau se répandre plus que jamais en propos bravaches, Tobin devina sans peine qu'il désirait passionnément se racheter à leurs yeux. D'après Tharin, la rumeur de sa défaillance précédente avait trouvé moyen de faire le tour du Palatin.

La veille du départ, Erius donna un grand dîner en leur honneur. Assise à la droite de son beau-père, la princesse Aliya jouait les maîtresses de maison. En dépit des craintes qu'elle avait d'abord inspirées, sa grossesse s'était jusque-là déroulée à merveille. La naissance devait avoir lieu peu après les Fêtes de

221

Sakor, et le ventre qui ballonnait sa robe présentait l'aspect d'une grosse miche ronde.

Le roi était toujours aussi entêté d'elle, et si elle n'était que douceur envers lui et faisait patte de velours avec tout le monde en public, son attitude, en privé, confirmait la prédiction de Ki. Elle n'avait nullement cessé d'être la harpie qu'elle était depuis sa venue au monde, et les désagréments liés à son état n'avaient fait qu'empirer son fichu caractère. Si sa langue de vipère épargnait Tobin la plupart du temps, c'était uniquement parce qu'il appartenait à la famille royale. Korin avait moins de chance ; déjà proscrit de la couche conjugale depuis des mois, il était paisiblement revenu à ses anciennes pratiques. Sa femme l'avait appris, comme de juste, et les disputes consécutives étaient devenues légendaires. À en croire sa dame d'honneur, la princesse avait la vigueur d'une catapulte et une adresse ébouriffante.

Rien de tout cela ne la rendait plus aimable à Tobin, mais elle ne l'en fascinait pas moins, s'aperçut-il, parce qu'elle était la première femme enceinte qu'il eût connue. Lhel affirmait que la capacité de concevoir faisait partie des pouvoirs secrets de son sexe, et il se mit à entrevoir ce qu'elle entendait par là, surtout après qu'Aliya lui eut instamment fait appliquer la main sur son ventre pour qu'il sente l'enfant bouger. D'abord mortifié par l'embarras dans lequel la garce le plongeait, il s'était bientôt émerveillé de la chose dure et délicate qui ondoyait fugacement contre sa paume. À la suite de cette expérience, il s'était maintes fois surpris à lorgner le ventre de la princesse, dans l'espoir que s'y manifeste quelque indice de cette énigmatique mobilité. Issu de Korin, l'enfant n'était-il pas un parent à lui ?

Le début de cet hiver-là fut pluvieux et invraisemblablement chaud pour la saison. Les Compagnons et leurs gens démarrèrent sous la bruine et ne revirent pas le soleil durant des semaines. Les routes étaient des bourbiers que barattaient les sabots des chevaux. Dans cette région du pays, les auberges et les forts étaient si clairsemés que l'on coucha presque toutes les nuits sous des tentes de toile cirée... Campements détrempés, lugubres.

La première bande de malandrins qu'ils dénichèrent était dérisoire, rien de mieux qu'une poignée d'hommes et de gamins dépenaillés surpris à voler du bétail, et qui se rendirent sans même combattre. Korin les fit pendre tous.

Une semaine après, ils tombèrent sur une bande plus conséquente et retranchée dans une grotte à flanc de coteau. Ils se saisirent des montures, mais l'adversaire était solidement armé et soutint le siège pendant quatre jours avant que la faim ne le force à quitter sa tanière. Il leur opposa, même alors, une résistance farouche. Korin tua le chef au beau milieu d'une mêlée sanglante. Tobin ajouta trois têtes à son tableau de chasse, et ce sans la moindre intervention de Frère. Il n'avait d'ailleurs pas essayé de convoquer le fantôme ni repéré le moindre indice de sa présence depuis son propre départ de Bierfût.

Les soldats dénudèrent les cadavres avant de les

brûler, et c'est seulement alors que l'on découvrit que parmi ces derniers se trouvaient huit femmes, au nombre desquelles figurait la deuxième victime de Ki. Elle avait du gris dans ses cheveux et de vieilles cicatrices aux bras.

« Je ne savais pas, dit-il sans déguiser son trouble.

— Elle était un bandit, Ki, tout comme les autres », confirma Tobin en guise de réconfort, malgré l'émotion bizarre qui lui nouait également les tripes.

Tharin et Koni s'étaient entre-temps penchés sur un autre corps. Tobin reconnut dans la tunique verte tachée que tenait le second celle de l'une de ses victimes personnelles. Cette femme-là était plus âgée que la précédente. Ses seins flasques et les grosses mèches blanches qui striaient sa chevelure suffirent à lui évoquer Cuistote.

« Je l'ai connue, commenta Tharin en recouvrant la morte d'un manteau loqueteux. Elle était capitaine dans le régiment Faucon blanc.

— Je ne peux pas croire que j'aie affronté une bonne femme ! » glapit Alben en retournant du bout du pied l'une de ses victimes. Il cracha d'un air écœuré.

« Il n'y a pas de honte à ça. Elles étaient des guerriers, de leur temps. » Malgré le ton posé qu'avait adopté Tharin, tout le monde perçut le tranchant rageur sous chacun des mots.

Porion secoua la tête. « Aucun guerrier digne de ce nom ne se fait pillard. »

Tharin se détourna.

Korin cracha sur le cadavre de l'ancien capitaine.

« Des félonnes et des renégates minables, toutes tant qu'elles sont. Qu'on les brûle avec leurs compères. »

Tobin n'avait aucune sympathie pour quiconque enfreignait la loi. Una et Ahra n'avaient-elles pas toutes deux trouvé le moyen de servir au lieu d'entrer en rébellion ouverte ? Les femmes d'Atyion ne se contentaient-elles pas pour leur part d'attendre ? Et, cependant, la colère tacite du capitaine continua de le lanciner, aussi dérangeante que l'odeur de chair brûlée qui s'accrochait à leurs vêtements tandis qu'ils reprenaient la route.

La femme capitaine qu'il avait tuée hanta les rêves de Tobin durant de longues semaines, mais pas sous la forme d'un esprit vengeur. Sanglante et nue, elle s'agenouillait en pleurant devant lui et déposait son épée à ses pieds.

10

Les pluies s'acharnèrent tout au long de Cinrin. Pendant la Nuit du Deuil s'éleva de la mer un vent violent qui déchira les sombres linceuls déployés par les gongs de bronze et en éparpilla les lambeaux festifs comme autant d'offrandes funèbres au travers des rues fouettées par l'averse. En s'entrechoquant contre leurs montants, les disques bombés sonnaient un tocsin nocturne au lieu de célébrer le triomphe de l'aube.

Les mauvais présages ne manquèrent pas non plus

225

au cours du rituel. Le taureau de Sakor manifesta une résistance opiniâtre en encensant à pleines cornes, et le roi dut s'y reprendre à trois fois pour lui porter le coup fatal. Quand Korin finit par leur apporter les viscères et le foie, les prêtres les découvrirent grouillants d'asticots. On entreprit sur-le-champ des sacrifices propitiatoires, mais le sinistre augure ne s'en avéra pas moins la semaine suivante, ou parut en tout cas le faire.

Tobin dînait avec Korin dans ses appartements, ce soir-là, histoire d'honorer la princesse en petit comité. La pluie martelait si tapageusement le toit qu'elle noyait les grêles accords du harpiste.

Comme il s'agissait d'un repas sans façon, les convives étaient vautrés sur des sofas. Aliya se mit à rire quand Erius entreprit d'améliorer son confort en l'étayant avec des coussins supplémentaires.

« Vous êtes une caraque chargée d'un trésor, mon ange, lui dit-il en tapotant son ventre prodigieusement saillant. Ah, mais le voilà, notre beau gaillard, qui décoche des ruades à son grand-père ! Et il récidive ! Vous êtes bien sûre de n'en porter qu'un seul ?

— À en croire tous les coups de vache que j'ai dû subir, vous jureriez qu'il y en a tout un régiment ! » Elle fit un berceau de ses bras. « Mais il faut s'attendre à un enfant mâle, du moins d'après ce que les drysiennes m'ont dit.

— Un nouveau garçon. » Erius hocha la tête. « Les dieux doivent décidément préférer que Skala ait un roi, sans quoi Créateur ne nous en enverrait pas tant.

226

D'abord Korin à moi, puis le jeune Tobin ici présent à ma sœur. Et les filles disparues, toutes... Une libation pour mon petit-fils, et un toast ! Aux rois de Skala ! »

Tobin n'avait pas l'embarras du choix. Aussi s'exécuta-t-il comme les autres, non sans éprouver des sentiments contradictoires. Il ne souhaitait aucun mal à l'enfant.

« Ta libation était plutôt chiche, neveu », le morigéna le roi, ce qui lui fit prendre conscience en sursaut qu'on l'avait observé.

« Toutes mes excuses, Oncle, dit-il en se dépêchant de répandre la moitié de sa coupe sur le plancher. Les dieux bénissent Korin et les siens.

— Il ne faut pas être jaloux, cousinet, lança Korin.

— Il n'y a pas d'apparence que quiconque se soit jamais attendu à te voir être le second héritier légitime, si ? » dit Aliya, ce qui acheva de barbouiller Tobin. N'y avait-il eu personne d'autre que lui pour surprendre la méchanceté pure qui venait de fulgurer dans les prunelles de la princesse ? « Tu seras toujours le bras droit de Korin, naturellement. Pourrait-il y avoir honneur plus insigne que celui-là ?

— C'est une évidence. » Il s'efforça de sourire. Comment le traiterait-elle, une fois que l'enfant serait né ? « Et je n'ai jamais eu de pensée différente. »

Là-dessus, la fête reprit son cours, mais l'impression que le monde entier venait subitement de se dérober sous lui continua de l'accabler. Ils étaient hostiles, indubitablement, les coups d'œil que le père d'Aliya lui décochait à la dérobée, les sourires d'Erius semblaient hypocrites, et Korin lui-même l'ignorait. Tout en trouvant chaque mets insipide, il se contraignit à manger, de peur que quelqu'un ne l'observe encore afin de le juger d'après son comportement.

On venait tout juste de servir le premier dessert lorsque Aliya poussa un cri strident et s'étreignit le ventre à deux mains. « Les douleurs, hoqueta-t-elle, blême de terreur. Oh ! Mère, les douleurs viennent de me reprendre, exactement comme la dernière fois !

— Tout va bien, ma puce. Ta délivrance n'était plus qu'une question de jours, dit la duchesse, rayonnante. Viens, laisse-toi remmener au lit. Korin, envoyez chercher les drysiennes et les sages-femmes ! »

Saisissant les mains d'Aliya, Korin les baisa. « Je serai bientôt près de toi, mon amour. Tobin, appelle les Compagnons et fais-les veiller en notre faveur. Je vais avoir mon héritier ! »

L'usage étant que les Compagnons montent la garde à l'extérieur de la chambre d'accouchement, ils allaient et venaient nerveusement parmi la presse des courtisans, l'oreille déchirée par les cris suraigus dont la fréquence ne cessait de croître derrière la porte close.

« C'est sur ce ton qu'elle est censée s'égosiller ? chuchota Tobin à Ki. À l'entendre, tu jurerais qu'on est en train de l'assassiner ! »

Ki haussa les épaules. « Y en a qui braillent plus que d'autres, surtout la première fois. » Mais, au fur et à mesure que la nuit s'éternisait tandis que les cris se changeaient en hurlements, même lui perdit son impavidité.

Les sages-femmes n'arrêtaient pas de sortir et d'entrer, chargées de bassines et l'air sombre. Juste avant l'aube, l'une d'entre elles vint mander Tobin. En sa qualité de prince du sang, il était tenu de figurer parmi les témoins.

Des tas de gens se tenaient autour du lit fermé de courtines, mais on lui fraya une place auprès de son oncle et de son cousin. Korin était livide et suait à grosses gouttes. Le chancelier Hylus, lord Nyrin et une bonne douzaine de ministres se trouvaient là, ainsi que des prêtres de chacun des Quatre.

Aliya s'était arrêtée de hurler ; on l'entendait haleter de façon décousue. Tobin entr'aperçut par une fente entre les tentures une jambe nue sillonnée de sang. Il se détourna bien vite, avec le sentiment qu'il venait de surprendre une ignominie. Lhel avait eu beau parler de magie, de pouvoirs, cette vision-là évoquait plutôt la torture.

« Incessamment, je pense, maintenant », murmura le roi d'un air tout aise.

Comme en réponse, Aliya poussa un hurlement d'une telle stridence que Tobin en eut les cheveux de la nuque hérissés. D'autres s'ensuivirent, mais émis par des voix dont aucune n'était celle de la parturiente. Sa mère n'émergea d'entre les tentures que pour tomber en syncope, et l'on entendit des femmes éclater en pleurs.

« Non ! cria Korin en écartant violemment les rideaux. Aliya ! »

Aussi blanche que la chemise de nuit retroussée sur

229

ses hanches, elle gisait comme une poupée désarti-
culée au milieu des draps dégouttants de sang. Encore
agenouillée entre ses jambes écartelées, une sage-
femme sanglotait sur un paquet tout emmailloté.

« L'enfant, réclama Korin en tendant les bras pour
le recevoir.

— Oh ! mon prince ! hoqueta-t-elle. Ça n'était pas
un enfant du tout !

— Montre-le, femme ! » ordonna Erius.

Tout en gardant sa face détournée, elle rabattit les
linges. La chose n'avait pas de bras, et son visage – ou
ce qui aurait dû être un visage – était, sous le front
difforme et proéminent, totalement dépourvu de traits,
à moins de tenir pour tels la bride des yeux et le trou
des narines.

« Maudit, souffla Korin, je suis maudit !

— Non, protesta le roi d'une voix rauque, ne dis
jamais ça !

— Mais enfin, Père ! il suffit de regarder ce... »

Erius avait déjà pivoté pour le frapper en pleine
figure. Le prince en perdit l'équilibre, et Tobin eut
beau tâcher de le retenir, il n'y gagna que de rouler
sous lui.

Agrippant son fils par le devant de sa tunique, Erius
se mit à le secouer comme un forcené tout en voci-
férant : « Ne dis jamais ça ! Jamais ! tu m'entends ?
jamais ! » Il ne le relâcha que pour apostropher la
galerie. « Quiconque ira colporter cette fable sera brûlé
vif, vous m'entendez, vous tous ? » Il se rua dehors en
claquant la porte et gueula de placer la chambre sous
bonne garde.

Korin revint d'un pas chancelant vers le lit. Son nez saignait, le sang lui dégoulinait par-dessus la bouche jusque dans sa barbe. Il s'empara de la main molle de sa femme. « Aliya ? Est-ce que tu m'entends ? Mais réveille-toi, sacrebleu, pour voir ce que nous avons fait ! »

Ne brûlant que de s'échapper, Tobin s'empressa de sortir. Il se faufilait cependant vers la porte quand il fut frappé par la vue de Nyrin qui examinait calmement le nouveau-né mort. Le magicien s'étant détourné du reste de l'assistance, il ne pouvait en discerner qu'un profil perdu, mais il avait passé toute son existence à déchiffrer les physionomies, et celle-ci lui coupa le souffle. Elle suggérait la satisfaction – le triomphe, même. Médusé par le choc, Tobin n'eut pas le temps de battre en retraite que le Busard levait les yeux et le surprenait en train de le dévisager.

Et Tobin la sentit, la répugnante sensation que des doigts froids lui chatouillaient les tripes. Il ne pouvait faire aucun mouvement, pas même regarder ailleurs. Il fut un moment certain que son cœur s'était arrêté de battre.

Puis l'emprise se relâcha, tandis que Nyrin parlait à Korin comme s'il ne s'était strictement rien produit la seconde avant. C'était la sage-femme qui tenait à présent le petit ballot, mais le changement de mains s'était opéré sans que Tobin le voie.

« Non, pas l'ombre d'un doute, il s'agit là de nécromancie », disait le Busard. Debout près de Korin, il appuyait sur son épaule une main paternelle. « Dormez sur vos deux oreilles, mon prince, je saurai découvrir les traîtres, et je les brûlerai. »

Korin était en larmes, mais il avait les poings serrés et les muscles de la mâchoire agités de convulsions furieuses quand il lâcha dans un cri : « Brûlez-les, c'est ça ! Brûlez-les bien, tous ! »

De l'extérieur, où il se tenait avec les autres, Ki avait entendu beugler le roi puis, en le voyant sortir en trombe, libéré précipitamment le passage.

« Ma garde ! » rugit Erius à la cantonade, avant d'interpeller les garçons : « Vous, filez-moi de là, tous, allez ! Et pas un mot, personne ! Jurez-le ! »

Aussitôt après s'être exécutés, ils se dispersèrent. Seul Ki prit l'affût dans l'embrasure d'une porte, au bas du corridor, pour ne pas rater la sortie de Tobin. Et il lui suffit d'un coup d'œil à la mine hébétée, blafarde de celui-ci pour se féliciter d'être resté là. Il le reconduisit au plus vite à leurs propres appartements, le fourra dans les bras d'un fauteuil au coin du feu, l'enveloppa de couvertures, lui servit un hanap de vin fort puis dépêcha Baldus à la recherche de Nik et de Lutha.

Il fallut à Tobin vider tout son hanap avant de recouvrer la voix. Encore ne leur raconta-t-il alors que ce qu'eux-mêmes savaient déjà : l'enfant était mort-né. En voyant à quel point sa main tremblait, Ki comprit toutefois qu'il était loin de tout leur confier, mais il ne put rien lui arracher de plus. Tobin se contenta de remonter les genoux sous son menton puis s'enferma dans un mutisme grelottant. Et c'est la tête enfouie dans ses bras qu'il se mit à pleurer quand Tanil fut venu annoncer qu'Aliya n'avait pas survécu.

« Korin refuse de la laisser, ajouta Mylirin pendant que Ki s'évertuait à réconforter son ami. Tanil et Caliel ont tout essayé sauf la force, et il a fini par nous ordonner de sortir. Même à Caliel qu'il a interdit de rester là. En revanche, Nyrin y est encore, à ne lui parler de rien d'autre que de brûler des magiciens ! Je vais repartir, maintenant, me planter devant cette maudite porte jusqu'à ce qu'ils condescendent à mettre le nez dehors... Puis-je me permettre de vous envoyer chercher, mon prince, si Korin vous réclame ?

— Bien entendu », souffla sombrement Tobin tout en s'essuyant les joues d'un revers de manche.

Mylirin lui adressa un regard plein de gratitude et sortit.

Nikidès secoua la tête. « Vous imaginez ça, vous, un magicien qui serait capable de faire du mal à un gosse à naître ? Si vous me demandez, c'est Illior qui...

— Non ! » Tobin s'était redressé d'un bond dans son fauteuil. « Ne dis pas ça. Personne ne doit dire ça. Jamais. »

Cela n'était pas un mort-né, songea Ki.

Nikidès avait trop d'acuité pour ne pas comprendre, lui aussi. « Vous avez entendu le prince, dit-il aux autres. Plus jamais un mot là-dessus, nous. »

233

11

Sans pour autant délaisser le camp des montagnes et sa modeste communauté, Lhel eut une hutte à elle et y coucha seule. En reprenant ses distances aussi brutalement, elle savait qu'elle blesserait Arkoniel, mais ainsi les choses étaient ce qu'elles devaient être. Le laisser considérer, lui, comme son amant par les autres magiciens revenait à lui interdire de s'imposer jamais comme leur chef. Et pour ce qui la concernait, elle, eh bien, la Mère n'avait pas encore fini de la mettre à contribution...

Conformément à ses prévisions, quelques semaines de séjour suffirent à emporter le petit Totmus. Elle le pleura comme tout le monde, tout en sachant pertinemment que l'hiver serait assez rude sans qu'on ait en plus de malade à soigner. Les autres gosses étaient des costauds.

Sous la conduite de Cymeüs, les réfugiés s'échinèrent à construire un abri plus vaste avant que les tempêtes ne se déchaînent. Les gosses allaient ramasser du bois dès qu'ils avaient un instant de libre, et Lhel leur apprit à déterrer les derniers tubercules, à dénicher les derniers champignons, à fumer la viande que rapportaient Noril et Kaulin. À ces réserves vinrent s'ajouter les grouses et les lapins que Wythnir et les filles abattaient, armés de leurs seules frondes. Un jour, Malkanus lui-même se rendit utile contre toute attente en foudroyant d'un simple sortilège une énorme laie qui s'était aventurée jusqu'à l'intérieur du camp.

Aux citadins, Lhel apprit à sucer les longs os pleins de substantifique moelle et à tirer parti du moindre cartilage et de la moindre dent, du moindre lambeau de tendon. Elle leur montra comment tanner chacune de leurs dépouilles en tendant les peaux fraîches sur des cadres en branches de cèdre avant de les frotter avec une purée de cervelle et de cendres pour les traiter.

En dépit de quoi les magiciens persistèrent à se défier d'elle, et elle le leur rendait bien, singulièrement attentive à ne rien dévoiler devant eux des secrets de son art. Libre à Arkoniel de leur en enseigner ce qu'il voudrait. Tel était le fil qu'avait filé la Mère.

Les provisions apportées du fort et le peu que l'on parvenait encore à y joindre à force de fouiner ne suffiraient pas, et personne ne l'ignorait. Vu le long hiver qu'on allait devoir affronter, il fallait coûte que coûte emmagasiner des vivres, du foin, des bêtes, des vêtements... Vornus et Lyan prirent la charrette et partirent en direction des cités minières, au nord, où ils comptaient négocier les emplettes.

Peu après leur départ, la neige se mit à tomber, tamisée par le gris du ciel en flocons duveteux géants. Avec une douceur qui n'avait d'égale que sa ténacité, elle s'amoncela silencieusement sur les branches et chapeauta chaque souche et chaque rocher. Lorsque le vent fut devenu suffisamment froid pour faire d'elle une espèce de grésil agressif, mordant, les Skaliens s'étaient débrouillés pour construire un appentis d'étable et une longue cabane à toiture basse, des plus primitives mais assez vaste pour qu'ils s'y entassent tous ensemble la nuit venue. La glaise et le chanvre leur ayant manqué pour colmater les murs, Cerana trama un charme à l'encontre des courants d'air, et Arkoniel en expédia un autre arrimer contre le mauvais temps les branchages verts qui couvraient la charpente rudimentaire.

Au cours de la nuit du solstice d'hiver, Lhel introduisit Arkoniel dans sa hutte. Il n'eut pas une pensée pour la Mère ou pour Ses rituels pendant leur accouplement mais, comme il brûlait de désir et d'ardeur, la consommation du sacrifice fut des plus louables. Gratifiée de visions par sa déesse, après, la sorcière éprouva, pour la première fois depuis qu'elle l'avait mis dans son lit, du contentement à savoir que la semence de son jeune amant ne pouvait pas germer en elle.

Le point du jour la trouva à des milles de là. Sans qu'elle eût laissé ne fût-ce qu'une seule empreinte de pas dans la neige en guise d'adieu.

TROISIÈME PARTIE

La première attaque des Plenimariens ne fut lancée ni par des armées ou des flottes, ni par les nécromanciens et par leurs démons, mais par un semis de mioches abandonnés le long de la côte skalienne.

Ylania ë Sydani, historien royal

1

C'est en retournant chez lui avec sa carriole après une journée passée à vendre ses produits sur le marché d'Ero qu'un paysan remarqua sur le bas-côté la fillette en larmes. Il la pressa de questions sur les siens, mais il y perdit sa peine, elle était trop timide ou trop effrayée pour parler. À en juger d'après ses sabots de bois crottés et sa méchante robe de toile bise, elle n'était pas de la ville. Peut-être qu'elle était tombée de l'arrière de la charrette de quelque fermier ? Il se dressa sur son perchoir pour scruter la route qu'il s'apprêtait à suivre, elle était déserte.

C'était un brave homme, et comme la nuit venait sans qu'apparaisse aucun secours, la seule chose à faire lui sembla d'emmener la gosse à la maison, où sa femme s'en occuperait. Elle arrêta de pleurer lorsqu'il la hissa sur le siège, mais elle grelottait. Il l'emmitoufla dans son manteau puis lui donna un bout de sucre candi qu'il avait acheté pour ses propres petites.

« Nous te fourrerons entre elles ce soir au lit, et tu auras aussi chaud qu'un charançon dans la bouillie d'avoine », promit-il, et de claquer la langue, là-dessus, pour remettre son cheval en marche.

La gamine éternua, puis se remit allègrement à suçoter la friandise. Muette de naissance, il lui était impossible de dire au bonhomme qu'elle ne comprenait pas un traître mot de ce qu'il disait. Elle savait néanmoins qu'il était gentil, rien qu'au ton de sa voix et à sa manière de la traiter. En fait, tout le contraire des étrangers qui l'avaient arrachée à son village avant de la jeter dans un bateau bourré de gens tristes et finalement de l'abandonner sur un bord de route en pleine nuit.

Elle ne pouvait pas non plus remercier pour le sucre, à son grand chagrin, parce qu'elle aurait bien aimé le dire, que les brûlures et le gonflement de sa gorge en étaient fortement soulagés... !

2

À Ero, l'hiver s'éternisa dans la morosité. Les bannières de deuil déployées en l'honneur d'Aliya pendouillaient, trempées comme des serpillières, sur chaque échoppe et chaque maison. Dans l'enceinte du Palatin, tout le monde, depuis le roi jusqu'à la dernière souillon de cuisine, était vêtu de noir ou de gris sombre et le resterait un an et un jour. Et il pleuvait, pleuvait, pleuvait sans discontinuer.

Les domestiques du palais alimentaient sans cesse en ronchonnant des cassolettes d'âcres aromates dans les vestibules. Au nouveau mess, les cuistots concoctaient exprès pour les Compagnons des infusions drysiennes dont l'amertume était censée leur purifier le sang.

« C'est la faute à cet hiver flasque, expliqua Molay pour apaiser les doléances de Tobin et de Ki. Quand la terre ne gèle pas, les humeurs peccantes le rendent épais, surtout dans les villes. Il ne sortira rien de bon de tout ça. »

L'événement ne fut pas long à lui donner raison. La rouge-et-noir éclata tout le long de la côte est avec une virulence sans précédent.

En tapinois, Nyrin déménagea Nalia, qui allait désormais sur ses vingt ans, à Cirna. Grâce à leur position écartée comme à l'interruption du trafic par mer, la forteresse et le village n'avaient pas été touchés par la maladie. La jeune femme et sa nourrice furent consternées par l'aspect sinistre et l'isolement de leur nouvelle résidence, mais le magicien jura ses grands dieux qu'il viendrait plus souvent.

Vers le mois de Dostin, les oiseaux de mort avaient déjà brûlé dans le port d'Ero plus de vingt maisons frappées par la peste, avec leurs occupants cloués à l'intérieur.

Le fléau n'arrêta pas pour autant de se propager. On le retrouva dans une maison voisine du marché aux grains, puis la contagion gagna de proche en proche tout le voisinage et ses environs. On mit le feu à sept immeubles et à un temple de Sakor, mais pas assez tôt pour empêcher des habitants terrorisés d'aller disséminer le mal en prenant la fuite.

À la mi-Dostin, le théâtre de prédilection des Compagnons, *Le Pied d'Or*, fut à son tour contaminé, et la troupe tout entière – à savoir les comédiens mais aussi leurs habilleuses, leurs perruquiers, l'intégralité de leurs domestiques – se vit condamner à la quarantaine.

La nouvelle arracha des larmes à Tobin et Ki. C'étaient ces mêmes acteurs qui les avaient divertis au fort durant la partie de chasse d'anniversaire, et certains d'entre eux étaient devenus des amis.

Le Pied d'Or ne se trouvant que cinq rues au-dessous de la porte du Palatin, sa perte fut aggravée par la décision du roi d'annuler toutes les audiences et d'interdire expressément à n'importe quel Compagnon de sortir du palais jusqu'à nouvel ordre. Déjà privés de toute espèce d'amusement durant le premier mois de deuil, voilà qu'ils se retrouvaient pris au piège.

Maître Porion les pressa bien de ne pas relâcher leur entraînement, mais Korin était trop déprimé puis trop souvent saoul. Habillé de noir, il se morfondait tout seul dans ses appartements ou montait arpenter les jardins des terrasses, répondant à peine quand qui que ce soit lui adressait la parole. Les seules compagnies à ne pas lui être insupportables étaient apparemment celle de son père ou celle de Nyrin.

À la fin du mois, des vents se levèrent dont les drysiens prédirent que les turbulences allaient nettoyer l'atmosphère. Au lieu de quoi se déclara un nouveau mal encore plus dévastateur. Il avait débuté – ce n'était

242

qu'un cri là-dessus – dans les campagnes, et l'on en signalait des foyers d'Ylani à Capgris. Les premiers cas repérés à Ero le furent dans les parages des marchés de la ville basse, et l'on n'eut même pas le temps de prendre des mesures sanitaires que l'infection balayait tous les quartiers jusqu'aux abords de la citadelle.

Il s'agissait d'une variété de petite vérole qui se manifestait d'abord par des maux de gorge puis, dans les vingt-quatre heures, par l'apparition de menues pustules noires qui finissaient par couvrir le torse. L'éruption s'interrompait-elle au niveau du cou, le patient survivait, mais elle gagnait la plupart du temps le visage, envahissait les yeux, la bouche et, finalement, le larynx. Le point critique était atteint sous les cinq jours, au terme desquels le patient était ou bien mort ou bien hideusement grêlé et souvent aveugle. Comme les Aurënfaïes avaient déjà vu des épidémies similaires, le premier accès de celle-ci suffit à leur faire vider les lieux presque tous en un rien de temps.

Nyrin décréta, lui, qu'elle était l'œuvre de magiciens félons passés à la nécromancie. La traque des Busards en profita pour s'aggraver, malgré le désaveu de plus en plus ouvert d'une population qui se scandalisait surtout de voir brûler des prêtres. Des émeutes éclatèrent autour des temples de l'Illuminateur. Les soldats du roi réprimèrent impitoyablement ce genre de rébellion, mais les exécutions se firent à nouveau désormais hors les murs.

Le croissant d'Illior en vint à s'afficher partout

– griffonné sur les murs, peint sur les linteaux, voire même outrageusement tracé à la craie blanche sur les bannières de deuil. Les gens se glissaient dans ses sanctuaires à la faveur de la nuit pour lui faire des offrandes et le conjurer de les guider.

Malgré l'immunité bizarre dont les magiciens se révélèrent jouir face à cette petite vérole, Iya n'osa pas se risquer à venir voir Tobin, de peur de la lui transmettre quand même, ou bien à Tharin ou à Ki. À titre de revanche, elle recourut au charme de translation d'Arkoniel pour leur faire parvenir trois minuscules amulettes d'ivoire gravées à l'emblème d'Illior.

L'épidémie ne cessant d'empirer, les rues étaient jonchées de monceaux de cadavres pustuleux ; soit que les malades eussent été jetés dehors, dès l'apparition des premiers symptômes, par les familles affolées, soit tout simplement que la mort les eût pris là où ils étaient tombés après avoir aveuglément cherché une main secourable que personne n'avait tendue. Laisser paraître une quelconque infirmité exposait d'ailleurs à se faire lapider sur place. Le roi fit interdire aux gens souffrants de mettre le nez dehors, sous peine de se voir abattre par les gens du Guet.

Seulement, les forces de l'ordre ne tardèrent pas à s'amenuiser. Les gaillards les plus vigoureux – les soldats en particulier – semblaient être à la fois les plus vulnérables et les moins susceptibles de guérir, tandis que nombre d'invalides et de vieillards en réchappaient sans autres séquelles que des cicatrices.

Pendant que la ville sombrait dans le désespoir, Iya et ses congénères du *Trou de Ver* s'enhardissaient. C'est eux qui furent les premiers à dessiner des croissants sur les murs de la ville, eux qui chuchotèrent à quiconque acceptait d'écouter : « "Tant qu'une fille issue de la lignée de Thelátimos la gouverne et la défend, Skala ne court aucun risque de se voir jamais asservir." Elle arrive ! »

Vingt-deux magiciens vivaient désormais clandestinement sous les boutiques abandonnées des Aurënfaïes. Eyoli, le jeune métamorphosiste, était tout juste venu les rejoindre quand la neige le coupa d'Arkoniel et du camp des montagnes.

À peine sevrés de leurs plaisirs habituels, les Compagnons commencèrent à montrer des signes de nervosité. Pour sa part, Tobin se remit à la sculpture et donna des leçons à quiconque désirait apprendre. Ki s'y révéla doué, Lutha également. Comme Lynx savait déjà dessiner et peindre, ils se mirent à collaborer sur des motifs pour heaumes et cuirasses. Nikidès confessa timidement qu'il jonglait un peu.

Caliel essaya quant à lui de monter une troupe en recrutant des comédiens de quelque valeur au sein de la noblesse, mais ils en eurent tous par-dessus la tête les uns des autres au bout de quelques semaines. L'accès aux dames de la ville leur étant pour l'instant fermé, la plupart des jouvenceaux se rabattirent derechef sur les filles de service. Zusthra était fiancé à une petite duchesse, mais il ne pouvait pas être question de célébrer le moindre mariage durant les premiers mois du deuil officiel.

Les douleurs de la féminité tourmentaient à présent Tobin plus fréquemment, quelle que fût la phase de la lune. D'ordinaire, elles survenaient sous une forme fugitive mais, d'autres fois, notamment quand la lune était nouvelle ou pleine, elles lui donnaient presque l'impression que quelque chose bougeait dans son ventre, comme l'enfant le faisait naguère dans celui d'Aliya. C'était effarant, comme sensation, et d'autant plus pénible qu'il n'avait personne à qui en parler. Il se mit à faire de nouveaux rêves, en plus, ou plutôt un rêve unique et qui se répétait nuit après nuit mais avec des variantes.

Tout débutait dans la tour du fort. Il se tenait au milieu de l'ancienne chambre de Mère, entouré de meubles en pièces et de tas de laine et de chiffons moisis. Frère sortait de l'ombre et, lui prenant la main, l'entraînait dans l'escalier. Il faisait trop noir pour y voir goutte, ce qui l'obligeait à faire confiance au fantôme et à la sûreté tâtonnante de ses propres pieds sur les marches de pierre usée.

Jusque-là, tout était parfaitement net et conforme à ses souvenirs mais, lorsqu'ils atteignaient le bas de l'escalier et que la porte s'ouvrait à la volée, voilà qu'ils se retrouvaient tout à coup debout sur le bord d'un affreux précipice dominant la mer. À première vue, cela ressemblait aux falaises de Cirna, mais un coup d'œil en arrière révélait le moutonnement lointain de collines vertes au-dessus de la houle desquelles se dressaient des pics déchiquetés. Du haut de l'une de ces collines le regardait un vieil homme. La distance beaucoup trop grande interdisait d'en distinguer les traits, mais ce qui se voyait très bien, c'est qu'il portait des robes de magicien et qu'il lui adressait des signes de la main comme à quelqu'un que l'on connaît.

Loin de l'avoir encore quitté, Frère l'attirait cependant si près du bord de la falaise qu'il finissait par avoir les orteils dans le vide. En contrebas vertigineux brillait comme un miroir une vaste baie protégée par deux longs bras de terre. Une rouerie de son rêve lui permettait d'y voir reflétés leurs deux visages, à ce détail près que le sien était celui d'une femme et que le fantôme avait désormais les traits de Ki. Double vision qui chaque fois l'étonnait aussi fort, selon le phénomène inhérent aux songes.

Non sans vaciller périlleusement sur le fil du précipice, la femme qu'il était devenu se tournait pour embrasser Ki. Elle entendait bien l'inconnu de la colline lui crier quelque chose, mais quoi ? les mots étaient emportés par le vent. Par le vent qui la faisait basculer dans le vide, au moment même où ses lèvres rencontraient celles de Ki, et elle tombait, tombait...

Le rêve s'achevait invariablement de cette manière, et Tobin, réveillé en sursaut, se retrouvait assis dans le lit droit comme un i, le cœur battant, l'aine endolorie par une violente érection. À cet égard, il ne se faisait plus aucune illusion. Les nuits où Ki s'agitait dans son sommeil et en venait d'aventure à le frôler, vite il prenait la fuite et se mettait à errer jusqu'au point du jour dans les coursives du palais. Embrasé de désirs qu'il n'osait espérer satisfaire, il pressait ses doigts sur sa bouche pour essayer de retrouver la sensation de ce baiser-là...

Il en résultait un abattement qui se traduisait le lendemain par une hébétude un rien farfelue. Ainsi se surprit-il plutôt deux fois qu'une à se demander, les yeux attachés fixement sur Ki, quel effet cela lui ferait au juste de l'embrasser. Il se dépêchait alors de ravaler des idées pareilles, et Ki s'en douta d'autant moins que le distrayaient davantage les témoignages d'intérêt beaucoup plus concrets d'un tas de servantes tout sauf farouches.

Ki s'esquivait avec elles de plus en plus souvent, désormais, pour ne reparaître de préférence qu'au petit matin. En vertu d'un accord tacite, Tobin ne réclamait pas plus contre ces galipettes que Ki n'en faisait de rodomontades – avec lui du moins.

Par une nuit tempétueuse de Klesin, Tobin, abandonné à lui-même une fois de plus, s'était abîmé dans des ébauches de motifs destinés à une série de broches qui devaient orner le manteau de deuil de Korin. Dehors, les rafales faisaient pousser aux avant-toits des gémissements désolés. Nik et Lutha étaient bien venus s'inquiéter de lui tout à l'heure, mais il n'était pas d'humeur à souhaiter de la compagnie. Ki s'était défilé avec Ranar, la petite lingère.

Pendant quelque temps, le travail lui permit d'esquiver ses pensées débridées. Il était doué pour la ciselure et s'y était même taillé une solide réputation. Au cours du périple princier de l'année précédente, des morceaux réalisés pour ses amis avaient tellement séduit leurs hôtes que nombre d'entre eux lui avaient depuis envoyé des cadeaux, non sans y joindre des pierres et des métaux précieux avec la prière de leur en faire un bijou qu'ils porteraient en souvenir de lui. L'échange de présents permettait non seulement de ne point déroger mais aussi, comme l'avait fait observer Nikidès, de nouer virtuellement des relations ultérieures d'un tout autre genre. Qui donc ne serait fort aise de s'être attiré l'estime du cousin bien-aimé du futur roi ? Comme il s'était assez plongé dans les livres d'histoire pour apprécier la sagesse d'un pareil avis, Tobin acceptait d'honorer la plupart des commandes.

Le travail lui-même n'en restait pas moins la chose essentielle à ses yeux. Amener une image issue de sa cervelle à se concrétiser entre ses mains, cela lui donnait un plaisir incomparable avec quelque autre que ce soit.

Il en avait presque terminé avec son premier modèle en cire quand Baldus entra lui annoncer un visiteur.

« Je suis occupé, ronchonna le petit prince. C'est qui ?

— C'est moi, Tobin », dit Tharin en passant la tête par-dessus celle du jeune page. Son manteau était tout éclaboussé de pluie, sa longue chevelure pâle tout ébouriffée de vent. « Me suis figuré que tu ne détesterais pas disputer une partie de bakshi.

— Entre donc ! » s'écria Tobin, dont l'humeur sombre s'évanouit instantanément. Cela faisait des semaines qu'ils n'avaient pas eu un moment de tranquillité seul à seul. « Baldus, prends le manteau de sieur Tharin et apporte-nous du vin. Puis envoie nous chercher quelque chose à manger, tiens..., une miche de pain bis, du bœuf froid et du fromage. Et un pot de moutarde, aussi ! Au fait, ne te tracasse pas pour le vin..., de la bière ira. »

Le capitaine se mit à glousser tandis que le page détaillait. « C'est un régime de caserne, mon prince !

— Et je persiste dans ma préférence pour lui comme pour la compagnie assortie. »

Tharin le rejoignit à son établi pour se pencher sur les croquis et les ciselures en cours d'achèvement. « Ta mère aurait là de quoi s'enorgueillir. Je me souviens du jour où elle t'a donné ton premier bout de cire. »

Tobin leva des yeux étonnés ; Tharin parlait rarement d'elle.

« Ton père aussi, ajouta-t-il. Mais des deux, c'était elle, l'artiste. Tu aurais dû le voir travailler à cette cité miniature que tu as. Tu aurais juré qu'il était en train de reconstruire Ero grandeur nature, tellement ça lui en donnait, du tintouin !

— Quel dommage que je n'aie pas pu lui montrer ces machins-là. » Il pointa le doigt vers trois petits édifices de glaise et de bois posés sur une étagère au-dessus de l'établi. « Te souviens du Palais Vieux qu'il avait bricolé ? »

Tharin s'illumina. « Oh ! ça oui ! Avec une caque à saumure, même, je me rappelle.

— Je ne l'ai jamais remarqué ! En tout cas, ces trucs ne valent guère mieux. Aussitôt qu'on aura levé les interdictions sanitaires, je compte avoir un entretien avec de véritables gens du bâtiment pour leur demander de m'enseigner leur art. Je vois des maisons, dans ma tête, et je vois des temples avec des colonnes blanches et même des dômes, tout ça beaucoup plus imposant qu'aucun des monuments actuels d'Ero.

— Ça aussi, tu l'accompliras. Tu possèdes une âme de créateur autant que de guerrier. »

Tobin prit un air ahuri. « Quelqu'un d'autre me l'a déjà dit.

— Qui était-ce ?

— Un orfèvre aurënfaïe nommé Tyral. À l'en croire, je tenais mon adresse manuelle d'Illior et de Dalna, et il a prétendu que je serais plus heureux en façonnant des choses qu'en combattant. »

Tharin opina lentement du chef puis demanda : « Et qu'en penses-tu, toi, maintenant que tu t'es frotté aux deux ?

— Je suis un bon guerrier, non ? s'inquiéta-t-il, tout en sachant que le capitaine était probablement la seule personne au monde qui ne lui déguiserait jamais le fond de sa pensée.

— Bien sûr que si ! Mais ça n'a rien à voir avec la question que je t'ai posée. »

Tobin s'empara d'une mince lime triangulaire et la fit tourner entre ses doigts. « J'inclinerais à croire que l'Aurënfaïe avait raison. Je suis fier de me battre, et je n'en ai pas peur. Mais mon plus grand bonheur est de manipuler des instruments comme celui-ci.

— Il n'y a aucune honte à cela, tu sais.

— Est-ce que Père serait de cet avis, lui ? »

251

Baldus et deux serviteurs firent irruption là-dessus, chargés de bouteilles et de plateaux pour lesquels ils dressèrent une table au coin de la cheminée. Après les avoir congédiés, Tobin s'occupa de servir la bière pendant que Tharin découpait des rôties, des tranches de viande et de fromage et les mettait à réchauffer près du feu sur une bonne épaisseur de pain.

« C'est presque aussi plaisant que d'être à la maison, fit Tobin en le regardant opérer. Il y avait un temps fou que nous ne nous étions grillé les pieds sans témoin, toi et moi. Qu'est-ce qui t'a donné l'idée de venir le faire, ce soir ?

— Oh ! j'en avais l'intention depuis belle lurette ! Mais il se trouve que j'ai eu aujourd'hui une visite plutôt bizarre. Celle d'une femme, une certaine Lhel, qui prétend être une amie à toi. Rien qu'à la tête que tu fais, son nom t'est connu, je vois.

— Lhel ? Mais comment diable est-elle venue ici ? » Les avertissements d'Iya retentirent au fond de sa mémoire, et il eut l'impression que son cœur se changeait en plomb. À quoi la magicienne se résoudrait-elle si Lhel avait révélé le secret à Tharin ?

Celui-ci se gratta le crâne. « Eh bien justement, c'est ça qui est bizarre. Elle n'est pas précisément venue me trouver, elle a fait plutôt une apparition. J'étais en train de lire dans ma chambre quand j'ai entendu quelqu'un appeler mon nom. J'ai levé les yeux, et il y avait cette petite femme des monts qui flottait au milieu de la pièce et comme qui dirait nimbée dans un cercle lumineux. Je voyais le fort, derrière elle, aussi nettement que je te vois là. Pour être honnête, je n'ai

252

toujours pas arrêté depuis de me demander si tout ça n'était pas un rêve.

— Pourquoi est-elle venue te voir ?

— Nous avons pas mal bavardé, elle et moi. » Ses yeux s'attristèrent. « Je ne suis pas un brillant sujet comme ton père ou Arkoniel, mais je ne suis pas un crétin non plus. Elle ne m'a pas appris grand-chose, j'avais presque tout deviné déjà. »

Après avoir tellement brûlé de lui dire la vérité, Tobin se trouvait incapable de faire quoi que ce soit d'autre que de rester là, frappé de mutisme dans son fauteuil, à attendre de savoir jusqu'où Lhel avait exactement poussé la confidence.

« Je n'étais pas ici quand tu es né, poursuivit Tharin tout en se baissant pour retourner les rôties sur les pierres de l'âtre. Ça m'a toujours paru quand même un peu curieux, que Rhius m'expédie juste à ce moment faire dare-dare une commission dont son intendant pouvait très bien se charger lui-même. Mais j'ai cru tout bonnement qu'il fallait voir là la main de ta mère.

— De ma mère ?

— Elle était jalouse de moi, Tobin, et pourtant, Illior m'en soit témoin, jamais je ne lui ai donné le moindre motif de l'être. »

Tobin s'agita, gêné, sur son siège. « Ki m'a raconté... Je veux dire, à propos de Père et de toi.

— Ah oui ? Tu sais, toute cette histoire appartenait déjà au passé, quand lui s'est marié, mais elle n'avait rien d'un secret non plus. Plus d'une fois, j'ai proposé de prendre un autre poste, Rhius n'a jamais voulu en entendre parler.

» Ainsi donc, j'ai cru que mon absence de ce soir-là, c'était elle qui l'imposait. Puis je n'y ai plus guère repensé jusqu'au jour où ton père est mort. Je t'ai bien dit qu'il t'avait consacré ses dernières paroles, n'est-ce pas ? Mais je ne te les ai jamais rapportées textuellement. Il savait qu'il était mourant... » Il s'arrêta pour s'éclaircir la gorge. « Excuse-moi. Tu pourrais penser qu'après tout ce temps..., mais non, toujours comme si c'était d'hier. Son dernier souffle fut pour me chuchoter : "Fût-ce au prix de ta vie, protège mon enfant. Tobin est appelé à gouverner Skala." Et moi je me suis dit, Illior me pardonne, que c'était sa tête qui s'égarait. Mais lorsque j'en ai parlé à Arkoniel, après, c'est un discours tout différent que ses yeux m'ont tenu. Après s'être excusé de ne rien pouvoir me révéler de plus, il m'a demandé s'il me serait possible de tenir la parole donnée à ton père sans sortir de l'ignorance où je me trouvais. Tu devines quelle fut ma réponse. »

Tobin refoula ses pleurs en clignant les yeux. « J'ai toujours eu confiance en toi. »

Tharin porta son poing contre son cœur en guise de salut. « Puisses-tu le faire à jamais, Tobin. Ainsi que je l'ai déjà dit, je ne suis pas des plus futés, et j'en suis venu à m'imaginer qu'avec toutes ces guerres et ces épidémies, tu te retrouverais peut-être l'ultime héritier susceptible d'occuper le trône. Mais il y avait d'autres choses qui me tracassaient. Par exemple pourquoi toi et Ki vous appeliez ton fameux démon non pas "Sœur" mais "Frère".

— Tu nous as entendus ? Et tu n'as jamais posé de question ?

— J'ai juré à Arkoniel que je n'en ferais rien.

— Mais Lhel est venue et t'a parlé de lui ?

— Elle pouvait s'en dispenser. Je l'avais déjà vu.

— Où donc ?

— Chez lord Orun, le jour de sa mort.

— C'est lui qui l'a tué, lâcha Tobin à l'étourdie.

— Ça, je m'en doutais plutôt... Il était encore accroupi près du cadavre, à le lorgner, quand j'ai enfoncé la porte d'un coup de pied. J'ai d'abord cru que c'était toi, et puis *ça* s'est retourné pour me regarder. Lumière divine ! je ne sais pas comment tu as fait pour supporter une chose pareille pendant tant d'années. Je ne l'ai entrevue, moi, que le temps d'un clin d'œil, et mon sang s'est aussitôt glacé.

— Mais tu n'as jamais dit à Iya que le coupable, c'était lui.

— Je croyais que tu le ferais.

— Qu'est-ce que Lhel t'a raconté d'autre ? À mon sujet ?

— Qu'il te faudra un jour revendiquer le trône. Et que je ferais mieux de me tenir prêt, sans jamais douter de toi.

— C'est tout ?

— C'est tout, sauf qu'elle me tenait à l'œil depuis une sacrée paye et qu'elle avait bonne opinion de moi. » Il secoua la tête. « J'ai su ce qu'elle était dès la seconde où j'ai aperçu les marques de sorcière sur son visage. Mais n'empêche que sa bonne opinion m'a fait drôlement plaisir !

— Elle a toujours dit qu'Iya et Père auraient dû t'avertir. Arkoniel était de cet avis, lui aussi. C'est Iya qui s'y est opposée. Sans elle, je suis convaincu que Père l'aurait fait.

— Ça n'a pas d'importance, Tobin. Il l'a fait à sa façon dès que la nécessité s'en est imposée.

— Le but d'Iya était de te protéger, reconnut Tobin, malgré la dent qu'il gardait encore à la magicienne. D'après elle, Nyrin sait lire dans les esprits. Il m'a fallu apprendre à couvrir mes pensées. C'est à cause de cela que Ki n'est pas au courant non plus. Tu ne lui en parleras pas, hein ? »

Le capitaine lui tendit l'une des tartines au fromage chaudes. « Évidemment que non. Mais j'imagine que ç'a été fichtrement dur pour toi de garder tout ça sur le cœur si longtemps. Surtout vis-à-vis de lui.

— Tu ne peux pas te figurer le nombre de fois où j'ai failli lâcher quelque chose ! Et maintenant...

— Oui, et maintenant. » Il mordit dans le pain puis le mastiqua lentement avant de préciser sa pensée, non sans avoir poussé un énorme soupir. « Ki sait ce que tu éprouves pour lui, Tobin. Rien qu'à ta manière de le regarder, même un aveugle s'en apercevrait. Il t'aime à sa façon, lui aussi, mais cette façon est la seule que tu puisses attendre de lui. »

Tobin sentit la chaleur envahir sa figure. « Je le sais. Il y a une bonne demi-douzaine de filles qui en pincent pour lui. Il se trouve avec l'une d'elles en ce moment même.

— Il est le fils de son père, Tobin, et il ne peut pas s'empêcher de jouer les matous. » Il lui adressa un

256

regard sarcastique. « Puis il y en a qui ne te rebute-raient pas si tu leur faisais les yeux doux, tu sais.

— Ça m'est complètement égal ! » s'emporta-t-il mais, en même temps qu'il l'affirmait, une petite voix susurrait dans les coulisses de son esprit : *Qui ?*

« N'empêche qu'il pourrait être sage au moins d'y réfléchir. Lhel aussi s'est prononcée dans ce sens-là. Aux yeux des gens, un gaillard de ton âge est censé montrer quelque intérêt pour ce genre de choses, à plus forte raison s'il est prince et peut s'offrir en toute liberté l'objet de son choix.

— Qu'est-ce que ça peut bien leur faire, aux gens ?

— Beaucoup. Et tu faciliterais l'existence à Ki si tu avais l'air plus heureux.

— C'est Lhel qui l'a dit ?

— Non, c'est Ki.

— Ki ? » Il aurait su gré à son fauteuil de l'engloutir.

« Il lui est impossible d'éprouver ce que tu désires lui voir éprouver, et cela le navre. Tu sais bien qu'il le ferait si c'était en son pouvoir. »

Il n'y avait rien à répondre à cela. « Tout le monde m'a toujours trouvé bizarre. On n'a qu'à continuer à le faire, et puis c'est marre, non ?

— Tu as de bons amis, Tobin. Tu découvriras l'un de ces jours à quel point ils le sont. Je conçois que c'est difficile pour toi de...

— Tu le conçois ? Comment pourrais-tu le concevoir ? » Tant d'années vécues dans la peur, les secrets, la douleur s'effondraient brusquement autour de lui. « Comment pourrais-tu concevoir ce que c'est que d'avoir toujours à mentir et à essuyer les mensonges de son entourage ? Ce que c'est que de ne même pas savoir à quoi ressemble son vrai visage jusqu'à ce que quelqu'un s'avise de vous le montrer ? Et Ki ? Au moins, Père savait à quoi s'en tenir, lui, sur tes véritables sentiments ! »

Le capitaine s'occupa de nouveau des rôties pour se donner une contenance. « Et tu te figures que ça facilitait les choses, hein ? Pas le moins du monde. »

À la colère de Tobin succéda brusquement la honte. Comment diantre osait-il s'en prendre à Tharin, non mais, voyez-moi ça, et en plus alors que Tharin venait de lui révéler tant de choses ? Délaissant son fauteuil, il se jeta dans les bras de son vieil ami et enfouit son visage au creux de son épaule. « Pardon ! je n'avais pas le droit de dire des choses pareilles ! »

Tharin lui tapota le dos comme s'il avait encore à faire au moutard qu'il trimballait jadis sur ses épaules. « Là, là, ce n'est rien... Tu commences tout juste à t'apercevoir de ce qu'est véritablement le monde, voilà tout.

— Je l'avais déjà fait. Il est aussi laid que haineux. »

D'un seul doigt, Tharin lui releva le menton pour planter un regard grave dans ses yeux. « Ça se peut. Mais, si je ne m'abuse, tu es là pour changer les choses, les améliorer. Des tas de gens se sont attiré des tas d'embêtements pour que tu le fasses. Ton père est mort pour ça, ta malheureuse mère aussi. Mais tu n'es pas seul au monde, dans la mesure où je vis toujours.

À quelque moment que sonne ton heure, je te le promets, je ne te laisserai pas connaître la solitude.

— Je sais. » Tobin se rassit, s'essuya le nez. « Et moi, le jour venu, je ferai de toi un grand seigneur opulent, sans que personne puisse m'en empêcher.

— À moins que je n'aie mon mot à dire, moi ! » Le bleu délavé de ses yeux brillait de malice et de tendresse quand il tendit une nouvelle tartine à Tobin. « Je suis juste à la place où j'ai envie d'être, Tobin. Et ç'a toujours été le cas. »

3

Personne ne les vit arriver, pas même ceux d'entre nous qui avaient comme moi voué leur existence entière au rôle de gardiens. Qui, par une nuit pareille, aurait monté le guet, qui se serait attendu à voir une flotte attaquer ? Quel capitaine se serait risqué à traverser la mer Intérieure à cette saison de l'année ?

Les vents amoncelaient les vagues comme des ballots de foin à l'embouchure de la rade, cette nuit-là, ils voilaient la lune de nuages déchiquetés. On aurait pu difficilement reprocher aux sentinelles leur cécité ; on ne discernait même pas la maison du voisin.

Les innombrables navires à voile rayée de Plenimar émergèrent de la gueule même de la tempête et prirent Ero à l'improviste. Ils avaient parcouru les derniers

milles tous feux éteints..., ce qui leur coûta des nau-
frages et des vies humaines mais qui leur valut
l'avantage crucial de l'effet de surprise. Dix-neuf
d'entre eux périrent, en fait, corps et biens ; quant à
ceux qui réussirent à jeter l'ancre juste au nord de la
capitale, on ne sut jamais exactement combien ils
étaient, mais les soldats qu'ils débarquèrent se comp-
taient par milliers. S'étant emparés des avant-postes
au débotté, ils massacrèrent tous les Skaliens qu'ils
trouvèrent sur leur passage, au mépris de l'âge qu'ils
pouvaient avoir, et parvinrent aux portes avant que
l'alerte n'eût été donnée.

La moitié de la population était déjà morte ou mori-
bonde, à la suite de l'épidémie de variole de cet hiver-
là ; il restait à peine assez de soldats pour tenir les
portes.

Lyman le Jeune
Premier chroniqueur de la maison de l'Orëska

La tempête faisait un tel tapage, cette nuit-là, que
les gardes du Palatin n'entendirent même pas résonner
les premiers tocsins de la ville basse. Des estafettes
vinrent au pas de course annoncer la nouvelle, et la
panique se répandit jusqu'à la citadelle comme une
traînée de poudre.

Le vacarme des gongs et des cris réveilla Ki. Il crut
d'abord avoir rêvé des fêtes de Sakor, et il était sur le
point d'enfouir sa tête sous les oreillers quand Tobin
bondit hors du lit en emportant les couvertures.

« C'est une alarme, Ki. Debout ! » cria-t-il tout en farfouillant à la lueur chiche de la lampe de chevet. Ki ne fit qu'un saut à terre et enfila la première tunique qui lui tomba sous la main.

Molay pénétra dans la chambre en trombe, encore en chemise de nuit. « Une attaque, messires ! Armez-vous ! Le roi veut que chaque homme aille le rejoindre à la salle d'audience !

— C'est Plenimar ? demanda Tobin.

— Oui, d'après ce que j'ai entendu dire, mon prince. Le messager proclame que tous les quartiers hors les murs sont en flammes, du cap Fanal au pont Mendigot.

— Va réveiller Lutha et Nik...

— On est là ! s'égosilla Lutha qui fit une entrée fracassante avec Nikidès et leurs écuyers.

— Habillez-vous. Prenez vos armes et venez me retrouver ici, commanda Tobin. Molay, où est Korin ?

— Je ne...

— Tant pis ! Envoie chercher Tharin et ma garde ! »

Les mains de Ki tremblaient pendant qu'il aidait Tobin à passer sa chemise matelassée et son haubert. « Il ne s'agit pas d'un raid de pillards, hein ? marmonna-t-il dans l'espoir d'y voir un peu plus clair. Ho, Tobin ? » Il crut un moment que celui-ci n'avait pas entendu.

« Ne t'en fais pas pour moi. Il y a simplement que je ne m'étais pas tout à fait représenté notre première vraie bataille sous ce jour-là. » Il lui serra la main à la

261

guerrier. « Tu resteras à mes côtés, n'est-ce pas ? Quoi qu'il arrive ?

— Évidemment que je le ferai ! » Il examina de nouveau la physionomie de son ami. « Tu es sûr que tu vas bien ? »

Tobin lui pressa la main. « Tout à fait sûr. En route. »

Campée sur le toit de l'immeuble qui abritait *Le Trou de Ver*, Iya jurait furieusement contre le vent. Il soufflait du large vers l'intérieur des terres et charriait la puanteur des incendies. Les postes du port flambaient comme des torches, et, au-delà, les navires de guerre ennemis bloquaient l'entrée de la rade. On avait mis le feu à des vaisseaux skaliens en cale sèche et coupé les amarres de ceux qui se tenaient à l'ancre, afin qu'ils viennent s'échouer.

L'ennemi n'avait pas encore ouvert de brèche dans les murailles, mais il finirait par le faire. Elle en avait déjà sondé les dispositifs et y avait repéré des sapeurs et des nécromanciens à l'œuvre. Il avait aussi dressé des catapultes, et balançait par-dessus le rempart oriental va savoir quelle sorte de feu. Des tourbillons de fumée s'élevaient déjà dans le quartier des teinturiers.

En bas, les rues étaient impraticables. Des nuées de gens dévalaient des hauteurs, armés de tous les instruments qu'ils avaient pu trouver. D'autres s'efforçaient de conduire à travers la cohue des charretées d'effets domestiques, sans se douter qu'il n'existait aucune échappatoire. L'ennemi avait posté des troupes devant chaque porte.

Rien de tout cela ne la préoccupait. Les charmes qu'elle avait déjà expédiés à la recherche des garçons lui avaient seulement appris qu'ils avaient laissé dans leur chambre les amulettes qu'elle leur avait fait parvenir. S'arc-boutant contre les rafales, elle ferma les paupières et s'employa à en tramer un autre, tout en redoutant de savoir déjà dans quel endroit ils se trouvaient probablement. Tout fermés qu'ils étaient, les yeux lui cuisaient, la douleur lancinait ses tempes, mais elle finit quand même par les dénicher.

« Enfer et damnation ! » s'écria-t-elle en brandissant ses deux poings tremblants vers le ciel.

Il n'était pas question de laisser les Compagnons en dehors du coup. Pouvait-on faire l'économie d'un seul combattant, alors que les béliers de l'ennemi ébranlaient chacune des portes et que la garnison de la ville s'était déjà vue réduite de moitié par les divers fléaux ? Armés d'arcs et d'épées, les garçons gagnèrent leur place à la tête de la colonne massée sur les terrains d'exercice. Le roi montait son destrier noir et brandissait l'épée de Ghërilain. Élevant la voix pour dominer le tumulte du vent, il clama : « Le loisir manque pour de longs discours. Je viens à l'instant d'en être informé, il y a des nécromanciens à la porte est. Puisse Sakor juger nos ennemis comme ils méritent de l'être pour leur pleutrerie et nous accorder la victoire aujourd'hui. Faites front, guerriers de Skala, et repoussez ces maraudeurs loin de nos rivages !

Chaque porte doit être tenue, ainsi que chaque pouce de rempart. Ils ne doivent pas entrer ! » Sur ces mots, il fit volter son cheval et les mena vers la sortie.

Derrière lui, tout le monde allait à pied. Un coup d'œil par-dessus l'épaule permit à Tobin de voir que c'étaient Tharin et ses hommes qui le talonnaient. Ki marchait d'un air sombre à côté de lui, le dos battu par le quincaillement de leurs carquois de rechange.

Une fois l'enceinte franchie, Tobin retint son souffle. Dans la grisaille de l'aube se discernaient les bancs de fumée qui tournoyaient au-dessus des ruines, en dehors des remparts de la ville. Aux créneaux se trouvaient bien des défenseurs, mais en trop petit nombre et déployés de manière trop espacée.

La raison de cette aberration ne tarda pas à lui apparaître dans toute son horreur. L'interdiction de descendre en ville depuis que la petite vérole s'y était déclarée avait empêché les Compagnons de mesurer la gravité de la situation. Et rien de ce qu'ils avaient pu entendre conter ne les avait préparés à cette évidence : Ero n'était plus qu'un charnier.

Des cadavres pourrissaient dans toutes les rues, beaucoup trop de cadavres pour que les croque-morts suffisent à la tâche. Peut-être étaient-ils tous morts, eux aussi. Tobin frémit de voir au passage une truie et son petit tirailler en tous sens le corps d'une jeune fille pour le dépecer. De quelque côté qu'il portât son regard, partout les vivants contournaient les morts comme s'il s'était agi de tas d'ordures. En dépit même du vent froid, la puanteur vous soulevait le cœur.

« Si les Plenimariens n'arrivent pas à nous avoir,

c'est la petite vérole qui s'en chargera ! » grommela Ki en se plaquant une main sur la bouche.

Inclinée à deux genoux sur le cadavre de son enfant défiguré par les pustules, une femme en haillons cessa pourtant de gémir et leva les yeux vers le défilé. « Tu es maudit, Erius, fils d'Agnalain, toi et toute ta maison ! C'est par ta faute que la malédiction d'Illior s'est abattue sur ce pays ! »

Tobin s'empressa de se détourner quand le gourdin d'un soldat se leva pour la faire taire. Erius n'avait pas fait mine d'entendre, mais Korin tressaillit, lui.

Les rues voisines de la porte est étaient presque inabordables, tant s'y embouteillaient de gens terrifiés, de véhicules et de bêtes affolées de toutes les sortes. La garde d'Erius prit les devants pour aller, matraque au poing, déblayer la voie.

En atteignant les murs, néanmoins, on trouva des hommes, des femmes et même des gosses prêts à repousser les envahisseurs. Le faîte du rempart et des tours était bordé de soldats, mais là aussi par trop disséminés. Sous les yeux de Tobin, quelques assaillants faillirent prendre pied là-haut, mais ils furent farouchement refoulés. Des flèches sifflaient dans le ciel et, certaines ayant atteint leur cible, des guerriers skaliens dégringolèrent grossir en contrebas les monceaux de morts et de mourants.

« Regarde », fit Ki en tendant le doigt vers une pile de cadavres. Deux Plenimariens y gisaient, pêle-mêle avec les autres ; ils portaient tous deux des tuniques noires par-dessus leur maille, avaient de longs cheveux noirs et la barbe nattée. C'était en fait la première fois que les garçons en voyaient.

« Au rempart ! hurla Erius en mettant pied à terre et en brandissant à nouveau l'Épée.

— Avec moi, Compagnons ! » lança Korin à son tour, avant de s'élancer le premier dans l'escalier de bois branlant qui grimpait aux hourds.

Une fois là, Tobin fut en mesure de jeter un coup d'œil par les archères et les assommoirs sur la masse grouillante des assiégeants. Les assiégés leur précipitaient bien des pierres sur la figure et leur déversaient dessus de pleins baquets de bitume et d'huile bouillants, mais cela ne servait guère qu'à creuser un trou temporaire au sein de la cohue. Les Plenimariens avaient déjà dressé des centaines de mantelets de bois carrés pour abriter leurs archers, et de là derrière s'envolaient sans discontinuer des grêles de flèches. À la porte d'en bas, un abri pour sapeurs était venu s'appliquer contre les vantaux, et l'on entendait les ahans réguliers, lugubres de l'équipe qui les battait avec un bélier.

Épaule contre épaule avec Tharin et Ki, Tobin leva son arc et visa soigneusement dans la fourmilière qui se démenait en bas. Une fois épuisées leurs flèches, ils précipitèrent des pierres brutes par les assommoirs et repoussèrent les échelles d'assaut. Comme certaines arrivaient néanmoins à demeurer de-ci de-là plaquées contre la muraille, ils se retrouvèrent à galoper sans trêve en tous sens pour les culbuter. Ki se tenait toujours à ses côtés, et Tobin entrevit à plusieurs reprises certains de leurs camarades mais, au fur et à mesure que se poursuivait la bataille, ceux-ci finirent par se fondre au sein des autres défenseurs et par être séparés d'eux. Il avait perdu Korin de vue mais, même au pire de la mêlée, le capitaine et son écuyer l'appuyaient sans le lâcher d'une semelle.

Et tout ça semblait parti pour durer éternellement. Ils récupéraient tout ce qu'ils pouvaient de flèches pour riposter, ils s'armaient de longues perches afin de repousser pour la centième fois de nouvelles flopées d'échelles. Ils venaient tout juste d'en terminer avec une de plus et d'envoyer baller à la renverse une demi-douzaine de bougres sur le râble de leurs copains quand une flèche frappa l'oreillon du heaume de Tobin. Comme il titubait, étourdi, une seconde l'atteignit à l'épaule droite, le meurtrissant à travers maille et matelassage. Ses deux compagnons l'entraînèrent à couvert dans un hourd.

« C'est très méchant ? » lui demanda Tharin en éventrant la manche déchirée du surcot.

Tobin n'eut pas le temps de répondre : « Trois fois rien », que le projectile d'une catapulte faisait exploser la palissade à deux pas de l'endroit où ils se tenaient, les flanquant tous les trois à genoux.

Un instant plus tard, un fracas formidable éclata sur la gauche et fit trembler sous leurs pieds les dalles de pierre. Des cris de terreur retentirent, et des types affolés se débandèrent en hurlant : « Ils sont arrivés à percer ! »

Se relevant d'un bond, Tobin se rua vers une meurtrière et entr'aperçut des monceaux de pierre et de bois démantibulés à l'emplacement des portes. Un flot d'ennemis se déversait vers l'intérieur.

« Du boulot de nécromanciens, ça, s'étrangla Tharin. L'équipe du bélier n'était qu'un leurre ! »

Caliel et Korin passèrent au galop. « Zusthra est mort, Chylnir aussi ! » lança Caliel pendant que Tobin et ses hommes se jetaient à leur suite.

Quelques pas plus loin, ils tombèrent sur Lynx qui, planté à croupetons sur Orneüs, s'efforçait d'empêcher qu'on ne piétine son ami blessé. Ils étaient tous deux couverts de sang. Une flèche empennée de noir avait transpercé la gorge d'Orneüs. Il avait la tête ballante, les yeux révulsés sur un regard fixe. Lynx se débarrassa de son propre heaume et tenta de soulever le corps.

« Laisse-le donc, il est mort ! lui commanda Korin en le dépassant.

— Non ! protesta Lynx en pleurs.

— Tu ne peux rien pour lui ! » aboya Tharin. Hissant sur ses pieds l'écuyer sanglotant, il lui renfonça vivement son heaume sur le crâne et l'obligea d'une poussée à prendre le trot devant lui.

À force de ferrailler pour se frayer passage au travers d'un nouvel afflux d'adversaires, ils finirent par découvrir le général Rheynaris agenouillé près du roi. Erius avait perdu son heaume, et son front tailladé ruisselait de sang, mais il était vivant et dans une rage folle. Comme Korin lui tendait la main, il se releva vaille que vaille en chancelant et repoussa toute aide. « Ce n'est rien, bande d'enfoirés ! Foutez-moi la paix et faites votre devoir. Ils ont opéré la percée ! Korin, file avec tes hommes me dévaler l'escalier près de la rue de l'Eau, et prenez-moi ces salauds de flanc ! Allez-y tous, là, vous, et repoussez-les ! »

La rue de l'Eau était déserte quand ils y parvinrent, et ils s'arrêtèrent pour faire le point sur les rescapés. Tobin fut bouleversé de constater que Nikidès et Lutha ne se trouvaient pas avec eux.

« Ça fait à peu près une heure que je les ai perdus de vue », dit Urmanis, appuyé sur Garol. Son bras droit pendait, hors d'usage, dans une écharpe de fortune.

« Moi, je les ai aperçus juste avant l'effondrement des portes, confirma Alben. Ils étaient avec Zusthra.

— Bon dieu de bon dieu ! s'exclama Ki. Et toi, tu ne les as pas remarqués, Caliel ?

— Non, mais s'ils se trouvaient quelque part au-delà de l'endroit où je l'ai vu, lui, pour la dernière fois... » Sa voix s'étrangla.

Tharin, Melnoth et Porion les avaient entre-temps dénombrés. On était quelque peu en deçà de la quarantaine d'hommes escomptés. Tobin jeta un regard angoissé tout autour de lui et eut le soulagement de constater que la plupart de ses gardes personnels en faisaient toujours partie. D'un air épuisé, Koni lui adressa un petit salut.

« Nous n'avons pas le temps de nous inquiéter de ceux qui manquent en ce moment, dit le capitaine Melnoth. Quels sont vos ordres, prince Korin ?

— T'en fais pas, souffla Tharin à Tobin. Si Nikidès et Lutha sont encore en vie, ils sauront bien nous retrouver.

269

— Prince Korin, quels sont vos ordres ? » demanda de nouveau Melnoth.

Les yeux fixés dans la direction des clameurs belliqueuses, Korin demeura muet. Porion se porta près de lui. « Vos ordres, mon prince. » Le prince se tourna, et son jeune cousin lut dans ses yeux la peur, une peur non dissimulée. C'était de cela même qu'Ahra avait dû être le témoin durant leur première expédition. Le regard de Korin implora Porion. Melnoth détourna le sien pour ne pas laisser voir sa consternation.

« Prince Korin, intervint Tharin, je connais bien cette partie de la ville. Nous ferions mieux d'emprunter cette venelle, là, jusqu'à la Grand-Rue, pour voir s'il nous est possible d'intercepter des groupes d'éclaireurs dépêchés de notre côté. »

Korin opina lentement du chef. « Oui..., oui, c'est ce qu'on va faire. »

Ki décocha à Tobin un regard inquiet pendant qu'on dégainait et se mettait en marche.

Ils rencontrèrent en chemin deux maigres bandes d'éclaireurs et réussirent à tuer la plupart d'entre eux mais, en retournant vers les portes, ils faillirent être débordés par un gros bataillon qui parcourait les rues, torche au poing, incendiant tout sur son passage. Il n'y avait pas d'autre solution que de déguerpir.

« Par ici ! jappa Korin en remontant à toutes jambes une ruelle adjacente.

— Non, non, par là ! » gueula Tharin, mais le prince était déjà loin. Force fut de le suivre.

En tournant un coin, ils se retrouvèrent acculés sur

270

une petite place de marché. Aucune autre rue ne permettait d'en sortir, et plusieurs des immeubles environnants étaient déjà la proie des flammes. Enfilant le premier seuil venu, ils ne trouvèrent refuge dans la salle d'une gargote que pour se rendre compte sur-le-champ qu'un autre incendie bloquait l'unique issue possible vers l'arrière.

Tobin rebroussa précipitamment chemin vers la façade principale de la maison et risqua un œil au-dehors par les crevasses d'un volet vétuste. « Enfer et damnation, Kor, nous voilà piégés ! »

L'ennemi les avait suivis. En face de la porte se trouvaient une bonne soixantaine d'hommes qui discutaient dans leur langue aux intonations rugueuses et gutturales. Plusieurs s'avançaient déjà pour mettre le feu à l'auberge ; sous les yeux des assiégés, ils jetèrent leurs torches sur la toiture. Des archers se tenaient prêts à tirer sur quiconque essayerait de s'échapper par-devant.

« Va falloir nous battre pour passer, dit Ki.

— Ils sont trop nombreux ! jappa Korin. C'est de la folie pure de sortir là.

— Et c'est la mort sûre de rester ici, l'avertit Porion. Si nous plaçons votre garde en première ligne et celle du prince Tobin derrière, en couverture, il se pourrait que nous arrivions à les bousculer. » Il adressa aux Compagnons un sourire empreint de gravité. « Pour ce genre de trucs que je vous ai entraînés, les gars. »

L'espoir était des plus minces, et ils le savaient tous, mais ils se mirent promptement en formation, les

271

Compagnons massés autour de Korin. Tout le monde avait l'air effrayé, sauf Lynx, qui n'avait pas desserré les dents depuis l'abandon du rempart. Il empoignait fermement son épée quand il s'aperçut que Tobin ne le quittait pas des yeux, et il inclina imperceptiblement la tête, comme pour lui dire adieu.

Après avoir cherché le regard de Ki, Tobin fit de même, mais l'écuyer serra simplement les mâchoires et branla du chef d'un air buté. Derrière eux, Tharin murmura quelque chose comme : « Je regrette », tout en se frottant les yeux à cause de la fumée.

« À votre commandement, prince Korin », chuchota Melnoth.

Tobin eut une bouffée de fierté lorsqu'il vit que Korin levait sans flancher la main pour donner le signal.

Ils n'eurent pourtant pas le temps d'ouvrir la porte à la volée que retentissait sur la place un tollé suivi de cris de douleur.

Regagnant en toute hâte leurs postes d'observation derrière les volets, ils virent des soldats plenimariens qui se tortillaient par terre, environnés de flammes bleu pâle. Elles s'étendaient à quiconque essayait de leur porter secours, tandis que la panique éparpillait déjà le reste des assaillants.

« Les Busards ! » s'exclama Korin.

Tobin avait d'abord supposé la même chose, mais il ne vit qu'une poignée de vagues loqueteux se défiler par la ruelle. Puis une silhouette solitaire émergea de l'ombre et se détacha sur les rougeoiements de l'incendie. « Vous êtes là, prince Tobin ? »

C'était Iya.

« Ici ! répondit-il d'une voix forte.

— On ne risque rien pour l'instant, mais nous ferions mieux de nous dépêcher », lança-t-elle.

Comme il faisait mine de se diriger vers la porte, Melnoth lui empoigna le bras. « Vous la connaissez ?

— Oui. Elle était une amie de mon père. C'est une magicienne », crut-il bon d'ajouter, comme si le besoin d'une quelconque explication se faisait sentir.

Iya s'inclina bien bas devant Korin lorsqu'ils mirent le nez dehors. « Votre Altesse est-Elle blessée ?

— Non, je vous remercie. »

Tobin contempla les cadavres calcinés, recroquevillés qui jonchaient la place. « Je... je ne vous savais pas capable de faire...

— J'avais quelques aides. Ils sont partis voir ce qu'ils pouvaient faire d'autre pour arrêter les envahisseurs. Je crains toutefois qu'il n'y ait guère d'illusions à se faire. Prince Korin, votre père a été blessé, et on l'a remporté au Palatin. Je vous suggère d'aller le rejoindre tout de suite. Venez, je connais une route sûre. Les Plenimariens ne se sont pas encore emparés des quartiers supérieurs. »

La nuit commençait à tomber, et une bruine froide les trempa jusqu'aux os pendant qu'ils remontaient d'un pas lourd vers le Palatin. Une espèce de léthargie s'était appesantie sur Tobin, et les autres garçons gardaient le silence, eux aussi. L'épuisement, la faim n'y étaient que pour peu de chose. Ils avaient tous regardé Bilairy en face, dans cette maudite auberge ; n'eussent été la magicienne et ses mystérieux assistants, ils seraient en train de rôtir, là-bas, dans la fournaise.

La route leur était fermée, de loin en loin, par des barricades rudimentaires – charrettes, mobilier, cages à poules, débris de planches et de poutres, tout et n'importe quoi, bref le bric-à-brac qui était tombé sous la main des défenseurs affolés. Dans une rue, ils se virent même contraints de se faufiler sous la caisse d'un fourgon plein de victimes de la variole.

C'était tranquille dans ces parages, et pourtant on s'y était battu. Des hommes des deux armées gisaient sur la chaussée, et Tobin repéra parmi les morts plusieurs magiciens busards, ainsi que des culs-gris.

« Je ne pensais pas qu'on pouvait les tuer ! se récria Alben, non sans faire un large détour pour éviter même de frôler le corps inerte d'un magicien.

— C'est relativement facile avec la plupart d'entre eux. » Iya s'arrêta, la main tendue au-dessus de ce qui subsistait du visage de ce dernier. Au bout d'un moment, elle secoua la tête avec une moue de mépris. « L'immense majorité de ces robes blanches ne sont rien de plus que des sales brutes dressées pour chasser en meute. Ils intimident et torturent les plus faibles qu'eux, comme des loups s'acharnant sur un daim malade. Ils ne sont pas bons à grand-chose d'autre.

— Vous parlez comme un traître, maîtresse, avertit Korin. Je vous le dis en homme qui vous doit la vie, mais vous ne sauriez être assez prudente.

— Pardonnez-moi, mon prince. » Elle tapota la broche numérotée qui lui barrait le col. « Je suis mieux placée que vous pour savoir combien il est dangereux de se prononcer contre les magiciens de votre père. Je vais néanmoins me permettre de le faire une fois encore et de vous affirmer que ses craintes sont infondées. Les magiciens et les prêtres qu'il a fait périr étaient aussi loyaux envers Skala que vous et moi. Même à présent, nous sommes en train de nous battre en faveur d'Ero. J'espère que vous vous souviendrez de cela par la suite. »

Un hochement sec fut toute la réponse que lui condescendit Korin.

Les quartiers supérieurs étaient intacts, mais leur position dominante permit à Tobin de voir qu'une grande partie de la ville basse brûlait, et que les agresseurs et le vent propageaient de nouveaux foyers.

Une fois en vue la porte du Palatin, Iya fit signe à Ki de poursuivre sa route et attira Tobin à l'écart. « Ne t'éloigne pas de tes amis, lui chuchota-t-elle. Ton heure va sonner, ce qui se passe en est le signe. L'Oracle d'Afra me l'avait montré, mais je n'ai pas su le comprendre, à l'époque. Garde la poupée avec toi. Surtout, ne t'en sépare pas ! »

Tobin fit un effort pour déglutir. « Elle est au fort.

— Quoi ? Mais, Tobin, qu'est-ce qui t'a pris de... ?

— Ma mère l'a récupérée. »

Elle secoua la tête. « Je vois. Je vais faire tout mon possible, alors. » Après un coup d'œil furtif à l'entour, elle souffla : « Maintiens Koni coûte que coûte à tes côtés. Ne le perds pas une seconde de vue, tu entends ?

— Koni ? » Le jeune fléchier avait beau être l'un de ses gardes personnels favoris, jamais Iya n'avait manifesté jusque-là le moindre intérêt pour lui.

275

« Il me faut te quitter, maintenant. Rappelle-toi bien tout ce que j'ai dit. » Elle avait déjà disparu, comme si la terre l'avait avalée.

« Iya ? murmura-t-il en regardant autour de lui avec angoisse. Iya, je ne suis pas sûr d'être prêt. Je ne sais que faire ! »

Mais elle était bel et bien partie, et certains de ses acolytes se retournaient d'un air perplexe, ne comprenant pas pourquoi il était resté à la traîne. Il courut les rattraper.

« Marrant, non, qu'elle apparaisse comme ça, juste au moment où on a besoin d'elle, et qu'elle disparaisse tout aussi vite, hein ? commenta Ki.

— Enfin, te voilà ! » s'exclama Koni en se portant à leur hauteur. Tobin avait grande envie de lui demander si la magicienne lui avait parlé, mais il n'osa pas le faire en présence de tant d'oreilles indiscrètes. « Je t'ai déjà paumé une fois sur le rempart, en bas, j'ai pas l'intention de recommencer !

— Ni moi, fit Tharin, à qui Tobin n'avait jamais vu un air si harassé. Ç'a été un sale moment, là-bas. » Il décocha un coup d'œil furtif du côté de Korin et baissa la voix. « Ne me lâche pas des yeux, pendant le prochain combat.

— Promis. » Ça lui faisait encore de la peine, de penser du mal de Korin, mais il venait de la voir de ses propres yeux, cette fois, la funeste irrésolution qu'avait stigmatisée Ahra. Elle avait failli leur coûter la peau.

4

« Comment va mon père ? demanda Korin aux gardes de la porte du Palatin.

— Blessé, mon prince, répondit leur sergent. Il a envoyé vous mander qu'il était dans le pavillon d'été, près du temple. Vous devez aller le rejoindre immédiatement. »

Le Palatin était bondé de blessés et de réfugiés des quartiers inférieurs, ainsi que de bétail conduit là pour le cas où il faudrait soutenir un siège. À peine la porte franchie, partout fourgonnaient dans l'avenue des ormes des troupeaux de porcs et, du parc des villas, des chèvres et des moutons bêlaient.

Des acclamations clairsemées saluèrent les Compagnons qui hâtaient le pas. Les palais et la plupart des demeures étaient plongés dans le noir comme pendant la Nuit du Deuil, mais des feux de quart flambaient de tous côtés. Les terrains découverts et les jardins où s'était naguère pratiqué l'entraînement ressemblaient désormais à un champ de bataille. Les gens se pelotonnaient autour des feux de bivouac, leur manteau tiré par-dessus la tête pour se protéger de la pluie. Les odeurs de cuistance et de fumée saturaient l'atmosphère. On entendait monter des ténèbres des pleurs de mioches, des hennissements de chevaux, sur un fond continu, tout bas, de conversations apeurées.

Le pavillon était brillamment illuminé. À l'intérieur, des quantités de gentilshommes et d'officiers montaient une garde feutrée sans cesser d'aller et venir fébrilement.

Un groupe plus restreint s'était réuni autour d'une table qui occupait le centre de l'édifice. Les Compagnons demeurèrent en retrait pendant que Korin et Tobin allaient se joindre à lui.

« Loués soient les Quatre, mes princes ! s'écria Hylus en les voyant approcher. Nous redoutions que vous ne soyez perdus. »

Erius était allongé sur la table, blême et les paupières closes. Il était nu jusqu'à la taille, et Tobin vit qu'il avait le flanc droit salement amoché et le bras pris dans des éclisses. L'Épée de Ghërilain reposait à sa gauche, noire de sang jusqu'à la garde.

Le général Rheynaris se tenait près de lui, et Nyrin, au pied de la table, affichait une mine grave. Des officiers et des serviteurs demeuraient à portée, et Tobin repéra Moriel parmi eux. Il était en tenue de combat, et son surcot était maculé de suie et de sang. Son regard croisa celui du jeune prince, et il le salua. Assez suffoqué, celui-ci répondit par un hochement de tête puis reporta ses yeux sur le roi.

La vivacité des lumières souligna la pâleur de Korin quand il s'inclina sur son père. « Que s'est-il passé ?

— Un nécromancien a fait sauter le mur auprès duquel nous nous trouvions, peu après notre dernier entretien avec vous, mon prince, répondit Rheynaris. Ce sont des éclats produits par la déflagration qui ont atteint Sa Majesté. »

Le prince serra la main valide du blessé. « Il s'en tirera ?

« — Oui, mon prince, assura une drysienne à cheveux gris.

— Bien sûr que je m'en tirerai ! grommela Erius en ouvrant les yeux. Korin... Quoi de neuf en ville ? »

Le général capta le regard de Korin et secoua la tête.

« On continue de se battre, Père », fit Korin.

Erius opina du chef et referma les yeux.

Au bout d'un moment, Tobin s'éclipsa pour aller retrouver les autres autour de l'un des braseros voisins de l'escalier.

Un certain temps s'était écoulé quand une voix familière s'écria : « Ils sont là ! Vivants ! »

Nikidès et Lutha surgirent de la presse et coururent embrasser Tobin et Ki. Barieüs était avec eux, mais il n'y avait toujours pas trace de Ruan. Ils présentaient le même aspect crasseux que chacun des autres mais se révélèrent indemnes.

« Et nous qui nous étions figuré que vous étiez morts devant les portes avec Zusthra ! riposta Tobin, soulagé au-delà de toute expression par la réapparition de ses amis.

— Où est Ruan ? questionna Ki.

— Mort, dit Nikidès d'une voix enrouée par l'émotion. En voyant un Plenimarien m'attaquer par-derrière, il s'est interposé. Il m'a sauvé la vie.

Ki se laissa pesamment tomber sur les marches aux côtés de Lynx. Barieüs fit de même et se couvrit la tête avec un pan de son manteau.

« Oh ! Nik, je suis désolé ! Il est mort en héros, dit Tobin, trop conscient que ces mots sonnaient creux. Orneüs est mort, lui aussi.

— Pauvre Lynx. » Lutha secoua la tête. « Encore trois des nôtres qui ne sont plus. »

Les drysiens devaient avoir bien travaillé car, après leur intervention, loin d'accepter de se laisser transporter au palais, le roi exigea qu'on approche un fauteuil. Moriel et Rheynaris l'aidèrent à s'y installer, et Korin s'empressa de lui déposer l'Épée de Ghërilain en travers des genoux. Nyrin et Hylus se plantèrent en sentinelles derrière ce trône improvisé.

Erius s'appuya lourdement sur le bras du siège en suffoquant. D'un geste, il enjoignit à Korin de venir s'agenouiller auprès de lui, puis ils se mirent à converser quelque temps à voix basse. Après quoi le roi fit signe à Nyrin, Rheynaris et Hylus de se joindre à eux, et la discussion reprit.

« Qu'est-ce qui se passe ? souffla Tobin à Nikidès. Ton grand-père m'a l'air bien inquiet...

— Les nouvelles sont mauvaises. Nos guerriers ont bien réussi à bloquer de nouveau la porte est, mais il rôde toujours des Plenimariens dans les bas quartiers, et l'on vient à peine d'apprendre qu'un autre groupe a forcé la porte sud. Leurs nécromanciens sont pires que tous ceux qu'évoquent les chroniques. Les Busards sont totalement impuissants devant eux. »

Lutha jeta un coup d'œil à la dérobée vers Nyrin. « Semblerait qu'ils ne sont bons qu'à pendre des prêtres et qu'à brûler des magiciens.

— Fais gaffe, avertit Tobin.

— Tout ça revient à dire en fin de compte que nous ne sommes pas en mesure de résister, reprit Lutha dans un souffle presque inaudible. Parce que nous manquons d'hommes, tout simplement. »

Nikidès acquiesça d'un hochement. « Même si personne ne veut encore le reconnaître, Ero est fichue. »

La pluie s'était enfin arrêtée, et les nuages filaient vers l'ouest en se déchirant. Des lambeaux de firmament se voyaient au travers, peuplés d'étoiles si brillantes qu'elles projetaient des ombres. Le croissant d'Illior flottait sur la ville, telle une griffe blanche et acérée.

On apporta des temples et des palais de quoi se restaurer, mais les Compagnons n'avaient guère d'appétit. Emmitouflés dans leurs manteaux qui ne les préservaient qu'à demi de cette nuit de printemps glaciale, ils se recroquevillèrent sur les marches et se mirent, en attendant des ordres, à réaffûter leurs épées.

Plus éreinté qu'il ne se pouvait dire, Ki renonça et s'adossa au dos de Tobin, la tête posée sur les genoux. Caliel et les Compagnons restants les entouraient, mais personne ne se sentait d'humeur à bavarder.

Nous avions envie d'une bataille, et nous l'avons eue, songea Ki, sombrement.

Lynx s'était mis dans un coin, tout seul, et il s'abîmait dans la contemplation d'un feu de camp voisin. Nikidès pleurait silencieusement Ruan, lui aussi, mais Ki savait que ce n'était pas pour la même raison. Un écuyer s'engageait par serment à mourir pour son seigneur et maître. Manquer à cela, c'était manquer à tout. Lynx n'avait pourtant rien à se reprocher ; ç'avait été dément, là-bas, sur les remparts.

Quel réconfort puiserais-je là, moi, si j'avais perdu Tobin ? songea-t-il avec amertume. *Que se serait-il passé, si la flèche lui avait transpercé la gorge au lieu de l'atteindre à l'épaule ? Que se serait-il passé, si Iya n'était subitement intervenue quand elle l'a fait ? Au moins serions-nous tous morts ensemble, alors...*

Subitement, il vit Tharin émerger des ténèbres, se diriger vers Lynx et lui envelopper les épaules dans une couverture tout en lui parlant doucement, trop bas pour que Ki puisse entendre. Lynx remonta ses genoux et se cacha le visage entre les bras.

Ki fit un gros effort de déglutition puis tâcha de calmer le picotement de ses yeux en se les frottant à deux poings. Tharin comprenait mieux que quiconque ici les sentiments que Lynx éprouvait en cet instant précis.

« Que va-t-il advenir de lui ? chuchota Tobin, révélant par là que son attention s'était concentrée sur la même scène. Tu crois que Korin lui permettra de rester Compagnon ? »

Ki n'avait pas envisagé les choses sous cet angle. Lynx était des leurs, et l'un des meilleurs. « Pas grand avantage à rentrer chez lui. Tout fils de lord qu'il peut être, il n'en a pas moins trois frères aînés...

— Il pourrait toujours devenir l'écuyer de Nikidès, non ?

— Possible. » Mais Ki doutait fort qu'il accepte volontiers ce genre d'offre dès à présent. Il ne s'était pas simplement contenté de servir loyalement ce vantard ivrogne d'Orneüs, mais il l'avait aimé, va savoir pourquoi.

Dans le pavillon, derrière eux, les généraux étaient toujours en conférence avec le roi. Un silence si invraisemblable régnait sur le Palatin que Ki percevait le bourdonnement incessant des prières en provenance du temple des Quatre ; le parfum de l'encens et l'odeur des offrandes brûlées semblaient imprégner l'atmosphère. Il leva les yeux vers la froide pelure de lune et se demanda où diable, aujourd'hui, les dieux avaient bien pu passer.

Le vent se leva peu après, charriant les effluves de mort et de fumée qui s'exhalaient du port, avec la rumeur incertaine de voix ennemies beuglant des chansons.

Des chants de victoire, songea Ki.

Un contact sur l'épaule fit sursauter Tobin qui s'était mis à somnoler.

C'était Moriel. « Le roi vous réclame, mon prince. »

Voyant Tharin et Ki lui emboîter le pas sans mot dire, il se félicita de leur compagnie.

Le roi dégageait à trois pas une odeur d'herbes médicinales et d'eau-de-vie, mais c'est avec un regard aigu qu'il fit signe à son neveu de s'asseoir à ses pieds sur un tabouret. Hylus, Rheynaris et Nyrin étaient toujours là, Korin aussi. Ils avaient tous des mines sinistres.

Erius lui tendit sa main gauche et le dévisagea avec tant d'intensité qu'il se sentit brusquement effrayé. Sans desserrer les dents, il prêta l'oreille à la respiration rauque et malaisée du souverain.

Au bout d'un moment, celui-ci le relâcha et se laissa

283

aller comme auparavant contre le dossier de son fauteuil. « On a dépêché ce matin des pigeons vers les cités côtières », chuchota-t-il d'une voix râpeuse. « Volchi a été frappée encore plus durement par cette maudite variole. Elle ne peut pas envoyer un seul homme. Ylani peut en lever quelques-uns, mais sa garnison est d'ores et déjà insuffisante.

— Et Atyion ? Solari doit s'être déjà mis en route, à cette heure-ci, non ?

— Nous n'en avons pas reçu de réponse, l'avisa le Chancelier. Plusieurs oiseaux se sont envolés, mais aucun n'est revenu. Il se peut que l'ennemi les ait interceptés. Quoi qu'il en soit, force nous est de présumer que Solari n'est toujours pas au courant de notre situation.

— Il te faut y aller, Tobin, expectora le roi. Il nous faut à tout prix les forces d'Atyion ! Entre sa garnison permanente, les gens de Solari et ceux des villes environnantes, tu devrais être en mesure de rameuter quelque trois milliers de soldats. Il faut que tu les ramènes, et vite !

— Bien sûr, Oncle, mais... Mais comment ferai-je pour me rendre là-bas ? La ville est cernée.

— L'ennemi n'a pas assez d'hommes pour nous boucler totalement dedans, intervint le général. Il a concentré le gros de ses troupes le long du mur est et aux portes. Dans les intervalles, il n'a étiré qu'un dispositif des plus ténus, surtout au nord et à l'ouest. Un petit groupe pourrait s'y infiltrer. Mes éclaireurs ont découvert un point praticable dans les parages de la porte charretière nord-ouest. Nous vous ferions

284

descendre par un assommoir. Resterait à vous procurer des montures, une fois dehors.

— Qu'en dis-tu, Tharin ? demanda le roi.

— Sous réserve qu'il nous soit possible d'en trouver de fraîches sur tout le trajet, nous pourrions arriver là-bas vers midi, demain. Mais le retour sera forcément plus lent, avec une quantité pareille de fantassins. Il pourrait s'écouler trois jours avant que nous ne soyons de retour.

— Trop long ! gronda Erius. Allez à marches forcées, Tharin, comme nous l'avons fait jadis ensemble à Chaugué. Manquez-y, et il ne restera rien à sauver de la ville. Ero est le cœur de Skala. Qu'elle tombe, et c'est la chute de Skala.

— J'emmènerais combien d'hommes ? demanda Tobin.

— Le moins possible serait le mieux, conseilla Rheynaris. Vous auriez plus de chances de passer inaperçus.

— Et d'autant plus, s'ils partent habillés en simples soldats », fit Nyrin.

Tobin lui consentit un hochement rétif. « Tharin et Ki viendront avec moi. » Il marqua une pause, avant d'ajouter précipitamment : « Et mon garde du corps Koni. C'est l'un de mes meilleurs cavaliers.

— Et moi ! Et moi ! réclamèrent ses autres gens du fond de l'ombre, en deçà des piliers.

— Je veux en être. » Lynx se fraya passage à coups d'épaules pour se porter au premier rang puis vint à grandes enjambées s'agenouiller aux pieds de Korin.

« De grâce, accorde-moi la permission de partir avec lui. »

Le prince chuchota quelque chose à l'oreille de son père qui hocha la tête. « Très bien.

— Et moi ! cria Lutha en se démenant pour fendre la presse.

— Non, répondit Erius d'un ton sévère. Korin va devoir prendre ma place au combat, demain, et il aura besoin de ses Compagnons pour l'entourer. En tout état de cause, il ne reste déjà que trop peu d'entre vous. »

Lutha, décontenancé, s'inclina bien bas, le poing pressé contre son cœur.

« Voilà qui est décidé, alors. Vous quatre, vous accompagnez le prince Tobin, fit Rheynaris. Je vais de ce pas vous faire fournir des uniformes ordinaires et commander qu'on vous escorte jusqu'au mur. »

Comme ils tournaient les talons pour se retirer, le roi leva la main. « Un instant, neveu. »

Tobin se rassit. Après lui avoir fait signe de se rapprocher davantage, Erius lui souffla : « Tu es le fils de ton père, Tobin. Je sais que tu ne me failliras pas. »

Tobin retint son souffle, sans parvenir à lever les yeux.

« Pas de fausse modestie, maintenant, croassa le roi, se méprenant sur son attitude. Je vais te dire quelque chose que je devrais garder pour moi, et que tu ne répéteras pas, tu entends ?

— Oui, Oncle.

— Mon fils... » La souffrance le fit grimacer quand

il s'inclina pour lui parler d'encore plus près. « Mon fils n'est pas le guerrier que tu es, toi.

— Ne dites pas cela, Oncle... », essaya-t-il de protester, mais d'une voix mal assurée.

Erius branla tristement du chef. « Mais si, c'est vrai, et tu le sais. Il n'empêche qu'il sera roi, et que c'est lui, demain, qui va affronter l'ennemi à ma place. Hâte-toi de ramener ces renforts, puis reste auprès de lui, désormais et toujours. C'est toi qui prendras la relève de Rheynaris lorsqu'il portera la couronne, n'est-ce pas ? Promets-le-moi, Tobin.

— Oui, Oncle. » Le souvenir du visage de Mère le jour où elle était morte lui fit proférer ce mensonge plus facilement. Mais, lorsqu'il fila pour aller changer de tenue, croiser le regard de Korin lui fut impossible.

Korin n'avait pas pu entendre un traître mot de cet aparté, mais quelque chose dans l'expression de la physionomie de son père l'avait troublé. Et son malaise ne fit que s'aggraver quand Tobin évita de le regarder.

« Qu'y a-t-il, Père ? demanda-t-il en retournant auprès du roi. Ne vous en faites pas, vous pouvez compter sur Tobin. Et vous pouvez aussi compter sur moi. » Il s'agenouilla et tendit les mains vers l'Épée. « Accordez-moi votre bénédiction, Père, afin qu'il me soit permis d'être un chef aussi sage que vous. »

Le poing d'Erius se resserra sur la poignée de l'arme, et ses yeux se durcirent. « Tout doux, mon fils, tu vas un peu vite en besogne. Une seule et unique main manie l'Épée de Ghërilain. Tant qu'il me reste un souffle de vie dans le corps, je suis et demeure toujours le roi. Borne-toi pour l'heure à prouver que tu es digne d'elle. »

Seul Nyrin se trouvait suffisamment près pour entendre la rebuffade. Korin surprit le léger sourire du magicien et se jura d'en tirer vengeance. « Par les Quatre et par la Flamme, Père, je ne vous faillirai pas. »

Erius posa sa main gauche sur la tête de son fils. « Par les Quatre et par la Flamme, je te bénis. Ne te sépare pas de Rheynaris, et suis bien ses conseils. »

Après s'être incliné devant lui, Korin s'éloigna vivement. Le général battit en retraite à sa suite, mais lui, toujours aussi cruellement blessé par les rudes propos de son père, s'entêta à faire mine de l'ignorer.

Guidés par les éclaireurs de Rheynaris, Tobin et sa petite bande enfilèrent à vive allure les rues désertées. Sa garde personnelle et une douzaine d'hommes d'armes du roi les accompagnèrent jusqu'au mur nord, mais on ne rencontra pas l'ombre d'un adversaire. Les maisons étaient claquemurées partout. On ne discernait nulle part la moindre lumière.

Une fois montés jusqu'aux hourds, ils scrutèrent les alentours de la ville par les archères et remarquèrent en contrebas la dispersion des feux de quart. Leur densité était beaucoup plus grande aux abords du port, mais Tobin en aperçut aussi d'autres, plus clairsemés, qui s'échelonnaient tout le long de la côte.

Au-delà des murs, le terrain était plat et n'offrait guère de couvert. La lune était couchée, mais les étoiles diffusaient assez de lumière pour permettre de distinguer le ruban blafard de la grand-route.

Afin de privilégier la vitesse et la mobilité, ils avaient tous renoncé à s'encombrer de leur pesante armure et de leur bouclier. Revêtus de vulgaires cottes en cuir clouté, ils portaient leur carquois fixé dans le dos par des courroies et tenaient leur arc à la main.

« Ici, prince Tobin », chuchota l'un des éclaireurs en soulevant la trappe qui recouvrait un assommoir. La plongée était plutôt vertigineuse, une cinquantaine de pieds. Les gens du général apprêtèrent les cordes qu'ils avaient apportées.

« Je vais y aller le premier », souffla Tharin. Enfilant un large nœud coulant par-dessus sa tête, il se l'arrima fermement sous les aisselles et s'assit jambes pendantes au bord du trou. Il fit un clin d'œil à Tobin tandis que trois malabars de soldats le descendaient dans le vide.

Couché à plat ventre, Tobin le regarda jusqu'à ce qu'il touche terre et s'évanouisse en un rien de temps dans l'ombre d'un buisson voisin.

Lynx suivit, puis Koni, puis Ki. Celui-ci lui adressa un sourire vaseux avant de se laisser glisser dans l'assommoir, les paupières serrées à bloc, et de disparaître.

Tobin s'empressa de le faire à son tour, sans se donner le loisir de réfléchir à la profondeur de l'espace qui se creusait sous ses bottes. Une fois à terre, il se débarrassa de la corde en un tournemain et courut rallier ses compagnons.

Tharin avait déjà fait le point. « Va nous falloir rester à l'écart de la route. Ils doivent la surveiller, et il fait assez clair pour qu'ils y repèrent nos mouvements. Il n'y a rien d'autre à faire que de filer la rattraper plus loin et d'espérer qu'on trouvera bientôt des chevaux. Assurez-vous que vos flèches sont bien tassées. »

Tous contrôlèrent que les chaussettes de laine matelassées dont ils avaient bourré leurs carquois empêchaient les traits de s'entrechoquer si peu que ce soit.

« Prêt, fit Ki.

— Très bien, alors. On y va. »

Les tout premiers milles furent très éprouvants. Ils avaient l'impression que la clarté des étoiles était aussi vive que celle du soleil au zénith, et qu'elle leur faisait des ombres démesurées.

Les domaines les plus proches de la ville avaient été mis à sac. Le feu avait épargné leurs bâtiments, mais il n'y restait plus une seule tête de bétail, et les habitants en avaient été massacrés. Hommes, femmes et enfants gisaient à l'endroit même où on les avait impitoyablement réduits en bouillie. Sans leur permettre de s'attarder, Tharin entraînait à toutes jambes ses compagnons vers la ferme suivante puis la suivante, et il leur fallut parcourir pas mal de milles avant de se retrouver au nord de la zone dévastée par l'avance des Plenimariens. Au-delà, les propriétés étaient abandonnées, leurs étables et leurs écuries désespérément vides. Les terres cultivées qui les séparaient les unes des autres étaient presque entièrement à découvert et n'offraient que fort peu de haies et de murets derrière lesquels s'abriter.

Finalement, ils aperçurent un bosquet de quelque

importance et couraient s'y réfugier quand, à quelques pas de la lisière, les accueillit le vibrant concert, reconnaissable entre tous, de cordes d'arcs. Le sifflement d'une flèche effleura d'assez près la joue de Tobin pour qu'il en entende bourdonner l'empennage.

« Une embuscade ! gueula Tharin. À droite ! Tous à couvert ! »

Mais, comme ils galopaient de ce côté-là, des types armés d'épées bondirent au-devant d'eux. Le temps manquait pour les compter, mais ils avaient de toute façon l'avantage du nombre. Tobin en était encore à porter la main à la sienne quand Lynx poussa son cri de guerre et le dépassa en coup de vent pour charger le plus proche de leurs adversaires. Un groupe se referma sur lui tandis que sa lame croisait de l'acier.

Et puis les autres furent à leur tour sur eux. Tobin esquiva le premier qui l'aborda et lui décocha un revers formidable sur la nuque, juste au-dessous du heaume. Pendant qu'il s'effondrait, deux autres se précipitèrent sur Tobin. « Sang, mon sang », chuchota-t-il instinctivement, mais Frère ne survint pas.

Il poursuivit néanmoins la lutte, flanqué de Tharin et de Ki. Il entendit Koni hurler derrière, et le fracas de l'acier sur sa droite lui révéla que Lynx tenait toujours tête.

Le sang fredonnait à ses oreilles pendant qu'il affrontait chacun de ses agresseurs et les repoussait tour à tour. Ils étaient bougrement costauds, mais il se défendit tout seul jusqu'à ce qu'il leur eût réglé leur compte. Le sol était alors jonché de cadavres autour d'eux, et il s'aperçut que le reste de la clique déguerpissait.

« Laissez-les filer, haleta Tharin en s'appuyant sur son épée.

— Ça va, Tob ? hoqueta Ki.

— Ils ne m'ont pas touché une seule fois. Où sont les autres ?

— Ici. » Lynx sortit à grands pas de l'ombre des arbres, sa lame noircie jusqu'à la garde sous le clair d'étoiles.

« C'était de la folie, crebleu, de faire un truc pareil ! vociféra Tharin en l'empoignant par le bras et en le secouant rageusement. Tu ne nous quittes pas d'une semelle, la prochaine fois ! »

Lynx se dégagea et se détourna.

« Fiche-lui la paix, intervint Tobin. Il s'est bravement comporté.

— Ce n'était pas de la bravoure ! jappa le capitaine, avec un coup d'œil venimeux pour l'écuyer maussade. Si tu as tellement envie de te foutre en l'air, attends au moins que nous ayons amené le prince sain et sauf à Atyion ! Tu te dois au prince Tobin, désormais. Tu m'entends, mon gars ? Oui ? »

Lynx baissa la tête et acquiesça d'un hochement.

Le regard de Tobin parcourut l'alentour. « Où est passé Koni ? » Ils étaient les seuls debout.

« Oh, peste ! » Tharin se mit à chercher parmi les corps, et tous l'imitèrent en criant le nom du disparu. Les hommes qui gisaient à terre portaient tous la tenue noire de Plenimar, et Tobin n'eut pas à y réfléchir à

292

deux fois pour planter son poignard dans ceux qui bougeaient encore.

« Koni ! appela-t-il en essuyant la lame sur sa cuisse. Koni, où es-tu ? »

Un vague gémissement lui parvint de quelque part à gauche. Il tourna la tête et aperçut une silhouette sombre qui rampait lentement vers lui.

Il se précipita à sa rencontre et s'agenouilla pour examiner ses blessures. « Tu es sérieusement atteint ? »

Le jeune garde s'évanouit avec un grognement. Les autres les rejoignirent pendant que Tobin le retournait doucement. La hampe brisée d'une flèche émergeait de sa poitrine, juste au bas de l'épaule droite.

« Lumière divine ! » Tharin se baissa pour regarder plus attentivement. « Qui diable est-ce là ? »

Abasourdi, Tobin dévisagea le jouvenceau blond qui portait les habits de Koni. Il avait le torse trempé de sang, et ne respirait qu'à petits coups pénibles. « Je ne sais pas. »

Les paupières de l'inconnu se soulevèrent en papillotant. « Eyoli. Je suis... Eyoli. C'est Iya qui m'a envoyé. Je suis... embrumeur mental.

— Embru... quoi ? » Ki tira son épée.

« Non, attends. » Tharin s'agenouilla près du blessé. « Tu prétends qu'Iya t'a envoyé. Comment saurions-nous si c'est vrai ?

— Elle m'a chargé de dire au prince Tobin... » Il grimaça, la main crispée sur sa poitrine. « De vous dire que la sorcière est dans le chêne. Elle a affirmé... que vous comprendriez.

« En effet, déclara Tobin. À Ero, c'est elle qui m'a

recommandé de garder Koni avec moi. Il doit être un magicien.

— Pas... pas tant que ça. » Il émit un pauvre gloussement. « Et moins encore un combattant. Elle m'a ordonné de rester près de vous, mon prince. Pour vous protéger.

— Mais alors, où est Koni ? demanda Tharin.

— Tué, avant la chute des portes. J'ai pris sa place et vous ai rattrapés avant que vous ne vous retrouviez acculés dans cette maudite auberge.

— Il est mort ? » Bouleversé, Tobin se détourna pour cacher son chagrin.

« Je suis désolé. C'était le seul moyen de rester avec vous. Elle avait dit de ne pas vous quitter, hoqueta Eyoli. C'est comme ça qu'elle a su que nous étions coincés. Je l'ai avertie.

— Elle sait où nous sommes en ce moment ? demanda Tobin.

— Je pense que oui. Elle n'a pas dû pouvoir sortir. »

Tobin jeta un regard en arrière vers la ville en feu. Il n'était pas question d'attendre Iya, maintenant.

« Quelle est la gravité de ses blessures ? s'inquiéta Ki.

— La flèche et un coup d'épée au flanc, répondit Tharin. Va falloir le laisser.

— Non ! protesta Tobin. Il mourra, si on l'abandonne ici, en plein vent.

— Partez, je vous en conjure ! » Eyoli fit un énorme effort pour se mettre sur son séant. « Iya saura me trouver. Vous devez continuer.

— Il a raison, Tobin, dit le capitaine.

— Pas question de le laisser mourir ici. C'est un ordre, entendez-vous ? Il a contribué tout à l'heure à nous sauver tous. Je ne l'abandonnerai pas tant que nous n'aurons pas fait tout notre possible pour lui. »

Tharin ne put réprimer un grognement de dépit. « Lynx, va nous dénicher de quoi faire des bandages. Ki, des gourdes d'eau et des manteaux. On va chaudement l'emmitoufler et le mettre à l'abri des arbres. Désolé, Tobin, mais nous ne pouvons pas faire mieux que ça.

— Je suis navré de vous priver d'un homme, murmura le magicien en fermant les yeux. J'aurais dû vous avertir que...

— Vous avez accompli votre devoir, dit Tobin en lui saisissant la main. Je ne l'oublierai pas. »

Ki revint chargé de manteaux, de gourdes et d'une poignée d'arcs. Laissant tomber ceux-ci auprès de Tharin, il lâcha : « Vous en pensez quoi, vous ? »

Tharin en ramassa un, puis un second. « Ils sont de fabrication skalienne.

— Ils l'étaient tous, chacun de ceux que j'ai vus. Les épées aussi, pour autant que j'aie pu juger.

— Vraiment ? » Tharin entreprit de dégager la flèche de l'épaule d'Eyoli. Celui-ci se cramponna à la main de Tobin en s'efforçant de refouler ses cris, mais la douleur était trop atroce pour lui. Ki lui plaqua une main sur la bouche pour étouffer ses hurlements jusqu'au moment où il finit par s'évanouir. Après avoir bandé la plaie, Tharin s'empara de la pointe de flèche sanglante et l'examina sous tous les angles un bon moment. « Ki, Lynx, enveloppez-le aussi chaudement que vous pourrez puis trouvez-lui une bonne cachette dans le sous-bois. Laissez à sa portée le plus d'eau possible. Toi, Tobin, suis-moi. »

Il se rendit auprès du cadavre le plus proche et se mit à lui tripoter la poitrine et le dos. Après avoir exhalé un grognement sourd, il procéda aux mêmes investigations sur un bon nombre d'autres morts. « Flamme divine !

— Qu'y a-t-il ?

— Regarde-moi ça, fit le capitaine en fourrant un doigt dans la déchirure d'une tunique. Mets-y ta main, et dis-moi ce que tu constates au toucher ?

— Il n'y a pas là de blessure. Ce type est mort du coup d'épée qui lui a tranché le cou.

— Et c'était pareil pour les autres. Sans compter que Ki ne se trompait pas non plus à propos des armes. Il s'agit là de Skaliens déguisés en Plenimariens.

— Mais pourquoi nous attaquer, alors ?

— Parce qu'ils en avaient reçu l'ordre, je dirais. Avec celui de faire en sorte que nous ayons l'air d'avoir été tués par l'ennemi. » Il se releva, partit fureter dans les environs puis revint avec une poignée de flèches. Elles avaient des hampes épaisses, et un empennage non pas triple mais quadruple. « Arcs skaliens, mais flèches plenimariennes. Pas bien sorcier de s'en procurer, après la bataille à laquelle nous avons pris part tout à l'heure.

— Je ne comprends toujours pas. Si nous n'arrivons pas à Atyion, la ville va tomber !

296

— C'est forcément quelqu'un qui savait que nous nous rendrions à Atyion, par quelle route et à quel moment. Et qui l'a su assez tôt pour manigancer tout ça.

— Pas le roi ! Même s'il souhaitait à tout prix ma perte, il ne sacrifierait pas Ero.

— Alors, il faudrait que ce soit l'une des personnes qui se trouvaient avec lui cette nuit. Peut-être que l'idée de t'envoyer n'était pas d'Erius. »

Tobin réfléchit. « Pas Hylus !

— Non, pour rien au monde je ne le croirais.

— Ce qui ne laisse que le général Rheynaris et lord Nyrin.

— Et le prince Korin.

— Non ! Korin ne ferait jamais une chose pareille. Ç'a dû être Nyrin.

— N'importe, pour l'heure. Il nous reste encore à faire une longue route et à dénicher des chevaux. »

Ki et Lynx avaient installé Eyoli aussi douillettement que faire se pouvait dans un nid de manteaux sous un chêne, à peine au-delà de l'orée du bois.

« J'enverrai s'occuper de vous », promit Tobin.

Eyoli extirpa l'une de ses mains du cocon qui l'enveloppait puis se toucha le front et la poitrine. « Allez, mon prince. Sauvez votre ville. »

Un vaste domaine les attendait juste à la sortie des fourrés. Un mur en pierre de hauteur médiocre lui servait d'enceinte, et son portail béant pendait lamentablement sur ses gonds.

« Gaffe, les gars », murmura Tharin.

Mais les lieux avaient été désertés. Les portes de la grange étaient ouvertes, et il n'y avait pas une seule bête dans les enclos.

« Par les couilles à Bilairy ! haleta Ki, en ressortant les mains vides des écuries. Ils ont dû emmener le bétail pour l'empêcher de tomber aux mains de l'ennemi. »

Le capitaine soupira. « Eh bien, rien d'autre à faire que de continuer. »

Ils venaient d'atteindre le portail lorsqu'ils entendirent un vent violent se déchaîner.

Tobin promena un regard circulaire étonné. La nuit était calme, à peine émue par un soupçon de brise.

Le tumulte se fit plus fort, puis s'interrompit brusquement tandis qu'une grosse masse sombre se détachait sur l'air limpide à moins de dix pieds de l'endroit où ils se tenaient, dégringolait à terre en rebondissant puis allait s'emboutir contre un chenal d'irrigation.

Tobin s'apprêtait déjà à s'en approcher, mais Tharin le retint, pendant que Lynx et Ki s'avançaient avec mille précautions, l'épée dégainée.

« Je crois que c'est un homme, leur lança Lynx.

— Oui, c'en est un, et bien vivant, confirma Ki.

— Un magicien ? demanda Tobin.

— Ou quelque chose de pire », grommela Tharin en faisant un pas pour se placer devant lui.

L'étrange voyageur se redressa lentement sur ses genoux, les deux bras levés pour bien faire voir qu'il n'était pas armé. Ki poussa un cri de stupeur. « Tobin, c'est Arkoniel !

— Par les Quatre, il pleut des magiciens, aujourd'hui ? » gronda le capitaine.

Tobin courut aider Arkoniel à se relever. Au lieu de sa pèlerine à capuche accoutumée, celui-ci portait la longue casaque en peau de mouton des bergers, et il avait le crâne engoncé dans un chapeau de feutre qu'une écharpe maintenait en place. Des gantelets de cuir lui couvraient les bras presque jusqu'au coude. Il était hors d'haleine et tremblait comme un homme terrassé par la fièvre.

« Comment avez vous fait pour venir ici ? » demanda Tobin.

Encore mal assuré sur ses pieds, Arkoniel lui agrippa l'épaule. « Un sortilège auquel je travaillais depuis longtemps. Pas encore tout à fait au point, mais il semblerait que j'aie réussi à garder quand même tous mes bras et jambes.

— Vous vous attendiez à du vilain temps ? questionna Ki, manifestement fasciné par l'inénarrable chapeau.

— Non, seulement à un vilain voyage. Comme je l'ai dit, le sortilège exige encore quelques améliorations. Rien ne me garantit encore que j'arriverai entier ou en chair à pâté. » Il retira son gantelet gauche et leur montra son poignet pris dans des éclisses. « Le même que je m'étais cassé le jour de mon arrivée au fort, vous vous rappelez ? » Il arracha son gantelet droit avec les dents puis dénoua l'écharpe qui arrimait son chapeau.

« Mais comment *diable* t'y es-tu pris pour nous retrouver ? demanda Tharin.

— Pour ça, vous pouvez remercier Iya et Eyoli. C'est eux qui m'ont averti. Tobin, je pense que tu vas avoir besoin de ceci. » Du fond de son chapeau, il extirpa la vieille poupée de chiffon. « Ne t'en laisse plus séparer. »

Tobin la fourra vivement dans sa cotte cloutée sous l'œil abasourdi de Lynx. « Vous pouvez marcher ? »

Arkoniel rajusta sa tenue débraillée. « Oui, c'est juste un peu déboussolant de voyager comme ça deux fois en une seule nuit. Peux pas dire que je le recommanderais. » Il regarda tout autour. « Pas de chevaux ?

— Non, répondit Tharin. Je présume que tu n'as pas de sortilège pour régler la question ? »

Arkoniel lui fit un clin d'œil. Sortant sa baguette de cristal, il traça dans l'air une figure de lumière rouge, puis se planta deux doigts dans la bouche et donna un coup de sifflet strident. « Et voilà, ils ne vont pas tarder. »

Lynx et Ki retournèrent aux écuries. Quand ils revinrent avec des selles, la route était ébranlée par le bruit de sabots qui approchaient au grand galop. Au bout de quelques minutes, dix chevaux surgirent dans la cour à la vitesse de la foudre et s'arrêtèrent pile autour d'Arkoniel, flairant sa tunique et sa ceinture.

« Tu es devenu un gaillard sacrément pratique, depuis notre dernière rencontre ! s'esclaffa Tharin.

— Merci. Ces quelques années ont été plutôt instructives. »

Il attira Tobin à l'écart pendant que les autres harnachaient les bêtes. « Je suppose que tu sais ce que tout cela signifie ? »

Le jeune prince acquiesça d'un signe.

« Bon. Je crois qu'il vaudrait mieux que tes amis soient au courant.

— Tharin l'est déjà.

— Tu le lui as dit ?

— Non, c'est Lhel. »

Arkoniel l'empoigna par l'épaule avec sa main valide. « Tu l'as donc vue ! Où est-elle ?

— Je ne l'ai pas vue. Elle est allée trouver Tharin dans une espèce de vision. »

Le magicien s'affaissa, et un profond désappointement se lut dans son regard. « Elle nous a quittés à la marée-Sakor. J'ai eu beau la chercher quand je suis retourné au fort pour récupérer la poupée, nulle part je n'ai aperçu la moindre trace d'elle.

— Vous voulez dire que ce n'est pas Lhel qui l'a reprise à ma mère ?

— Non. Je l'ai découverte dans la tour. Quelqu'un y était monté avant moi. L'une des tables avait été remise debout, et dessus étaient alignées une douzaine des autres poupées. Tu te souviens d'elles ? Des garçons sans bouche ? La tienne était du nombre. À croire que quelqu'un savait que j'allais venir la chercher.

— Peut-être Nari ?

— La porte de la tour est toujours verrouillée, et ça fait des années que j'ai jeté la clef dans la rivière. Lhel pourrait bien l'avoir fait, mais... Enfin, à mon idée,

301

peut-être que ta mère a compris que tu en avais besoin. »

Tobin secoua la tête. « Ou plutôt que Frère en avait besoin.

— Que veux-tu dire ?

— C'est lui qu'elle a toujours aimé, pas moi. » Sa main se crispa sur le renflement que faisait la poupée coincée dans son plastron. « Elle l'avait faite afin de le garder auprès d'elle. Elle la trimballait partout, pour être sûre qu'il soit là. Elle l'aimait, lui.

— Non, Tobin. C'est sur les instructions de Lhel qu'elle a fait la poupée. Il n'existait pas d'autre moyen de tenir Frère en bride après... après sa mort. Lhel a aidé ta mère, et c'est grâce à sa magie qu'il s'y trouvait lié. Il se peut que ta mère ait puisé là quelque réconfort, mais ce n'était pas de l'amour...

— Vous n'y étiez pas, vous ! Vous n'avez pas vu comment elle se comportait. Il n'y avait que lui, toujours lui. Elle ne voulait jamais de moi. »

Une expression de chagrin sincère balaya le visage du magicien. « Oh ! Tobin... Ce n'était pas ta faute ni la sienne, cet état de choses.

— La faute à qui, alors ? Pourquoi me traitait-elle de cette façon, simplement parce qu'il était mort-né ? »

Arkoniel ouvrit la bouche pour répondre puis se détourna. Tobin lui attrapa la manche. « Qu'y a-t-il ?

— Rien. Tout ça, c'est du passé. Ce que maintenant tu dois faire, c'est partir tout de suite pour Atyion. Le plus sûr serait de ne révéler ta véritable personnalité que là-bas.

— Mais comment ? Nous n'avons pas Lhel sous la main pour dénouer ce qu'elle a noué.

— Elle m'a appris comment faire. C'est très simple, en fait. Tranche le cordon qu'elle a façonné avec tes cheveux pour entourer le cou de la poupée, retire ensuite du rembourrage les os de Frère et, pour finir, extrais de ta poitrine l'esquille qu'elle t'a cousue sous la peau.

— C'est tout ? s'écria Tobin tout bas. Mais j'aurais pu le faire à n'importe quel moment !

— Oui, et si tu l'avais su, tu aurais risqué de le faire prématurément et d'entraîner par là notre ruine à tous.

— Je ne l'aurais pas fait ! Je n'en ai jamais eu envie. Je n'en ai toujours pas envie. » Il s'étreignit à deux bras, désespérément. « J'ai peur, Arkoniel. Que se passera-t-il si... ? » Son regard se porta vers ses compagnons. « Comment vont-ils réagir ?

— Faudrait se mettre en route, lança Tharin.

— Un instant, s'il vous plaît, répondit Arkoniel. L'heure est venue d'avertir Ki. Ce n'est que justice, et tu auras besoin qu'il t'épaule avec toute sa fermeté.

— Maintenant ?

— Je m'en charge, si tu préfères.

— Non, c'est de ma bouche qu'il faut qu'il l'apprenne. Et Lynx ?

— Oui, tous les deux. »

Tobin retourna lentement vers Ki. Il avait été tenté plus de cent fois de tout lui dire, comme ça, tout, mais à présent la peur le suffoquait.

Et si Ki se mettait à le détester ? Et puis qu'en penseraient Korin et le reste des Compagnons ? Et qu'adviendrait-il, au surplus, si la population d'Atyion refusait de le croire, si elle refusait de le suivre ?

« Courage, Tobin, lui chuchota le magicien. Aie foi en la volonté d'Illior. Pour Skala !

— Pour Skala, marmonna Tobin.

— Qu'est-ce qui ne va pas ? le questionna Ki avant qu'il n'ait eu le temps de dire un seul mot. Il y a de mauvaises nouvelles ?

— C'est quelque chose que j'ai à vous dire, et je ne sais comment m'y prendre, à moins de le faire tout court, crûment. »

Il prit une profonde inspiration, possédé par la même impression de vertige abominable que dans ses rêves de la falaise du haut de laquelle il était sur le point de tomber. « Je ne suis pas ce que vous croyez. Quand vous me regardez, ce n'est pas moi que vous voyez. C'est Frère.

— Qui ça ? s'interloqua Lynx en le dévisageant comme s'il avait perdu l'esprit. Tu n'as pas de frère, Tobin.

— Si fait, j'en ai un. Ou plutôt j'en avais un. Mon jumeau. C'est le démon dont tu as entendu parler, seulement ce n'est rien d'autre qu'un fantôme. Ce n'est pas une fille qui est morte, c'est lui. La fille, c'était moi, et une sorcière m'a transformé pour que j'aie l'air d'être lui juste après ma naissance.

— Lhel ? » demanda Ki d'une voix réduite à un murmure presque inaudible.

Tobin hocha la tête en s'efforçant de voir celle que

faisait son ami, mais la lumière des étoiles ne lui permit pas d'y parvenir, et cela ne fit qu'empirer sa peur.

« Vous connaissez tous deux les rumeurs qui courent à propos du roi, intervint Arkoniel. Qu'il a fait périr toutes les héritières potentielles afin de garantir sa propre légitimité et celle de sa lignée. Ce ne sont pas rien que des rumeurs. C'est la vérité. L'Oracle d'Afra a averti mon maître, Iya, et nous a fait un devoir de protéger Tobin jusqu'à ce qu'elle soit en âge de gouverner. Et voilà ce qui a dicté notre conduite.

— Non ! hoqueta Ki en se reculant. Non, je ne le crois pas. Je te connais ! Je t'ai vu ! Tu n'es pas plus une fille que je ne le suis ! »

Je ne le savais pas non plus, du moins au début ! voulut protester Tobin, mais sa bouche refusa de proférer ces mots parce que Ki continuait à s'éloigner de lui.

« J'étais présent, cette nuit-là, Ki, reprit Arkoniel. J'ai consacré mon existence entière à garder le secret jusqu'ici. Aucun d'entre nous n'avait d'alternative, et surtout pas Tobin. Mais l'heure a sonné maintenant que soit révélée sa véritable forme. Skala doit avoir une reine, et une reine de la lignée authentique.

— Reine ? » Ki pivota sur lui-même et courut se réfugier dans la grange.

« Je vais lui parler, dit Tharin. S'il te plaît, Tobin, laisse-moi m'en charger. Dans votre intérêt à tous deux. »

Tobin acquiesça d'un signe pitoyable, et le capitaine s'élança aux trousses de l'écuyer.

Lynx se rapprocha, lui, pour le regarder droit dans les yeux. « C'est vraiment exact ? Je veux dire..., je t'ai vu, moi aussi, aux étuves, et lorsqu'on allait nager. »

Tobin haussa les épaules.

« Lui non plus ne savait rien de tout ça, voilà peu d'années encore, expliqua le magicien. L'épreuve qui l'attend ne va pas être facile à subir. Sans compter qu'il lui faudra aussi affronter Erius et Korin. Il va avoir besoin d'amis indéfectibles.

— Tu seras reine ? fit Lynx comme s'il n'avait pas entendu.

— D'une manière ou d'une autre. Mais tu es un Compagnon, Lynx. Tu connais Korin depuis plus long-temps que moi. » Les mots étaient comme du sable dans sa bouche. « S'il t'est impossible de... – bref, je comprendrai.

— Vous êtes libre de retourner à Ero dès à présent, si vous le souhaitez, dit Arkoniel.

— Y retourner ? Je n'ai jamais eu l'intention d'y retourner. Tharin ne m'a que trop percé à jour, tout à l'heure, Tobin. Autant que je reste, alors. » Il émit un petit rire désolé puis tendit la main. « C'est un peu maigre comme serment, non ? »

Tobin la lui serra. « C'est assez pour moi. »

Ki n'était pas allé plus loin que l'entrée de la grange et se tenait là, bras ballants. « Pourquoi ne me l'avait-il pas dit ? » lâcha-t-il d'une voix plombée de chagrin.

Tharin eut le plus grand mal à refréner sa colère. Il

s'était attendu à mieux de la part de Ki. « Il ne se doutait de rien lui-même quand vous vous êtes connus.

— Il le sait depuis quand, alors ?

— Depuis la fois où il s'est enfui à Bierfût. Iya et votre sacrée sorcière lui ont fait jurer de se taire. C'est un fameux fardeau qu'il lui a fallu porter là, Ki ; d'une lourdeur que ni toi ni moi ne pouvons seulement nous figurer.

— Vous étiez au courant !

— Seulement depuis quelques semaines. Rhius non plus ne m'avait rien dit, mais pas parce qu'il n'avait pas confiance en moi. C'était dans l'intérêt de Tobin, et par mesure de sécurité. Nos petites personnes n'entrent pas en ligne de compte, là-dedans.

— Mais je deviens quoi, maintenant, moi ?

— Qu'est-ce que ça signifie ? Tu n'es quand même pas en train de me dire que tu veux bien servir un prince mais pas une reine ?

— Servir ? » Ki pivota vivement pour lui faire face. « Il est mon meilleur ami, Tharin. Il... il est tout pour moi ! Nous avons grandi ensemble, nous avons été élevés, entraînés ensemble, nous avons combattu ensemble. *Ensemble !* Mais les reines n'ont pas d'écuyers, si ? Elles ont des ministres, des généraux, des consorts. Je ne suis rien de tout ça, moi. » Il écarta ses mains ouvertes. « Zéro, je suis ! Je ne suis rien qu'un chevalier de merde et le fils d'un voleur de chevaux... »

D'un revers de main, Tharin lui administra une gifle si retentissante qu'il en tituba. « En tant d'années, c'est tout ce que tu as appris ? gronda-t-il en toisant de tout son haut le gosse effaré. Tu t'imagines qu'une magicienne telle qu'Iya aurait jeté son dévolu sur toi comme ça, pour rien ? Que Rhius t'aurait attaché à son fils, si tu n'étais que ce que tu prétends ? Que *moi*, je t'aurais confié la vie de cet enfant-là ? Un homme ne peut pas choisir son père, Ki, mais sa voie, si, il la choisit. Et moi qui te croyais affranchi de toutes ces conneries ! » Il eut du mal à retenir une seconde gifle. « C'est ça que je t'ai appris ? À détaler pleurnicher dans le noir ?

— Non. » Sa voix tremblotait, mais il se redressa comme au garde-à-vous. Un filet de sang lui coulait du nez et se coagulait dans les poils follets de sa lèvre. « Je regrette, Tharin.

— Écoute-moi, Ki. Tobin n'a pas la moindre idée des épreuves qui l'attendent. Il n'a qu'une obsession, c'est que ses amis vont se détourner de lui. Que *tu* vas te détourner de lui. Il redoute cela plus que rien d'autre au monde. Et c'est précisément ce que tu viens de faire, non ? »

Ki ne put réprimer un gémissement. « Par les couilles à Bilairy ! Il pense... ? Oh ! mais tudieu, Tharin, ce n'est pas ça que signifiait ma fuite !

— Dans ce cas, m'est avis que tu ferais bien de retourner là-bas et de le lui dire. » Il s'écarta d'un pas, et Ki fusa retrouver Tobin. Le capitaine demeura où il était, lui, le temps que s'apaise un subit accès de tremblement. La gifle lui avait endolori le dos de la main, il sentait le sang du gamin lui poisser les doigts. Il étouffa un juron d'angoisse, tout en les torchant sur sa cotte. Volonté divine ou pas, c'était une route fichtrement dure qui leur avait été tracée à tous, tant d'années avant.

L'absence de Ki n'avait pas duré plus de quelques minutes, mais lorsqu'il ressortit seul de la grange pour venir le rejoindre, Tobin avait eu l'impression qu'une éternité s'était écoulée. Marchant droit sur lui, son ami l'étreignit de toutes ses forces puis s'agenouilla pour lui offrir son épée.

« Que fais-tu là, Ki ? Debout ! Mais tu saignes... »

Ki se releva et l'empoigna par les épaules. « Je suis confus de m'être conduit de la sorte. Mais c'est à cause de la surprise où tu m'as plongé, pas plus. Il n'y a rien de modifié entre nous. » Il hésita, le menton tout tremblant, puis scruta bravement son regard. « Rien, n'est-ce pas ? »

Tout en l'étreignant à son tour, Tobin répondit d'une voix tout sauf assurée : « Tu es mon meilleur ami. Rien ne peut changer cela.

— Alors, tout est pour le mieux ! » Ki laissa échapper un petit rire grelottant avant d'échanger avec lui la poignée de main des guerriers.

Voyant ses yeux étinceler de larmes retenues, Tobin repartit : « Tu ne vas pas m'abandonner, hein, Ki ? »

Ki resserra sa prise et lui sourit d'un air farouche. « Aussi longtemps que j'aurai un souffle de vie, jamais ! »

Tobin le crut sur parole et en éprouva tant de soulagement qu'il ne savait plus trop que dire. « Tout va

pour le mieux, alors, réussit-il enfin à articuler. On
ferait bien de se remettre en route sans plus tarder,
je crois. »

5

Durant leur chevauchée, Tobin fit tout son possible
pour éviter de penser à ce qui l'attendait. Le premier
mouvement de Ki l'avait affolé plus qu'aucune bataille
n'aurait pu le faire. Sans que la loyauté de son ami
fût pour autant suspecte une seconde, il le surprit
plus d'une fois pendant cette folle course en train de
lui décocher furtivement des coups d'œil perplexes,
comme s'il s'efforçait de discerner l'inconnue dissimulée sous la peau d'emprunt.

Mais je ne tiens pas du tout à changer, moi !
songea-t-il misérablement. Les yeux attachés sur les
montagnes lointaines qui se découpaient en noir sur
le firmament constellé d'étoiles, il n'arrêtait pas de
se demander quel effet cela lui ferait de partir simplement, comme ça, de tout planter là..., la bataille
comme la ville et ses amis comme son destin.

Ce n'était d'ailleurs là qu'une chimère des plus
vagues. Il était un guerrier skalien, un prince du sang.
En dépit de ses appréhensions, il comptait bien ne
jamais se déshonorer, ne jamais trahir ceux qu'il
aimait.

Son nom et son sceau suffirent à leur valoir sur tout

le trajet des montures fraîches et, à chaque étape, ils répandaient la nouvelle de l'invasion. L'aube les trouva de nouveau en vue de la mer, et ils atteignirent Atyion sur le coup d'une heure de l'après-midi.

Immobilisant son cheval devant la porte de la ville, Tharin héla les gardes postés au rempart. « Ouvrez, au nom du prince Tobin, seigneur et maître d'Atyion. Le prince est de retour !

— Ero est assiégée par Plenimar, annonça Tobin aux sentinelles médusées dès qu'on les eut laissés entrer. Hâtez-vous de propager le mot, chaque guerrier doit se préparer à y repartir avec moi... Hé là, un instant ! cria-t-il à l'une d'entre elles qui s'élançait déjà. Les femmes incluses, toutes celles qui désirent se battre pour Skala sont les bienvenues sous la bannière d'Atyion. Est-ce bien compris ?

— Oui, mon prince.

— Dis à tout le monde de se rassembler dans la cour du château.

— Bien joué, Tobin », murmura Arkoniel.

La hâte qu'ils mirent à traverser la ville ne leur servit qu'à trouver le pont-levis du château encore relevé par-delà les douves. Le capitaine arrondit ses mains en porte-voix pour appeler la garde, mais il n'obtint aucune réponse.

Ki s'ombragea les yeux et loucha vers les hommes postés sur le rempart. « Ce sont des gens de Solari.

— Ouvrez, au nom du prince ! » claironna de nouveau Tharin.

Cette fois, une tête se pencha au créneau voisin de la poterne. « Le duc Solari m'a formellement interdit de laisser pénétrer quiconque en provenance d'Ero, rapport à l'épidémie.

— Le fils de pute ! hoqueta Ki.

— Ouvre au prince sur-le-champ, ou tu seras pendu haut et court pour trahison ! » riposta Tharin d'une voix formidable que Tobin ne lui avait jamais entendue.

Arkoniel conserva mieux son calme. « Il s'agit d'une affaire grave, mon bonhomme. Va immédiatement nous chercher ton maître.

— Solari ne peut pas se conduire ainsi ! s'exclama Ki, révolté, pendant qu'ils plantonnaient là. C'est le patrimoine de Tobin, qu'il ait l'âge ou pas d'en assumer la charge.

— L'homme qui commande la forteresse commande Atyion, maugréa Tharin, l'œil fixé sur le bord opposé des douves.

— Frère avait raison, dit Tobin à Arkoniel. Il m'a prévenu voilà des années que Solari voulait s'adjuger Atyion. »

Le soleil poursuivit une heure de plus son déclin pendant qu'ils s'alarmaient d'attendre en vain devant les portes closes. Une foule de citadins en armes s'était peu à peu massée derrière eux. La nouvelle de la situation avait fait tache d'huile. Tharin découvrit parmi eux un certain nombre de sergents de sa connaissance et ordonna d'expédier des estafettes dans les domaines environnants pour y lever des chevaliers. Arkoniel en dépêcha d'autres auprès des prêtres de la ville.

Deux femmes sortirent de la presse et s'inclinèrent

bien bas devant Tobin. L'une d'elles portait une armure à l'ancienne mode. Ses robes blanches et son masque d'argent désignaient la seconde pour une desservante du temple d'Illior.

Le masque n'empêcha pas Tobin de la reconnaître et de la saluer. « Honneur à vous, dame Kaliya. »

La prêtresse lui rendit son salut en exhibant les dragons multicolores de ses paumes. « J'ai longtemps rêvé de votre venue, mais je ne m'attendais pas à vous revoir si tôt. Atyion n'abandonnera pas l'héritier légitime. »

Il mit pied à terre et lui baisa la main. « Je n'abandonnerai pas Atyion. Vous le saviez ?

— Que ce serait vous ? Non, Altesse, mais j'en éprouve une grande joie. » Elle pencha la tête pour lui souffler : « Sois la bienvenue, fille de Thelátimos. »

De nouveaux religieux arrivèrent. Arkoniel et Kaliya les entraînèrent à part pour leur parler tout bas. Tobin frissonna en les regardant. Un par un, chacun des nouveaux venus se tourna pour le saluer, la main sur le cœur.

Là-dessus, Solari se présenta sur le chemin de ronde d'où il lança : « Mes respects, prince Tobin. Vous me voyez navré de la fâcheuse réception qui vous a été faite.

— Ignorez-vous donc ce qui se passe à Ero ? lui répliqua Tobin d'une voix forte. On vous a pourtant dépêché des pigeons voyageurs hier. Ero est attaquée ! »

Une houle de stupéfaction parcourut la foule.

313

« Je le sais pertinemment, cria le duc. Mais Atyion doit être protégée coûte que coûte de la peste.

— Des blagues ! hurla quelqu'un du sein de la cohue.

— Dût son seigneur légitime y perdre la vie ? riposta le capitaine avec véhémence. Solari, voici le fils de Rhius, et c'est sur ordre de Sa Majesté qu'il se trouve ici ! Votre propre fils est à Ero avec le roi.

— De nouveaux oiseaux vous ont précédés, Tharin, et mes nouvelles sont plus récentes. La ville basse est perdue, et le roi est pris au piège sur le Palatin. Vous n'aurez pas le temps d'y revenir qu'ils seront tous morts.

— Traître ! » hurla Ki en brandissant son épée.

Solari l'ignora. « Skala doit être défendue, et il ne lui reste pas de plus puissante forteresse qu'Atyion. Elle doit avoir pour chef un général chevronné. Renoncez à vos prétentions, prince Tobin, et je vous adopterai pour mon héritier. Les prêtres soient témoins du serment que j'en fais.

— Pas moi ! cria la prêtresse illioraine, aussitôt imitée par tous ses collègues. Je prononce à votre encontre la malédiction réservée aux traîtres !

— Vous avez d'autres fils, Solari, repartit Arkoniel. Même si nous vous croyions, combien de temps survivrait Tobin parmi eux, vu la fortune colossale que vous rapporterait sa mort ?

— Pas quinze jours ! glapit une voix de femme dans l'assistance, derrière eux.

— Tirez-moi ce félon ! s'exclama quelqu'un d'autre.

— À l'assaut des murs !

314

— Pendez-moi ces salauds ! Jamais qu'on pliera le genou devant eux ! »

Ki mit pied à terre et se rapprocha de Tobin. « Pourrais pas lancer Frère contre lui, Tob ? » chuchota-t-il.

Va savoir comment, Arkoniel réussit à entendre et siffla : « Ne redemande jamais cela, Ki. Tu ne sais pas de quoi tu parles. »

Il s'avança jusqu'au bord des douves et brandit son poing droit vers le ciel, les doigts crispés sur sa baguette de cristal. Les feux déclinants du jour la firent flamboyer. « Écoutez-moi, vous autres du château, et vous tous ici présents derrière nous. » Sa voix portait autant qu'un cri de guerre. « Je suis le magicien Arkoniel, jadis élève de maîtresse Iya. Vous nous avez connus comme amis intimes et hôtes familiers du duc Rhius, elle et moi. Il nous a aussi personnellement désignés comme protecteurs de son fils unique et unique héritier, de celui qui se tient en cet instant même à sa propre porte comme un mendiant !

» Solari allègue qu'il empêche le fléau d'entrer. A-t-il jamais fait une chose pareille jusqu'à présent ? Non. Seulement aujourd'hui, depuis qu'il se figure qu'Ero est perdue. Sachez-le, gens d'Atyion, toutes ces années de peste et de mort sont la malédiction d'Illior que le roi Erius a fait s'abattre sur ce pays. Avec la complicité du peuple, il a usurpé le trône sur l'héritière légitime de Skala, la princesse Ariani, fille d'Agnalain, mère de Tobin..., car c'est elle qui aurait dû régner !

— Il dit vrai ! s'écria Kaliya, déployant ses paumes afin de sanctionner officiellement les paroles du

315

magicien. Et voici son fils devant vous maintenant, ce fils qu'ont épargné la peste comme la famine. Les domaines du prince Tobin – Atyion, Cirna, Bierfût, Mitangué, Gerfaut-gîte... – ont tous été épargnés de même, eux et leurs habitants. Vous êtes-vous seulement demandé pourquoi ? Je vais vous le dire, à cette heure : c'est parce que le sang d'Ariani coule véritablement dans ses veines ! À son insu, Tobin n'a pas cessé d'être votre authentique protecteur, le béni d'Illior et celui des Quatre conjointement. »

Le tumulte se fit ovation, mais le château, lui, demeura muet. Tobin jeta un regard circulaire nerveux. Malgré la bienveillance de la foule, il se sentait dramatiquement exposé. Les archers de Solari risquaient à tout moment de les mettre en joue. « Que faire, maintenant ? » demanda-t-il à Tharin.

Kaliya se rapprocha pour lui agripper l'étrier. « Je vous ai promis mon aide il y a longtemps. Vous souvenez-vous ?

— Oui.

— Et cependant vous ne me l'avez jamais demandée. Je vous l'offre à nouveau. Pousse ton cri de guerre, Rejeton d'Atyion. Clair et fort, sur-le-champ ! »

Quelque chose dans l'intonation du conseil lui rendit espoir et, rejetant la tête en arrière, il cria de toutes ses forces : « Atyion ! Atyion pour Skala et les Quatre ! »

Le cri fut repris par Ki et ses compagnons, puis par la foule tout entière qui, dans son enthousiasme, agitait des mouchoirs, des écharpes et brandissait des armes de toutes sortes. Le vacarme enveloppa Tobin comme une violente tempête et l'étourdit comme s'il était gris.

Kaliya leva les deux mains pour réclamer le silence. « Voilà. Vous entendez, maintenant ? »

La même clameur montait de l'intérieur de la forteresse. « Atyion pour Skala ! Atyion pour les Quatre ! » Elle enfla comme un rugissement, puis ne tarda pas à être ponctuée par le fracas sans équivoque de l'acier rencontrant l'acier.

Tharin s'inclina devant la prêtresse avec un sourire plein de gravité. « Mes félicitations, Dame. Atyion reconnaît la voix de son maître. On est en train de se battre pour toi, Tobin. Fais appel à tes partisans.

— Ouvrez les portes ! » cria-t-il, mais sans obtenir de réponse.

Ils se remirent tous en selle et, droits comme des i, observèrent le pont-levis. Mais il fallut que le soleil s'abaisse une heure de plus avant que le bruit des combats ne s'éteigne et que ne s'aperçoive au-dessus de la porte un nouveau regain d'activité.

À l'évidence, il s'agissait encore là de quelque affrontement. Qui ne dura guère et qui s'acheva lorsqu'on propulsa dans le vide, du haut du rempart, un individu qui, le col pris dans un nœud coulant, se débattait en glapissant. Ses cris furent coupés net aussitôt que la corde se fut tendue, lui rompant l'échine. La robe de soie verte qu'il portait était aussi somptueuse que celle d'un roi ; le soleil en fit miroiter les riches broderies lorsqu'il se mit à tourner lentement au bout de la hart du bourreau.

C'était Solari.

Peu d'instants après, le pont-levis s'abattit en grinçant, et des soldats se ruèrent au-dehors pour venir saluer Tobin. Certains d'entre eux arboraient le vert de Solari, mais c'était son nom à lui qu'ils scandaient.

Des femmes aussi se trouvaient du nombre, encore en jupes et tabliers mais armées d'épées. L'une des cuisinières se précipita à genoux aux pieds de Tobin et, lui tendant sa lame à deux mains, s'époumona : « Pour Atyion et pour les Quatre ! »

Reconnaissant en elle cette cousine de Tharin qu'il avait rencontrée lors de sa première visite, il mit pied à terre pour se saisir de l'arme ainsi offerte et la restituer. « Levez-vous, Grannia. Vous voici de nouveau capitaine. »

Une assourdissante ovation s'éleva, que répercutèrent en écho les murs de la ville et les murailles du château. Il eut l'impression que c'étaient ces vagues énormes de clameurs qui le rejuchaient en selle, aussi tourneboulé que transporté de joie. Alors, Arkoniel se trouva derechef à ses côtés.

« C'est le moment, Tobin, dut-il hurler pour se faire entendre.

— Oui, je sais. »

Flanqué par ses amis et par les principaux religieux, il franchit le pont pour pénétrer dans le baile qui s'ouvrait au-delà de la poterne. La brève bataille qui s'y était déroulée avait couché au sol des dizaines de victimes, essentiellement des gens de Solari. D'autres d'entre eux avaient été parqués dans des enclos à bêtes et s'y tenaient agenouillés sous l'œil vigilant de bretteurs et d'archers d'Atyion.

318

Tobin décrivit un grand tour pour faire le point de la situation. La plupart des hommes du duc s'étaient finalement déclarés en faveur d'Atyion.

« La forteresse est à vous, prince Tobin », constata Tharin.

La duchesse Savia l'attendait avec sa progéniture en haut du perron du château. Elle portait fièrement la tête, mais la peur se lisait dans ses yeux tandis qu'elle serrait les petits contre elle. Tobin eut le cœur chaviré de voir le même effroi dans leurs regards à eux. Il avait festoyé et joué en leur compagnie lors de sa dernière visite et tenu ce bout de chou de Rose sur ses genoux. À présent, elle s'agrippait aux jupes de sa mère, pleurant d'effarement pendant qu'il s'approchait.

Savia tomba sur ses genoux. « Tuez-moi si vous voulez, cria-t-elle en tendant des mains suppliantes vers lui. Mais, je vous en conjure au nom des Quatre, épargnez mes enfants !

— Vous êtes sous ma protection, la rassura-t-il. Je jure par les Quatre et par la loi de Skala qu'on ne vous fera aucun mal ! » Il jeta un regard à l'entour. « Dame Lytia est-elle ici ?

— Me voici, mon prince, répondit-elle en sortant de la presse massée dans la cour.

— Dame Lytia, je vous fais solennellement intendant d'Atyion. Veillez à ce que mes ordres soient scrupuleusement observés par la garnison. La duchesse et ses enfants ne doivent subir aucune insulte et aucun sévice. Pour l'heure, il leur est permis de continuer à occuper sous bonne garde leurs appartements. Quand vous aurez veillé à les y ramener en sécurité, veuillez faire arborer mes bannières sur la forteresse.

— Je n'y manquerai pas, mon prince. » L'approbation qu'il lut dans ses prunelles pâles au moment où elle emmenait avec force prévenances la duchesse en larmes lui fit encore plus chaud au cœur que les vivats précédents.

« Tu ferais mieux de t'adresser tout de suite à la garnison », conseilla Tharin.

En dépit du succès qu'il avait remporté jusque-là, Tobin sentit son estomac se nouer de froid lorsqu'il reporta ses regards sur l'océan de visages tendus par l'expectative.

« Guerriers d'Atyion, commença-t-il, et sa voix lui sembla d'une ténuité ridicule et suraiguë, là, en plein air. Je vous remercie de la fidélité dont vous venez de faire preuve en ce jour. »

Arkoniel se rapprocha pour lui chuchoter quelque chose à l'oreille en attendant que s'apaisent les acclamations. Le jeune prince hocha la tête et prit une profonde inspiration.

« Bonnes gens d'Atyion, c'est en souvenir de mon père, je le sais, que vous m'avez chéri dès le premier jour et accueilli comme un des vôtres. Aujourd'hui... » La bouche sèche, il eut un instant de faiblesse. « Aujourd'hui, les vaisseaux de guerre de Plenimar pullulent dans la baie d'Ero. La ville est en flammes, et l'ennemi aux portes du Palatin. »

Il s'interrompit de nouveau, rassemblant ses pensées pendant que retombait la première explosion de fureur. « Aujourd'hui, ce n'est pas seulement l'enfant de

320

Rhius qui se tient devant vous, mais celui d'Ariani ; c'est elle qui aurait dû être reine. » Une fois de plus, il s'arrêta, tellement terrifié que la peur le prit de se mettre à vomir, là, devant tout ce monde. Après avoir respiré un grand coup, il se contraignit à poursuivre. « Pour survivre, si tel est son destin, Skala doit avoir à nouveau une reine. J'ai... J'ai quelque chose de très étrange à vous révéler, mais... »

Il se tourna désespérément vers Arkoniel. « Je ne sais comment le leur dire. Aidez-moi, par pitié ! »

Le magicien s'inclina, comme pour répondre à quelque ordre impérieux, puis leva une main pour réclamer l'attention de la foule. Ki vint se placer aux côtés de Tobin et lui pressa l'épaule. Tout tremblant, celui-ci lui adressa un bref regard de gratitude.

Arkoniel glissa les doigts dans le col grossier de sa tunique et en extirpa une amulette d'Illior en argent. « Guerriers d'Atyion, certains d'entre vous me connaissent. Je suis Arkoniel, magicien libre de Skala, disciple d'Iya. Mon maître et moi, nous sommes les protecteurs du prince Tobin. C'est Illior l'Illuminateur qui nous a choisis et ordonnés tels, voilà seize ans, par l'intermédiaire de l'Oracle d'Afra. Mon maître se vit gratifier d'une vision quand la princesse Ariani portait encore ses enfants dans son sein. Vous avez tous entendu dire qu'elle attendait des jumeaux, que la fille périt tandis que le garçon vivait. Ce n'est pas tout à fait la vérité. Mon maître et moi fûmes témoins des naissances, cette nuit-là, et nous avons gardé le secret sur le sujet depuis.

» Maintenant, je vous l'annonce, c'est la fille qui a

321

vécu, pas le garçon. Conformément à la volonté d'Illior et pour le salut de Skala, la petite s'est vu donner, grâce à des passes magiques il ne se peut plus formidables et malaisées, l'apparence de son frère mort, afin d'échapper au meurtre que méditaient le roi et ses favoris. Le prince Tobin que vous avez en ce moment même devant vous est cette fillette-là ! »

Silence. Tobin entendait nettement aboyer les chiens du village en deçà de l'enceinte et même les canards cancaner dans les douves au-delà. Puis quelqu'un glapit : « C'est pas une fille !

— Quel genre de magie pourrait faire des choses pareilles ? » lança un prêtre de Dalna barbu, dont les paroles soulevèrent un énorme tollé, tandis que les soldats et les citadins amassés dans le baile se mettaient tous à parler à la fois.

Ki, Tharin et Lynx se reployèrent autour de Tobin, la main sur la garde de leur épée. Les phalanges d'Arkoniel blanchirent lorsqu'il empoigna sa baguette de cristal, mais ce fut la grande prêtresse d'Illior qui calma la foule.

Elle claqua des mains au-dessus de sa tête, et le fracas du tonnerre ébranla longuement les murs. « Laissez-les finir ! cria-t-elle. Est-ce que je me tiendrais ici même à leurs côtés, moi, ainsi que mes frères des autres temples, si nous doutions que leurs paroles n'aient un sens ? Laissez parler le magicien ! »

Arkoniel la remercia d'une courbette avant de reprendre : « Pendant quinze années, vous avez connu ce jeune et vaillant guerrier comme fils de Rhius.

Aujourd'hui, vous devez à la volonté d'Illior le privilège de le voir de vos propres yeux se révéler enfin comme l'héritière légitime du trône de Skala. Vous êtes bénis, gens d'Atyion. C'est à vous que reviendra l'honneur d'être les témoins qu'une héritière légitime consacrée par l'Illuminateur vous a été rendue. Vous avez prouvé votre loyauté parfaite en renversant Solari le félon. Achevez votre œuvre en partageant maintenant le saint témoignage de ce prodige avec les prêtres des Quatre ici présents. »

L'injonction faite à tout le monde, là-dessus, d'avoir à s'écarter de Tobin n'alla pas sans soulever quelques protestations et grommellements.

« Il est trop exposé ! Ne peut-on pas faire cela dans la grande salle ? maugréa le capitaine.

— Non, il est nécessaire que chacun voie. Je vous en prie, Tharin, il faut absolument vous reculer. »

Après un dernier coup d'œil fébrile à Tobin, Tharin, suivi fort à contrecœur par Lynx et Ki, se retira, mais seulement jusqu'au bas des marches. Les prêtres les imitèrent de l'autre côté.

Ses amis avaient beau n'être qu'à cinq ou six pas de lui, Tobin se sentit subitement aussi seul que périlleusement à découvert. Plus personne ne l'ovationnait ni ne scandait désormais son nom. Le baile lui faisait l'effet d'une mer de regards sceptiques.

Si le sourire de Kaliya semblait indiquer que, tout en percevant l'angoisse qui l'envahissait, elle la partageait de toute sa compassion, dans les yeux des autres spectateurs ne se lisait qu'un affreux malaise.

Arkoniel se rapprocha de nouveau pour lui tendre

un mince canif d'argent. Celui de Lhel... « Elle me l'a donné voilà quelque temps. Sers-t'en sans défaillance », chuchota-t-il en l'embrassant sur les deux joues. C'était la première fois qu'il se permettait de faire une chose pareille. « Souviens-toi de ce que je t'ai recommandé. Commence par la poupée. Courage, Tobin. C'est ton peuple qui te contemple. »

Mon peuple. L'assistance tout entière avait l'air de retenir son souffle. En refermant ses doigts sur le manche du canif, il sentit sa peur l'abandonner petit à petit, tandis qu'affluait en lui le même genre de calme qu'il éprouvait à l'heure de la bataille. Cela n'empêcha pas ses mains de trembler quand il retira la poupée de sa cotte et chercha en tâtonnant le cordon de cheveux pris dans le pli de tissu du col. Glissant dessous la pointe de la lame, il le trancha et le laissa tomber à terre. Puis il éventra la mousseline usée pour vider le corps de tout ce qu'il recelait – des herbes réduites en poussière, de la laine jaunie, et tous les fragiles menus bouts d'os. Un petit objet brillant s'en évada aussi, qui rebondit sur les degrés de pierre. C'était la tablette d'or sur laquelle était gravée l'antique prophétie de l'Oracle d'Afra. Il avait complètement oublié l'avoir dissimulée là. Elle finit par atterrir aux pieds d'un sergent barbu qui la ramassa, non sans hésiter. Comme Arkoniel lui faisait signe de rester où il se tenait, l'homme la brandit et prononça d'une voix sourde : « Je vais la garder pour vous, n'est-ce pas, mon prince ? »

Et voilà que Frère se trouva debout aux côtés de Tobin, le dévorant de ses noires prunelles affamées.

À en juger d'après les cris de stupeur et d'effroi qui s'élevèrent aussitôt de-ci de-là, certains des assistants pouvaient le voir eux-mêmes.

« Tes vêtements, souffla doucement Arkoniel. Il faut que tu les retires. Aide-le, Ki. »

Comme l'écuyer s'approchait, Frère émit un crachement presque inaudible, mais il n'essaya pas de s'interposer. Sans s'accorder une seconde de réflexion ni d'hésitation, Tobin se défit de son baudrier, de sa cotte cloutée, de sa chemise et les tendit à Ki. La présence de Frère lui donnait la chair de poule aux bras. La poitrine nue lui aussi, maintenant, le fantôme ne bougeait pas d'auprès de lui. Tobin se débarrassa vivement de ses bottes, de ses chaussettes, de ses chausses et, après un bref instant de doute, de sa culotte de lin. Ki lui adressa un sourire blême tout en achevant de se charger les bras. Il était effaré, lui aussi, mais s'efforçait de n'en rien montrer.

« Te bile pas, chuchota Tobin en retirant par-dessus sa tête la chaîne qu'il portait au cou pour la lui remettre. Je te la confie. »

Ki referma son poing sur la bague et le sceau puis le porta contre son cœur en guise de salut pendant qu'il regagnait à reculons sa place à côté de Tharin.

Entièrement nu maintenant, Tobin fit face à la foule et se tâta le torse en quête de l'esquille d'os. Elle était là, juste sous la peau. Les minuscules fronces que faisaient les points de Lhel se sentaient fort bien sous les doigts.

« Vite ! » cracha Frère.

Tobin plongea son regard une dernière fois dans les

noires prunelles de son jumeau tout en élevant le canif d'argent. « Oui. »

Pinçant à deux doigts l'infime saillie qu'y faisait l'os, il appuya la pointe acérée sur la peau tendue. Il lui était impossible de voir ce qu'il faisait, mais l'habileté suppléait. Il ne put réprimer une grimace quand la peau céda, libérant un filet de sang.

« Plus profond ! » grommela Frère.

Tobin tailla de nouveau, vrilla le canif dans la plaie, et un feu formidable embrasa tout son être lorsque la lame atteignit sa cible. Il s'effondra sur ses genoux, lâchant le couteau qui tinta sur le perron de pierre à proximité.

« Libère-moi ! » hurla Frère en s'accroupissant pour lui montrer sa propre poitrine ensanglantée. Des larmes écarlates ruisselaient le long de ses joues. « Ça fait trop mal ! Finis ! »

Le souffle coupé, Tobin referma violemment les paupières et secoua la tête. La douleur était trop atroce.

« Maintenant ! cria une voix de femme. Il faut que ce soit maintenant, ma fille ! »

Rouvrant les yeux, Tobin découvrit les fantômes.

Ils se tenaient en cercle autour de lui, tous couronnés, tous brandissant droit devant eux l'épée de Ghërilain. Il ne les reconnaissait pas – les effigies du mausolée étaient d'une exécution trop grossière pour avoir rien rendu des physionomies qu'ils avaient eues de leur vivant –, mais il savait qui ils étaient. Ghërilain Première était là à le contempler, tout comme sa propre grand-mère souillée de sang. Et cet homme décharné à l'air affligé qui se dressait à leurs côtés...

ne pouvait être que Thelátimos, le dernier des rois légitimes.

Des doigts frais lui caressant le front, il rouvrit les yeux, les leva et découvrit le seul de tous ces visages qu'il lui eût jamais été donné de contempler vraiment. Celui de Tamìr, la reine assassinée. C'était d'elle qu'était venu l'appel, et voici qu'elle lui parlait à nouveau. *Courage, ma fille. Il faut que ce soit maintenant, pour le salut de Skala !*

Quelqu'un lui remit le canif dans la main. C'était Ki. Pleurant à chaudes larmes, il s'agenouilla près de lui.

« Tu es capable de le faire », chuchota-t-il avant de battre en retraite, d'un air aussi affligé que s'il l'envoyait au bûcher.

Tobin leva le couteau. La douleur l'obligea à ravaler ses lèvres avec un grognement quand il enfonça la lame encore plus avant. Il s'était toujours figuré que la minuscule esquille sortirait aussi spontanément qu'une simple écharde, mais sa chair s'était promptement refermée sur elle, à la manière dont un tronc d'arbre se cicatrise autour d'un clou. Il vrilla de nouveau la lame et entendit quelqu'un pousser un hurlement strident. On aurait dit la voix de Frère, mais sa propre gorge en était à vif.

L'esquille finit quand même par se détacher, encore insérée dans une bouillie de viande saignante. Mais à peine eut-il le temps de la percevoir entre ses doigts qu'une nouvelle vague de douleur le submergea, plus abominable que tout ce qu'il avait jamais imaginé.

Un brasier blanc dévorait chacune de ses cellules,

un brasier d'une telle intensité qu'il lui faisait l'effet d'un froid glacial. En proie à cette fournaise d'enfer, il ne pouvait plus ni penser ni respirer ni crier ni entendre, mais va savoir quel prodige lui permettait de voir Frère, de le sentir violemment s'agripper à lui, l'étreindre à l'étouffer, lui passer au travers comme une ombre noire et glacée, comme s'il était au cœur même du brasier blanc.

Et puis le supplice cessa brusquement, le laissant recroquevillé sur le flanc, dans la lumière du soleil, sur la pierre brûlante et lisse. Les fantômes l'entouraient toujours, mais beaucoup plus flous à présent, comme réduits à des silhouettes de gaze grise. Et il gisait sur le perron au milieu d'un grand cercle noir.

Quant à Frère, il avait disparu.

En promenant son regard à l'entour, il ne vit pas l'assistance pétrifiée, muette, il constata seulement l'absence de son jumeau. Il la ressentait aussi, sous la forme d'un affreux vide dont il était plein. Ils ne s'étaient dit aucun adieu, pas un mot de séparation. Il avait retranché Frère de son corps, et le fantôme l'avait quitté. Cela lui paraissait difficilement concevable.

« Tob ? » Une main chaude lui saisit le coude, l'aida à se rasseoir. C'était Ki.

Il tendait la main vers lui quand l'horreur suspendit son geste à la vue de l'étrange peau qui couvrait son bras. Du bout des doigts jusqu'à l'épaule, elle pendait en lambeaux flottants et décolorés comme des vestiges de gant. Son corps tout entier présentait le même aspect ; des haillons de peau l'enveloppaient, comme s'il s'était littéralement écorché lui-même en se libérant de l'épouvantable magie. Il se frotta vigoureusement l'avant-bras gauche, et cela tomba, révélant dessous une peau lisse, intacte. La marque de sagesse lie-de-vin était toujours là, plus éclatante que jamais.

Il ploya, déploya les doigts, se frotta les mains, se frotta les bras, se dépouilla de son ancienne peau comme les serpents le font au printemps. Il se frictionna le visage et sentit que s'en détachait un fin masque desséché, mais sans que s'efface la vieille cicatrice en croissant de lune qui marquait son menton. Le feu avait comme par miracle épargné ses cheveux, mais il sentit sa peau du crâne antérieure s'effilocher elle aussi dessous.

Il se passa les mains sur la poitrine et s'arrêta, commençant seulement à comprendre toute l'étendue de ce qui s'était produit. La nouvelle peau que tapissaient les débris de l'ancienne était bien tendue, douce et bombée comme...

Comme celle d'un torse de jeune fille.

Non sans frémir, il se défit de sa vieille écorce et coula un regard ahuri sur ses petits seins.

Vaguement conscient de la rumeur croissante qui s'élevait de partout, il se mit debout pour s'examiner plus précisément. Ses attributs de garçonnet s'étaient ratatinés en une cosse desséchée. Il arracha les lambeaux de peau qui pendouillaient dessus, et tout vint ensemble et s'éparpilla comme feuille morte.

Ki se détourna, une main plaquée sur la bouche, et elle l'entendit se mettre à vomir.

Autour d'elle, le monde entier virait lentement au gris. Elle ne sentait plus le perron sous ses pieds. Mais

329

Tharin était déjà là, qui la drapait dans un manteau et la maintenait debout. Et Ki lui-même était revenu, qui lui enlaçait fermement la taille. « Ça va très bien. Je t'ai. »

Arkoniel et les prêtres étaient aussi là, et il fallut les laisser rouvrir le manteau, les laisser procéder à une inspection. Trop hébétée pour s'en soucier, elle se contenta de fixer le ciel par-dessus leurs têtes.

« T'en fais pas, Tob, murmura Ki.

« Pas... Tobin », chuchota-t-elle. Elle avait mal aux lèvres, et la gorge à vif.

« Oui, elle doit prendre un nom de femme, maintenant », déclara Kaliya.

Arkoniel laissa échapper un faible gémissement. « Nous n'avons jamais abordé ce sujet !

— Moi, je sais », fit Tobin dans un souffle. Les reines fantomatiques se tenaient de nouveau avec elle. « Tamír, la reine qui fut assassinée, bien qu'on prétende le contraire. Elle est venue me trouver..., m'a offert l'Épée. Son nom... » La brume de grisaille se dissipa, et des larmes vinrent lui piquer les yeux. « Et Ariani, en l'honneur de ma mère qui aurait dû régner. Et Ghërilain, en l'honneur d'Illior et de Skala. »

Les reines fantomatiques la saluèrent et s'évanouirent, après avoir rengainé leurs épées.

La prêtresse hocha la tête. « Tamìr Ariani Ghërilain. Puisse un tel nom vous apporter puissance et bonne fortune. » Se tournant vers la foule redevenue silencieuse entre-temps, elle claironna : « J'en porte le saint témoignage ! Elle est femme, et elle a toujours les mêmes marques et cicatrices qu'auparavant.

330

— J'en porte témoignage, reprit en écho la prêtresse d'Astellus, ainsi que tous les autres religieux présents.

— Je prie chacun de vous d'en porter témoignage, clama Arkoniel à l'adresse de l'assistance. La reine authentique vous est rendue ! La marque de sagesse qu'elle a au bras et sa cicatrice au menton me permettent de certifier que c'est bien la même personne qui se tient à présent devant vous, mais sous sa forme véritable. Celle de Tamìr II ! »

Enfin convaincu, le peuple se répandit en acclamations, mais ce vacarme assourdissant fut quand même couvert par le formidable fracas qui retentit subitement derrière Tobin. Le panneau de bois sculpté représentant l'emblème de Sakor : l'épée, au-dessus du portail du château venait de se fendre, et sa chute avait mis à nu le bas-relief de pierre originel.

L'Œil d'Illior veillait sur Atyion comme par le passé.

Tobin leva la main pour lui marquer toute sa révérence. Mais les rugissements de la foule s'emparèrent d'elle et la projetèrent en l'air comme un vulgaire fétu de paille tandis que l'univers entier sombrait dans le noir autour d'elle.

Au même instant, l'Oracle d'Afra se mit à rire à gorge déployée dans les ténèbres de son antre.

Tapie dans les ruines d'une taverne avec une demi-douzaine de ses collègues d'Ero, Iya chancela et se couvrit la face quand une explosion de lumière blanche

331

éblouissante l'aveugla. Derrière ses paupières closes, la déflagration s'estompa progressivement tandis que se dévoilait le visage d'une jeune femme aux cheveux noirs et aux yeux bleus. « Loué soit l'Illuminateur », chuchota-t-elle, et ses compagnons reprirent à leur tour la formule avec autant de respect que d'émerveillement. Après quoi, d'une seule voix, ils crièrent haut et clair, cette fois : « Loué soit l'Illuminateur ! La reine est de retour ! »

Dans le fond des montagnes, au nord de Bierfût, les magiciens en exil de la Troisième Orëska d'Arkoniel furent gratifiés de la même vision et se ruèrent à la recherche les uns des autres en clamant la nouvelle.

Dans Skala tout entière, chacun des magiciens qui avaient reçu l'un des petits gages d'Iya tout comme nombre de ceux qui en avaient été jugés indignes bénéficièrent également de la vision, et tous en pleurèrent, les uns de honte et les autres de joie.

La vision fit à Nyrin l'effet d'une paire de gifles alors qu'il arpentait les remparts. Ce visage, il le reconnut en dépit de sa métamorphose, et il brandit ses deux poings vers le ciel, fou de rage contre la trahison de l'Illuminateur et de Solari, et furieux de l'échec essuyé par ses propres sbires. Lui faudrait-il toujours trouver en travers de sa route le maudit Rejeton d'Atyion ?

« Nécromancie ! s'écria-t-il, bouffi de venin comme

une vipère en colère. Une fausse figure, une fausse peau ! Ah mais, les fils ne sont pas encore tissés... ! »

Un garde busard assez malavisé pour s'approcher de son maître juste à ce moment se vit frappé de cécité, et la mort l'emporta dès le lendemain.

En se réveillant au fond de son chêne solitaire, Lhel trama le charme de fenêtre. Y risquant un œil, elle vit Tharin emporter la jeune fille le long d'une espèce de corridor. Elle concentra son regard sur ces traits calmes et assoupis. « *Keesa* », chuchota-t-elle, et elle eut la certitude de voir vaguement ciller les paupières de Tobin. « *Keesa*, souviens-toi de moi. » Elle demeura aux aguets un instant de plus pour s'assurer que Ki les accompagnait, puis elle referma l'ouverture magique.

C'était toujours l'hiver, là, dans les montagnes. La croûte de neige craquait sous ses pieds quand elle gagna la source en boitillant. De la glace frangeait la noirceur du bassin.

Le milieu de l'eau était néanmoins libre. Se penchant par-dessus, elle vit son visage se refléter sur la surface doucement ridée. Comme il avait l'air vieux ! pensa-t-elle. Elle n'avait plus eu de marée lunaire depuis le solstice d'hiver et, dans ses cheveux, désormais, le blanc l'emportait de loin sur le noir. S'il lui avait été permis de mener une existence normale au sein de son peuple à elle, elle aurait un mari, des enfants, on l'honorerait. Et pourtant, son unique regret pendant qu'elle s'inclinait sur l'eau était de n'avoir pas laissé de fille de sa chair pour veiller sur ce lieu sacré

– le chêne-mère et sa source captée –, sur ce lieu dont les siens étaient dépossédés depuis si longtemps.

Elle retourna ses paumes vers la lune invisible et répandit sur l'eau le charme voyeur. Des profondeurs noires n'émergea qu'une seule image. Elle la scruta quelque temps puis retourna à pas lents vers le chêne creux et s'étendit sur sa paillasse, une fois de plus les paumes en offrande – vides, résignées – contre ses flancs, puis se mit à écouter la bise dans les branches.

Il survint en silence. La vieille peau de daim qui servait de portière ne bougea pas lorsqu'il entra. Elle sentit qu'il s'allongeait près d'elle, froid comme une congère, et qu'il lui refermait ses bras autour du cou.

Je suis venu te retrouver enfin.

« Bienvenue, petit ! » chuchota-t-elle.

Des lèvres glacées trouvèrent les siennes, et c'est de son plein gré qu'elle ouvrit la bouche, afin de laisser ce démon que l'on avait appelé Frère lui dérober son dernier souffle comme elle lui avait dérobé son premier. L'équilibre était rétabli.

Ils étaient libres tous les deux.

6

Installé près de la croisée de la tour qui surplombait la poterne, Erius s'abîmait dans la contemplation de sa ville en feu. Les guérisseurs avaient eu beau lutter de leur mieux, la gangrène s'était déclarée et gagnait du terrain. Il avait l'épaule et le torse déjà tout noirs, son bras d'épée boursouflé et inutilisable. Incapable de monter comme de combattre, il en était réduit à demeurer couché, comme un infirme, entouré de courtisans à mines d'enterrement et de serviteurs qui ne cessaient de chuchoter. Il ne restait pas assez d'officiers pour venir lui faire des rapports. Le poing toujours cramponné à l'épée de Ghërilain, il présidait désespérément à la perte de sa capitale.

Les Plenimariens avaient opéré de nouveau leur percée la veille, juste après l'aube. À la tombée de la nuit, presque toute la ville basse était entre leurs mains. Et lui se trouvait forcé de regarder, d'ici, les charretées de butin qui descendaient cahin-caha vers les vaisseaux noirs mouillés au port, parmi des nuées de captifs – ses sujets – qu'on emmenait comme du bétail.

Korin s'était révélé bon à rien sur le champ de bataille. Rheynaris ne l'avait pas quitté d'un pied, le gavant d'ordres à donner, jusqu'à ce qu'une flèche l'abatte à peine midi sonné. Avec des effectifs réduits à moins d'un millier de défenseurs, Korin avait battu en retraite jusqu'au Palatin, où il faisait ce qu'il pouvait pour tenir les portes. Une poignée d'autres régiments luttaient encore quelque part en bas, mais en nombre trop insuffisant pour stopper la marée montante. Des milliers de soldats ennemis cernaient le Palatin, battant ses portes et catapultant par-dessus ses murs des sacs de foin imbibé d'huile en flammes. Des garnisaires et des réfugiés avaient beau, chargés de baquets, multiplier les va-et-vient jusqu'aux citernes et aux fontaines afin de tenter de sauver ce qui pouvait l'être, les incendies se répandaient de tous côtés. Erius voyait des tourbillons de fumée s'élever du toit de son Palais Neuf.

Les Busards de Nyrin s'étaient vaillamment battus, mais même eux ne faisaient pas le poids contre l'assaillant. Décimés par des nécromanciens, terrassés dans les rues par les flèches ou l'acier, ceux d'entre eux qui avaient survécu s'étaient finalement débandés au petit bonheur. Les rapports faisaient également état de magiciens skaliens rebelles mystérieusement surgis, la veille, de nulle part. Il y avait d'ailleurs de quoi s'y perdre un peu. À en croire Nyrin, ils s'attaquaient aux siens plutôt qu'à l'ennemi. D'autres témoins affirmaient, eux, que ces mêmes traîtres s'étaient battus pour Skala. On les prétendait capables de commander au feu, à l'eau, et même à de fabuleuses meutes de rats. Nyrin n'accordait aucune créance à de tels racontars. Pas un seul magicien skalien ne détenait de pouvoirs semblables.

Erius avait passé toute la journée à scruter les routes du nord. Il était évidemment trop tôt pour s'abandonner à l'espoir, même si Tobin avait réussi à atteindre Atyion vivant, mais c'était quand même plus fort que lui, il ne pouvait s'empêcher de se tourner de ce côté-là.

Il ne pouvait s'empêcher non plus de regretter Rhius ; son vieil ami et Compagnon semblait se complaire à le hanter maintenant, de façon sarcastique. Eût-il été encore en vie que la puissance d'Atyion serait déjà là et appuierait Ero avec des forces suffisantes pour retourner la situation. Mais Rhius lui avait traîtreusement failli, contre toute attente, et il ne restait plus que son adolescent de fils pour ramener Solari...

Le crépuscule vint, puis les ténèbres, et toujours pas signe de vie, toujours pas de nouvelles, pas de pigeon ni d'estafette. Après avoir refusé les potions des drysiens, le roi congédia tout le monde et poursuivit sa veille seul.

Il s'était mis à somnoler près de la croisée quand il entendit la porte s'ouvrir. Les lampes s'étaient éteintes, mais les incendies qui faisaient rage en contrebas projetaient suffisamment de lumière pour lui permettre de discerner la silhouette grêle qui se tenait juste en deçà du seuil.

Le cœur d'Erius se serra. « Tobin ? Comment t'y es-tu pris pour être de retour si tôt ? Tu t'es fait refouler en cours de route ?

— Non, Oncle, je suis allé à Atyion, chuchota Tobin en s'avançant lentement dans la pièce.

— Mais c'est impossible ! Tu n'as pas eu le temps. Et où sont tes troupes ?

— Elles vont venir, Oncle. » Tobin le dominait désormais de toute sa hauteur, le visage indistinct dans l'ombre, et, tout à coup, le roi perçut un froid terrible.

Le garçon se pencha et lui toucha l'épaule. Le froid se propagea dans chacune des fibres d'Erius, l'engourdissant comme un poison. Et lorsque Tobin s'inclina davantage et que la lueur des feux finit par révéler ses traits, le roi se trouva dans l'incapacité de bouger si peu que ce soit ou d'émettre ne fût-ce qu'un cri.

« Oh ! elles vont venir, cracha Frère en laissant à son oncle horrifié tout loisir de contempler sa véritable face. Mais pas pour vous, vieil homme. Elles viendront uniquement par égard pour ma sœur. »

Totalement paralysé, Erius fixait sans rien y comprendre la chose monstrueuse qui se tenait devant lui. L'air fut pris d'une espèce de frisson flou, et à côté d'elle apparut le spectre sanglant d'Ariani, caressant la tête en putréfaction avec une tendresse toute maternelle. C'est seulement alors qu'il comprit, mais il était déjà trop tard. Frère lui arrêta le cœur au moment même où ses doigts se crispaient convulsivement sur la poignée de l'épée de Ghërilain.

Tant et si bien que Korin se verrait ensuite contraint de les briser un à un pour en dessaisir son père.

7

Des cygnes. Des cygnes blancs volant par couples sur un ciel d'un azur invraisemblable.

Tobin se mit sur son séant, le cœur battant, sans trop savoir de quelle chambre il s'agissait là.

Atyion. La chambre de mes parents.

Les courtines du lit n'étaient pas fermées, et la fenêtre découvrait une aube brumeuse. Pelotonné entre les pieds de Tobin, Queue-tigrée découvrit ses crocs en bâillant voluptueusement, puis se mit à ronronner.

« Ki ? »

L'autre côté de l'immense couche n'était même pas froissé, et aucune empreinte de tête ne se voyait sur les oreillers rebondis.

Tobin dégringola de son perchoir et examina la vaste pièce avec une inquiétude croissante. Il n'y avait pas plus de paillasse à terre que d'alcôve pour serviteur, et pas la moindre trace de Ki. Où pouvait-il bien être ? Tobin se dirigeait déjà vers la porte quand une image en mouvement dans le grand miroir en pied capta son regard et le retint.

Elle était là, finalement, l'inconnue qui l'avait jadis dévisagé dans la source de Lhel. Il fit un pas pour se rapprocher d'elle, écartelé entre la stupeur et le ravissement. L'inconnue fit de même, une grande fille gauche à l'air effrayé, vêtue d'une longue chemise de nuit en lin. Ils avaient en commun la marque de sagesse pourpre au bras gauche et la cicatrice au menton.

Tobin remonta lentement sa chemise. Le corps n'avait pas tellement changé, toujours aussi anguleux, tendineux, si l'on exceptait toutefois le renflement des petits seins juste au-dessous de la croûte qui marquait l'emplacement de la plaie. Plus bas, toutefois...

Quelque servante attentionnée avait placé un pot de chambre bien en vue près du lit. Tobin l'eut à peine repéré qu'il s'effondra à quatre pattes, secoué de nausées sèches.

L'accès terminé, elle se contraignit à retourner devant le miroir. Queue-tigrée s'enroula autour de ses chevilles nues. Elle le ramassa et l'étreignit bien fort.

« C'est moi. Je suis dorénavant Tamìr », chuchota-t-elle dans la fourrure. Son visage n'était pas tellement différent non plus, un peu radouci, peut-être, mais toujours on ne peut plus quelconque et sans rien de remarquable, hormis les yeux, d'un bleu intense. Quelqu'un l'avait soigneusement nettoyé des derniers vestiges de sa peau d'avant, et l'on avait également brossé ses cheveux. Ils encadraient ses traits d'ondulations souples. Elle essaya de se les figurer entretressés de perles et de faveurs.

« Non ! » Fuyant à nouveau son reflet, elle chercha ses vêtements. En vain. Aussi gagna-t-elle le placard le plus proche et s'empressa-t-elle de l'ouvrir. Les velours et soieries de Mère miroitèrent dans le petit jour. Elle claqua les vantaux et, se dirigeant vers la penderie suivante, y pêcha au hasard l'une des tuniques poussiéreuses de Père et l'enfila, mais elle y flottait pitoyablement. Elle l'arracha d'un geste véhément puis, faute de mieux, décrocha un manteau noir dans lequel elle s'enveloppa.

Son cœur martelait sa poitrine quand elle se rua vers la porte en quête de Ki.

Elle faillit trébucher sur lui. Il sommeillait sur une paillasse en travers du seuil, le dos appuyé au mur et l'échine ployée. Sa sortie en trombe le réveilla. Deux soldats qui montaient le quart claquèrent des talons en se mettant au garde-à-vous pour la saluer, mais elle les ignora.

« Que diable fais-tu là-dehors ? » demanda-t-elle âprement, tout en détestant d'emblée le timbre inconnu

340

qu'avait pris sa voix. Il lui parut sur le coup affreusement perçant.

« Tob ! » Ki rassembla ses pieds vaille que vaille pour se lever. « Je... C'est-à-dire, il ne semblait pas convenable...

— Où sont passés mes vêtements ?

— Nous ne savions trop ce que tu voudrais porter.

— Ce que je voudrais porter ? Mais *mes* vêtements, parbleu ! Ceux avec lesquels je suis arrivé ! »

Ki se tourna vers le plus proche des gardes et bafouilla : « Va mander à l'intendant Lytia que Tob..., que la princesse..., que Tamir réclame ses vêtements – ceux qu'on a lavés. »

Tobin l'entraîna là-dessus dans la chambre et claqua la porte. « Je suis Tobin, Ki ! C'est toujours moi, non ? »

Ki s'arracha un sourire vaseux. « Ben..., oui et non. Je veux dire, je *sais* que c'est toujours toi, mais... Enfin, Tob ! par les couilles à Bilairy, je ne sais plus quoi penser, moi... »

L'embarras qu'elle lut dans ses yeux ne fit qu'alimenter sa peur grandissante. « C'est pour cette raison que tu as couché dans le corridor ? »

Il haussa les épaules. « Ç'aurait l'air de quoi, dis, si je me glissais, moi, dans le lit d'une princesse ?

— Arrête de m'appeler de cette façon !

— C'est pourtant ce que tu es. »

Tobin se détourna pour s'éloigner, mais Ki la rattrapa et l'empoigna par les épaules. « C'est ce que tu dois être. Tharin et moi, nous avons eu une longue conversation avec Arkoniel pendant que tu dormais.

341

Ça fait des tas de trucs à digérer, et la façon dont tout s'est passé me semble quand même louche, mais toujours est-il que nous en sommes là, sans espoir de retour. » Il laissa glisser ses mains le long de ses bras pour saisir les siennes, et leur seul contact la fit frissonner.

Il ne parut pas s'en apercevoir. « C'est pire pour toi que pour moi, je le sais bien, mais n'empêche que c'est sacrément dur, reprit-il d'un air manifestement angoissé. Je suis toujours ton ami, Tob. Tu sais que je le suis. Simplement, je vois très mal ce que ça va finir par signifier.

— Ça signifie la même chose que toujours, riposta Tobin en se cramponnant à ses mains. Tu es mon premier ami – mon *meilleur* ami – et mon écuyer juré. Le reste ne change rien. Je me fous de ce qu'en peut penser qui que ce soit ! On peut me donner tous les noms qu'on veut, pour toi, je suis toujours Tobin, d'accord ? »

Un petit coup discret à la porte les interrompit, et Lytia entra, les bras chargés des vêtements demandés. « Tharin m'a priée de vous avertir que les premières troupes étaient rassemblées. J'ai pris la liberté de fouiller dans le trésor du château pour vous trouver une armure séante, puisque vous avez dû laisser la vôtre à Ero. Je vous la ferai monter aussitôt qu'on l'aura nettoyée, ainsi que de quoi déjeuner.

— Je n'ai pas faim du tout.

— Eh bien, tant pis. » Elle pointa un doigt menaçant vers Tobin. « Je ne vous laisserai pas sortir de la pièce avant que vous ayez tous les deux mangé

342

un morceau. Et pourquoi pas un bain, en plus ? J'ai fait votre toilette du mieux que j'ai pu pendant que vous dormiez, mais s'il vous plaisait qu'on vous apporte une baignoire, je n'aurais qu'un ordre à donner. »

Tobin s'empourpra. « Non. Dites à Tharin qu'il me faut lui parler, je vous prie. Et à Arkoniel aussi.

— Très bien, Votre Altesse. »

Aussitôt qu'elle fut ressortie, Tobin rejeta son manteau et entreprit de s'habiller. Elle était en train de lacer ses braies quand elle s'aperçut que Ki lui tournait le dos. Il avait les oreilles écarlates.

Se redressant, elle rejeta ses épaules en arrière. « Regarde-moi, Ki.

— Non. Je...

— *Regarde-moi !* »

Il pivota, et elle eut la certitude qu'il s'efforçait tant bien que mal de ne pas loucher sur ses petits seins pointus. « Je n'ai pas demandé à avoir ce corps, mais il va me falloir vivre avec lui, et toi aussi, dès lors. »

Il exhala un gémissement. « Pas ça, Tob... Par pitié, ne m'impose pas ça.

— T'imposer quoi ? »

Ki se détourna de nouveau. « Tu ne peux pas comprendre. Simplement..., couvre-toi, veux-tu ? »

Passablement secouée, elle enfila sa tunique et jeta un regard circulaire afin de repérer ses bottes, mais la pièce se brouilla, et elle s'effondra sur le bord du lit, refoulant ses pleurs. Queue-tigrée sauta dans son giron puis d'un coup de tête lui fit relever le menton. Ki vint se poser auprès d'elle et l'enlaça d'un bras, mais d'une manière tellement pataude que même ce geste la chagrina.

« Je suis ton ami, Tob. Je le serai toujours. Mais d'une façon différente, et cela m'effraie tout autant que toi. Ne pas pouvoir partager un lit, ne pouvoir même plus n'être que nous deux..., je ne sais pas comment je vais le supporter.

— Rien ne nous oblige à ce qu'il en soit ainsi !

— Bien sûr que si. Ça m'est odieux, mais tout l'exige. » Il parlait maintenant d'une voix très tendre, mais avec des intonations d'une tristesse qu'elle ne lui avait jamais soupçonnée. « Tu es une fille, une princesse, et je suis un homme adulte, pas un petit page qui puisse dormir à tes pieds comme..., comme ce chat-là, tiens. »

C'était vrai, et elle le comprit. Subitement intimidée, elle lui reprit la main et la serra bien fort. La sienne était toujours hâlée, mais sa paume avait beaucoup perdu de sa rugosité durant la métamorphose. « Je vais devoir me refaire tous ces cals partout, dit-elle d'un timbre trop perché, terriblement instable.

— Ça ne devrait pas te prendre beaucoup de temps. Ahra m'a toujours fait l'effet d'une vieille botte de cuir. Souviens-toi d'elle. Tu restes et demeures un guerrier, exactement comme elle. » Il lui pétrit un biceps et s'épanouit. « Rien de perdu là. Il te sera toujours possible de fracasser les doigts d'Alben, au cas où ça s'imposerait. »

Tobin lui adressa un hochement de gratitude puis repoussa Queue-tigrée pour se lever. Puis elle tendit la main et dit : « Tu es toujours mon écuyer, Ki. Et je saurai m'en souvenir, crois-moi ! J'ai besoin de t'avoir à mes côtés. »

Ki se mit à son tour debout pour lui serrer la main. « Aussi près de toi que ton ombre. »

Là-dessus, le monde sembla recouvrer son ordre accoutumé, du moins pour l'instant. Tobin jeta un coup d'œil tourmenté vers la croisée tout illuminée. « Pourquoi m'a-t-on laissée dormir si longtemps ?

— C'est toi qui ne nous as pas laissé l'embarras du choix. Tu n'avais pas fermé l'œil depuis deux jours, et puis avec ce que tu as subi hier soir, hein ? Ça t'a bel et bien sonnée, ça, plus personne ! Alors, Tharin a dit de te laisser te reposer pendant qu'il rameutait la garnison. Il nous aurait fallu attendre, de toute façon. Ce qui me suffoque, moi, c'est que tu arrives à seulement tenir debout ! »

Tobin se hérissa. « Parce que je ne suis qu'une fille ?

— Oh ! pour l'amour du Ciel... ! Si j'avais dû m'ouvrir la carcasse et puis me débarrasser de ma peau, moi, je doute fort que je me serais relevé si vite, et aussi frais et dispos ! » Il se rembrunit à nouveau. « Tudieu, Tobin ! je ne sais pas quel genre de magie c'était, mais on aurait juré pendant une minute que tous les feux du soleil s'étaient abattus juste à l'endroit où tu te tenais ! Ou bien les flammes des Busards... » Il grimaça. « C'était douloureux ? »

Elle haussa les épaules. « Je ne me souviens pas de grand-chose, en dehors des reines.

— Quelles reines ?

— Les fantômes. Tu ne les as pas vues ?

— Non, rien d'autre que Frère. Et pendant cette

345

fameuse minute, je vous ai crus tous les deux fichus, rien qu'à la tête que vous faisiez. Il est vraiment parti, pour le coup, n'est-ce pas ?

— Oui. Mais pour aller où ?

— À la porte de Bilairy, j'espère. Je te l'avoue, Tob, je ne suis pas fâché de l'avoir vu là pour la dernière fois, malgré le coup de main qu'il t'a donné de temps à autre.

— Je le conçois, murmura Tobin. N'empêche qu'il est tout ce qu'il me reste de ma famille, non ? »

Lorsqu'elle reparut, Lytia n'était pas seule. En plus d'Arkoniel et de Tharin, plusieurs domestiques l'accompagnaient, porteurs de volumineux paquets enveloppés de linges.

« Comment te sens-tu ? » s'enquit le magicien en lui cueillant le menton dans sa main pour examiner son visage.

Tobin se dégagea. « Je ne sais pas encore.

— Elle a faim, décréta Lytia qui déposait un plantureux déjeuner pour ses protégés sur une table auprès du feu. M'est avis qu'il faudrait peut-être avant toute autre chose laisser la princesse se restaurer.

— Je n'ai pas faim, jappa Tobin, et puis ne me désignez pas sous cette appellation ! »

Le capitaine se croisa les bras et lui décocha un regard sévère. « Rien d'autre, tant que tu ne mangeras pas. »

Elle s'empara d'une galette d'avoine et n'y mordit à pleines dents que pour lui complaire, mais cette première bouchée lui révéla qu'elle était en fait affamée.

Toujours sans s'asseoir, elle en engloutit une seconde, puis harponna une tranche de foie frit avec son poignard. Ki se joignit à elle, avec le même appétit d'ogre.

Tharin se mit à glousser. « Tu sais, tu n'es pas tellement différente au grand jour. Tu ressembles un peu plus à ta mère, peut-être, mais ce n'est pas une mauvaise chose. Je parie que tu seras une beauté quand tu te seras vaguement étoffée, une fois ta croissance achevée. »

Tobin émit un reniflement, la bouche pleine de brioche à la cardamome ; le miroir lui avait tenu un tout autre discours.

« Peut-être que ceci contribuera à te réconforter. » Tharin se dirigea vers le lit et défit l'un des paquets que les serviteurs avaient déposés dessus avant de se retirer. Avec un geste théâtral, il exhiba un haubert chatoyant. Les mailles en étaient d'une telle finesse que les doigts admiratifs de Tobin eurent l'impression de palper une peau de serpent. Un petit motif d'or, mais sobre, sans chichis, de simples lignes entrecroisées comme pour une treille, en soulignait le bas, le col et les manches. Les autres paquets recelaient une cuirasse d'acier et un heaume de dessin similaire.

« Du travail aurënfaïe, précisa Lytia. On en avait fait présent à la grand-mère de votre père. »

La cuirasse arborait en or ciselé le rouvre d'Atyion. Elle et le haubert lui allaient aussi bien que s'ils avaient été réalisés d'après ses mesures. La maille était d'une inconcevable légèreté, et d'une souplesse digne des tricots de Nari.

« Les femmes du château se sont dit que vous auriez également plaisir à porter ceci, fit Lytia en déployant à bout de bras un surcot tout neuf. Elles y ont joint un justaucorps matelassé, ainsi que des bannières à vos couleurs. Nous n'allions quand même pas laisser le Rejeton d'Atyion se jeter dans la bataille comme un quelconque hobereau sans nom.

— Merci ! » s'exclama Tobin en passant le surcot par-dessus son haubert. Elle se rendit devant le miroir et s'y inspecta pendant que Ki lui ceignait l'épée. Les traits qu'encadrait la coiffe séculaire n'étaient plus ceux d'une jouvencelle atterrée mais ceux qu'elle s'était toujours connus.

Des traits de guerrier.

Ki lui sourit dans le miroir. « Vu ? En cet équipage, tu n'as pas changé du tout !

— Il se pourrait que ce soit tant mieux, dit Arkoniel. Je doute qu'Erius soit enchanté d'apprendre qu'il a une nièce au lieu d'un neveu. Tharin, assurez-vous bien qu'aucun de nos soldats ne l'ignore : à Ero, le nom de Tamìr ne doit être prononcé par personne jusqu'à nouvel ordre.

— Je me demande bien ce que va dire Korin, lâcha Ki.

— Voilà une bonne question... », dit Arkoniel d'un air rêveur.

Tobin fronça les sourcils à l'adresse de son reflet. « Je n'ai pas arrêté de me le demander, moi, depuis que vous et Lhel m'avez révélé la vérité. Il n'est pas seulement mon parent, Arkoniel, il est mon ami. Comment pourrais-je me permettre de le blesser, alors qu'il s'est toujours montré si bon pour moi ? Cela ne serait pas bien, mais je n'arrive pas à me tracer de ligne de conduite. Il n'est pas vraiment du genre à céder tout bonnement sa place, hein ?

— Non, reconnut Tharin.

— Tant vaut laisser cela dans le giron des dieux, fut l'avis d'Arkoniel. Pour l'heure, peut-être vaut-il décidément mieux que ce soit le prince Tobin qui retourne au secours d'Ero. Il faudra bien que le reste se démêle, après.

— Si après il y a, souligna Ki. Les Plenimariens ne vont pas non plus céder tout bonnement la place, et ils ont leurs nécromanciens et des tas de soldats. Sakor est seul à savoir combien !

— En fait, nous nous sommes débrouillés pour faire un brin d'espionnage en ta faveur, dit le capitaine que l'air ahuri de Tobin dérida malicieusement. Il en existe, des magiciens qui peuvent se rendre tout à fait utiles quand ils veulent bien...

— Tu te souviens de la fois où je t'ai fait survoler Ero ? demanda Arkoniel.

— C'était une vision.

— Un charme voyeur, ça s'appelle. Je ne suis pas général, mais avec un rien d'aide de sa part, ce cher Tharin et moi sommes parvenus à estimer que l'ennemi doit avoir dans les huit mille hommes.

— Huit mille ! Et combien en avons-nous ici ?

— La garnison comprend cinq cents cavaliers plus deux fois presque autant de fantassins et d'archers disponibles, dit le capitaine. Il faudrait en laisser quelques centaines d'autres pour tenir le château s'il était attaqué. Mon cousin Oril te tiendra lieu de gouverneur de la place, et...

— Quinze cents ! Nous sommes loin du compte !

— Il ne s'agit là que de la garnison permanente. Dès notre arrivée, on a fait avertir les barons et les chevaliers des environs. Deux milliers supplémentaires sont susceptibles de nous suivre d'ici demain avec le train des fournitures. » Il s'interrompit pour lui sourire d'un air grave. « Et puis que pouvons-nous faire d'autre que nous débrouiller avec ce que nous avons ?

— Grannia m'a chargée de vous demander si vous autoriseriez les femmes guerriers à faire partie de votre avant-garde, intervint Lytia.

— Oui, bien sûr. » Tobin réfléchit un moment, la tête farcie des leçons du Corbeau. « Informez-la seulement que la première ligne ne doit comporter que des combattants de toute première force. Les autres auront à rester dans le rang jusqu'à ce qu'elles soient bien aguerries. Il n'y a pas de honte à cela. Dites-leur que Skala a besoin d'elles vivantes et l'arme au poing. Elles sont trop peu nombreuses pour qu'on les gaspille en folies. » Voyant que Lytia se disposait à repartir, elle demanda : « Vous comptez venir avec nous ? »

Elle éclata de rire. « Oh non, Votre Altesse ! Je n'ai rien d'un guerrier, moi. Mais le vieil Hakoné m'a enseigné à ravitailler une armée. Nous avons vu partir votre grand-père et votre père pour maintes batailles. Vous ne manquerez de rien.

— Merci à vous toutes. Quoi qu'il puisse advenir après tout cela, je suis heureuse d'avoir de telles amies avec moi. »

8

Quinze cents guerriers, cela fit à Tobin l'impression d'une force considérable, lorsqu'on sortit d'Atyion ce jour-là. Lynx et Ki chevauchaient à sa gauche, resplendissants dans leurs armures d'emprunt. Arkoniel faisait assez piètre figure, empesé de maille et coiffé d'une bassinoire d'acier, mais Tharin avait exigé qu'il s'accoutre ainsi. Les prêtres qui avaient assisté à la métamorphose chevauchaient avec eux pour en témoigner face à Ero. Le capitaine Grannia et quarante de ses femmes marchaient fièrement devant eux, mêlés à l'avant-garde. La plupart avaient l'âge de Nari ou celui de Cuistote, et des nattes grises leur battaient le dos. Elles chantaient en selle des chansons belliqueuses, et leurs voix claires pleines de bravoure faisaient frissonner Tobin.

Promu désormais son maréchal de camp, Tharin lui présenta les autres capitaines durant le trajet. Elle en connaissait déjà certains pour les avoir rencontrés lors de ses précédents séjours. Ils avaient déjà tous combattu pour Père et s'étaient empressés de lui jurer leur foi, malgré l'étrangeté de la situation.

On n'avait pas encore franchi les frontières d'Atyion que la colonne se grossit de centaines d'hommes supplémentaires venus des domaines du sud – chevaliers grisonnants, fils de fermiers, la pique sur l'épaule, et quantité de femmes et de jeunes filles, certaines encore enjuponnées. Grannia se chargea de trier ces dernières, en expédiant certaines dans le rang, renvoyant les autres dans leurs foyers.

« Quel dommage que nous n'ayons pas eu le temps d'avertir Ahra ! dit Ki en désignant leurs congénères d'un signe de tête. Elle et Una auraient été si contentes de t'accompagner...

— Les nouvelles d'Ero ont dû circuler, dit Tharin. Ou je me trompe fort, ou nous ne manquerons pas de les rencontrer tôt ou tard. »

En cours de route, on rattrapa d'autres groupes de guerriers qui marchaient vers la ville, alertés par la course de Tobin, la veille, en direction du nord. Ils la qualifièrent de prince en se présentant à elle, et nul n'eut garde de les détromper.

La plupart de ces bandes n'étaient que des milices villageoises, mais juste avant le crépuscule, on fut rejoint par lord Kyman d'Ilear, à la tête de cinq cents archers et deux centaines de cavaliers.

Kyman était un vieux colosse de seigneur à barbe rouge, et les balafres de son carquois trahissaient bon nombre de campagnes. Il mit pied à terre pour saluer Tobin. « J'ai bien connu votre père, mon prince. C'est un honneur pour moi que de servir son fils. »

Tobin s'inclina en bredouillant des remerciements. Arkoniel lui fit un clin d'œil puis entraîna Kyman à l'écart un moment. Tharin et les religieux se portèrent auprès d'eux, et Tobin vit la prêtresse d'Illior exhiber ses paumes, comme afin de mieux attester ses dires.

« Je croyais que nous avions décidé de n'informer personne, marmonna-t-elle nerveusement.

— Mentir aux lords risquerait plutôt de te desservir,

dit Ki. M'a tout l'air, d'ailleurs, que Tharin et lui sont de vieux amis. C'est un bon début. »

L'aparté terminé, Kyman se tourna pour lorgner un moment Tobin, puis il s'avança pour la dévisager, malgré le heaume qui rendait ses traits quelque peu indistincts. « C'est vrai ?

— Oui, messire, répondit-elle. Mais je suis toujours le Rejeton d'Atyion et l'enfant de mon père. Consentez-vous à combattre avec moi pour le salut de Skala, même si cela risque d'impliquer tôt ou tard une confrontation avec le roi ? »

Il haussa ses sourcils cuivrés. « Vous n'êtes donc pas au courant ? Le roi est mort. L'Épée se trouve entre les mains du prince Korin. »

Elle eut un serrement de cœur ; elle s'était cramponnée à l'espoir de n'avoir pas à affronter directement Korin et le restant des Compagnons. Il n'y avait plus d'échappatoire, dorénavant.

« Vos prétentions au trône valent bien les siennes, pour qui se souvient de l'Oracle, reprit-il. Nous avons entendu parler de vous, vous savez. Cela fait des années que la rumeur circule dans les chaumières qu'une reine viendra lever la malédiction qui pèse sur le pays. Mais je ne pensais pas qu'il subsiste une seule fille de sang royal. » Son pouce indiqua, derrière, Arkoniel et les religieux. « Ce qu'ils racontent est pour le moins bizarre, mais une chose est indiscutable, c'est que dans vos veines coule le sang de votre père. Et je ne saurais me figurer que vous auriez la puissance d'Atyion pour vous appuyer, tout comme mon vieil

353

ami Tharin, s'il n'existait pas de bonnes raisons de croire que vous êtes ce que l'on prétend. »

Il mit un genou en terre et présenta son épée. « Aussi ma réponse est-elle : oui. Que Votre Majesté permette à Ilear d'être la première à rallier Ses bannières. »

Tobin s'empara de l'arme et l'en toucha aux deux épaules, ainsi qu'Erius l'avait fait avec Ki. « Je ne réclame pas encore le titre de reine, mais j'accepte, en faveur de Skala et d'Illior. »

Il baisa la lame avant de la récupérer. « Merci, Votre Altesse. Puissiez-vous conserver un gracieux souvenir d'Ilear et de la maison Kyman quand vous porterez la couronne. »

La nuit tombait lorsqu'on fit une halte pour laisser reposer les montures et casser la croûte avant de se remettre en chemin. Une lune cireuse les épiait par intermittence à travers la fuite des nuages qui réduisaient la grand-route boueuse à un ruban de noirceur.

Vers minuit commença à se discerner, derrière le profil ténébreux des collines, au sud, une vague lueur rougeâtre ; la ville brûlait toujours. Tharin dépêcha un groupe d'éclaireurs repérer les avant-postes ennemis. Du sein des rangs montait le doux fredonnement de fantassins qui redoutaient de succomber au sommeil.

Tout épuisée qu'elle était, Tobin se sentit les idées de plus en plus nettes au fur et à mesure que la nuit s'avançait. Avec un sentiment bizarre, irréel de détachement, elle avait conscience de prendre peu à peu possession du nouveau corps étranger qui était le sien. Ses bras et ses jambes n'avaient pas changé. Seule la tourmentait la fragilité de ses paumes. Lytia lui avait donné des gants exprès pour compenser cet inconvénient. Ses seins, malgré leur petitesse, étaient devenus plus sensibles, et elle percevait leur frottement contre le justaucorps matelassé que couvrait le haubert.

Ce qui la perturbait le plus, c'était la coupe de la selle, toute différente, sans compter l'incommodité conjointe des chausses et d'une pudeur inusitée lorsqu'il lui fallait se soulager. Elle ne s'était pas senti le courage de se contraindre à examiner de trop près cette partie-là de son anatomie. Cela l'humiliait, de ne pas être seulement capable d'uriner convenablement, mais il n'empêchait qu'elle aurait dû éprouver une sensation plus marquée que quelque chose lui... manquait. De cette lacune dans ses culottes. Et pourtant, non.

Le comportement d'Arkoniel et de Tharin à son égard était ce qu'il avait toujours été, et Ki s'efforçait de ne rien modifier du sien, mais Lynx continuait à lancer vers elle des regards obliques. C'était dérangeant, mais somme toute de bon augure, dans un sens. C'était la première fois depuis la mort d'Orneüs qu'elle le voyait manifester un intérêt quelconque pour quoi que ce soit d'autre que pour une occasion de se faire tuer.

Faisant signe à Ki de rester derrière, elle entraîna Lynx à l'écart de la colonne principale.

« Si tu as changé d'avis... S'il t'est impossible de marcher contre Korin, sois sûr que je comprendrai, lui répéta-t-elle. Si tu désires aller le retrouver, je ne permettrai à personne de te retenir. »

Il haussa les épaules. « Je resterai, si tu veux bien de moi. Ce que je me demande, en revanche, c'est quelle attitude adopteront Nik et Lutha.

— Je l'ignore. » Mais, en son for intérieur, l'idée qu'ils risquaient de se détourner d'elle l'accablait.

Nyrin remonta à grands pas retentissants la salle d'audience vers le trône, escorté par une demi-douzaine de ses magiciens rescapés et par une phalange de culs-gris. Un pigeon était arrivé d'Atyion juste avant la tombée de la nuit. Le soutien était une chose acquise, et le rassemblement des troupes effectué.

Nyrin en avait déjà reçu la nouvelle par l'un de ses propres mouchards de là-bas, et il entendait réduire à néant cet espoir infime.

La défaite écrasait le prince. Les traits tirés sous une barbe de trois jours, il occupait le trône de son père d'un air confus. Il tenait bien la fameuse Épée, mais la couronne demeurait, voilée de noir, sur un petit guéridon près de lui. Le chancelier Hylus et ce qu'il restait de ministres se trouvaient à ses côtés, ainsi que les vestiges déguenillés de sa garde personnelle et ses ultimes Compagnons.

De dix-neuf qu'avaient naguère été ces derniers, seulement huit étaient présents, compta Nyrin. Quelque couvés qu'ils eussent été à la Cour tant d'années durant, on ne pouvait plus les considérer comme des gamins. Il scruta tour à tour leurs visages et en tira une rapide évaluation. Alben et Urmanis se montreraient loyaux. Lord Caliel aussi, quitte à exercer une influence indésirable sur le nouveau roi. Il faudrait donc l'éliminer ultérieurement. Ne restaient plus dès lors que le studieux petit-fils d'Hylus, le laideron qu'on appelait Lutha, plus une pincée d'écuyers dont tout autorisait à croire qu'ils suivraient leurs maîtres, en bien ou en mal.

Et maître Porion, rectifia-t-il. Comme le vieux guerrier ne manquait pas non plus d'ascendant sur Korin, le tenir à l'œil allait s'imposer.

En atteignant l'estrade, il s'inclina. « Je suis porteur de graves nouvelles ! On a trahi Votre Majesté ! »

Une rougeur fiévreuse colora les pommettes blêmes du prince. « Qu'est-il arrivé ? Qui s'est retourné contre nous ?

— Votre cousin, et par les moyens les plus répugnants. » Il regarda le doute et la peur se disputer la physionomie du jeune homme puis, lui touchant l'esprit, le découvrit teinté de vin, pusillanime et réceptif. Certains des Compagnons n'étaient cependant pas disposés à gober la pilule aussi facilement.

« Jamais Tobin ne ferait une chose pareille ! s'insurgea Lutha.

— Silence ! ordonna le Chancelier. Expliquez-vous, messire. Comment se peut-il ?

— L'Illuminateur m'a fait la grâce d'une vision. Je n'ai pu m'empêcher de douter d'abord, mais je viens à l'instant de recevoir la nouvelle que j'avais vu vrai. Le prince Tobin a soulevé la garnison d'Atyion contre

357

votre homme lige, Solari, Sire, et les a assassinés, lui et sa famille. Il a ensuite recouru à je ne sais quelle sorte de nécromancie pour endosser la forme d'une femme et s'est proclamé l'héritier légitime de Skala, en vertu de l'Oracle d'Afra. À l'heure qu'il est, il marche déjà contre Ero à la tête de milliers d'hommes.

— Que signifie ce conte à dormir debout ? s'étrangla Hylus. Même si Tobin était capable de commettre une pareille ignominie, les capitaines d'Atyion n'avaleraient jamais une telle histoire, et ils accepteraient encore moins de passer du côté de l'ennemi ! Vous avez dû vous tromper, Nyrin.

— Je vous certifie que non. Demain, vous en verrez la preuve par vous-même avant le crépuscule.

— Pas étonnant que lui et son chevalier de merde se soient montrés si impatients de franchir l'enceinte, ronchonna Alben.

— Ferme-la ! » Lutha se précipita sur son aîné et l'envoya s'aplatir par terre d'un coup de poing.

« Assez ! » rugit Porion.

Caliel et Nikidès empoignèrent Lutha qui s'acharnait sur Alben et l'entraînèrent à reculons.

Après avoir torché sa bouche ensanglantée, Alben reprit d'un ton hargneux : « Probable qu'il avait mijoté tout ça point par point, lui et son espèce de magicienne. Elle n'arrêtait pas d'entrer chez lui et d'en sortir en catimini.

— Maîtresse Iya ? dit Nikidès. Elle allait et venait sans aucun mystère. En outre, elle n'est guère qu'un magicien de troisième ordre.

— Un petit peu mieux que cela, peut-être, rectifia

son grand-père. Je la connais, prince Korin. C'est une Skalienne loyale, et je jurerais sur ma propre tête qu'elle n'a rien à voir avec la nécromancie.

— Il se pourrait que Tobin ait seulement endossé des vêtements de femme, suggéra Urmanis.

— Ne fais pas l'idiot ! lui jeta Lutha, toujours furibond. Ça rimerait à quoi ?

— À moins qu'il soit devenu fou comme sa mère..., insinua d'un ton narquois l'un des écuyers. Il a toujours été bizarre.

— Réfléchis une seconde, Korin ! s'exclama Caliel d'un ton suppliant. Tu sais aussi bien que moi qu'il n'est pas dément. Et que pour rien au monde il ne te trahirait. »

Nyrin les laissait disputer, trop aise de différencier les alliés des adversaires.

Le prince s'était pour sa part contenté d'écouter en silence tout ce temps-là, pendant que, tel un ver sournois, la magie du Busard le fouillait de plus en plus à fond pour dénicher tous les doutes et toutes les peurs enfouis dans son cœur. Sa confiance en Tobin demeurait trop forte, mais le spectacle de la vérité suffirait à la démolir.

Nyrin s'inclina derechef. « Je maintiens mes dires, Sire. Restez sur vos gardes. »

Les éclaireurs revinrent juste avant l'aube annoncer que des Plenimariens occupaient un haras, sur la route de la côte, à quelques milles au nord de la capitale. Ils y avaient installé un camp de prisonniers, gardés par une petite centaine d'hommes.

« Il nous faudrait passer au large, afin de les couper de leurs bases avant d'attaquer, conseilla Tharin. Moins le gros des troupes ennemies se doutera de notre arrivée, mieux vaudra pour nous.

— Dévorer le fauve par petits morceaux, hein ? » gloussa Kyman.

Les éclaireurs détaillèrent les lieux. Les autres s'étaient emparés des bâtiments du vaste domaine et avaient posté tout autour des piquets de factionnaires. Tobin revit en pensée son vieux Corbeau de maître en train de tracer le plan sur le sol de la salle de classe.

« Nous n'avons que faire d'engager tout notre monde pour nous en prendre à un groupe aussi modeste, dit-elle. L'attaque par surprise d'une centaine de guerriers montés devrait suffire à la tâche. »

Le capitaine Grannia s'était laissé distancer par l'avant-garde pour assister à la conférence. « Que Votre Altesse veuille bien permettre à ma compagnie de se joindre à eux. Cela fait une éternité que nous n'avons pas versé de sang.

— Très bien. Mais c'est moi qui conduirai la charge.

— Est-ce bien raisonnable ? objecta Arkoniel. Si nous te perdions dès le premier engagement...

— Désolé, mais elle a raison, répliqua le capitaine. Nous avons demandé à nos soldats de croire en un miracle. Ils se décourageraient s'ils avaient l'impression de ne suivre qu'une figure de proue en papier mâché. »

Tobin acquiesça d'un hochement. « Tout le monde

s'était attendu à voir la première Ghërilain se cantonner sur les arrières après que son père l'eut proclamée reine et laisser aux généraux le soin de combattre à sa place. Mais elle ne fit rien de tel et fut victorieuse. Je suis la reine d'Illior autant qu'elle, et je suis beaucoup mieux entraînée.

— L'histoire se répétant, c'est cela ? » Le magicien soupesa l'idée puis brandit un index sévère à l'intention de Tharin, de Ki et de Lynx. « Vous ne la lâchez pas d'un pouce, vous m'entendez ? Un mort est encore moins utilisable qu'une figure de proue. »

C'est l'épée au clair qu'ils fondirent sur le domaine. Un muret de terre entourait la demeure, les écuries, les granges et trois enclos de pierre et de claies. Après avoir liquidé les quelques postes de faction dans les alentours, Tobin et les siens se mirent à tailler en pièces tous les défenseurs qui se précipitaient au-devant d'eux.

C'était la première fois qu'elle combattait à cheval, mais le même calme intérieur la possédait pendant qu'elle abattait chacun des adversaires qui prétendaient la désarçonner. Elle le faisait en silence, mais elle entendait à ses côtés Tharin et Ki vociférer tout en se battant, et les compagnes de Grannia hurler comme des démons. Des mains blêmes se démenaient en signes d'appel par-dessus les enclos, et ceux qui s'y trouvaient prisonniers criaient à tue-tête.

Lynx s'élança au plus épais de la mêlée puis mit pied à terre.

« Non ! » lui jeta Tobin, mais il avait déjà disparu.

Les Plenimariens avaient beau se battre comme des lions, l'avantage du nombre était contre eux. La lutte achevée, il n'en restait pas un seul en vie.

Dédaignant les morts, Tobin galopa vers le premier enclos. Il était plein de femmes et d'enfants d'Ero. Ils la bénissaient en pleurant tandis qu'elle aidait à démolir les palissades qui servaient de porte, et ils se pressaient autour de son cheval pour la toucher.

Il n'était mioche de Skala qui n'eût entendu conter des horreurs sur le sort des gens qu'on emmenait à Plenimar comme esclaves, pratique inconnue des terres de l'ouest. Ceux qui étaient assez heureux pour s'enfuir et pour parvenir à rentrer dans leur patrie se montraient intarissables sur les tortures et les traitements dégradants qu'ils avaient subis.

Une femme se cramponna à la cheville de Tobin et désigna en sanglotant le fenil. « Ne vous inquiétez pas de nous ! C'est à eux qu'il faut porter secours, là-bas. Par pitié, général, au nom de Créateur, allez les secourir ! »

Tobin démonta et, se frayant un passage à travers la foule, courut vers le portail béant du fenil, Ki sur ses talons. Une torche se consumait sur un tas de foin, et ce qu'ils virent au travers de sa lueur fuligineuse les pétrifia sur place.

Dix-huit hommes nus comme des vers et couverts de sang se tenaient alignés contre le mur du fond, les bras levés au-dessus de la tête comme en signe de reddition. La plupart avaient été éventrés, et leurs entrailles pendantes s'entortillaient autour de leurs pieds comme d'abominables chapelets de saucisses.

« Tharin ! hurla-t-elle en s'emparant de la torche tout en piétinant le foin pour éteindre les flammes. Tharin, Grannia, ici ! amenez de l'aide ! »

Lynx survint, et il se mit à vomir en titubant à reculons.

Ils avaient tous entendu parler des atrocités que les Plenimariens infligeaient aux prisonniers de guerre. Là, ils les avaient sous les yeux. Les guerriers avaient été rossés puis dépouillés, et leurs mains brandies clouées par les poignets. L'attaque avait dû surprendre les tortionnaires au cours de leur sport favori, car trois de leurs victimes n'avaient pas encore été éviscérées. Tobin découvrit avec horreur que certains des autres vivaient encore, et que son approche les faisait se démener en glapissant.

« Lynx, va me chercher des guérisseurs », commanda Tobin.

Tharin, qui venait d'entrer, attrapa le bras de Lynx qui s'apprêtait à obtempérer. « Un moment. Que je me rende d'abord un peu compte. »

Libérant l'adolescent, il attira Tobin pour lui parler tout bas pendant que des soldats se massaient devant l'entrée. « Ceux qui sont éventrés ? Même un drysien serait incapable de les soigner, et ils peuvent mettre des jours à mourir. »

Tobin lut la solution dans les prunelles pâles du capitaine et hocha la tête. « Nous allons donc les dépêcher.

— Laisse-moi faire. Ils comprennent, crois-moi.

— Mais pas ces trois-là, qui n'ont pas été charcutés... Il faut les décrocher. Envoie chercher des outils.

363

— Déjà fait. »

L'un d'eux releva la tête à leur approche, et Ki poussa un gémissement. « Le diable m'emporte, Tob..., c'est Tanil ! » Le supplicié le plus proche était en vie, lui aussi, mais on l'avait châtré. Le troisième était ou mort ou inconscient.

Tobin et Ki se dirigèrent vers Tanil et le prirent à bras-le-corps pour le soulever et soulager de son poids ses poignets cloués.

Leur copain émit un sanglot rauque. « Oh ! dieux, c'est vous... Sauvez-moi ! »

Grannia et plusieurs de ses femmes se mirent au travail avec des pinces de maréchal-ferrant, pendant que d'autres maintenaient les blessés debout. Celui qu'on avait émasculé ne put s'empêcher de hurler lorsqu'on le décloua, mais Tanil ne fit que grincer des dents, les lèvres pincées sur un grognement de douleur muet. Tobin et Ki l'allongèrent à même le sol, et Lynx le recouvrit de son propre manteau dont il découpa quelques bandes afin de panser les plaies.

Tanil rouvrit ses paupières et leva les yeux vers Tobin. Elle se défit de son heaume et repoussa les cheveux noirs qui lui retombaient sur le front.

On l'avait salement amoché, et il avait le regard vague. « Korin ? haleta-t-il, l'œil vagabondant de visage en visage. Je l'ai perdu... Un truc stupide ! Je me suis retourné, et il n'était... Il faut que je le retrouve !

— Korin est sain et sauf, le rassura Ki. Et toi aussi. Nous avons réussi, Tanil. Tobin ramène Atyion pour sauver la ville. Tout va bien, maintenant. Arrête de t'agiter. »

Mais Tanil n'eut pas l'air de comprendre. Rejetant le manteau, il se débattit de façon navrante pour se relever. « Korin. L'ai perdu. Me faut le trouver... »

L'une des femmes qu'on avait libérées, une rousse flamboyante, vint s'agenouiller auprès de Tobin et lui toucha le bras. « Je vais prendre soin de lui et des autres, Votre Altesse. Cette ferme m'appartenait. J'ai tout ce qu'il faut pour eux.

— Merci. » La princesse se releva et s'essuya la bouche. On avait détaché certains des guerriers éventrés pour les allonger dans le foin, recouverts d'un manteau qui cachait leur visage.

Tharin s'occupait de ceux qui vivaient encore. Sous les yeux de Tobin, il s'approcha de l'un de ceux qui demeuraient cloués au mur, lui parla à l'oreille, et l'agonisant fit un hochement de tête. Le capitaine le baisa au front puis lui plongea vivement son poignard en plein cœur, par-dessous les côtes, et l'homme s'affaissa, flasque, avec un frisson. Puis ce fut au tour du suivant.

Tobin se détourna, peu désireuse de revoir ce spectacle, et faillit entrer en collision avec une jeune femme qui arrivait par-derrière. Vêtue d'une robe de soie loqueteuse, elle se laissa tomber à genoux à ses pieds et marmonna : « Pardonnez-moi, prince Tobin, je voulais simplement vous remercier de... » Elle leva les yeux et s'écarquilla.

« Je vous connais, n'est-ce pas ? » demanda Tobin sans parvenir à la situer. Ses traits lui disaient bien quelque chose, mais on l'avait tellement rossée, elle aussi, qu'ils étaient trop marqués d'ecchymoses et trop boursouflés pour lui faciliter l'identification. Elle avait l'épaule comme entamée par une morsure, et la blessure saignait encore.

« Je suis Yrena, mon... » Sur le point de dire « prince », elle s'arrêta pile, sans cesser de la dévisager.

« Yrena ? Oh ! » Tobin sentit sa face s'empourprer. « Vous étiez... »

La courtisane inclina la tête, d'un air toujours aussi embarrassé. « Le cadeau d'anniversaire de Votre Altesse. »

Tobin eut conscience que Ki la lorgnait fixement tandis qu'elle tendait la main à la malheureuse pour l'aider à se relever. « Je me souviens de vous, ainsi que de votre gentillesse.

— La voici mieux que récompensée, quand je pense au traitement que vous m'avez épargné cette nuit. » Ses yeux étaient noyés de larmes. « Quoi que je puisse faire d'autre, je n'y manquerai pas.

— Vous m'obligeriez en vous occupant des blessés, répondit Tobin.

— Votre Altesse peut compter sur moi. » Yrena lui saisit les mains et les embrassa, puis courut aider la femme rousse. Par malheur, il ne restait plus grand-chose à faire. Un seul des blessés gisait encore auprès de Tanil. Tous les autres étaient morts, et les soldats psalmodiaient un hymne funèbre.

Tharin essuya son poignard sur un bout de chiffon.

« Viens, Tobin, dit-il doucement. Plus rien ne nous retient ici. »

Un cri déchirant monta de derrière la ferme, puis un autre, suivi par les huées stridentes de l'hallali skalien.

« Nous avions dû en rater quelques-uns, déclara Tharin. Tu souhaites faire des prisonniers ? »

Elle jeta un regard en arrière vers ses compatriotes mutilés. « Non. Pas de prisonniers. »

9

Le Trou de Ver dut être abandonné pendant le quatrième jour du siège. Les Plenimariens incendiaient systématiquement les quartiers de la ville, et c'est de loin qu'Iya contemplait les flammes qui transformaient les maisons de pierre dont l'ancien repaire occupait les caves en une fournaise ardente. Le vieux Lyman et ceux de ses collègues infirmes ou trop âgés avaient été achevés sur place, après avoir transmis leurs forces vitales à des amis ou à leurs anciens apprentis. Il avait été impossible de les évacuer, faute de refuge sûr.

La capitale était méconnaissable. Les derniers des magiciens indépendants se faufilaient comme des fantômes dans un paysage défiguré. L'ennemi lui-même avait abandonné le désert issu de ses propres œuvres pour se concentrer autour du bastion noirci de fumée qu'était devenu le Palatin.

Iya et Dylias rassemblèrent les survivants, cette

nuit-là, près de la porte est et trouvèrent refuge dans les ruines d'un silo à grain. Il ne subsistait plus que dix-neuf des trente-huit magiciens qu'avait comptés le groupe clandestin, et huit d'entre eux étaient blessés. Aucun n'était un guerrier mais, en se déplaçant furtivement tous ensemble, ils avaient attaqué par surprise de petits groupes et utilisé leur puissance commune toute nouvelle aussi bien contre les nécromanciens que contre les soldats.

La magie avait eu raison de certains des leurs. Ainsi Orgeüs s'était-il trouvé pris dans une espèce d'explosion cabalistique qui l'avait tué instantanément, tandis que Saruel la Khatmé, qui était pour lors avec lui, y avait perdu l'ouïe d'une oreille. Les autres avaient péri percés de flèches ou bien par l'épée. Pas un seul n'avait été pris vivant.

Trop d'existences précieuses gâchées, songea Iya, tout en montant la garde pendant cette longue nuit. *Et trop de puissance évaporée déjà.*

Comme elle en avait eu le pressentiment, les magiciens pouvaient mutuellement puiser dans la force les uns des autres à condition d'en être d'accord, et ce au profit de chacun, sans diminution pour personne. Moins ils étaient, moins ils combinaient de pouvoirs. Et pourtant, ils s'étaient bien battus. D'après ses estimations, ils avaient infligé des pertes non négligeables aux nécromanciens. Pour sa seule part, elle en avait tué trois, grâce au dégagement de chaleur intense qui avait déjà fait fondre la coupe, la nuit de sa première visite au *Trou de Ver*. Elle ne s'en était jamais servie jusque-là contre un être vivant ; mais, à les voir griller en grésillant et se craquelant comme des saucisses, elle avait éprouvé une indicible satisfaction.

« Nous faisons quoi, maintenant ? » demanda un jeune magicien nommé Hariad lorsque, tous tapis dans les ruines enfumées du silo, ils se mirent à dévorer le peu de victuailles qu'ils avaient réussi à dénicher de-ci de-là.

Tous les regards se tournèrent vers Iya. Elle n'avait jamais exigé d'être leur chef, mais c'est d'elle qu'était émanée la révélation de la vision. Mettant de côté le quignon dur qu'elle était en train de grignoter, elle se frotta les yeux et soupira. « Nous avons fait tout notre possible, je crois. L'entrée du Palatin nous est interdite, et nous ne sommes pas de taille contre une armée. Mais, si nous arrivons à quitter la ville, il se pourrait que nous soyons de quelque utilité pour Tobin quand elle arrivera. »

La suggestion ayant emporté l'adhésion de tous, ils abandonnèrent Ero et, à la faveur des ténèbres et de protections magiques, s'esquivèrent en se faufilant parmi les piquets de garde clairsemés des Plenimariens pour franchir les ruines de la porte nord.

Empruntant dès lors le même chemin que Tobin trois nuits plus tôt, ils gagnèrent le boqueteau qui servait toujours d'asile à Eyoli. Iya s'attendait à ne plus y trouver qu'un cadavre, car elle était absolument sans nouvelles de lui depuis qu'il avait été blessé. Il s'était débrouillé sur le moment pour lui faire part de l'embuscade, et puis plus rien.

Or, à sa stupeur, elle le découvrit inconscient mais en vie. Tobin ne l'avait laissé qu'après l'avoir dûment emmitouflé dans des manteaux ennemis, au pied d'un chêne séculaire, avec une demi-douzaine de gourdes à portée de main. Les corbeaux s'étaient acharnés sur les morts éparpillés en deçà de la lisière, mais sans toucher au jeune embrumeur mental.

La nuit était froide et claire. Ils établirent leur camp dans le sous-bois et allumèrent un petit feu. Iya soigna de son mieux le jouvenceau, et il finit par revenir à lui.

« J'ai rêvé... Je l'ai vue ! » fit-il d'une voix rauque en lui pressant faiblement la main.

Elle lui caressa le front. « Oui, comme nous tous.

— Alors, c'est vrai ? Elle et le prince Tobin n'ont jamais fait qu'un ?

— Oui, et tu l'as aidée. »

Il sourit et referma les yeux. « Tant mieux, dans ce cas. Le reste m'est égal. »

Elle défit le bandage encroûté de son épaule et plissa le nez, suffoquée par la puanteur. La plaie purulait d'abondance, mais rien n'indiquait que l'infection se soit propagée. Iya poussa un soupir de soulagement. Elle s'était prise d'affection pour l'intrépidité dont il faisait montre et en était également venue à tabler sur lui. Elle avait perdu le compte du nombre de fois où il était passé au travers des mailles du filet busard en qualité d'émissaire. Et il avait même réussi à maîtriser le charme des messages, alors qu'elle-même n'y parvenait toujours pas.

« Saruel, apportez ici tout ce qui vous reste de simples », appela-t-elle tout bas. Elle resserra son manteau sur elle et s'adossa contre le tronc du chêne pendant que l'Aurënfaïe nettoyait la plaie puis, rassemblant les derniers vestiges d'énergie qu'elle pouvait avoir, elle trama un charme voyeur pour patrouiller par-dessus la campagne enténébrée jusqu'au Palatin. On s'y battait encore, mais il était jonché de morts innombrables, et trois nécromanciens qu'elle avait été incapable de vaincre ou de repérer s'activaient devant les portes.

Tournant son esprit vers le nord, elle vit Tobin et son commando s'abattre sur un avant-poste plenimarien, tandis que son armée la suivait de près. « Viens, ma reine, murmura-t-elle, alors que la vision s'estompait lentement. Viens faire valoir ton droit de naissance.

— Elle l'a déjà fait », lui chuchota une voix glaciale à l'oreille.

Rouvrant les yeux, Iya distingua Frère accroupi près d'elle, ses pâles lèvres fines retroussées en un rictus railleur.

« Ta tâche est accomplie, la vieille. » Il esquissa un geste dans sa direction comme afin de lui saisir la main.

Iya vit sa propre mort inscrite dans ces insondables prunelles noires, mais elle invoqua juste à temps un sortilège protecteur. « Non. Pas encore. Il me reste pas mal à faire. »

Le sortilège tint le coup, et le démon vacilla sur ses hanches en dénudant des crocs menaçants. Maintenant qu'il était affranchi de Tobin, il avait l'air encore moins humain qu'avant. Il avait l'aspect verdâtre d'une charogne. « Je n'oublie pas, chuchota-t-il en se fondant progressivement dans le noir. N'oublierai jamais... »

Iya frissonna. Tôt ou tard, ce violoneux-là réclamerait son dû, mais l'heure n'avait pas encore sonné de lui régler le bal. Pas encore.

Un bruit semblable à celui du tonnerre les réveilla à l'aube. La terre tremblait, et des feuilles, des bouts de branches pleuvaient autour d'eux. Iya s'étira, le dos tout ankylosé, puis gagna en boitillant la lisière des arbres avec ses collègues.

Leur petit bois était sur le point de devenir comme un îlot pris entre deux énormes vagues contradictoires. Une sombre masse de cavaliers venant du nord était déjà quasiment sur eux, et la magicienne vit à l'avant-garde flotter les bannières d'Atyion et d'Ilear. Au sud, une armée de fantassins plenimariens marchait au-devant d'elle. D'ici quelques minutes, ils allaient quant à eux se retrouver au cœur même de la bataille.

Et toi, Arkoniel, où es-tu, dans tout ça ? se demanda-t-elle, quitte à s'avouer que l'expédition d'un charme investigateur serait un gaspillage d'énergie. Elle n'aurait de toute manière aucun moyen d'aider son disciple, dut-elle apprendre où il se trouvait.

L'assaut du domaine n'ayant somme toute été qu'une escarmouche, au surplus favorisée par les ténèbres et l'effet de surprise, aucune ballade, aucun cours n'avaient réellement préparé Ki à ce qu'était une bataille rangée digne de ce nom.

La nouvelle de leur arrivée était va savoir comment

372

parvenue à Ero. À peine avaient-ils fait un demi-mille depuis la ferme qu'ils discernèrent une forte armée qui s'avançait à leur rencontre.

Tout attentif qu'il avait pu être aux récits et aux leçons de stratégie du vieux Corbeau, Ki n'était pas fâché de s'en remettre à Tobin et aux officiers pour prendre les mesures nécessaires. Son unique préoccupation était d'accomplir son devoir et de préserver les jours de la princesse.

« Combien sont-ils ? demanda celle-ci en immobilisant sa monture.

— Dans les deux mille, à mon sens, lui lança Grannia par-dessus l'épaule. Et ils ne font pas mine de chercher à se retrancher. »

Tobin s'entretint brièvement avec Tharin et lord Kyman. « Devant, des fantassins et des archers, commanda-t-elle. La cavalerie d'Atyion prendra l'aile droite, celle d'Ilear la gauche. Je me tiendrai personnellement au centre avec ma garde et la compagnie de Grannia. »

Les Plenimariens ne s'arrêtèrent ni pour se reformer ni pour fortifier une position défensive, mais marchèrent sur eux en rangs impeccables, piques miroitant au soleil levant comme un champ d'avoine argenté. En tête ondoyaient au bout de leurs hampes des bannières or, noires, rouges et blanches. Les lignes de leur avant-garde étaient regroupées en carrés serrés, et de grands boucliers rectangulaires leur servaient de palissade et de couverture contre les flèches.

Les archers skaliens venaient en premier, sur cinq

rangs d'un cent chacun. Visant haut, ils tirèrent par-dessus la carapace de boucliers vague après vague de traits empennés qui portaient en sifflant la mort parmi l'infanterie qui talonnait derrière. L'ennemi ripostant par des volées de flèches similaires, Ki se porta devant Tobin, l'écu brandi pour la protéger.

Après que les ordres eurent volé en tous sens le long du front, aboyés de sergent en sergent et ainsi de suite, Tobin leva son épée, et les fantassins s'élancèrent au trot vers les lignes adverses.

Après avoir cherché du regard l'amorce d'une percée, elle fit un second signal et éperonna son cheval. Tharin et Ki la flanquaient tandis que leurs montures accéléraient progressivement l'allure jus-qu'au grand galop. Lorsqu'il fut à même de discerner les visages de l'ennemi, Ki dégaina comme tout le monde et joignit sa voix aux cris de guerre qui l'entou-raient.

« Atyion pour Skala et les Quatre ! »

En venant défoncer la mêlée, peu s'en fallut qu'il ne leur en coûte cher. Une pique atteignit au flanc le destrier de Tobin qui se cabra. Pendant un moment terrible, Ki vit le heaume de cette dernière se découper sur le bleu nuageux du ciel au-dessus de lui, puis elle tomba à la renverse et fut enveloppée dans le tour-billon de chevaux et d'hommes qui déferlait.

« Tobin ! » hurla Tharin en s'efforçant de pousser son cheval dans la cohue pour aller la rejoindre.

Ki bondit à terre, en se démenant pour esquiver la charge, et tête baissée dans l'espoir d'entr'apercevoir le surcot de la princesse. Un cavalier l'expédia s'aplatir à terre, puis il se laissa rouler pour éviter d'être piétiné par les sabots qui semblaient tous converger sur lui de toutes parts.

Le hasard voulut que ce fût du bon côté, car il se retrouva brusquement devant elle, distribuant des coups d'épée désordonnés. Il se faufila sous les jambes d'un autre cheval cabré et fonçant sur elle, plaqua son dos contre le sien juste à l'instant où un chevalier de Plenimar surgissait de la presse et menaçait de la sabrer à la tête. Leurs lames se croisèrent, et le choc ébranla Ki jusqu'en haut de l'épaule.

Entre-temps, Tharin, qui s'était finalement dégagé, abattit son épée sur le crâne de l'agresseur qui perdit l'équilibre, et Ki n'eut qu'à terminer la besogne.

« Venez ! glapit le capitaine, Kadmen a récupéré vos montures ! »

Tous deux se remirent en selle, mais ils ne tardèrent pas à se retrouver à pied, tandis que la ligne de front s'immobilisait. Ça vous faisait l'effet de faucher un champ de luzerne infini, ce maudit combat. Leurs mains d'épée étaient toutes cloquées d'ampoules, et le sang les collait à la poignée quand l'ennemi finit par rompre et par se débander.

« Que s'est-il passé ? demanda Tobin pendant qu'ils remontaient en selle.

— Colath ! cria-t-on tout le long de leurs rangs. Colath est venu à notre aide.

— Colath ? s'emballa Ki. Mais c'est lord Jorvaï ! Ahra doit être avec lui ! »

Les Plenimariens étaient en pleine déroute pour lors,

et la bannière orange et vert de Jorvaï les talonnait effectivement.

« Pas de quartier ! hurla Tobin en levant son épée. Sus, cavaliers, sus, et ne faites pas de quartier ! »

Eyoli était trop mal en point pour bouger, et il était impossible de le transporter nulle part ailleurs, avec les deux armées qui ferraillaient tout autour du bois. Iya trama un sortilège d'invisibilité sur la place qu'il occupait et des charmes tutélaires afin de le préserver d'être foulé aux pieds. Des volées de flèches fredonnaient à travers les frondaisons, puis elle entendit un cri, suivi par le choc sourd d'un corps qui s'affalait à terre.

« Iya, ici ! Vite ! » appela Dylias.

Un groupe d'archers plenimariens courait à toutes jambes vers la lisière. Joignant ses mains à celles de Dylias et de Saruel, elle se mit à psalmodier avec eux. Une puissance commune les envahit, et ils pointèrent tous trois l'index vers les intrus. Une espèce d'éclair foudroyant s'échappa du bout de leurs doigts, et vingt ennemis tombèrent, frappés à mort instantanément. Les rares survivants tournèrent casaque au triple galop.

« Courez toujours, chiens ! leur décocha dans le dos Dylias en brandissant son poing. Et vive Skala ! »

La bataille balaya la plaine en tous sens tout au long de la matinée, et les magiciens tinrent le bois comme une véritable forteresse. Quand ils eurent dépensé leurs dernières munitions de magie efficace, ils grimpèrent se cacher dans la cime des arbres.

Les deux parties en présence étaient à peu près

égales en nombre, et les Plenimariens se révélaient un adversaire formidable. À trois reprises, Iya vit la bannière de Tobin s'affaler, puis se remettre à flotter chaque fois. Désespérée de se voir réduite au rôle de spectateur passif, elle se cramponna à la rude écorce de son perchoir et supplia l'Illuminateur de ne pas tolérer la pure perte ici de tant de douleur et de sacrifice, alors qu'on se trouvait en vue de la ville assiégée.

Comme pour exaucer sa fervente prière, un puissant corps de cavalerie provenant du nord apparut lorsque le soleil venait juste de dépasser le zénith.

« C'est Colath ! s'exclama quelqu'un.

— Un millier d'hommes pour le moins ! » cria quelqu'un d'autre, et des lambeaux d'acclamations frappèrent leurs oreilles.

Les forces de Colath prirent de plein fouet le flanc gauche de Plenimar, dont les lignes chancelèrent avant de se dissoudre. La cavalerie de Tobin se rua comme une meute de loups sur l'ennemi en fuite. Les étendards plenimariens s'abattirent à la façon d'un château de cartes, et ce qui s'ensuivit fut une véritable boucherie.

Pendant que leur défaite éparpillait les quelques poignées de survivants vers la ville, Tobin, elle, conduisit son armée droit sur le côté nord des remparts.

Les défenseurs plenimariens les y attendaient déjà. Ils avaient planté des pieux en travers de la route et fortifié les poternes détruites. Retranchés derrière leur palissade improvisée et le long des murailles, ils firent grêler sur la charge skalienne des nuées de flèches.

Pendant une minute épouvantable, Ki redouta que Tobin ne persiste à foncer droit sur la ligne ennemie. Avec le sang qui la souillait, elle avait elle-même l'allure féroce d'un démon. Mais elle finit par s'arrêter.

Dédaignant les traits qui sifflaient tout autour d'eux, elle demeura bien droite en selle pour examiner la porte qui leur faisait face. Lynx et Ki s'empressèrent de venir la couvrir. Derrière, Tharin s'époumonait et jurait comme un possédé.

« Mais viens donc ! » hurla Ki en bloquant deux flèches avec son bouclier.

Après un dernier coup d'œil vers la porte, Tobin fit volter son cheval et brandit son épée pour que tout son monde la suive et se retire hors de portée.

« Loué soit Sakor de lui avoir inspiré cette décision ! » siffla Ki entre ses dents tout en se ruant derrière elle.

Ils rebroussèrent chemin sur un quart de mille environ puis firent halte pour se regrouper. Pendant que Tobin s'entretenait avec lord Ryman et Tharin, un seigneur grisonnant la rejoignit avec son escorte et la salua. Ki reconnut en eux Jorvaï et ses fils aînés, mais douta qu'ils lui rendissent la pareille. Il n'était après tout qu'un petit gardeur de pourceaux maigrichon lorsqu'ils l'avaient vu pour la dernière fois.

Jorvaï était en revanche toujours le vieux guerrier plein de vigueur de ses souvenirs. Identifiant Tobin à son surcot, il mit pied à terre et s'agenouilla pour lui offrir son épée. « Mon prince ! Le Rejeton d'Atyion daignera-t-il agréer l'aide de Colath ?

— Oui. Levez-vous, et recevez les remerciements d'Atyion », répondit-elle.

Mais lui demeura à genoux, les yeux levés vers elle sous sa broussaille de sourcils gris. « Est-ce bien devant le fils de Rhius que je m'incline ? »

Elle retira son heaume. « Je suis la fille d'Ariani et de Rhius. »

Arkoniel et la prêtresse d'Illior qui les avaient accompagnés depuis Atyion se portèrent vers eux. « Voici celle qui nous fut prédite. Elle est bien ce qu'elle prétend, assura la seconde.

— C'est exact, reprit Arkoniel. Je connais Tobin depuis sa naissance, et la princesse et lui n'ont jamais fait qu'un.

— Lumière divine ! » La physionomie de Jorvaï s'illumina d'un émerveillement sans mélange. Il avait eu connaissance des prophéties, et il y avait cru. « La fille d'Ariani daignera-t-elle agréer la foi de Colath ? »

Tobin accepta l'épée. « Je l'agrée, et avec on ne peut plus de gratitude. Debout, Lord Jorvaï, et serrons-nous la main. Mon père avait une haute opinion de vous.

— C'était un preux guerrier que votre père. Il semblerait que vous teniez de lui. Hé ! mais voici le capitaine Tharin ! » Tous deux se donnèrent l'accolade. « Par la Lumière, cela fait des années que nous ne nous étions vus ! Quel bonheur de te rencontrer parmi les vivants... »

Avec un sourire, elle interrompit leurs effusions en demandant : « À propos, messire, Ahra de La-Chesnaie-Mont se trouve toujours à votre service ?

— Elle est même l'un de mes meilleurs capitaines. »

379

Tobin fit signe à Ki de s'approcher et lui empoigna l'épaule. « Dites au capitaine Ahra que son frère et moi nous sommes enquis d'elle et qu'elle doit absolument s'arranger pour venir nous voir, une fois la ville tirée d'affaire. »

Jorvaï examina Ki plus attentivement. « Eh bien ça, alors ! Tu es donc l'un des garçons du vieux Larenth ?

— Oui, messire. Kirothius de La-Chesnaie-Mont. Et de Rilmar », ajouta-t-il.

Jorvaï s'esclaffa franchement. « Ce qu'ils me manquent, ce vieux bandit et sa marmaille ! Je ne doute pas que Votre Altesse ne soit enchantée de ce gaillard-là, s'il ressemble à son géniteur.

— C'est le cas, messire », répondit Tobin, et Ki devina qu'elle trouvait le vieillard et son parler sans fard tout à fait à son gré. *Rien là d'étonnant*, songea-t-il, chaviré de tendresse, *ils sont taillés dans la même étoffe*.

Les terres qu'Iya et ses compagnons avaient foulées la nuit précédente étaient celles de domaines soigneusement tenus. Désormais, on aurait dit qu'un immense raz-de-marée les avait submergées avant de se retirer. Les champs retournés, défoncés, piétinés étaient jonchés de centaines de cadavres d'hommes et de montures abandonnés tout autour tels des jouets démantibulés sur des acres et des acres.

Après avoir pourchassé l'ennemi, Tobin n'avait pas tardé à revenir en arrière et à faire halte à un demi-mille en deçà du bosquet. Une fois regroupés, les magiciens partirent la rejoindre. Un manteau tendu par les quatre plus jeunes servait au transport d'Eyoli.

Comme ils s'aventuraient hors du couvert, un destrier noir à l'œil de braise exorbité les dépassa comme la foudre, entrailles éparpillées dans son sillage. Un pied pris dans l'anneau de fer d'un étrier, son maître mort rebondissait, inerte, au rythme dément de ce galop d'enfer.

Les gémissements des blessés les assaillaient de toutes parts tandis qu'ils parcouraient le champ de bataille. Des hommes d'armes skaliens s'y affairaient encore à achever les moribonds et à dépouiller les cadavres plenimariens.

Un lugubre halo crépusculaire nimbait Ero. Le Palatin soutenait toujours le siège, mais Iya parvint aussi à discerner, devant les portes inférieures, des alignements d'hommes noirs. L'ennemi ne se laisserait pas surprendre de ce côté-là.

En atteignant le gros des troupes de Tobin, ils se virent soumettre à un bref interrogatoire puis emmener au cœur même de la multitude et y trouvèrent la princesse en pleine conférence avec un groupe de guerriers. Jorvaï et Kyman s'y distinguaient notamment, tout comme Ki, Tharin – et Arkoniel, découvrit la magicienne avec un indicible soulagement. En l'apercevant à son tour, ce dernier toucha l'épaule de Tobin qui se retourna, et sa vue coupa le souffle à Iya.

Oui, c'était bien là le visage que l'Oracle lui avait montré – las, sale, on ne peut plus quelconque mais indomptable. C'était bien là leur reine-guerrière.

« Majesté, dit-elle en se précipitant pour se jeter à

ses genoux, aussitôt suivie par les autres. Permettez-moi de vous amener des magiciens tout dévoués à Votre personne et à la cause de Skala.

— Iya ! Loués soient les Quatre, mais d'où venez-vous donc ? » Quoique différent, son timbre demeurait le même. Elle releva la magicienne et lui adressa un sourire ironique. « Vous ne vous êtes jamais mise à genoux devant moi jusqu'ici, que je sache. Et je ne règne pas encore.

— Vous régnerez. Vous avez enfin recouvré ce qui vous appartient.

— Et votre tâche est accomplie. »

Iya en eut froid dans le dos. Était-ce intentionnellement que Tobin venait d'employer la même formule que Frère ? Dans son regard ne se lisait pourtant qu'une bienveillance assortie d'une farouche détermination.

« Alors que la vôtre vient tout juste de débuter, m'est avis, mais vous aurez de l'aide, répondit-elle. Voici maître Dylias. Lui et ceux que vous voyez là ont tenu tête aux Busards et lutté pour Ero. Ce sont eux qui m'accompagnaient lorsque je vous ai retrouvés, l'autre jour, vous-même et les Compagnons.

— Merci à tous, dit Tobin en s'inclinant devant la bande de loqueteux.

— Et nous nous battrons de nouveau pour vous, si nos services vous agréent, repartit Dylias avec un grand plongeon. Nous vous apportons des nouvelles fraîches sur les mouvements de l'ennemi à l'intérieur des murs. Nous y étions encore nous-mêmes la nuit dernière. »

Tobin l'emmena sur-le-champ conférer avec son état-major de capitaines et de seigneurs, mais Arkoniel et Ki restèrent avec Iya.

Son jeune disciple la prit dans ses bras et l'étreignit très fort. « Lumière divine ! grommela-t-il, et elle s'avisa qu'il était en pleurs. Nous avons réussi, lui chuchota-t-il au creux de l'épaule. Vous arrivez à le croire, vous ? Nous avons réussi !

— En effet, nous avons réussi, très cher. » Elle l'étreignit à son tour, et il la relâcha en s'essuyant les yeux. Pendant un moment, il eut l'air du gamin de jadis, et le cœur d'Iya se gonfla de tendresse.

« Moi aussi, je suis bien heureux de vous voir, maîtresse, fit Ki d'une voix timide. Ça ne me plaisait pas beaucoup, de vous laisser là-bas. »

Elle se mit à sourire. « Et tu es ici, exactement où tu dois être. J'étais bien sûre de mon choix, le jour où je t'ai choisi.

— Vous auriez pu tout de même m'en dire un peu plus », riposta-t-il tout bas. Elle surprit dans le brun sombre de ses prunelles une once de rancœur, mais qui s'évanouit sitôt qu'il eut découvert Eyoli, dont s'occupaient maintenant plusieurs guérisseurs. « Eyoli, c'est bien toi ? s'exclama-t-il en se ruant vers lui. Hé ! Tobin, regarde un peu ! Il s'en est finalement tiré ! »

La princesse revint sur ses pas et s'agenouilla auprès du jeune embrumeur mental. « Bénie soit la Lumière ! Je viens juste d'expédier des cavaliers à votre recherche, et c'est ici que je vous trouve ! »

Il leva sa main pour se toucher le front puis la poitrine. « Aussitôt que j'aurai recouvré mes forces, je combattrai de nouveau pour vous. Peut-être qu'avec un peu d'entraînement je finirai par me débrouiller mieux ? »

Elle éclata de rire, d'un rire clair et qu'il faisait bon d'entendre en une pareille journée, puis se leva pour proclamer : « Écoutez-moi, vous tous, voici le magicien Eyoli, qui m'a aidée à m'échapper de la ville. Il est mon ami et, je vous le déclare, un héros ! »

Une ovation s'ensuivit, qui fit rougir le blessé comme une pucelle.

Tobin se porta aux côtés d'Iya. « Et voici la voyante dont vous avez entendu parler. C'est à maîtresse Iya que l'Illuminateur a parlé, et c'est elle et maître Arkoniel qui m'ont servi de protecteurs depuis mon enfance. Qu'ils en soient hautement honorés pour jamais. »

Ils la saluèrent chacun à son tour en se touchant la poitrine et le front.

Remontant en selle, elle reprit alors la parole d'une voix forte à l'intention de l'armée.

« Et vous tous, je vous remercie pour votre bravoure, votre confiance, votre loyauté. Chaque homme et chaque femme qui s'est battu à mes côtés en ce jour mérite déjà le nom de héros, mais il me faut vous demander encore davantage. »

Elle pointa l'épée vers la cité fumante. « Pour la première fois dans notre longue histoire, un ennemi s'est emparé d'Ero. Tous les rapports concordent, il doit y avoir là pas moins de quelque six milliers d'hommes qui nous attendent. Nous avons le devoir de continuer. Moi, je continuerai ! Accepterez-vous de me suivre ? »

La réponse fut assourdissante. Le destrier de Tobin s'en cabra pendant qu'elle brandissait son épée. La lumière du soleil couchant fit flamboyer la lame qui, telle l'effroyable épée de Sakor, jeta mille éclairs.

Peu à peu, les acclamations se muèrent en un cri scandé d'une seule voix : « La reine ! la reine ! »

Elle réclama le silence d'un geste. Il lui fallut quelque temps pour l'obtenir, mais lorsqu'elle fut en mesure de se faire entendre, elle lança à pleins poumons : « Par la lune de l'Illuminateur qui se lève à l'orient, je vous jure d'être votre reine, mais je ne revendiquerai pas ce titre aussi longtemps que ce ne sera pas l'épée de Ghërilain que ma main droite brandira. J'ai ouï dire que c'est mon parent le prince Korin qui la tient maintenant, et... »

Sa voix fut noyée sous un déferlement de cris de colère.

« Usurpateur !

— Fils du porte-peste ! »

Mais elle n'en avait pas terminé. « Écoutez-moi, loyaux Skaliens, et transmettez ce que je vais dire à tous ceux que vous croiserez comme l'expression de ma volonté ! » Sa voix était enrouée, maintenant, mais elle portait tout de même. « Le sang du prince Korin est aussi légitime que le mien ! Je ne veux pas qu'on le répande. Quiconque fait du mal à mon cousin me fait du mal à moi, et je le compterai au nombre de mes ennemis ! Regardez là-bas. » Sa lame désigna de nouveau la capitale en ruine. « À l'heure même où vous l'injuriez, le prince lutte pour Skala. Nous luttons pour Ero, pas contre Korin ! » Elle se tut, comme accablée sous un fardeau trop lourd, avant de reprendre. « Sauvons notre patrie. Le reste, nous le réglerons après. Pour Ero et Skala ! »

En entendant la foule faire chorus, Arkoniel poussa un soupir de soulagement, mais Iya fronça les sourcils. « Se figure-t-elle qu'il va lui céder benoîtement la place ?

— Peut-être pas, mais le ferait-elle que c'était de toute manière la bonne chose à dire, répliqua-t-il. Tous les seigneurs ne se laisseront pas aussi facilement gagner que Kyman ou Jorvaï. Trop d'entre eux sont du même acabit que Solari, et la légitimité de Korin ne fait aucun doute aux yeux de nombre d'autres. Tobin ne saurait débuter en se faisant la réputation de parricide ou de renégat. Ou bien je me trompe fort, ou bien, quoi qu'il advienne par la suite, le discours qu'elle a prononcé vient tout simplement de poser les fondations de sa légende.

— Je voudrais en être aussi sûre que toi.

— Croyez-en l'Illuminateur, Iya. Le fait qu'elle ait traversé entière cette bataille est un heureux présage. Sans parler du fait que nous nous trouvions aussi à ses côtés tous deux. » Il la serra de nouveau contre lui. « La Lumière m'en soit témoin, quelle joie j'ai de vous voir là ! Lorsque Eyoli nous a transmis la nouvelle de l'attaque, l'autre jour... Bref, ça sentait vilain.

— Je ne m'attendais pas non plus à te retrouver si tôt ! Tu as donc appris à voler ? demanda-t-elle. Et ton poignet, qu'est-ce qui lui est arrivé ? Blessé au cours des combats ? »

Il se mit à rire. « Non, eux, je ne m'en suis pas mêlé. Mais j'ai fait bon usage, en revanche, du charme que je vous avais montré. Vous savez, celui qui m'a fait perdre un doigt. »

Elle dressa un sourcil réprobateur. « La translation ? Lumière divine ! tu t'y es soumis personnellement ?

— Je la maîtrise un peu moins mal depuis notre dernier entretien. Et puis c'était mon seul recours pour rejoindre Tobin à temps. » Il brandit une fois de plus son poignet brisé. « Je n'irai pas jusqu'à prétendre que j'en recommanderais dès à présent l'emploi généralisé..., mais vous rendez-vous compte, Iya ? cent milles, et hop, en un clin d'œil ! »

Elle branla du bonnet. « Je savais que tu serais un grand bonhomme, cher garçon, mais ce que j'ignorais totalement, c'est qu'il te faudrait si peu de temps pour le devenir. Je suis tellement fière de toi... » Elle s'interrompit brusquement avec un air anxieux. « Où est-il ? Tu ne t'en es pas déjà laissé déposséder, au moins ? »

Arkoniel écarta les pans de son manteau pour montrer le vieux sac de cuir pendu à sa ceinture. « Le voici.

— Et *eux* sont là, avec leurs nécromanciens, murmura-t-elle en se renfrognant du côté d'Ero. Évite de croiser leur route. Reste à la traîne si nécessaire, ou bien fourre-le dans l'un de tes fichus trous noirs, mais ne te le laisse prendre pour rien au monde !

— Je n'y ai pensé que depuis mon arrivée ici,

reconnut-il. Il me serait possible de le renvoyer. Wythnir est encore...

— Non. Rappelle-toi ce que t'a dit Ranaï. Seul un Gardien peut le porter, et cet enfant n'y a pas vocation. Si le pire devait advenir et que je vive encore, c'est à moi que tu le renverrais.

— Et si vous... n'étiez plus là ?

— Eh bien, je présume que nous ferions mieux de nous inquiéter d'ores et déjà d'autres successeurs, hein ? » Elle soupira. « Quel rôle il peut bien jouer dans toute cette affaire, je n'en ai pas la moindre idée, mais du moins telle est actuellement notre situation. D'Ero, j'ai vu la révélation de Tobin, Arkoniel, ce soir-là. Les autres aussi. Notre vision a dû coïncider avec l'instant où se rompait le sortilège de la liaison. J'ai vu son visage alors aussi nettement que je vois le tien maintenant. Est-ce que Lhel et toi, vous l'avez vu aussi ?

— Moi oui, mais, pour ce qui est de Lhel, mystère. Je suis sans la moindre nouvelle d'elle depuis le milieu de l'hiver, lorsqu'elle a... disparu, là, comme ça. Le coup de vent qu'a été mon passage au fort de ces derniers jours ne m'a pas laissé le loisir d'aller à sa recherche, mais Nari ne l'avait pas seulement aperçue depuis notre départ pour les montagnes.

— Ce qui t'inquiète. »

Il hocha la tête. « Elle nous a quittés au plus fort de l'hiver et sans presque rien emporter. Si elle n'a regagné ni le fort ni son chêne..., eh bien, il se pourrait qu'elle ne soit pas revenue du tout. Elle n'avait aucun autre endroit où se réfugier, si ce n'est au sein de son propre peuple, et je ne crois pas qu'elle l'aurait fait avant la délivrance de Frère.

— Je suis même sûre que non, moi.

— Peut-être viendra-t-elle à Ero, reprit-il sans grande illusion.

— Peut-être. Et Frère, dis ? Tu l'as vu, lui ?

— Plus depuis que Tobin a dénoué leur lien. Il a fait une brève apparition à ce moment-là. Et vous ?

— Juste entr'aperçu. Il n'en a pas encore fini avec nous, Arkoniel. » Ses doigts étaient glacés quand elle lui serra la main. « Campe sur tes gardes. »

10

La contre-attaque skalienne avait temporairement détourné les Plenimariens de leur assaut contre la citadelle.

Du haut des remparts aux merlons desquels ils s'appuyaient, exténués, ce n'est pas sans un regain d'espoir de plus en plus vif que Lutha et Nikidès avaient regardé la petite armée d'Atyion décimer puis refouler les troupes adverses, en dehors des murs. La bannière personnelle de Tobin flottait en première ligne à chacune des charges.

Il n'empêchait qu'en dépit de cette première défaite, les Plenimariens tenaient toujours la ville et ne relâchaient pas leur emprise sur le Palatin dont les ultimes défenseurs n'en pouvaient plus de repousser les échelles de siège et d'éteindre les incendies.

Cela faisait déjà deux jours que les catapultes, hissées vers le sommet de la colline, faisaient pleuvoir sur ce dernier réduit un déluge incessant de pierres et de feu. Nombre de temples et de villas périphériques y avaient succombé. Quant aux anciens quartiers des Compagnons au Palais Vieux, ils se trouvaient bondés, transformés qu'ils étaient en hospice pour les sans-abri et en infirmerie pour les blessés.

Le généralissime ennemi, lord Harkol, avait par deux fois sommé les assiégés de se rendre, la veille, et il avait par deux fois essuyé le refus de Korin. Les réserves en eau et en nourriture étaient suffisantes pour soutenir un blocus prolongé mais, comme ils avaient depuis belle lurette épuisé leurs stocks de flèches, ils s'étaient vus réduits à lancer à la tête des assaillants tout ce qui leur tombait sous la main : meubles, pavés, pots de chambre, bûches et branches tronçonnées dans les parcs et jusque dans le bois sacré de Dalna... Ils les avaient même bombardés avec les effigies de la nécropole royale.

« Je crois que les reines approuveraient cette mesure, avait froidement déclaré le chancelier Hylus en la suggérant. Après avoir fait don de leur existence à Skala, ce n'est sûrement pas elles qui lésineraient sur un bout de pierre. »

En quoi le bon vieillard avait sans doute eu raison, se disait Lutha. La reine Markira ne leur avait-elle pas en effet permis d'écraser d'un coup toute une poignée de nécromanciens ?

Pendant que sous ses yeux leur ami regroupait ses forces, au cours de l'après-midi, Lutha secoua la tête. « Tu n'avales pas toi non plus ces couillonnades de Nyrin, n'est-ce pas, Nik ?

— Sur les prétentions de Tobin à être une fille ? fit ce dernier en roulant les yeux.

— Non, sur son éventuelle félonie, je veux dire, et sur son intention de s'emparer du trône.

— J'avale encore moins celles-ci que l'autre, mais Korin m'a tout l'air de le faire, lui. Et je n'aime pas beaucoup la manière dont ce cher Busard l'enferme à double tour chaque soir pour le gorger de vin tout en lui distillant ses poisons dans le creux de l'oreille. J'ai plus peur de toutes ces manigances que de l'armée qui nous harcèle en bas. »

Tobin lança deux offensives supplémentaires avant la tombée de la nuit pour emporter les murs et les barricades. Les lignes plenimariennes eurent beau tenir le coup, leurs morts n'en tapissaient pas moins le terrain, devant. Tout de suite après le crépuscule, le vent de mer apporta la pluie, et des monceaux de nuages bouchèrent le ciel.

Comme s'éteignaient les dernières lueurs du jour, une armée nouvelle émergea de la poix, au sud. Bien qu'il fût impossible d'en distinguer les bannières, Nikidès dit qu'elle avait l'air d'être composée de chevaliers et de paysans volontaires et qu'il devait s'agir là de gens d'Ylani et des villes côtières en deçà. Elle comprenait au moins deux mille hommes et, du coup, les Plenimariens se retrouvèrent à leur tour brusquement assiégés dans le désert calciné qui était leur œuvre entre le port et la citadelle. Les forces qui menaçaient cette dernière commencèrent à s'amenuiser, et le déplacement de torches vacillantes à travers la nuit révéla qu'elles étaient en train de se diviser pour faire face sur trois fronts.

« Ça, jamais ! » s'exclama Korin en se remettant à arpenter d'un pas furibond son salon privé. La pièce empestait la trouille et le vin.

Nyrin jeta un coup d'œil sur le chancelier Hylus. Assis au coin du feu, le vieil homme avait l'esprit farci de traîtrise mais ne pipa mot. L'emprise du Busard sur le prince était à peu près totale, et ils le savaient tous deux.

Sur les instances du magicien, Korin avait fini par se laisser convaincre d'exclure les derniers survivants de ses Compagnons en leur faisant monter la garde à tous devant sa porte – à tous sauf à Caliel qui, du fond de l'ombre près de celle-ci, tenait Nyrin sous son regard noir.

Il était près de minuit. La tempête n'avait pas cessé de s'amplifier depuis le coucher du soleil. Des rafales de pluie et de neige fondue fouettaient rageusement les fenêtres par intermittence. Les ténèbres étaient impénétrables, sauf quand les zébrait, de loin en loin, la fulgurance d'un éclair.

« Pour le salut de Skala, Sire, il vous faut absolument envisager cette hypothèse, insista Nyrin tandis qu'une violente rafale ébranlait à nouveau les croisées.

Ces nouvelles forces en provenance du sud ne sont rien de plus qu'un ramassis de rustres ! Ils ne renverseront pas le courant, pas plus que ne le fera l'armée de Tobin. Pas par un temps pareil. Ils savent qu'ils n'ont pas l'avantage du nombre et se sont retirés. Tandis que les sapeurs de l'ennemi poursuivent leur besogne à la porte du Palatin. Je les entends distinctement dès que le vent tombe ! Ils pourraient ouvrir la brèche d'un instant à l'autre, et que ferons-nous alors ? Vous n'avez plus qu'une poignée de guerriers à votre disposition.

— Les Plenimariens sont pris dans la même tempête, objecta Caliel d'une voix où vibrait une colère à peine voilée. Korin, tu ne saurais t'enfuir comme ça, là !

— Une fois de plus, tu veux dire ? riposta le prince en faisant à son ami un sourire amer.

— Ce n'est pas ce que j'ai dit. »

Nyrin fut enchanté de voir finalement surgir entre eux l'ombre d'un différend. « Ce ne serait pas là s'enfuir, lord Caliel, intervint-il d'un ton mielleux. Si l'ennemi fait tomber la porte, il massacrera tous ceux qu'il trouvera sur son passage, y compris notre jeune roi. Il traînera son cadavre à travers les rues et exhibera sa tête à Benshâl en guise de trophée. Et c'est porteur de la couronne et de l'épée de Ghërilain que l'Overlord se pavanera, lors des célébrations de notre défaite. »

Korin interrompit ses allées et venues pour crisper son poing sur la garde de la prestigieuse lame accrochée à sa hanche. « Il a raison, Caliel. Ils savent bien qu'une seule attaque ne leur permettra pas de s'emparer du pays tout entier, mais s'ils détruisent Ero, font main basse sur le trésor et l'Épée, tuent le dernier de la lignée..., combien de temps Skala résistera-t-elle après ça ?

— Mais Tobin...

— Est une menace aussi formidable ! rétorqua le prince. Tu as entendu les rapports. Tout ce qui reste d'Illiorains en ville murmure et chuchote que la reine légitime est revenue sauver le pays. On a exécuté trois prêtres de plus aujourd'hui, mais le mal est fait. Combien de temps s'écoulera-t-il avant que cette racaille n'ouvre la porte aux renégats ? Tu as vu les bannières flottant sur l'armée de Tobin ; les campagnes se lèvent déjà pour se joindre à lui – ou à *elle* ! » Il haussa les deux mains avec un grondement de dégoût. « Peu importe ce qu'il en est réellement ; la foi des ignares lui est d'avance acquise. Et s'il réussit à rompre le blocus, alors, que se passera-t-il ? » Il tira l'Épée, la brandit. « Plutôt l'Overlord qu'un félon pour elle !

— Tu dérailles, Kor ! D'où vient que tu ne t'en aperçoives pas ? s'écria Caliel. Si Tobin souhaitait la chute d'Ero, que lui servirait de se précipiter à notre secours ? Il aurait aussi bien pu lambiner pour laisser les envahisseurs faire à sa place le sale boulot. Tu as vu de quelle manière il s'est battu aujourd'hui. Attends, je t'en conjure. Accorde-toi encore un jour avant de te résoudre à ce que tu t'apprêtes à faire là. »

Alben entra là-dessus en trombe et n'accorda au prince qu'un simulacre de salut. « Les sapeurs ont fini par passer sous le mur, Korin, et la grande porte vient de tomber. Ils déferlent comme des rats ! »

Les yeux de Korin ressemblaient à ceux d'un mort quand il les tourna vers Caliel. « Rassemble ma garde et les Compagnons. C'en est fait d'Ero. »

11

Ce déluge torrentiel ne laissait pas à l'armée de Tobin d'autre solution que de se retrancher et d'attendre l'aube.

À l'aide de manteaux, de piques et d'un rien de magie sommaire, les magiciens s'employèrent à dresser quelques tentes afin d'abriter l'état-major de la princesse et leurs propres personnes.

Tharin et Tobin s'entretinrent longuement avec les rescapés du *Trou de Ver* qui les informèrent de leur mieux sur la puissance de l'ennemi, mais ces renseignements étaient déjà plus ou moins périmés.

Il était environ minuit quand la troupe poussa des cris de consternation : des nuées rouges s'épanouissaient au-dessus d'Ero.

« Le Palatin ! s'écria Ki. Ils doivent avoir opéré la percée. Le voici qui flambe ! »

Tobin se tourna vers Arkoniel. « Vous serait-il possible de me montrer ce qui se passe, ainsi que vous l'avez fait pour le capitaine ?

— Naturellement. » Ils s'agenouillèrent tous deux

sur un manteau plié, puis le magicien prit ses mains dans les siennes. « Nous n'avons pas pratiqué cela depuis ton enfance. Te souviens-tu de ce que je t'avais appris ? »

Elle hocha la tête. « Vous m'aviez invitée à imaginer que j'étais un aigle. »

Il sourit. « Oui, ça ira. Ferme seulement les yeux et laisse-toi prendre ton essor. »

Elle éprouva une sensation vertigineuse de mouvement, puis vit la noirceur de la plaine battue par l'averse glisser en s'éloignant sous elle. L'illusion était d'une si extraordinaire véracité qu'elle sentait battre ses ailes et la pluie marteler leurs plumes. Avec elle volait de conserve une grande chouette, et celle-ci avait les yeux d'Arkoniel. Il prit les devants en planant, et elle, à sa suite, fit le tour des positions plenimariennes auprès de la porte avant de s'élever en piqué au-dessus du Palatin dévasté.

Le Palais Neuf, le temple et le bois sacré, tout était en flammes. De quelque côté qu'elle portât les yeux se distinguaient des centaines de silhouettes enchevêtrées au corps à corps. Il n'y avait pas de bannières pour lui révéler où se tenaient les Compagnons. C'était un chaos indicible. Comme elle traçait des cercles au-dessus du brasier qu'était le sanctuaire de Dalna, cependant, son regard se porta vers le sud, et elle eut la stupeur d'y découvrir une autre petite armée campée face au contingent plenimarien qui tenait la porte du pont Mendigot.

Elle était sur le point de plonger examiner les choses

de plus près quand elle se retrouva de nouveau brusquement à genoux sous la tente qui dégouttait, les prémices d'une migraine lui lancinant l'arrière des orbites. Arkoniel s'était empoigné le crâne à deux mains.

« Navré, hoqueta-t-il. Après tous les événements de ces derniers jours, je suis passablement crevé.

— Nous le sommes tous », dit Iya en lui appliquant sa main sur la nuque.

Tobin se releva, se tourna vers le capitaine. « Nous devons attaquer. Sur-le-champ.

— Mais c'est impossible ! objecta Jorvaï.

— Il a raison, Votre Altesse, abonda Kyman. Il est toujours hasardeux, la nuit, de lancer une offensive et, avec ce déluge, les chevaux ont toute chance au surplus de s'embourber ou d'aller s'empaler sur les pieux.

— À nous d'en courir le risque, alors, mais il faut coûte que coûte attaquer maintenant ! Le Palatin est tombé. Ses défenseurs ne se battent plus que pour leur propre peau. Si nous ne les secourons pas tout de suite, il n'en restera plus un seul à sauver demain. Sur le flanc sud se trouve une autre armée qui a contraint les Plenimariens à diviser leurs forces pour lui faire face. Iya, de quoi sont capables vos magiciens ? Avez-vous les moyens de nous aider à percer le bas des fortifications ?

— Nous ferons tout notre possible.

— Bien. Ki, Lynx, allez nous chercher nos montures et dépêchez des estafettes alerter les autres. Kyman, Jorvaï, vos gens vont-ils accepter de se battre ?

— Vous pouvez compter sur Ilear, répondit Kyman, le poing appliqué sur son cœur.

— Et sur Colath, protesta Jorvaï. À défaut de mieux, nous offrirons du moins à ces salopards une satanée surprise ! »

La nouvelle de la brèche ouverte au Palatin se répandit à travers le camp. En dépit de la pluie, de la boue, de l'épuisement, l'armée grelottante de Tobin eut tôt fait de se retrouver sur pied, et une heure ne s'était pas écoulée que, dans le plus grand silence, comme prescrit, elle marchait une fois de plus sur les lignes ennemies. Les commandos détachés par Jorvaï pour liquider les avant-postes isolés firent merveille. La pluie se fit leur complice et masqua si parfaitement leur approche aux sentinelles qu'aucune alerte ne retentit nulle part pour les dénoncer.

Iya et huit des siens prirent en catimini les devants. Confiant aux ténèbres le soin de les dissimuler, ils empruntèrent carrément la grand-route afin de conserver toute leur vigueur en vue de la mission qui les attendait. Arkoniel s'était d'abord amèrement plaint qu'elle le condamne à rester à l'arrière-garde, mais il avait fini par s'incliner devant l'argument qu'il ne fallait à aucun prix que le dernier Gardien tombe avec son précieux bol entre les mains des Plenimariens si l'aventure tournait mal.

Main dans la main comme des gosses afin de ne pas risquer de se séparer, la petite bande de saboteurs avançait à pas lents et feutrés le long des ornières creusées par les roues de charrettes et transformées en fondrières ruisselantes.

Ils s'arrêtèrent juste en deçà des alignements de pieux. En leur qualité de magiciens, ils y voyaient mieux dans le noir que le commun des mortels, et cela leur permettait de distinguer déjà nettement, du point où ils se trouvaient, les traits barbus de certains des gardes plantés autour des feux de veille. À quelques centaines de pas au-delà béait le four noir de la porte nord défoncée, dont des barricades de bois construites à la va-vite interdisaient l'accès.

Il avait été préalablement convenu que le déclenchement du sortilège incomberait à Iya, qui détenait les pouvoirs les plus efficaces pour ce type d'opération. Les autres se tenaient juste derrière elle, les mains plaquées sur ses épaules et sur son dos.

« Puisse Illior nous seconder », chuchota-t-elle en levant sa baguette à deux mains. C'était la première fois qu'ils se trouvaient aussi nombreux pour mettre en œuvre conjointement une magie de destruction semblable. Tout en espérant que sa vieille carcasse aurait assez de résistance pour canaliser autant d'énergie, elle refoula ses doutes, abaissa la baguette dans sa main gauche et plissa les paupières. La palissade de pieux et les feux des guetteurs se brouillèrent devant ses yeux tandis que ses collègues concentraient en elle leurs propres pouvoirs respectifs.

L'explosion du charme à travers son être la persuada qu'elle allait être déchiquetée. Ce fut tout à la fois comme si des coulées de lave et des avalanches la ravageaient, cependant que se déchaînaient des typhons d'une violence si formidable qu'elle entendit ses os s'entrechoquer.

Elle y survécut pourtant, par quelque miracle, et vit, abasourdie, un brasier vert pâle submerger la ligne de pieux et les barricades au-delà. En fait, cela ne ressemblait nullement à des flammes, mais à une masse de formes aussi tortueuses que des serpents – ou que des dragons, peut-être –, et dont l'éclat de plus en plus insoutenable finit par déboucher sur une colossale déflagration. La terre trembla sous ses pieds, et la puissance inouïe d'un souffle torride la fit chanceler. Dans le sillage du cataclysme tourbillonnaient des vapeurs glauques.

Et puis la terre se remit à trembler, mais derrière elle, cette fois-ci. Quelqu'un la saisit vivement à bras-le-corps, ils s'affalèrent pêle-mêle dans l'eau glacée d'un fossé, des cavaliers surgirent tout autour et les survolèrent, chargeant droit sur la brèche qu'eux venaient d'ouvrir. Elle regarda leurs silhouettes indécises et flottantes comme dans un rêve. Et peut-être celles-ci n'étaient-elles en effet qu'un rêve, car elle-même n'avait plus la moindre notion de son propre corps.

« Nous avons réussi ! nous avons réussi ! » brailla Saruel en la serrant très fort pour la protéger. « Iya, vous avez vu ? Iya ? »

La vieille magicienne voulut lui répondre, mais des ténèbres s'abattirent sur elle pour l'engloutir comme leur dû.

La soudaineté de l'embrasement provoqué par l'offensive des magiciens faisait toujours danser des taches noires devant ses yeux, mais Tobin n'en ralentit pas pour autant l'allure en conduisant la charge à travers la brèche. Conformément à ce qu'avait escompté Kyman, ils prenaient l'ennemi totalement au dépourvu.

Ilear et Colath s'attaquèrent aux murs, pendant qu'avec la princesse Atyion fonçait vers le Palatin.

Les rougeoiements de l'incendie éclairaient leur folle chevauchée. La chaleur que dégageait le palais en feu semblait dissiper la pluie, et les flammes illuminaient les parages avec autant de netteté que l'aurait fait un phare.

Les combats faisaient toujours rage et, une fois de plus, ils tombèrent par surprise sur les Plenimariens. Il était impossible de dire combien d'entre eux se battaient là ; talonnée par sa garde et Tharin, Ki, Lynx à ses côtés, Tobin se jeta à corps perdu dans la mêlée.

Tout ne fut plus dès lors que confusion. Les dallages brisés qu'ils foulaient contribuaient à les abuser, et les repères familiers paraissaient vaguement se dresser en des lieux incongrus ou à des moments farfelus. À la nécropole royale, le vestibule était aussi désert que si les effigies de pierre s'étaient elles-mêmes débrouillées pour se précipiter dans le grouillement général. Les combats les entraînèrent dans les alentours présumés du temple, sauf qu'il ne subsistait plus trace ni de son toit ni de ses piliers.

De petits groupes de défenseurs skaliens eurent beau les rallier, l'ennemi conservait néanmoins l'avantage du nombre. Les pans de murs calcinés qui les entouraient répercutaient les clameurs guerrières et les amplifiaient.

Ils eurent l'impression de se battre pendant des heures et des heures, et la fureur meurtrière qui possédait Tobin lui faisait toujours repousser les bornes de l'épuisement. Ses bras étaient imbibés de sang jusqu'au coude, et son surcot en était entièrement noirci.

Enfin, les rangs de l'ennemi semblèrent s'éclaircir, et elle entendit s'élever parmi eux un cri qui ressemblait à quelque chose comme « *Par là ! par là !* ».

« Est-ce un appel à la retraite ? » demanda-t-elle à Tharin pendant qu'ils reprenaient haleine à l'abri de la nécropole.

Il tendit l'oreille un moment puis émit un petit rire macabre. « C'est *pah'lâh* qu'ils piaillent. Si je ne m'abuse, cela veut dire "démon de reine". »

Ki se mit à glousser tout en essuyant sa lame sur l'ourlet de son surcot trempé. « Paraîtrait qu'en fin de compte on a eu vent de toi, dans le coin, Tob. »

Le capitaine Grannia grimpa les rejoindre. « Votre Altesse est-Elle blessée ?

— Non, juste en train d'essayer de m'y retrouver.

— Ils commencent à déguerpir. Mon groupe vient de supprimer ce qui m'a tout l'air d'être un général, et pas mal d'autres essayaient de gagner la porte au galop. Nous les avons presque tous massacrés.

— Bravo ! A-t-on eu la moindre nouvelle du prince Korin ?

— Pas à ma connaissance, Votre Altesse. »

Après qu'elle fut repartie en chasse avec ses

femmes, Tobin s'étira et bâilla. « Eh bien, reprenons la besogne... »

Or, ils étaient sur le point de redémarrer quand elle jeta un coup d'œil circulaire sur ce qu'il lui restait d'escorte et sentit son cœur chavirer.

« Où est Lynx ? »

Ki échangea un coup d'œil sombre avec Tharin. « Finalement, son vœu est peut-être exaucé. »

Ils n'eurent pas le temps de le pleurer. Une bande de Plenimariens vint les dénicher, et la bataille reprit aussitôt.

12

Les combats et la pluie s'interrompirent juste avant l'aube. Les derniers des Plenimariens ne se dispersèrent à toutes jambes que pour se faire tailler en pièces par les troupes skaliennes qui occupaient la ville basse. Lord Jorvaï estima par la suite que, même en incluant les secours arrivés du sud, l'agresseur les avait affrontés à près de trois contre un, et qu'ils n'avaient dû leur sanglante victoire qu'à la rage qui les soulevait. « Pas de quartier » restant l'ordre en vigueur, il n'en fut accordé aucun. Le matin trouva les victimes en putréfaction de la peste ensevelies sous les morts et les moribonds ennemis. Une poignée de vaisseaux noirs avait réussi à prendre le large afin d'apporter à Benshâl la nouvelle de la catastrophe, mais la plus grande partie de la flotte d'assaut avait été brûlée. Des épaves fumantes dérivaient au gré de la marée ou flambaient échouées sur la côte rocheuse. Autour des centaines de corps flottant dans la rade grouillaient des requins qui se repaissaient de l'aubaine.

Dans la ville affluaient déjà des émissaires en provenance de la campagne environnante et des bas quartiers. Les terres qui se trouvaient à l'ouest et au sud n'avaient pas souffert, mais au nord d'Ero comme à l'intérieur de ses murs, il ne restait rien des greniers, et des pans entiers de la capitale avaient été rasés par l'incendie. La rumeur courant que des soldats ennemis s'étaient échappés vers l'intérieur au cours de la nuit, Tobin expédia lord Kyman les y traquer.

Des ruisseaux de réfugiés rentraient également, et les gens qui s'étaient débrouillés pour survivre au siège sortaient de leurs cachettes en riant, pleurant, jurant. Crasseux et vindicatifs comme des spectres, ils vadrouillaient à travers les rues pour dépouiller les morts, mutiler les blessés.

Le Palatin était lui-même presque méconnaissable. En prenant un instant de repos en haut du perron du temple avec Tharin et Ki, Tobin contempla d'un œil accablé le spectacle lugubre qui s'offrait à elle. Juste au-dessous, sa garde personnelle et les gaillardes de Grannia veillaient tant bien que mal ; il était encore trop tôt pour savoir combien de Skaliens demeuraient fidèles à Korin dans ces lieux.

La fumée couvrait la citadelle d'un morne linceul

crépusculaire, et la puanteur de la mort commençait déjà à sévir. Des centaines de corps obstruaient les rues étroites : soldats et citadins, Skaliens et Plenimariens, enchevêtrés comme des fantoches désarticulés.

On avait découvert le cadavre du roi dans une chambre de la tour qui surmontait la poterne. Il y avait été abandonné tel quel, mais la couronne et l'épée de Ghërilain avaient disparu. Comme on n'avait pas aperçu la moindre trace de Korin ni d'aucun des Compagnons, Tobin avait chargé toute une compagnie d'aller fouiller à leur recherche parmi les monceaux de morts.

Lynx manquait toujours à l'appel, lui aussi, et nul n'avait vu le chancelier Hylus. On était aussi sans nouvelles d'Iya et de ses collègues, et la princesse avait envoyé Arkoniel tâcher de les retrouver dans les parages de la porte. Il ne restait plus rien d'autre à faire que d'attendre qu'il se manifeste.

Guerriers et drysiens s'affairaient à transporter les blessés au Palais Vieux, mais la tâche était écrasante. Des nuées de corbeaux descendaient se gorger et mêlaient en se pavanant sur les morts leurs croassements de triomphe aux plaintes poignantes des agonisants.

Le Palais Neuf brûlait encore, et cela durerait des jours. Le trésor n'avait pas été pillé, mais il était pour l'heure inaccessible sous les décombres et le brasier. De centaines de belles demeures – celle de Tobin incluse – ne subsistaient plus que les fondations fumantes, et celles qui restaient debout étaient noires de suie. Au-delà du Palais Vieux, la superbe allée d'ormes avait disparu, leurs souches bordaient l'avenue comme des chicots disparates, et les ravages de la hache et de l'incendie n'avaient guère mieux épargné le bois sacré de Dalna. En dépit de quelques outrages du feu, le Palais Vieux demeurait à peu près valide. Le terrain d'exercice des Compagnons, témoin de tant et tant d'affrontements pour rire, était désormais jonché de véritables morts, et le bassin-miroir était teint d'écarlate.

Ki secoua la tête. « Par les couilles à Bilairy ! Avons-nous sauvé quoi que ce soit ?

— Contente-toi de rendre grâces que ce soit nous qui nous tenions ici, et non l'ennemi », l'avisa Tharin.

Malgré l'épuisement qui s'appesantissait sur elle à la façon d'un brouillard épais, Tobin se contraignit à se relever. « Allons voir qui en a réchappé », dit-elle.

Près du Palais Vieux, ils croisèrent un général de la garde du Palatin qui, la reconnaissant à son surcot, planta un genou en terre.

« Général Skonis, Votre Altesse, dit-il en scrutant son visage d'un œil inquisiteur pendant qu'il la saluait. Mes félicitations pour votre victoire.

— Soyez remercié, général. Je suis navrée que nous soyons arrivés trop tard pour empêcher un pareil désastre. Y a-t-il des nouvelles de mon cousin ? »

Il inclina la tête. « Le roi est parti, Votre Altesse.

— Le *roi* ? fit Tharin d'un ton âpre. On a trouvé le temps de procéder à un couronnement ?

— Non, messire, mais il a l'Épée, et...

— N'importe, le coupa Tobin. Vous dites qu'il est parti ?

— Il s'est échappé, Votre Altesse. Dès la chute des portes, lord Nyrin et les Compagnons l'ont emmené.

— Il a pris la fuite ? lâcha Ki d'un ton incrédule.

— On l'a mis en sécurité, messire, riposta l'autre en le toisant d'un tel air que Tobin devina sans mal de quel côté allaient ses véritables préférences.

— Où est-il allé ? demanda Tharin.

— Lord Nyrin a promis de le faire savoir. » Il reporta son regard sur Tobin avec impudence. « Il a l'Épée et la couronne. C'est lui, l'héritier. »

La colère poussa Ki en avant, mais le capitaine le retint par le bras et déclara : « La véritable héritière se tient révélée sous vos yeux, Skonis. Allez répandre la nouvelle. Aucun Skalien loyal n'a de raison de craindre la Princesse. »

L'autre salua derechef et s'en fut à grands pas.

« Tout ça ne me dit rien qui vaille, grommela Tharin. Il faut absolument te faire connaître au plus tôt.

— Oui. » Elle jeta un coup d'œil circulaire. « L'ancienne salle d'audience est toujours debout. Faites passer le mot que quiconque peut encore marcher doit s'y rendre immédiatement. Je m'y adresserai au peuple.

— Il te faudrait aussi une garde plus conséquente. Grannia, rassemble-nous un corps de six cents hommes. Fais-les mettre en formation dans la cour sur-le-champ. »

Celle-ci salua et courut obéir.

Comme Tobin se tournait pour partir, elle aperçut deux silhouettes familières barbouillées de sang qui s'approchaient, sortant des nuées qui planaient au ras des jardins du palais. C'étaient Lynx et Una.

« Te voilà donc ! » cria Una. Marchant droit sur la princesse, elle l'examina attentivement puis se détourna, rougissante. « Lynx a essayé de m'expliquer, mais je n'arrivais pas à me figurer...

— Je suis désolée », dit Tobin, et c'était la vérité pure. Le col de la tunique de la jeune fille était entrouvert, et le petit pendentif d'or en forme d'épée ciselée tout exprès pour elle s'y voyait toujours. « Il m'était impossible de te le dire moi-même avant. Je n'ai jamais eu l'intention de te prendre pour dupe. »

Una réussit à s'arracher un maigre sourire. « Je sais. Simplement, je... Bref, ça ne fait rien.

— Ainsi, voilà la jouvencelle qui a causé tout ce tapage avec le roi ? fit Tharin en lui tendant la main. C'est un bonheur de vous revoir, lady Una.

— Cavalier Una, maintenant, répliqua-t-elle fièrement. Tobin et Ki sont quand même arrivés à faire de moi un guerrier, somme toute. » Elle s'interrompit pour regarder la fumée qui s'élevait à l'autre extrémité du Palais Vieux. « Vous n'avez rien appris sur les membres de ma famille, n'est-ce pas ?

— Non, dit Tobin. Tu es montée à leur recherche ? »

Elle acquiesça d'un signe.

« Bonne chance, alors. Hé, Una ? J'ai besoin de renforcer ma garde. Quand tu iras rejoindre Ahra, demande-lui si elle serait volontaire, et j'en toucherai un mot à Jorvaï.

— Entendu. Et merci. » Elle se dépêcha de se perdre dans la fumée.

« Et toi, Lynx, qu'est-ce qui t'est arrivé ? demanda Ki.

— Rien, répondit l'autre écuyer d'un air morne. Après m'être trouvé séparé de vous, la nuit dernière, j'ai fini par échouer parmi les cavaliers d'Ahra à l'extérieur des portes.

— Je suis bien heureuse de te revoir. Je craignais que nous ne t'ayons perdu », lui avoua Tobin.

Il n'accusa le coup que par un hochement de tête. « Nous avons brûlé le quartier général des Busards.

— Voilà du bon boulot nocturne ! s'écria Ki. Il y en avait dedans, j'espère ?

— Malheureusement pas, répondit-il. Nous avons tué tous les culs-gris qu'il nous a été possible de dénicher, mais les magiciens avaient déjà filé. Après avoir mis la main sur leurs coffres d'argent et libéré les derniers de leurs prisonniers, Ahra et ses gens ont livré les lieux à la torche.

— Bon débarras », commenta Ki, tandis qu'ils se dirigeaient tous vers le Palais Vieux.

Les coursives et les appartements de leur ancien logis retentissaient de plaintes déchirantes : « Au secours ! »... « De l'eau ! »... « Tuez-moi ! »... Les blessés gisaient si nombreux à même le sol que force était d'avancer pas à pas pour éviter de buter sur eux. Certains bénéficiaient de paillasses ou de grabats faits de vêtements empilés ou de tapisseries décolorées, d'autres étaient carrément couchés sur le dallage nu.

Une vieille drysienne aux robes maculées s'agenouilla devant Tobin. « Vous êtes bien celle dont les prêtres de l'Illuminateur promettaient la venue, n'est-ce pas ?

— Oui, la mère, je le suis », répondit-elle. Les mains de la femme étaient aussi souillées de sang que les siennes propres, remarqua-t-elle, mais à force de soins et non de carnage. Elle éprouva subitement une envie folle de se décrasser. « Les incendies risquent de se propager. Tous ceux de vos patients que l'on peut transporter seraient moins menacés en dehors de la ville. Je vais vous faire envoyer des fourgons.

— Bénie soit Votre Majesté ! lança la vieille en se dépêchant de retourner à son affaire.

— Tu ne peux pas te soustraire au titre, observa Ki.

— Non, mais Korin l'a déjà revendiqué pour sien. »

Ils pénétraient dans l'ancienne aile des Compagnons quand l'un des blessés l'appela par son nom. Se laissant guider par ces appels exténués, elle découvrit Nikidès allongé sur une paillasse pouilleuse auprès de la porte du mess. On lui avait retiré ses chausses, et il avait le flanc gauche empaqueté dans des chiffons croûteux. Il était d'une pâleur extrême, et ne respirait qu'à petits coups pénibles.

« Tobin... Est-ce vraiment toi ?

— Nik ! Je pensais que nous t'avions perdu. » Elle s'agenouilla, approcha sa gourde d'eau des lèvres gercées du jeune homme. « Eh oui, c'est bien moi. Ki est là, Lynx aussi. »

Après l'avoir dévisagée un moment, Nikidès ferma les yeux. « Lumière divine, c'est donc vrai ! Nous étions persuadés que cette vieille Barbe de Goupil mentait, et puis voyez-moi ça ! Jamais je ne me serais douté... »

Elle posa la gourde de côté pour saisir entre les siennes sa main froide. « Je suis moins changée que tu ne te figures. Mais dis-moi plutôt comment tu te sens. Quand as-tu été blessé ?

— Korin nous a donné l'ordre... » Il s'interrompit, haletant. « Je les ai accompagnés jusqu'à la porte, mais alors nous avons donné tête baissée dans un énorme... » Sa voix s'éteignit derechef avant de reprendre tout bas : « Je n'ai jamais eu grand-chose d'un guerrier, n'est-ce pas ?

— Tu es en vie. Y a que ça qui compte, dit Ki en s'agenouillant pour lui soulever délicatement la tête. Où sont Lutha et les autres ?

— C'est Barieüs et lui qui m'ont apporté ici... Je ne les ai pas revus depuis. Partis avec Korin, je présume. Lui s'en est allé.

— Nous l'avons appris », dit Tobin.

Nikidès se renfrogna. « Des manigances à Nyrin, tout ça. Arrêtait pas de lui coller au train... » Il aspira une nouvelle bolée d'air entrecoupée, fit une grimace. « Grand-Père est mort. Au Palais Neuf. Coincé par l'incendie. » Sa main se crispa dans celles de Tobin. « Je regrette que la vie ne m'ait pas permis de voir de mes propres yeux... Tu es une fille, réellement ? » Des couleurs marbrèrent ses joues livides. « Pour de bon, j'entends ?

— Pour autant que je sache. Mais parlons plutôt de toi. Tu es transportable ? »

Il acquiesça d'un hochement. « J'ai écopé d'une flèche, mais elle n'a fait que me traverser. Les drysiens m'affirment que je vais guérir.

— Bien sûr que tu guériras. Ki, aide-moi à le porter pour l'instant dans notre ancienne chambre. »

Il n'y avait plus ni draps ni tentures, mais le lit était toujours utilisable. Ils y installèrent Nikidès, et Tharin partit chercher de l'eau.

« Prince Tobin ? » tremblota une petite voix du fond de l'ancienne garde-robe. Baldus risqua un coup d'œil apeuré dans l'encadrement de la porte puis se précipita vers son maître et se jeta dans ses bras en sanglotant.

Elle le palpa par tout le corps sans découvrir le moindre indice d'une blessure. « Tout va bien, maintenant, dit-elle en le tapotant gauchement. C'est fini. Nous avons gagné. »

Le page reprit son souffle vaille que vaille avant de relever vers elle son visage sillonné de larmes. « Molay..., c'est lui qui m'a poussé à me cacher. Nous avons libéré les faucons et dissimulé vos bijoux, puis il m'a mis dans le grand coffre à vêtements, et il m'a dit d'y rester jusqu'à ce qu'il revienne me chercher. Mais il ne l'a pas fait. Personne n'est venu. Et puis, je vous ai entendus... Où peut-il bien être passé, Molay, dites ?

— Dû aller prêter main forte aux combattants. Mais comme la bataille est terminée, maintenant, il sera bientôt de retour, le rassura-t-elle, sans trop se bercer

412

d'illusions pour sa part. Tiens, bois à ma gourde. Allez, vide-la. Tu dois mourir de soif, après être resté caché si longtemps. Tu peux aller chercher Molay parmi les blessés, si tu veux. Dès que tu l'auras trouvé, lui ou quelque autre de nos connaissances, viens m'avertir. »

Le mioche se torcha le museau et carra les épaules. « Oui, mon prince. Je suis si content de vous voir de retour sain et sauf ! »

Ki branla du chef en le regardant détaler. « Il n'a même pas remarqué ! »

Le son d'une voix familière la réveilla.

« Iya ? Iya, est-ce que vous m'entendez ? »

Ouvrant les yeux, elle découvrit Arkoniel qui, age-nouillé, se penchait sur elle. Il faisait grand jour. Elle était endolorie de partout et glacée jusqu'aux moelles mais toujours en vie, semblait-il.

Après qu'il l'eut aidée à se remettre sur son séant, elle constata qu'elle se trouvait sur le bas-côté de la route, non loin de l'endroit où son groupe avait démoli les retranchements la nuit précédente. Quelqu'un l'avait retirée du fossé et emmitouflée dans des manteaux. Saruel et Dylias étaient assis à côté d'elle et, tout près, elle repéra d'autres magiciens qui lui souriaient d'un air manifestement soulagé.

« Bonjour, lui lança Arkoniel, mais avec un sourire forcé.

— Que s'est-il passé ? » Rien ne trahissait la pré-sence de l'ennemi ; des soldats skaliens gardaient la porte, et les gens semblaient aller et venir librement.

« Ce qui s'est passé ? s'esclaffa Saruel. Eh bien, notre opération a pleinement réussi, mais elle a failli vous coûter la peau ! »

Tu n'entreras pas.

Pourquoi diantre la prédiction de Frère revenait-elle l'obséder maintenant ? Alors qu'elle avait survécu. « Tobin ? Est-ce qu'elle est... ? »

— Une fois de plus passée au travers sans une égratignure, à ce qu'a dit Jorvaï qui était tout à l'heure dans le coin. Il est persuadé qu'elle jouit de la protection divine, et tout semble indiquer qu'il ne s'abuse pas. »

Iya se leva vivement. Quitte à souffrir mille morts, apparemment, oui, elle était entière, à part ça.

Un héraut monté franchit la poterne et dévala la route au triple galop en clamant : « Tous à la salle du Trône du Palais Vieux ! Tous les Skaliens sont convoqués à la salle du Trône du Palais Vieux ! »

D'un air épanoui, Dylias empoigna le bras de la magicienne. « Venez, ma chère. Nous sommes convoqués par votre jeune reine ! »

— Jamais ne furent prononcées paroles plus suaves ! » Elle éclata de rire, et elle eut l'impression que toutes ses douleurs et toutes ses peines s'envolaient d'un coup. « Venez, vous tous, ma Troisième Orëska fourbue. Allons nous présenter en personne. »

Saruel lui prit juste alors le bras. « Regardez ! Làbas, dans la rade ! »

Un petit bateau volait sur les eaux vers les quais en ruine. On ne pouvait se méprendre sur le coloris rouge sombre de sa voile carrée, pas plus que sur l'emblème qui la frappait : un grand œil blanc surmontant un croissant de lune couché.

Iya se toucha le cœur et les paupières en guise de salut. « L'Illuminateur nous adresse un nouveau message, et urgent, dirait-on, si c'est bien l'Oracle en personne qui vient nous le délivrer.

— Mais comment se fait-il ? Comment a-t-elle pu savoir ? » s'étrangla Arkoniel.

Iya lui tapota le bras. « Enfin..., cher garçon ! Quelle espèce d'Oracle serait-elle donc, si une affaire de cette importance échappait à sa lucidité ? »

À la salle du trône, on avait brisé les sceaux de plomb et ouvert à deux battants les portes dorées. En y pénétrant avec sa garde, Tobin trouva l'immense pièce déjà bondée. La foule de soldats et de citadins s'écarta devant ses pas dans un mutisme presque total, et elle sentit peser sur sa personne une myriade de regards. Le silence, ici, n'avait rien à voir avec celui d'Atyion. Il semblait saturé de doutes et de scepticisme, voire un rien menaçant. Elle avait commandé à son escorte de garder l'épée au fourreau, et Tharin en était tombé d'accord, mais lui-même et Ki marchaient à ses côtés d'un air circonspect.

On avait retiré certains des volets, et la lumière oblique de l'après-midi se déversait à l'intérieur par les grandes baies poussiéreuses. Des braseros découverts plantés de part et d'autre de l'impressionnant trône de pierre projetaient de vagues rougeoiements sur les marches de marbre blanc. Un petit groupe de prêtres l'attendait là. Elle reconnut en eux ceux qui l'avaient accompagnée depuis le départ d'Atyion. Notamment Kaliya, sans masque. Des magiciens, toujours pas trace. Quelqu'un avait nettoyé le siège de pierre de ses nids d'oiseaux et placé dessus des coussins de velours poudreux pour lui donner tant bien que mal l'aspect qui avait dû être le sien du temps de ses aïeules. Elle avait les nerfs trop à vif pour y prendre place encore.

Elle resta un moment debout, la langue nouée, toute au souvenir de la suspicion qu'elle avait lue dans les yeux du général Skonis. Mais il n'y avait plus moyen de revenir en arrière, dorénavant.

« Aide-moi, Ki », prononça-t-elle enfin, tout en commençant à déboucler son ceinturon. Assistée par lui, elle retira son surcot puis son haubert et la chemise matelassée qu'elle portait dessous. Après avoir dénoué ses cheveux, elle les secoua pour qu'ils viennent encadrer son visage, avant d'inviter les prêtres d'Ero à la rejoindre.

« Regardez-moi, vous tous. Touchez-moi, de manière à pouvoir attester à toute l'assistance que je suis une femme. »

Un prêtre de Dalna lui passa les mains sur les épaules et la poitrine puis lui plaqua sa paume sur le cœur. Tobin eut l'impression qu'une chaude brise estivale humide frémissait en elle.

« Elle est une femme, et du véritable sang de la maison royale, déclara-t-il.

— C'est ce que tu dis ! » cria quelqu'un du fond de la presse. Et d'autres « Tu parles ! » lui firent écho.

« C'est ce que dit l'Oracle d'Afra ! » tonna une voix

profonde à l'arrière de la salle. Arkoniel et Iya se tenaient sur le seuil, encadrant un homme en manteau de voyage crotté.

La cohue s'écarta pendant qu'ils s'avançaient tous les trois vers le bas de l'estrade. Iya plongea dans une grande révérence, et Tobin vit qu'elle souriait.

L'homme rejeta son manteau, dévoilant ainsi qu'il portait une robe rouge sombre. Il retira des plis de celle-ci un masque d'argent sacerdotal qu'il arrima sur son visage. « Je suis Imonus, grand prêtre d'Afra et émissaire de l'Oracle », annonça-t-il.

Les prêtres d'Illior se couvrirent eux-mêmes la face à deux mains et tombèrent à genoux.

« Avez-vous la marque et la cicatrice ? reprit-il à l'adresse de Tobin.

— Oui. » Tobin remonta la manche de sa chemise. L'homme escalada les marches pour examiner son bras et son menton.

« Vous avez devant vous Tamìr, la reine qui fut prédite par l'Illuminateur à la magicienne que voici », proclama-t-il.

Iya monta les rejoindre, et il lui posa une main sur l'épaule. « Je me trouvais là, le jour où elle reçut de l'Oracle la révélation de sa route. C'est moi qui inscrivis sa vision dans les rouleaux de parchemin sacrés, et je suis aujourd'hui chargé de transmettre un présent à notre nouvelle reine. Majesté, c'est à votre intention que nous avons conservé ceci durant toutes ces années. »

Il leva la main, et deux nouveaux prêtres en robes rouges entrèrent, porteurs d'une longue litière sur laquelle était couché quelque chose. Une poignée de miséreux crasseux et dépenaillés leur emboîtaient le pas. « Les magiciens d'Ero », murmura Iya à Tobin.

Les Afrains charrièrent la litière jusqu'au pied du trône et l'y déposèrent. Une grande chose plate et qui ressemblait à un vulgaire plateau de table reposait dessus, enveloppée dans un tissu rouge sombre brodé d'un œil d'argent.

Imonus descendit rabattre les pans de la draperie. Des dorures polies miroitèrent à la lueur des braseros, et les premiers rangs de l'assistance eurent le souffle coupé lorsqu'ils découvrirent qu'il s'agissait d'une tablette d'or de la taille d'un homme et de plusieurs pouces d'épaisseur. Des mots s'y trouvaient gravés en caractères anguleux, comme dans les manuscrits d'un autre âge, et assez gros pour être lisibles depuis le milieu de l'immense pièce lorsque ses porteurs plantèrent debout la tablette afin de la faire contempler à toute l'assistance.

> **Tant qu'une fille issue de la lignée de Thelátimos**
> **la gouverne et défend,**
> **Skala**
> **ne court aucun risque**
> **de jamais se voir asservir.**

En signe de vénération, Tobin toucha son cœur et la poignée de son épée. « La tablette de Ghërilain ! »

Le grand prêtre opina du chef. « Erius donna l'ordre de la détruire, en même temps qu'il faisait démolir les stèles qui se dressaient jadis à tous les carrefours et sur la place de chaque marché, proclama-t-il de la même voix profonde et qui portait loin. Les prêtres du temple d'Ero la sauvèrent et l'apportèrent clandestinement à Afra, où elle demeura cachée jusqu'à ce qu'une reine légitime revienne dans la capitale.

» Écoutez-moi, gens d'Ero, vous qui n'avez plus sous vos pieds que les ruines de votre ville. Cette tablette n'est rien. Les mots qu'elle porte sont en revanche la voix même d'Illior, et c'est la première reine d'Illior qui les a placés là. Cette prophétie se réalisa pleinement, et elle a survécu dans les cœurs fidèles, eussent-ils trahi leur devoir pendant un certain temps.

» Écoutez-moi, gens d'Ero, vous qui regardez le visage de Tamìr, fille d'Ariani et de toutes les reines qui l'ont précédée jusqu'à Ghërilain en personne. L'Oracle ne dort pas, l'Oracle n'a pas de fausses visions. Elle n'enverrait pas ce signe à un vulgaire prétendant. Elle a prévu la reine que voici dès avant qu'elle n'eût été conçue, dès avant qu'Erius n'eût usurpé la place de sa sœur, dès avant que leur mère n'eût sombré dans les ténèbres. Doutez de mes paroles, doutez de ce signe, et c'est de l'Illuminateur, de votre protecteur, que vous doutez. Vous avez dormi, gens d'Ero. Réveillez-vous à présent, voyez clair. La véritable reine vous a délivrés, et elle se tient devant vous à cette heure pour révéler son vrai visage et son vrai nom. »

Tobin sentit se hérisser lentement le duvet de ses bras lorsqu'une silhouette embrumée de femme prit forme à ses côtés sur l'estrade. Lorsque celle-ci eut acquis davantage de consistance, elle s'aperçut qu'il s'agissait d'une jeune fille à peu près de son âge et vêtue d'une longue robe bleue. Elle portait par-dessus une cuirasse de cuir doré armoriée de l'antique emblème de Skala, le croissant de lune et la flamme. L'épée de Ghërilain, qu'elle tenait dressée devant sa figure, avait l'air tout nouvellement forgée. Noirs étaient ses cheveux flottants, et d'un bleu sombre familier ses yeux.

« Ghërilain ? » chuchota Tobin.

La jouvencelle fantomatique vieillit sous ses yeux et devint une femme aux cheveux gris fer, dont la bouche et les yeux étaient cernés de ces rides profondes que finit par creuser le souci.

Ma fille.

L'Épée avait beau être désormais sanglante et tout ébréchée, elle brillait d'un éclat plus vif encore qu'auparavant. L'apparition l'offrit à Tobin, exactement comme l'avait fait le spectre de Tamìr naguère, et son regard sembla lui lancer un défi : *Elle est à toi. Revendique-la.*

Tobin n'eut pas plus tôt tendu la main pour s'en emparer que le fantôme s'évapora, et elle se retrouva les yeux tout bonnement fixés sur le panorama qui s'encadrait dans l'une des hautes croisées. De la place qu'elle occupait se distinguaient, par-delà les parcs calcinés, les ruines fumantes de la capitale et son port encombré d'épaves.

Tant qu'une fille issue de la lignée de Thelátimos...

« Tob ? » Le chuchotement anxieux de Ki la ramena brutalement au moment présent.

Tous ses amis la regardaient d'un air inquiet. Le visage du grand prêtre d'Afra était toujours masqué, mais elle discerna, reflété dans ses prunelles sombres, le défi lancé par Ghërilain.

« Tobin..., ça va ? » insista Ki.

Sa propre épée lui parut trop légère lorsqu'elle la brandit pour saluer la foule et cria de toutes ses forces : « Par cette tablette et par l'Épée qui n'est pas ici, je voue ma personne à Skala. Je suis désormais Tamìr ! »

13

Le bruit de sa porte qu'on ouvrait à la volée interrompit les rêves de Nalia qui se réveilla en sursaut. La chambre était encore plongée dans le noir, et seuls se voyaient aux fenêtres étroites de la tour deux maigres filets de nuit mouchetés d'étoiles.

« Réveillez-vous, madame, ils sont tous devenus fous ! » C'était son page, et il parlait d'une voix terrifiée. Sa peur se sentait aussi nettement que la sempiternelle humidité qui imprégnait chacune des pièces de la forteresse isolée où ils pourrissaient en exil.

Sa nourrice se retourna dans le lit avec un grognement rageur. « Devenus fous ? Qui est devenu fou ? Si tu nous sers encore là l'une de tes trouilles nocturnes, Alin, je vais t'écorcher, moi !

— Non, Vena, écoutez... » Nalia courut à la fenêtre qui surplombait le baile et ouvrit d'une poussée le

421

vantail à petits carreaux. Tout en bas s'agitaient des torches, et l'on entendait le fracas de l'acier. « Qu'est-ce qui se passe, Alin ?

— La Garde grise s'est jetée sur la garnison de Cirna. Elle est en train de la massacrer !

— Il faut barrer la porte ! » Vena alluma une chandelle à même les braises amoncelées dans la cheminée puis aida le gosse à placer la lourde traverse dans les équerres de fer et le planta là pour aller donner un châle à sa maîtresse avant de s'immobiliser, l'oreille tendue vers l'inexplicable tohu-bohu qui mettait tout sens dessus dessous.

Celui-ci finit par s'éteindre, et Nalia se cramponna toute tremblante à sa nourrice, affolée par ce que pouvait bien présager un pareil silence. De l'extérieur ne leur parvenait plus rien d'autre que le lointain murmure des vagues contre les falaises.

« Madame, regardez par là ! » Alin pointa le doigt vers l'autre fenêtre qui, tournée, elle, vers le sud, donnait sur la route de l'isthme. Une longue file de torches approchait à vive allure sur cette dernière. Comme l'intervalle se réduisait, Nalia finit par distinguer les cavaliers qui les brandissaient et par percevoir un cliquetis de maille et de harnais.

« Une attaque ! chuchota-t-elle.

— Ce sont les Plenimariens, gémit Vena. Ô Créateur, sauve-nous !

— Mais pour quelle raison la Garde grise s'en prendrait-elle aux autres à l'intérieur même de l'enceinte ? Qu'est-ce que ça peut bien vouloir dire ? »

Près d'une heure s'écoula avant que ne leur parviennent des bruits de pas montant l'escalier de la tour. Vena et Alin repoussèrent Nalia dans le coin le plus éloigné de la porte et lui firent un rempart de leurs corps.

Le loquet finit par ferrailler. « Nalia, ma chérie, ce n'est que moi. Tu ne risques rien. Ouvre.

— Nyrin ! » Elle se précipita pour soulever tant bien que mal la traverse. « C'était donc vous, sur la route ? Oh ! vous nous avez fait une de ces peurs ! » La barre s'affala finalement à grand bruit sur le sol. Nalia ouvrit vivement le battant et tomba dans les bras de son amant, toute rassurée.

Deux gardes busards se tenaient juste derrière lui. « Qu'est-ce qui se passe ? » demanda-t-elle, effrayée de nouveau. Nyrin ne permettait jamais à d'autres hommes d'entrer dans sa tour ; les faucons rouges imprimés sur leurs tuniques avaient la noirceur de corbeaux dans la lumière chiche. « Alin a dit que nos hommes se battaient entre eux... »

Son épaule nue fut chatouillée par la barbe de Nyrin lorsqu'il la repoussa doucement. « Mutinerie et trahison, ma chérie, mais c'est terminé, maintenant, et tu n'as rien à redouter. En fait, je t'apporte une nouvelle mirifique. Ordonne à tes serviteurs de nous laisser seuls. »

Ravie malgré sa rougeur, Nalia hocha la tête en direction du page et de la nourrice qui s'esquivèrent aussi prestement qu'à l'accoutumée. Les culs-gris s'écartèrent sur leur passage mais sans se retirer eux-mêmes.

« Vous m'avez tellement manqué, messire, telle... »

Elle voulut l'étreindre à nouveau, mais il la maintint à distance. Elle levait les yeux vers le visage bien-aimé quand un effet de lumière de la chandelle affecta d'un air dur les prunelles du magicien. Elle recula tout en resserrant frileusement son châle autour d'elle. « Il y a quelque chose qui ne va pas. De grâce, dites-moi. »

Il se remit à sourire, et la même vilenie de la flamme étira ses lèvres en une moue de profond mépris. « C'est un grand jour, Nalia. Un très grand jour.

— Que... qu'entendez-vous par là, messire ?

— J'ai ici quelqu'un que je veux te faire rencontrer. » Il opina du chef vers ses gardes, et ils firent un pas de côté pour laisser entrer un autre homme. Choquée, Nalia tira de nouveau sur son châle.

Le nouveau venu était jeune et très beau, mais il était également sale, pas rasé, et il puait épouvanta-blement. Elle n'en reconnut pas moins les armoiries brodées sur son surcot crasseux et s'effondra à genoux devant lui. « Prince Korin ?

— Sa Majesté Korin, rectifia gentiment Nyrin. Permettez-moi, Sire, de vous présenter Lady Nalia.

— Ça ? C'est celle-là ? » L'expression dégoûtée du jeune roi la glaça plus que l'air de la nuit.

« Son sang est le bon, je vous le garantis », dit Nyrin en se dirigeant vers la sortie.

Elle le regarda avec une angoisse croissante franchir le seuil et se mettre à tirer lentement la porte sur ses talons. « Permets-moi, Nalia, de te présenter ton nouvel époux. »

REMERCIEMENTS

Merci, comme toujours, à Doug, Matt, Tim, Thelma, Win et Fran de leur patience et de leur affection sans faille. À Lucienne Diver et Anne Groell, les meilleurs agent et éditeur que puisse souhaiter un écrivain. À Nancy Jeffers, Laurie « Eirual » Beal, Pat York, Thelma White et Doug Flewelling pour leur lecture, leurs commentaires et leurs encouragements pressants à persévérer. À Helen Brown et aux gentils membres du groupe-infos Flewelling sur Yahoo, plus fins connaisseurs que moi-même de mon travail. À Horatio C., Ron G. et Barbara R. – ils savent pourquoi. À tous mes amis de SFF.NET, de leur présence là, notamment à Doranna Durgin et Jennifer Roberson pour leurs conseils de dernière minute en matière de chevaux ; les erreurs que j'ai pu commettre me sont toutes imputables, puisqu'il m'aurait suffi de poser des questions.

Composition et mise en pages réalisées
par ÉTIANNE COMPOSITION
à Montrouge.

Achevé d'imprimer par GGP Media GmbH, Pößneck
en janvier 2006
pour le compte de France Loisirs,
Paris

Achevé d'imprimer par CPI Media GmbH, Pössneck
en janvier 2009
pour le compte de France Loisirs,
Paris

N° d'éditeur: 44652
Dépôt legal: février 2006
Imprimé en Allemagne